A Sedução
da DUQUESA

Lorraine Heath

A Sedução
da DUQUESA

TRADUÇÃO DE

Daniela Rigon

HARLEQUIN

Rio de Janeiro, 2022

Título original: THE DUCHESS IN HIS BED
Copyright © 2019 by Jan Nowasky

Todos os personagens neste livro são fictícios. Qualquer semelhança com pessoas vivas ou mortas é mera coincidência.

Direitos de edição da obra em língua portuguesa no Brasil adquiridos pela Editora HR LTDA. Todos os direitos reservados. Nenhuma parte desta obra pode ser apropriada e estocada em sistema de banco de dados ou processo similar, em qualquer forma ou meio, seja eletrônico, de fotocópia, gravação etc., sem a permissão do detentor do copyright.

Direitos exclusivos de publicação em língua portuguesa cedidos pela Harlequin Enterprises II B.V./ S.À.R.L para Editora HR Ltda.

A Harlequin é um selo da HarperCollins Brasil.

Contatos: Rua da Quitanda, 86, sala 218 — Centro — 20091-005
Rio de Janeiro — RJ
Tel.: (21) 3175-1030

Diretora editorial: *Raquel Cozer*

Editor: *Julia Barreto*

Copidesque: *Antonio Castro*

Revisão: *Thaís Lima*

Capa: *Renata Vidal*

Imagem de capa: © *Lee Avison / Trevillion Images*

Diagramação: *Abreu's System*

CIP-Brasil. Catalogação na Publicação
Sindicato Nacional dos Editores de Livros, RJ

H348s

Heath, Lorraine
    A sedução da duquesa / Lorraine Heath ; tradução Daniela Rigon. – 1. ed. – Rio de Janeiro : Harlequin, 2020.
    304 p.

Tradução de: Duchess in his bed
ISBN 9786586012620

    1. Romance americano. I. Rigon, Daniela. II. Título.

20-64433

CDD: 813
CDU: 82-31(73)

Meri Gleice Rodrigues de Souza – Bibliotecária CRB-7/6439

*Para Rosalyn Rosenthal,
por sua bondade e generosidade.*

Prólogo

Londres
1840

O CONDE DE ELVERTON fez uma carranca para seu último bastardo, sujo e nu, nos braços estendidos de uma parteira, como se ela oferecesse a ele um tesouro descoberto nas ruínas do Egito ou de Pompeia. O conde se perguntou se deveria apresentar este para sua esposa, dizer a ela para amamentá-lo em seus seios e anunciar ao mundo que dera à luz.

Por que diabo não conseguia emprenhar a condessa se tinha tanto sucesso com as suas amantes? Talvez se tivesse mais entusiasmo ao levá-la para a cama...

Mas ela era insossa e dócil, a filha de um marquês com quem o pai lhe forçara a casar aos 19 anos. Nada sobre ela atiçava o desejo de um homem, embora ele tivesse dado um jeito. Ainda assim, depois de uma década, sua semente não se enraizara uma única vez.

Ele provavelmente deveria se livrar dela. Uma excursão escada abaixo, uma queda de um barco a remo em águas profundas, um tombo de cavalo. Poderia fazer um acidente acontecer. Fizera o mesmo com o irmão mais velho que deveria ter herdado o título.

Um "tiro acidental" quando estavam caçando perdizes. Ninguém ficou surpreso. O herdeiro nunca se sentira à vontade com armas ou dominara seu uso. "Ele tropeçou, com o dedo no gatilho", Elverton dissera a todos. "A arma disparou por acidente." Ninguém duvidou de sua palavra, ninguém suspeitou que fora *seu* dedo no gatilho o responsável pela morte do irmão, não quando ele soluçou e caiu em prantos. Tornou-se a vítima, a quem todos consolaram, porque teria que viver com o horror de ter testemunhado a falta de jeito do irmão. Idiotas!

Ele desviou o olhar do bebê aos berros para a mulher na cama, que se recuperava de sua provação e o observava, aguardando sua decisão. Se ele pretendia passar o bastardo como seu legítimo herdeiro, teria que mandá-la para uma cova aquática no fundo do Tâmisa, a fim de garantir seu silêncio. Preferia não arriscar que seus crimes fossem descobertos. Embora no presente momento — com a pele suada e pegajosa e o cabelo bagunçado — ela não fosse a melhor visão a ser contemplada, quando estava arrumada era a mulher mais bonita e incrível que já penetrara. Ela também possuía uma boca deliciosa que conhecia bem o pênis de um homem. O conde ficou duro só de pensar em colocar o seu membro mais uma vez naqueles lábios deliciosos.

— Envolva-o — ordenou ele à parteira.

— Não posso ficar com esse? — perguntou sua amante favorita.

Ele olhou ao redor, para os móveis luxuosos que providenciara para ela na bela casa da cidade que ele alugava.

— A não ser que queira morar com ele na rua. Bastardos são cansativos, um fardo que eu não tolero.

— Mas você garantirá que ele será bem cuidado e amado, não é?

Não adiantaria mudar seus planos, mas que mal havia em uma pequena mentira que a manteria ao seu dispor? Ele lhe deu um sorriso tranquilizador muito praticado.

— Por você, farei quase tudo.

Talvez até substituísse a esposa pela amante quando chegasse a hora, se chegasse, se a condessa não desse frutos em breve.

Pegando o garoto da parteira, ele saiu da sala. Como pagava para que seus bastardos "sumissem" — *fossem mortos* por indivíduos bem pagos —, preferia espalhá-los, nunca usando a mesma pessoa mais que algumas vezes. Havia conseguido um novo nome recentemente, uma mulher que nunca havia visitado antes. Ele pagaria com prazer a taxa exigida por Ettie Trewlove para garantir que nunca mais fosse incomodado pelo pirralho.

Capítulo 1

*Londres
Início de março, 1872*

ELA NECESSITAVA DE UM homem.

Mas não serviria qualquer um. Ela tinha um específico em mente.

De pé em um canto sombreado do Clube Elysium, um espaço de jogos exclusivo para mulheres, Selena Sheffield, a duquesa de Lushing, viu o dono do local andar pelo salão com passos largos e leves como um grande e elegante leão — intimidador e perigoso. O paletó preto acariciava os ombros largos, como ela suspeitava que muitas mulheres já haviam feito. O colete preto de brocado se moldava ao redor do tronco magro. A camisa e o lenço de pescoço eram brancos como a neve, um contraste direto com o bronzeado de sua pele. Ele não parecia ser um homem que passava muito tempo dentro de casa.

Ela o vira pela primeira vez no verão anterior, no casamento de lady Aslyn Hastings. Na ocasião, a filha do falecido conde de Eames, sob a guarda do duque de Hedley, tomou Mick Trewlove como marido. Selena não sabia nada sobre os Trewlove até aquele dia, quando ouviu cochichos sobre a má reputação daqueles que nada mais eram do que uma família de bastardos.

Então, o duque de Thornley casou-se com Gillie Trewlove — a proprietária de uma taverna, por Deus! —, e os cochichos se intensificaram. Nos últimos tempos, um dos irmãos Trewlove se casara com lady Lavínia Kent, irmã do conde de Collinsworth, e, de repente, não se falava em mais nada além dos bastardos Trewlove e como estavam cada vez mais presentes na sociedade, como as hordas de Genghis Khan em sua busca por conquistar o que antes se acreditava inalcançável.

Ela se considerava imune ao feitiço da família, mas tinha que admitir que estava intrigada com Aiden Trewlove desde que o vira de pé no altar, sem qualquer semelhança com o irmão. A verdade é que só Deus sabia quem o havia gerado, quem lhe dera à luz. No entanto, tinha sido mais que o contorno de seu queixo forte, seu nariz aristocrático ou seus lábios carnudos e sensuais que tornara quase impossível tirar os olhos dele.

Era o jeito que ele parecia se divertir com toda a ocasião. Sempre que espiava por cima do ombro ou encarava a multidão de pessoas que se apertava nos bancos da igreja, desesperada para assistir à dama de uma família tão famosa se casar com um homem tão escandaloso, ele analisava tudo com olhos semicerrados — como se medisse cada um, mas não quisesse que vissem exatamente o que pensava deles, ou quanto os considerava vazios.

Mas quando lady Aslyn caminhou em direção ao altar, o sorriso caloroso que ele lhe deu, expressando sua aceitação e a acolhendo na família, o marcou não apenas como gentil, mas como imensamente acessível.

E Selena precisava de um homem que possuísse ambas as características, a fim de acalmar seus nervos abatidos e aliviar a culpa que ameaçava sua decisão. Ela estava onde não deveria estar, de pé e encostada na parede, usando um vestido azul-escuro e uma máscara da mesma tonalidade, porque Aiden Trewlove oferecia às mulheres pecado e segredos. Nem todas se escondiam atrás de máscaras — as ousadas ou as que não tinham nada a perder não se davam ao trabalho. Selena imaginou a liberdade que uma mulher devia sentir ao atravessar o salão sem máscara, sem medo. Mas era imperativo que ninguém soubesse de sua presença no ambiente escandaloso propiciado por Aiden Trewlove.

Para as damas, ele abrira os céus onde os deuses conspiravam e revelava os deliciosos mistérios em seu cerne. Um clube que pais, irmãos e maridos desconheciam; um lugar, portanto, em que mulheres poderiam sussurrar entre si em liberdade. Um domínio governado por elas, um local para fazerem o que bem quisessem. Ele lhes dera um paraíso nas sombras de Londres, pertencente somente a elas. Aiden sabia o que as mulheres queriam, do que precisavam. E fornecia tudo.

Um homem que criara tudo aquilo, que entendia tão bem as mulheres e conhecia os entretenimentos pelos quais ansiavam, certamente não julgaria e saberia como oferecer um refúgio seguro para que uma mulher pudesse fazer o que não deveria sem medo de que suas ações fossem reveladas a outros.

Selena o observou enquanto ele fazia uma dama rir, murmurando em seu ouvido. Outra abaixou a cabeça e corou com suas palavras, um sorriso tímido curvando-lhe os lábios. Para várias outras mulheres, ele apenas assentiu ou sorriu — um sorriso lento e sedutor, como se a pessoa que o recebia fosse a única alma na sala com quem ele se importava. Ele colocou a mão sobre a de uma dama, impedindo-a de mover um montinho de discos de madeira para a pilha no centro da mesa. Então, com uma piscadela devastadora que sem dúvida deixou a mulher sem fôlego, ele jogou apenas um disco na pilha.

Então, ele continuou caminhando por seu domínio...

Não, não apenas *por*, mas *em direção a*. Em direção a Selena.

Selena sentiu o coração acelerar contra suas costelas; dentro das luvas, as palmas das mãos estavam suadas. Ela ainda não estava pronta para sair das sombras para o brilho dourado dos lustres a gás. Ainda não estava preparada para o encontrar, para falar com aquele homem que poderia provar ser sua salvação — se apenas sua coragem não a abandonasse.

Não era apenas a aparência dele que a perturbava. Era o modo como se movia, como se cada movimento fosse calculado para chamar a atenção, enquanto dava a impressão de que não queria atenção alguma. A maneira pela qual observava tudo tão intensamente, tão minuciosamente, como se pudesse decifrar todos os mistérios do mundo, como se pudesse fazê-los florescer diante dele. Escolhê-lo poderia ser um erro colossal, porque ela tinha segredos para guardar. Se fosse esperta, daria meia-volta e sairia correndo. Mas se ela nunca fugira das circunstâncias de seu casamento, com certeza não fugiria naquele momento só porque o olhar dele sobre ela era desconcertante ao extremo. Nenhum homem jamais a fitara como se ela fosse um doce para ser mordiscado e apreciado.

Ele saiu da luz para o cinza e apoiou um ombro negligentemente na parede decorada por arabescos vermelho-escuros e rosa suave. As sombras a impediram de discernir o tom exato de seus olhos, mas não o grande interesse por ela nem a ligeira inclinação de um canto da boca sensual.

— Você é nova aqui.

A dicção dele era mais polida e refinada do que ela esperava — não completamente aristocrática, mas próxima. Selena se perguntou se o pai cuidara para que fosse educado. Não que aquilo importasse, pois a escolaridade dele não era um impedimento para o propósito dela, embora seus nervos certamente estivessem disputando tal papel. Em algum lugar nos recônditos de sua alma, ela encontrou o que precisava para reforçar sua confiança e colocá-la em palavras:

— Não há como saber disso. Estou usando uma máscara.

— Consigo identificar as mulheres que visitam meu clube, mascaradas ou não. Não é só pelo rosto que se reconhece uma pessoa.

Devagar, o olhar dele percorreu-a da cabeça aos pés. Não de um modo ofensivo ou lascivo, mas com uma apreciação que fez a pele de Selena formigar como se desejasse estar mais perto dele. Então os mesmos olhos voltaram aos dela.

— Qual é o seu nome, querida?

Ela não queria se lembrar de como já desejara ser a "querida" de alguém, de ter carinhos, não desculpas, sussurrados em seu ouvido.

— Lena.

Uma versão abreviada de seu nome, que ninguém reconheceria se ouvisse. Um apelido que ela nunca usava.

Ele inclinou a cabeça para o lado, analisou-a da cabeça aos pés mais uma vez e balançou a cabeça.

— Duvido. É um nome simples demais para uma mulher tão complexa. Helena, eu diria. Helena de Troia. Ou algo mais sofisticado.

Lambendo os lábios, nervosa, ela olhou em volta, notando que havia atraído a atenção de algumas damas. Conhecia algumas que não estavam mascaradas, o que significava que elas também a conheciam — assim como algumas mascaradas também deviam conhecê-la. Selena não queria nem pensar no constrangimento e humilhação que sentiria se sua presença fosse descoberta.

— Não desejo que outros ouçam meu nome.

— Será o nosso segredo — murmurou ele.

A voz baixa e sedutora lhe causou um calor inesperado, junto a um desejo de confiar piamente nele, mas ela não era tão tola assim.

— Selena — sussurrou em resposta, pensando que nenhuma palavra em sua língua chegava perto de ser tão sensual quanto qualquer sílaba na dele.

— Selena — repetiu ele, a voz ainda mais baixa, como uma carícia aveludada que quase a fez se inclinar na direção dos lábios que criaram ressonâncias tão hipnotizantes. — Eu sou Aiden.

— Sim, eu sei. — *Preciso soar tão ofegante assim, de repente?* — O dono. É um local realmente espetacular.

— Como você saberia? Você não saiu desse canto desde quando passou pela porta.

Ah, Deus. Ele era mais atento do que parecia. Escolhê-lo podia ser um erro de julgamento. Ela deveria ir embora sem outra palavra, antes de sequer respirar mais uma vez, mas o olhar dele a manteve refém, como se fosse uma borboleta sob um vidro.

— Posso ver o salão por completo daqui.

— Ah, mas esta sala é apenas uma pequena parte do que ofereço.

Ele estendeu a mão, sem luva, grande e áspera. Ela cobriria um de seus seios por completo. *De onde veio esse pensamento?* No entanto, naquele momento em particular, ela conseguia imaginar aqueles dedos longos e esbeltos fazendo pouco mais que roçar o que nenhum homem jamais havia tocado.

— Venha, minha senhora. Permita-me a honra de lhe apresentar meu clube.

Selena quase o corrigiu. Ela não era "minha senhora", mas "Sua Graça". No entanto, quanto menos ele a conhecesse, melhor. Além disso, considerando a maneira como ele a estudava, ela não tinha muita certeza se Aiden estava se dirigindo com respeito ou a reivindicando como sua. Mas aquele era um pensamento tolo. Ainda mais tolo era pensar que não se importaria se aquele fosse o caso. Mas era imperativo que ele não se importasse com ela e vice-versa, que a pequena aventura daquela noite não deixasse lembranças agradáveis para ficarem sendo revividas nos próximos dias e anos.

Engolindo em seco, ela colocou a mão enluvada na dele, surpresa com o calor que a pele bronzeada emanava. Ele colocou a mão na dobra interna de seu cotovelo e começou a levá-la para fora das sombras.

— Estou ansioso para apresentá-la aos prazeres do pecado.

Aiden Trewlove escoltou a dama para a penumbra, onde poderia enxergá-la melhor. Em contraste com os dele, o cabelo dela era da cor de trigo, com um leve tom avermelhado, como se tivesse comido morangos quando criança e a fruta se tornara parte dela. Mas foram seus olhos que o atraíram, o azul das chamas mais quentes dançando na lareira, que davam a impressão inquietante de poder queimá-lo.

Improvável. Ele não era de se envolver além da conta com uma dama. Depois de ter testemunhado seu irmão ser quase destruído por uma quando eles eram mais jovens, rebeldes e selvagens, Aiden jurou nunca permitir que uma mulher capturasse seu coração. Aproveitava o tempo com elas e garantia que o sentimento fosse recíproco, mas ia embora se alguma vez sentisse uma faísca que ameaçava tornar aquilo algo além de um encontro casual, de uma diversão entre os lençóis.

Ele havia notado aquela dama em particular quando ela entrara em seu estabelecimento, embora prestasse atenção em todas que iam e vinham. Não era incomum uma mulher, ao chegar ao clube pela primeira vez, ser um pouco tímida, ficar em um canto e hesitar em seguir em frente e abraçar o que ele oferecia. Mas ela não tinha demonstrado timidez nem hesitação. Estava observando. Não os jogos de dados, os de cartas ou a roleta. Nem os homens bem vestidos que circulavam oferecendo champanhe, conhaque e vinho do Porto. Muito menos os jovens que se inclinavam sobre o ombro de uma dama sussurrando dicas sobre os jogos e elogios. Não. Nada daquilo chamara sua atenção ou despertara sua curiosidade. Ela estava *o* observando.

Ele sentiu a carícia de seu olhar como uma força física atravessando seu corpo, e foi atingido por um desejo intenso de estufar o peito. Mas Aiden não era de se exibir. Ou ela gostava do que via, ou não. Levando em consideração a mão dela aninhada na dobra de seu cotovelo, ele supôs que a resposta era positiva.

Aiden estava desesperado para vê-la sem a máscara que cobria três quartos do rosto, deixando apenas a boca e o queixo visíveis. O pequeno queixo o lembrava da metade inferior de um coração, mas mais delicada, como se tivesse sido esculpida cuidadosamente pela mão gentil do destino. Um trabalho cuidadoso dos deuses.

Ela tinha lábios deliciosos e rosados. Sua mente começou a imaginar que outras áreas dela poderiam ser rosadas, e ele abruptamente voltou os pensamentos à tarefa em questão. Era cedo demais para viajar por aqueles caminhos... Além disso, não precisava andar pelo local como se tivesse um poste na calça. Estava apresentando as damas ao pecado, não à decadência.

— Você tem interesse nesses jogos?

— Não sei dizer. Nunca joguei.

— Então você só tem interesse naquilo que conhece? Onde está seu senso de aventura, querida?

— Estou aqui, não estou? Minha presença já é uma demonstração de coragem.

— Mas você não está totalmente confortável com o ambiente nem com sua ousadia de vir até aqui.

— Imagino que a máscara tenha sido uma dica, mas você está certo, não estou. Tive várias conversas comigo mesma até me convencer a vir.

— Aqui só vai acontecer o que você quiser.

Ela o fitou, um brilho travesso refletido nas profundezas azuis.

— Então não vou perder minhas moedas se me sentar nas mesas de jogo?

Ele riu e olhou para ela.

— Bem observado.

Os lábios dela se contraíram e, por meio segundo, Aiden pensou que ela poderia ao menos oferecer um sorriso. Ele queria ver os lábios se curvando, a alegria refletida neles. Havia nela uma tristeza, uma dor que estava despertando sua natureza protetora, seu lado irritante que o levava a fazer sacrifícios, independentemente do que lhe custasse. Era a razão pela qual ele havia se tornado dono do clube, um presente de seu irmão Finn, por quem ele se humilhara diante do pai execrável que tinham em comum. Finn vira o clube como uma maneira de pagar Aiden por uma dívida que sentia ter, apesar de ele ter insistido que não era necessário.

Mas o puxão que sentiu em seu estômago para proteger aquela dama era muito maior do que qualquer coisa que já havia experimentado antes. Era ridículo ao extremo. Ele não a conhecia, não sabia nada sobre a mulher. Ela provavelmente já tinha um protetor.

Ela era da nobreza, aquilo era óbvio. O tecido caro e o corte de seu vestido eram indicações, mas sua dicção e a maneira como se portava, como se estivesse acostumada a pessoas curvando-se à sua vontade, eram a prova final. Ele nunca havia favorecido muito a aristocracia, exceto pelas moedas que podiam colocar em seus bolsos. Aos 19 anos, ele abrira o Clube Cerberus com a intenção de pegar o máximo que podia dos nobres, usando-os para crescer na vida. Claro que os menos abastados também visitavam sua casa de jogos. Aiden não tinha preconceito quando se tratava de dinheiro. Ele tirava moedas de filhos, irmãos e maridos. E, com o Clube Elysium, fazia o mesmo com filhas, irmãs e esposas.

Finn havia feito planos para o clube antes de o amor mudar suas prioridades. Desde então, ele passara a morar nos arredores de Londres e a criar cavalos, vivendo feliz com sua esposa. Quando entregou o Elysium a Aiden, apenas uma dúzia de mulheres visitava o clube toda noite, e o local fora projetado para refletir um pouco mais de elegância e refinamento. Aiden fizera alguns ajustes para apelar aos desejos ocultos das damas.

A adição das máscaras fora ideia dele, porque sabia que as mulheres ficariam curiosas, mas hesitariam em mostrar o rosto. Aquelas que passavam pela porta precisavam jurar segredo, mas ele sabia muito bem que juramentos eram quebrados. Por isso, precisava de uma maneira de fornecer a proteção de que algumas necessitavam. Ao mesmo tempo, oferecia um santuário para elas e uma renda para ele.

O salão de jogos pelo qual Aiden escoltou Selena praticamente não mudara desde a época de Finn. Todo tipo de jogo estava disponível, e era dali que vinha a maior parte do dinheiro que enchia seus bolsos.

— Eu não esperava ver homens jogando — comentou ela.

— Eles estão ensinando suas parcerias. As mulheres não jogam esse tipo de coisa enquanto bebem chá à tarde. Gostaria que eu chamasse um tutor para você?

Embora as palavras tivessem escapado de sua boca por hábito, Aiden sentiu um aperto no estômago ao pensar em outro homem se inclinando sobre Selena e sussurrando conselhos na orelha delicada.

— Não tenho interesse em aprender carteado.

Ele se perguntou quais seriam os interesses dela, mas que graça havia em ir direto ao assunto? Preferia mantê-la ao seu lado por mais algum tempo, aprendendo mais sobre ela e descobrindo todas as facetas que a compunham.

— Talvez isso lhe interesse mais.

Ele a conduziu através de uma porta para uma sala que seu irmão imaginara para refeições elegantes, com mesas cobertas por toalhas brancas de linho e velas bruxuleantes. Mas que utilidade teria um jantar à luz de velas para mulheres aventureiras? Então Aiden colocara as velas em pilares altos, proporcionando pouca luz sobre sofás e muitas almofadas, que eram ocupadas por mulheres que relaxavam enquanto homens colocavam uvas entre seus lábios ou lhes ofereciam taças de vinho. Belos jovens segurando bandejas de refeições se ajoelhavam diante delas para que se deliciassem até o limite. Algumas mulheres haviam convidado os homens a se juntarem a elas, outras queriam apenas ser servidas. Qualquer que fosse o prazer, os cavalheiros haviam sido contratados para provê-lo.

— Você está com fome? — perguntou ele sugestivamente. — Ou sede?

— Não tenho interesse em comida ou vinho. Mas estou intrigada com a depravação.

Ela o encarou com os olhos de fogo azul, e foi necessária toda a resistência que Aiden conseguiu reunir para não mergulhar de cabeça naquelas chamas. Por que uma mulher com poderes tão sedutores estava em um estabelecimento que atendia às mais solitárias?

— Esta sala foi feita para que as mulheres se sintam como deusas — continuou ela.

Aiden gostou de perceber que ela entendera o propósito de seus esforços naquele espaço. Ele sorriu.

— Por isso tem o nome de Salão Celestial.

— Uma mulher ajudou você a projetar este lugar?

Ele pensou ter sentido um toque de ciúme no tom dela, mas deveria ser engano. Eles não se conheciam o suficiente para provocar emoções tão voláteis entre si. Embora, se ela quisesse relaxar dentro daquelas paredes, ele seria capaz de demitir qualquer homem que se aproximasse o suficiente para sentir seu aroma de morango.

— Minha cunhada sugeriu que as damas iriam gostar de se sentir especiais.

— Qual? Lady Aslyn ou lady Lavínia?

Ela era definitivamente da nobreza. Selena dissera os nomes como se fossem familiares à sua língua, e ele lutou para não pensar no que mais gostaria de tornar familiar à língua dela.

— Lavínia. Embora ela tenha dispensado o uso de *lady*

Exceto quando escrevia artigos contundentes sobre o tratamento injusto de mães e crianças solteiras que "nasceram do lado errado do cobertor". Então, ela abraçava seu lugar na sociedade, permitindo que este servisse a seu propósito e a um bem maior.

— Você parece saber muito sobre mim.

— Sua família é o assunto do momento na sociedade.

— Minha família, não eu.

— Você também. Como acha que fiquei sabendo deste lugar? Por que dar tudo isso às mulheres?

— Tenho um clube de jogos para homens. Não é tão chique. Apenas jogos de cartas. Mas, vez ou outra, aparecia uma mulher para jogar. Por que as mulheres não deveriam ter seu próprio espaço para se divertir? Por que elas deveriam ser relegadas a noites de bordado?

— Porque é a coisa apropriada a se fazer.

— E você é apropriada, não é?

— Eu era. No passado.

— E agora?

— Não tanto, obviamente.

Ele detectou um pouco de remorso em seu tom de voz, talvez até um pouco de vergonha. Aquilo diminuiria com o tempo. Ela ficaria viciada no que ele oferecia. Ainda estava para aparecer uma dama que entrara em seu covil e não voltara.

— Você pode não precisar de vinho, mas deve pelo menos aproveitar a atmosfera do salão com um pouco mais de conforto.

Capítulo 2

SELENA PENSOU EM RESISTIR quando Aiden a guiou em direção a um imenso sofá em um canto, mas seus planos dependiam do interesse dele. Além disso, sem dúvida caberia a ela ficar mais à vontade com ele. A mobília coberta de veludo era maior do que qualquer outra que já vira, projetada para que uma pessoa pudesse se esticar completamente. Ela ficou surpresa quando Aiden a colocou em uma das beiradas e puxou suas pernas para cima do sofá, virando-a com cuidado até que ela estivesse deitada em um pequeno monte de almofadas. Selena nunca estivera debruçada dessa forma com alguém que não fosse o marido.

— Vou sujar o tecido.

— Peço para limpar depois. Ou podemos tirar seus sapatos.

Diferente das dela, as palavras de Aiden saíam com facilidade, como se as tivesse murmurado mil vezes.

Ela percebeu, então, que várias das mulheres no salão haviam feito exatamente aquilo. Algumas recebiam massagem nos pés ainda com meias, enquanto outras tinham dedos desnudos aparecendo por debaixo das saias.

— Vou permanecer calçada.

Eles com certeza não ficariam ali por muito tempo.

Aiden falou com um lacaio antes de se sentar bem ao lado dela. Selena odiou o pequeno sobressalto que deu com a proximidade dele — não estava agindo da forma sofisticada que esperava.

— Você está tensa. Gostaria que eu massageasse seus ombros?

O olhar dela disparou nervosamente para as mãos grandes de dedos fortes.

— Agora não.

— Por que está tensa, tesouro?

Um nome carinhoso diferente... Selena se perguntou quantos ele conhecia, se diria todos para ela, se os dizia para todas as mulheres; e se viu desejando que ele reservasse um para ela — só para ela. Mas era tolo esperar que tudo aquilo fosse algo além de negócios para ele.

— Quer a verdade?

— É sempre mais fácil de lembrar do que uma mentira, se o assunto surgir novamente.

Aiden se recostou e, com a mão livre, passou um dedo pela panturrilha dela. Só então ela percebeu que sua saia não cobria os tornozelos como deveria. Seu primeiro instinto foi afastar a mão dele e esconder os pés sob a saia, protegendo o que ele não deveria estar tocando. Mas, com sorte, ele tocaria muito mais antes que a noite terminasse.

Através da meia, Selena podia sentir o toque suave e notavelmente íntimo da pele dele. Engolindo em seco, ela se esforçou para não se perder na sensação encantadora. Tinha que manter a compostura e não fazer nada impróprio diante de testemunhas, por mais que estivesse mascarada.

— Eu nunca fiz nada remotamente sórdido.

O olhar dele saiu da panturrilha exposta e foi para os olhos dela.

— E por que hoje à noite?

Balançando a cabeça, ela ficou agradecida quando um criado interrompeu a conversa para oferecer uma taça de vinho tinto. Aiden Trewlove se endireitou, pegou a taça e estendeu a ela. Embora tivesse dito momentos antes que não estava interessada em vinho, Selena decidiu que um gole ou dois poderiam ajudar bastante a acalmar seus nervos.

— Não vai me acompanhar?

— Não seria apropriado se o dono do local ficasse embriagado.

— Eu também não vou me embriagar.

Ainda assim, ela tomou um gole e sorriu com a suavidade da bebida, com a maneira como lhe aqueceu e deu uma sensação de familiaridade.

— Uma boa safra.

— Minha irmã, Gillie, é dona de uma taverna. Ela mandaria me matar se eu não servisse o melhor aqui.

— Ela se casou com o duque de Thornley.

— Outro detalhe com o qual você está familiarizada.

— Como eu disse, sua família é o assunto do momento.

Ele recostou-se ainda mais.

— O que me coloca em desvantagem, já que sei muito pouco sobre você.

— Você não sabe nada sobre mim.

— Sei que você é a esposa de alguém.

Ela ficou tensa, mas o dedo dele novamente percorreu sua panturrilha, distraindo-a, levando-a de volta para um lugar mais confortável.

— Você está especulando.

— Embora você esteja usando luvas, posso ver o contorno de um anel na sua mão esquerda. Seria melhor tê-lo tirado antes de vir.

Sim, seria, mas Selena não o tirava havia quase sete anos e nem sequer pensara naquilo. Incomodada ao perceber que não havia tomado as precauções mais simples para proteger sua identidade, ela se esforçou para tomar outro gole...

— Um duque, eu diria.

E quase se engasgou com o vinho. Tossindo, Selena cobriu a boca e, enquanto tentava recuperar o ar, mal percebeu quando ele lhe tomou a taça da mão. Gentilmente, ele deu um tapinha nas costas dela. Quando se recuperou, Selena pegou a taça de volta e engoliu cautelosamente o vinho para se recompor.

— Por que diz isso?

— A maneira como você se porta, parece que tudo pertence a você. Parece que está em um lugar que não é digno de sua presença, pelo qual realmente não tem interesse, andando com um homem que não é bom o suficiente nem para polir seus sapatos.

— Você está errado quanto a isso, sr. Trewlove. Suspeito que esteja projetando seus próprios preconceitos em mim. Não que eu lhe culpe, se os rumores que ouvi são verdadeiros. Dizem que seu pai é da nobreza.

Os dedos em sua panturrilha flexionaram como se ela tivesse lhe dado um golpe.

— Não falo do meu pai. Nunca.

Então era verdade. Sangue nobre corria pelas veias dele, o que combinava muito bem com o plano dela.

— E eu não vou discutir meu lugar dentro ou fora da sociedade — disse ela, ácida. — Então parece que concordamos sobre esse aspecto de nossas vidas.

Quando ele se recostou mais uma vez, os dedos voltaram a acariciar a panturrilha, subindo um pouco mais a cada momento, chegando perigosamente perto do joelho dela. Mais que inapropriado, mas Selena sentia que talvez aquilo fosse um teste. Ou talvez Aiden simplesmente gostasse de sentir a perna de uma mulher.

— Se eu apagasse as velas que estão por perto e você ficasse protegida pelas sombras, poderia remover sua máscara.

— A escuridão nunca é absoluta. Dentro desta sala, a máscara permanece. Além disso, você ficaria surpreso com quão observadoras algumas mulheres são.

Ele a estudou um longo tempo, até que começou a mexer nos botões de seus sapatos.

— Eu disse que ficaria de sapato.

Selena teria dado um chute no ar se ele não tivesse fechado uma mão em torno de sua perna, logo acima do tornozelo, quando ela começou a falar.

— Você ficará mais confortável sem eles. O chão está limpo.

Aiden a encarou com olhos semicerrados, assim como fizera com a nobreza reunida na igreja, e ela sentiu um desejo irracional de que ele não a achasse vazia, que não a considerasse covarde.

— Quando foi a última vez que você ficou descalça?

Estranho ela se lembrar daquilo.

— Eu tinha 9 anos e havia um gramado irresistível. — Era como se estivesse correndo sob veludo. Ela balançou a cabeça. — Minha governanta teve trabalho tentando me manter calçada.

Mas, naquele dia, sua mãe lhe dera uma bronca, convencendo-a de que ela era velha demais para tais bobagens. Desde então, ela nunca havia tirado os sapatos. Decepcionar os pais — ou qualquer pessoa, na verdade — sempre a fazia se sentir podre.

Ela tomou o último gole de vinho da taça e aceitou uma outra que o criado ofereceu. Então, olhou para o homem que parecia confortável, apesar de sua posição estranha, com os pés ainda no chão, e se perguntou como ele reagiria se ordenasse que colocasse os pés no sofá para que tirasse as botas dele. Obviamente, o vinho estava fazendo efeito, lhe deixando mais corajosa. Embora não completamente. Ela deu um leve aceno de cabeça, e os dedos dele voltaram ao trabalho no mesmo instante.

Ele tirou os sapatos dela e os entregou para outro criado que apareceu de repente. Ela supôs que Aiden tivesse alertado o criado de que ele era necessário, embora Selena não tivesse notado qualquer sinal.

— Entregue para Angie, para serem guardados em meu nome.

— Sim, senhor.

Quando o criado partiu, Aiden Trewlove disse:

— Você pode pegá-los no saguão ao sair.

Ela havia deixado sua capa em um balcão na frente de uma sala repleta de embrulhos ao chegar. A funcionária que guardava as coisas não pediu seu nome, apenas lhe deu um número. Selena se perguntou se havia um lugar especial onde guardavam as coisas das mulheres que chegavam com o nome de Aiden, quais itens elas poderiam deixar com ele...

De repente, Selena não estava se perguntando mais nada, porque sentiu o polegar de Aiden acariciar um pé antes de envolvê-lo por completo com as duas mãos, apertando e massageando. Muito melhor do que um gramado... Desejou não estar usando meias. Então, imediatamente, se sentiu culpada por desfrutar tanto daquilo.

— Onde você foi educado? — perguntou ela, procurando se distrair da maneira perversa com a qual os dedos se moviam sobre seus pés.

— Nas ruas.

Ela balançou a cabeça.

— Você teve algum tipo de educação. Consigo distinguir na sua fala.

— É coisa da Gillie. Ela acredita que falar corretamente é o primeiro passo para subir na vida. Quando éramos mais jovens, ela trabalhou para uma mulher que a ensinou a se livrar do sotaque. Gillie compartilhou o que aprendeu com todos nós.

— Se não fosse por sua reputação, ninguém saberia que você veio das ruas.

O intuito era elogiá-lo, mas ele apenas deu de ombros como se não se importasse com o que as pessoas pensavam. Selena queria poder dizer o mesmo de si mesma, mas ocupava uma posição na sociedade que exigia que ela se importasse e nunca causasse nenhum constrangimento à sua família.

— E por que escolheu ser dono de um clube de jogos?

Ela estava realmente curiosa sobre aquele homem, que se esforçava para fazer seus pés se sentirem adoráveis sem nunca tentar tirar os olhos intensos do rosto dela.

— Esta noite é sobre você, querida. Não sobre mim.

As palavras a derreteram quase como a pressão dos polegares dele no centro de seu pé. Ela não conseguia se lembrar da última vez em que fora o foco de alguém, ou de quando seus desejos, necessidades e prazer vieram antes dos de outro.

— Se é realmente o caso, seria um prazer saber sua história, então fique à vontade para me contar.

Ele deu um sorriso tão masculino e sensual que ela temeu estar nadando em águas desconhecidas com aquele homem.

— Esse raciocínio é um pouco complicado. — Com outro dar de ombros, ele inclinou a cabeça para o lado e a fitou. — Conhece o jogo da concha?

— Creio que não.

— O "falador", é assim que se chama a pessoa que conduz o jogo, porque ela fala o tempo todo, tem três copos. Ele permite que você o veja colocar uma ervilha, bolinha ou outro objeto pequeno embaixo de um dos copos, depois começa a movê-las rapidamente, conversando e conversando. Quando ele para, vocês definem um valor de aposta e você deve indicar onde está a ervilha. Se adivinhar, você ganha o dinheiro. Caso contrário, deve pagar a ele. Não é muito, geralmente. Três a seis centavos. Depende do público, de quanto parece que podem pagar.

— E você sempre adivinhou corretamente onde estava a ervilha.

Ele deu outro sorriso que a fez sentir coisas engraçadas no peito, como se de repente tivesse ficado difícil respirar.

— Eu *era* o "falador" e sempre soube exatamente onde estava a ervilha. Bem na palma da minha mão. Portanto, não importa qual copo a pessoa escolhesse, sempre estava errado. Enquanto eu levantava o copo sob o qual a ervilha estava supostamente escondida, eu a colocava no lugar. "Desculpe, companheiro, está aqui", eu dizia, e recolhia os ganhos.

— Você trapaceava.

Ela ficou horrorizada com o pensamento e ainda mais horrorizada por ficar impressionada com a estratégia e a mão ágil dele.

Aiden riu.

— Claro que sim.

— Foi assim que você ganhou dinheiro suficiente para financiar seus negócios? Utilizando ganhos ilícitos?

Ele devia estar se divertindo com aquilo, porque deu um sorriso ainda maior.

— Não. Eu tinha uma mesinha fina com uma perna no centro que carregava comigo, por isso estava sempre em movimento, indo de um lugar para outro. Tinha meus três copos, minha ervilha. Um dia, uma multidão se reuniu. Um homem muito sofisticado apareceu. Colete de brocado vermelho. Lembro de ter ficado impressionado com o colete e de julgá-lo por isso. Eu tinha 11 anos e fazia meu truque com bastante sucesso havia algum tempo, então estava me achando. Decidi que o engomadinho tinha dinheiro e que tiraria um guinéu dele. Estabeleci meus termos, e ele concordou.

"Então segui minha pequena rotina. Mostrei a ele a ervilha que estava embaixo do copo, a escondi logo depois, embaralhei os copos rapidamente, provocando-o: 'Onde está a ervilha? Onde está a ervilha?'. Parei de mover os copos. 'Onde você acha que está, camarada?', cantarolei. Ele levantou um copo e, maldito, lá estava a ervilha!"

Selena soltou uma gargalhada, pega desprevenida pelo xingamento que ele expressara tão casualmente em sua presença — ninguém jamais usara linguagem obscena perto dela — e o olhar zombeteiro que lhe dirigia, como se entendesse que merecia cair do cavalo por sua arrogância.

— Ele também era um vigarista?

Aiden assentiu.

— Ele tinha crescido nas ruas, conhecia o jogo. Levou a própria ervilha e a colocou no lugar enquanto levantava o copo. Eu não poderia chamá-lo de trapaceiro sem expor meu próprio truque...

— Então você teve que pagar um guinéu a ele?

Aiden negou com a cabeça.

— Ele me disse: "Nunca deixe o alvo levantar a xícara". Ele estava me observando havia algum tempo, aparentemente. Ele se apresentou. Se chamava Jack Dodger.

Os olhos dela se arregalaram.

— *O* Jack Dodger?

Um dos homens mais ricos de Londres — ou melhor, de toda a Grã-Bretanha.

Ele assentiu.

— Exato. Fui trabalhar no clube de jogos dele, a Sala de Estar de Dodger, onde aprendi todos os tipos de jogatina. Eventualmente, me tornei um crupiê, o mais jovem que eles já tiveram. Mas eu queria ser a pessoa olhando do andar de cima para o meu domínio, não a que estava no salão sendo observada. Então, com 19 anos, abri meu próprio negócio. Não achava certo competir com o homem a quem eu devia tanto, então abri o Clube Cerberus em Whitechapel, mais para os humildes do que para os abastados, mas os humildes também têm moedas. E nem toda a nobreza é bem-vinda nos círculos mais chiques.

— E a partir daí você decidiu que as mulheres também precisavam de um lugar...

— Não posso receber crédito por isso. Foi ideia do meu irmão, mas o coração dele nunca esteve realmente no projeto, então ele me deu o lugar.

— Deu para você? Sem ganhar nada em troca? Simples assim?

— Ele sentiu que me devia.

— Por quê?

— Ah, querida, isso é uma outra história.

Soltando os pés delicados, ele se endireitou e se inclinou na direção dela.

— Agora, *você* precisa me contar uma história. O que a trouxe aqui hoje à noite?

— Uma carruagem.

Aiden riu baixo com a resposta rápida dela, a recusa deliberada em responder adequadamente à pergunta. Era uma mulher cheia de segredos. Ele apostaria todo o ganho da noite nessa percepção. Não conseguia definir o que havia nela que atraíra sua atenção e o manteve por perto. Normalmente, não ficava com as damas para não causar ciúme — era ruim para os negócios. Mas, por alguma estranha razão, ele não conseguia se afastar de Selena.

Talvez fosse a tristeza em seus olhos ou seu desconforto. A maioria das mulheres exalava empolgação quando chegavam ao clube, mas Selena não demonstrava interesse no lugar — era como se estivesse obrigada a estar ali. Ela estava atrás de algo e pensou que encontraria o que quer que fosse ali, mas ele poderia ter lhe dito que não havia tesouros dentro daqueles quartos. Eles forneciam apenas fugas momentâneas. Havia valor naquilo, mas era sempre passageiro. E era por isso que as mulheres retornavam; porque a alegria que encontravam ali não podia ser levada para casa. Sempre se dissipava quando iam embora.

O que era bom para os negócios. Garantia que elas voltariam.

Um criado apareceu, encheu novamente a taça de vinho e se retirou. Selena não se opôs, e ele suspeitou que ela estivesse começando a se sentir um pouco mais relaxada. Pegando a mão livre dela, começou a deslizar a luva por seu cotovelo. Por que as mulheres usavam vestidos que expunham seus braços e adicionavam um acessório para escondê-los?

— O que você está fazendo? — perguntou ela, e ele notou um tom de alarme em sua voz.

— Luvas são uma perda de tempo.

Ela fechou os dedos em um punho ineficaz.

— Por favor, não as tire.

Ele pensou no anel, que poderia ser reconhecido por aquelas que a conheciam.

— Nós podemos colocar seu anel dentro de uma das luvas. Ficará seguro. Não temos ladrões aqui. Ou posso guardá-lo em um dos meus bolsos.

Ela negou com a cabeça, e Aiden se perguntou sobre o homem que colocara o anel em seu dedo, e em como ela queria que a joia permanecesse ali. Se ela o amava, por que fora ao clube? Bem, lady Aslyn visitava o local vez ou outra e adorava o irmão dele. Às vezes, uma dama só precisava escapar por um tempo.

Ele retornou a luva ao seu devido lugar, passando o dedo pela carne macia do interior do braço dela, onde a luva não chegava.

— Estou esperando pela sua história, tesouro.

Ela levou a taça aos lábios, adiando o relato, e Aiden se arrependeu um pouco por não estar bebendo com ela, mas ele tinha uma regra sobre não ficar muito familiarizado com suas convidadas. Não era bom para os negócios. Como seus irmãos, ele sabia muito bem que sua fortuna se baseava em cuidar de seus empreendimentos. Os membros de sua família nasceram de escândalos, e aquilo ainda os assombrava. Embora por vezes chegasse muito perto do limite do impróprio, ele não o fazia ali, nunca ali. No entanto, Selena o tentava de uma maneira que nenhuma outra mulher jamais fizera.

Depois de lamber os lábios, ela voltou sua atenção para as sombras.

— Eu falei sobre o gramado.

— Você tem histórias mais interessantes do que essa.

O olhar dela se voltou para ele.

— Na verdade, não. É por isso que estou aqui.

Nem por um minuto ele acreditou que ela era tão entediante assim, mas também sabia quando não insistir.

— Termine seu vinho. Vou lhe mostrar outra sala de entretenimento.

Ele gostava de observar como os delicados músculos da garganta dela se moviam enquanto ela bebia. Não havia um único aspecto nela que não o atraísse. Ele se perguntou se, caso a levasse para um quarto completamente escuro, ela removeria a máscara e lhe permitiria delinear suas feições com a ponta dos dedos. Sempre tivera um talento especial para desenhar coisas e pensou que, se traçasse os contornos dela, poderia transferi-los para o papel.

Selena mal havia terminado de beber quando um rapaz bonito — todos eles eram bonitos; Lavínia convencera Aiden de que as damas apreciariam belas paisagens andando por seu estabelecimento — de apenas 20 anos recolhia sua taça vazia e lhe oferecia uma cheia.

— Nós terminamos aqui — disse ele ao criado, surpreso com a rudez de seu tom, pelo comando direto.

Jasper também devia ter ficado surpreso, porque arregalou os olhos antes de dar um rápido aceno de cabeça e sair apressado.

Aiden não só viu, como sentiu o olhar especulativo de Selena sobre ele. De repente, teve um desejo de se desculpar com ela e com o rapaz, mas aquele não era um hábito que possuía, e um pedido de desculpas poderia levá-lo a confessar que não gostava muito da ideia de qualquer um de seus empregados a bajulando — mesmo que fossem pagos para fazer com que as mulheres se sentissem especiais, para que quisessem voltar a se sentir especiais novamente.

— Vou precisar dos meus sapatos.

Ela o surpreendeu pela ausência de comentários sobre a reação anterior.

— Não, não vai. Como eu disse, o chão está limpo. Por que aprisionar esses pés adoráveis em couro quando não há necessidade?

De pé, ele pegou a mão dela e a ajudou a se levantar. Sem os sapatos, o topo da cabeça de Selena chegava ao ombro dele, e Aiden não quis considerar o quanto poderia gostar de aninhar a bochecha dela na curva de seu ombro — um pensamento estranho para um homem que nunca abraçava mulheres. Ele gostava muito delas, apreciava sua companhia imensamente, mas não era de oferecer abraços quando precisavam. Lágrimas geralmente o faziam procurar a rota de fuga mais próxima. Ele não abraçava e confortava somente para abraçar e confortar. Apenas gostava de se divertir.

Naquela noite, ele estava agindo de forma incomum: relaxando com uma mulher, dando-lhe atenção, ignorando todas as outras. Talvez fosse apenas o mistério que pairava sobre Selena. Mas outras também usavam máscaras, e ele não estava tentado a saber detalhes sobre elas. Aiden deveria entregá-la a um homem, mas temia se incomodar com a atenção que o criado daria a ela. Se fosse pouca, ficaria bravo por ela não ter atenção o suficiente. Se fosse exagerada, ficaria furioso porque não era ele a bajulá-la.

Se Selena estava ciente de seus pensamentos tumultuados, não deu nenhuma indicação, apenas enfiou a mão na dobra do cotovelo dele, como se pertencesse àquele lugar. O vinho fizera efeito. Estava mais relaxada e à vontade. Estranho como ele estava subitamente mais tenso.

Tomando seu tempo, ele a guiou para o salão ao lado, um que Lavínia insistira que apelaria às damas, e que ele se referia em particular como a Sala Tímida — embora, para suas convidadas, fosse apenas um salão de baile como qualquer outro. Mas, ali, elas teriam garantida uma valsa com um cavalheiro encantador.

Ainda que tivesse preferido empregar os mais pobres, ele precisava de camaradas de um certo calibre para entreter as damas, homens que falavam de forma polida e sabiam se vestir para causar boa impressão com seus casacos, coletes e gravatas de lenço. A maior parte de sua equipe masculina visível havia sido treinada para assumir uma posição em uma casa sofisticada como criado. Ali, eles ganhavam o dobro do que receberiam em outro lugar.

— Eu não esperava danças — murmurou ela.

Algumas damas estavam alinhadas à beira da pista de dança, aguardando sua vez, sabendo que logo dariam rodopios na pista. Nenhuma mulher era negligenciada.

— Talvez você queira valsar?

Aiden nunca dançava com suas clientes, mas queria segurá-la nos braços, conduzi-la pelo chão polido. O fato de nunca ter valsado em sua vida dificilmente serviria como impedimento para algo que desejava. Lavínia havia lhe ensinado o básico, pensando que seria útil em algum momento que ele desejasse dançar com uma de suas convidadas. Ele odiava dar crédito a ela por estar certa. Embora fosse sua cunhada, ele ainda estava lutando para perdoá-la por completo pela dor horrível que ela havia causado a seu irmão no passado.

Selena balançou a cabeça.

— Eu não estou aqui para dançar.

— Você não tem interesse em jogos, banquetes nem dança. Por que está aqui, querida?

Com um pouco de obstinação e ousadia, ela encontrou e segurou o olhar de Aiden.

— Estou aqui para ser possuída.

Capítulo 3

Crescer na periferia ensinara a Aiden a nunca demostrar o que sentia, então ele não permitiu que nem um único músculo em seu rosto se movesse, mas a franqueza de Selena o pegara desprevenido. Assim como o fato de ela continuar a fitá-lo, como se não tivesse dito algo ultrajante. Ele queria arrancar a maldita máscara e ver se ela havia corado. Se tivesse, seria apenas nas bochechas, porque o queixo continuava um alabastro pálido, sem nenhuma pitada de cor ou calor.

Ele não gostou nem um pouco de descobrir a razão que a levou ao clube, e não deixou de perceber a ironia da situação. Aiden se deleitava com o pecado, desfrutava de seu papel na introdução das pessoas ao vício. Era improvável que fosse para o céu e, por isso, pretendia aproveitar a jornada que o levaria ao inferno. Ele entendia que as pessoas tinham desejos, mas nunca compreendera por que as mesmas pessoas eram julgadas por tentar satisfazê-los — dentro ou fora do casamento.

No entanto, naquele momento, Aiden queria que Selena fosse mais exigente em seus gostos e desejos. Ele não a queria interessada apenas no ato. Ele a queria interessada em se envolver por estar loucamente atraída por alguém específico, atraída por *Aiden*. O que diabo estava acontecendo com ele?

— Se você observar bem, verá que alguns dos cavalheiros usam um botão vermelho na lapela esquerda. Eles fornecerão esse serviço para você.

As palavras de Aiden saíram sem rodeios e, contudo, uma sensação indesejável estava se formando em seu interior, como um vulcão prestes a entrar em erupção.

— Eu não estou interessada neles. Você me intriga, Sr. Trewlove. É você quem eu quero.

— Infelizmente, não misturo negócios e prazer.

Ele quase morreu ao dizer tais palavras.

— Considere tudo como negócios.

— Eu não me envolvo com minha clientela.

— Eu não estou pedindo para você se envolver. Estou pedindo para você me levar para a cama.

Aiden estava acostumado a ser o caçador, não a caça. Embora apreciasse a ousadia de Selena — estava bastante impressionado, na verdade —, ela o fazia se sentir desequilibrado. Não era que ele não *quisesse* dormir com a mulher. Simplesmente desconfiava dos motivos dela. Será que as damas a quem ele demonstrava interesse sentiam o mesmo? Preocupavam-se com o fato de que poderiam se arrepender?

Seria realmente possível se deitar com ela sem se envolver? Ele já tivera encontros com o único intuito de matar a luxúria, mas Selena parecia uma dama que merecia mais. Ela seria capaz de compreender a solidão que poderia recair sobre um indivíduo quando o corpo estava saciado, mas a alma vazia? Estranho... Apesar de tê-la conhecido naquela noite, não queria apenas deitar-se com ela e fim de história. Ele queria um pouco mais de tempo para explorar as possibilidades que Selena apresentava.

— Podemos discutir parados aqui ou valsando.

Curvando-se ligeiramente — um pouco zombeteiro, se a verdade fosse dita —, ele acenou com a cabeça em direção à pista de dança.

— Vamos?

— Eu não estou usando sapatos.

— Melhor ainda.

Quantas vezes ela havia considerado tirar as sapatilhas, certa de que o ondular das saias manteria os pés descalços escondidos durante uma dança? Detestava sapatos e a maneira como confinavam seus pés, muitas vezes fazendo os dedos latejarem de dor. A liberdade que sentiu ao dançar descalça foi tão prazerosa quanto imaginara, as solas dos pés deslizando sobre a madeira polida enquanto ele a conduzia pelo salão.

Também não doía que um homem bonito, cujo olhar não a deixava, fosse seu par.

— Eu o choquei com minha franqueza.

Ela havia chocado a si mesma, verdade fosse dita. Não pretendera ser tão direta, e sim mais sutil para conseguir o que precisava.

— Chocado, não. Surpreso, eu diria. Certamente você não é a primeira a vir aqui querendo mergulhar nos pecados mais imperdoáveis. Esposas infelizes, viúvas solitárias, solteiras condenadas. Por que não passar uma noite dançando com o diabo?

— Creio que o diabo não teria me rejeitado.

— Conheço muito bem a tentação, a imoralidade e o vício. Não aposto nas minhas mesas. Não bebo do meu álcool. Não relaxo em meus sofás. Até este momento, eu nunca havia dançado em meu salão.

Ela ofereceu um pequeno sorriso hesitante.

— Então você está disposto a abrir exceções.

— Parece que sim.

Selena quase gargalhou. Fazia tanto tempo desde que rira pela última vez.

— Não precisa parecer tão contrariado.

— Estou curioso. Já disseram que você é linda?

— Tantas vezes que a palavra perdeu todo o significado.

— Você se casou por amor?

— Não.

— Ele não a satisfaz?

— Uma mulher pode ser satisfeita?

— Do modo certo, sim. E o modo certo começa com a sedução.

Com o mínimo de força na mão espalmada nas costas dela, Aiden a puxou para mais perto até que suas pernas roçassem na saia dela e suas botas estivessem perigosamente próximas dos pés descalços, mas Selena confiou que ele não pisaria nela, que não a mandaria para casa mancando.

— Você está me seduzindo desde que se aproximou de mim.

Um lado da boca dele se levantou.

— Antes disso, eu diria.

Ela não evitou um sorriso.

— Sua volta pelo salão de jogos? Foi por minha causa?

— Você me notou, não é? — Ele balançou a cabeça e abriu um pequeno sorriso autodepreciativo. — Você está me fazendo quebrar todas as minhas regras.

— Você não me parece ser alguém que segue regras.

— Eu estava tentando começar do zero. Ser alguém respeitável.

— A respeitabilidade é superestimada.

— E você sabe disso porque é muito indecorosa?

— Eu sei disso porque *quero* ser muito indecorosa. Fui correta toda a minha vida. Estou cansada.

— Eu tenho outra regra, querida. Uma que nunca quebrei. Não durmo com mulheres casadas.

— Sorte a minha, então. Sou viúva.

Na verdade, não era tanta sorte. Não estaria ali se não fosse viúva, não o teria procurado. Ela não pretendia revelar a verdade sobre seu estado civil, mas mesmo que ele tivesse lido o obituário de Lushing no jornal, era improvável que associasse o duque a ela, pois certamente não esperaria uma mulher que perdera o marido havia apenas três dias em seu clube de pecado.

Ainda assim, quanto menos ele soubesse ou suspeitasse dela, melhor. Ela não sabia por que dissera coisas que não deveria. Aprendera desde cedo, desde o berço, a guardar seus pensamentos para si mesma e nunca revelar suas verdadeiras opiniões ou sentimentos. Mas lá estava ela, falando como a esposa de um peixeiro que não teria que enfrentar as consequências tão cedo.

Por outro lado, que mal havia no que dissera? Mesmo que ele conseguisse descobrir sua identidade, não tinha o poder de interferir nos planos dela. Além disso, Selena estava acostumada a ter o que queria na maioria das vezes. Era um privilégio de sua posição, e ela descobrira que o queria.

Por que ele estava se fazendo de difícil? Pelo que sabia, homens eram governados por seus instintos mais básicos — e nada era mais básico do que a as vontades do próprio pau. Por que ele estava sendo tão complicado? Por que não a levara imediatamente para um quarto escuro e levantara suas saias? Mais irritante do que a aparente falta de interesse era a solidariedade na profundeza dos olhos castanhos.

— Há quanto tempo? — perguntou ele.

— Isso não importa.

— Você sente falta dele?

Naquele momento em particular, ela sentiu falta do silêncio do duque, do fato de que ele nunca a bombardeara com perguntas, na tentativa de descobrir todas as facetas dela.

— Você não tem interesse em se deitar comigo?

A voz dela manifestou sua impaciência. Ela fora ali com um propósito, e ele o estava dificultando.

Os dedos longos de Aiden se espalharam contra as costas dela e apertaram, reivindicando-a e deixando-a escandalosamente próxima, até que sua coxa estivesse praticamente aninhada entre as dela. Selena temeu que os pés dele fossem enroscar na bainha da saia. Mas, pelo visto, ele era muito habilidoso para que aquele desastre acontecesse, sabia exatamente o que estava fazendo, calculara quão perto ele poderia segurá-la sem causar nenhum acidente. Ou talvez fosse o fato de que, naquele exato momento, eles pareciam ser um só corpo. Estranho como Selena sentia que estava compartilhando uma familiaridade muito mais íntima do que qualquer coisa que experimentara na cama.

— Você merece mais do que ser levada para a cama. — A voz baixa dele reverberou por todos os nervos que ela tinha. — Você merece ser seduzida de forma escandalosa e completa.

Os olhos dele se fixaram nos dela, oferecendo uma promessa que Selena não sabia se tinha coragem de aceitar. Ela não conseguiu respirar. De repente, ir até o clube pareceu um ato incrivelmente imprudente. Mas, apesar de seu coração descompassado — que ela tinha certeza de que ele podia sentir na pontas dos dedos —, não conseguiu se libertar do abraço e ir embora. Ela tinha 25 anos e nenhuma vez, em toda a sua vida, fora *completamente* seduzida. Não podia nem afirmar ter sido *levemente* seduzida.

As notas finais da música flutuaram no ar, permanecendo como o perfume de uma flor que se fechara durante a noite. Eles pararam a dança, mas Aiden não afrouxou nem um pouquinho o abraço.

— Você não me conhece. — A voz de Selena soou rouca, como se ela não a usasse havia anos. — Não tem como saber o que mereço.

— Toda mulher merece mais que ser levada para a cama. Cada uma é digna de sedução. Dito isso, suspeito que a conheço muito melhor do que você pensa.

Ela estava agradecida pela máscara ocultar sua reação, por ele não poder ver o quanto ela desejava que alguém a conhecesse de verdade, que soubesse de seus pensamentos, medos e sonhos.

— Quanto à sua pergunta anterior, sobre o meu interesse em dormir com você, tenha certeza de que ele é forte e poderoso. Se você voltasse suas atenções para outro homem aqui, eu poderia, infelizmente, ter que matá-lo.

Selena ficou notavelmente envergonhada pela satisfação que a invadiu, pela possibilidade de ele sentir ciúme de outro.

Outra música começou, e ele voltou a conduzi-la pelo salão. Ela dançara com senhores mais talentosos e polidos quando se tratava da valsa, mas tudo não passara de movimento e rodopios, seguindo as formalidades dos passos. O estilo de Aiden era mais selvagem, cru e sedutor.

Ele a encarou como se desviar o olhar fosse sinal de derrota. O espaço entre eles era um escândalo de tão estreito, não que aquilo realmente importasse naquele lugar. Havia uma rusticidade, algo primitivo na maneira como todos os casais se moviam juntos pela pista de dança. Pelo canto do olho, ela viu como cada um dos outros homens olhava para a parceira, como se elas fossem a lua e as estrelas.

Mas Aiden Trewlove havia aperfeiçoado seu olhar para refletir o de um homem verdadeiramente encantado. Para que, mesmo por apenas um momento, a duração de uma dança, uma mulher se sentisse valorizada. *Ela* se sentiu valorizada. Selena não estava esperando por aquilo, não desejava aquela sensação. Aquilo a fez se sentir fraca, quando era imperativo que permanecesse forte para fazer o que precisava.

— Estranho você não ter tirado as luvas, ter rejeitado a sensação das minhas mãos tocando as suas, quando está aqui, na esperança de que minhas mãos acariciem todo o seu corpo — disse ele, calmo. — Imagine como seria melhor sem a seda nos separando.

De repente, ela imaginou algo selvagem e provocativo. Temeu que seu coração, que continuava disparado, pudesse muito bem parar antes do fim da noite. Sua morte certamente não serviria a ninguém, muito menos a si mesma. Se muito, apenas aumentaria a culpa que ela levaria para o céu. Se é que os anjos a levariam para lá. Depois da fuga daquela noite, era mais provável que eles simplesmente a largassem no inferno. Uma hora antes, aquela noção a assustaria. Naquele exato momento, porém, Selena encontrara algum conforto na perspectiva de ir para o inferno, porque tinha certeza de que também seria o destino de Aiden. Podia imaginá-lo rindo alto, encantado com o ambiente e distraindo o diabo. Gostaria de testemunhar tudo aquilo.

— É possível ser levada para a cama sem que uma única peça de roupa seja removida — ela o informou da maneira mais arrogante e instruída possível.

Lushing com certeza nunca exigira que todas as roupas fossem removidas, então exatamente como Aiden Trewlove acariciaria *todo* o seu corpo? Com aquelas mãos. Aquela que embalava a sua como se fosse um pássaro frágil. Aquela que cobria boa parte de suas costas.

O sorriso dele foi atrevido e ousado.

— E que diversão há nisso?

Ela quase perguntou se havia diversão em ser levada para a cama. Para Selena, sempre fora mais uma tarefa, um dever, uma exigência do casamento. Ela estava esperando por algo mais naquela noite, mas não sabia exatamente o que esse "mais" poderia ser. Carícias na pele nua. *Carícias. Na pele. Nua.* As palavras pareciam presas em sua mente como se estivessem em um carrossel.

Pela carícia e o modo como ele a segurara até então, ela podia dizer que suas mãos eram ásperas por seus trabalhos, seja lá quais fossem. Mas também eram limpas e bem cuidadas. Ele tinha uma cicatriz que corria ao longo da lateral do dedo indicador e nas costas da mão. Fina, elevada, branca. Parecia antiga. Ela se perguntou como fora feita.

A sedução dele envolveria a troca de mais histórias? Ela achou que sim, ansiava por aquilo.

A música parou de tocar mais uma vez, um sinal para que outros mudassem de parceiro, enquanto ele só continuava a abraçá-la, esperando pacientemente o momento em que eles poderiam voltar a se mover. Em um salão de baile, três danças com o mesmo cavalheiro seria algo escandaloso. Ali, não era nada demais. Ela não estava preocupada com aquilo ou com sua reputação.

— Quantas músicas ainda vamos dançar? — perguntou ela.

— Uma.

— E depois?

— Eu vou beijá-la até suas pernas ficarem bambas.

Os olhos dela flamejaram, os lábios se separaram, e o pênis de Aiden reagiu como se ela tivesse abaixado a mão e deslizado os dedos por todo o membro. Cristo, o que diabo havia de errado com ele? Gostava de mulheres, mas nunca perdera a cabeça. Algo nela atiçava seus instintos mais básicos, o homem das cavernas que queria reivindicar e proteger — e, sim, derrubar qualquer outro homem que a tocasse.

Nunca havia sentido ciúme, até encontrá-la. Quando entendeu o que era aquele sentimento, não gostou muito nem entendeu por que aquilo estava acontecendo. Selena estava certa. Ele não a conhecia. Sentir algo em relação a ela que não fosse uma leve curiosidade era tolo além dos limites.

Outras mulheres usavam máscaras no clube. Algumas nunca as removiam. Mas o mistério delas não o intrigava. Selena o fazia. De uma forma enorme, irrevogável e intensa. Ele queria saber tudo sobre ela, por dentro e por fora.

Não, não queria. Ele queria seduzi-la, deitar-se com ela, esquecê-la. Tão facilmente quanto ela parecia planejar esquecê-lo. E ali estava o problema, a razão pela qual a sedução era necessária — porque ele queria que ela implorasse, que se lembrasse dele em seu último suspiro, independentemente de quantos homens viessem depois.

Ela alegou querer ser levada para a cama, e o jeito que dissera aquilo sem nenhuma emoção, como se fosse esperado que ele estaria a postos para cumprir suas ordens, o havia intrigado e irritado. Aiden Trewlove não se curvava à vontade da nobreza. Ao contrário de sua mãe, ele não seria *usado* para o prazer deles. Ele poderia proporcionar prazer, mas era sempre em *seus* termos, e somente neles. Não sabia nada sobre a mãe, mas havia aprendido o suficiente sobre seu pai para saber que a pobre mulher provavelmente tivera pouco a dizer sobre o acordo. O mesmo não podia ser dito dele. Aiden estava sempre no controle, sempre no comando, sempre com a palavra final.

Ele podia não ter tido escolha no que fizeram com ele em seu nascimento, mas, por Deus, tinha controle absoluto naquele momento. Ninguém ditava suas ações, a não ser ele mesmo.

Aiden se perguntou se a mulher que estava à sua frente também não tivera escolha no passado, se estava ali por isso, porque, como recém-viúva, ela tinha o poder de determinar seu destino e suas atividades. E agora queria o que nunca tivera: paixão.

Pois certamente ela queria mais que um coito sem emoção.

— Minhas pernas estão bem firmes — disse ela, por fim, e ele não deixou de sorrir pelo tempo que Selena levou para se recuperar de sua promessa e propor uma resposta.

— Eu pretendo enfraquecê-las.

A língua rosada apareceu e lambeu o lábio inferior que ele pretendia devorar em breve.

— Você é muito arrogante.

— Foi por isso que você me escolheu.

— Você me fascina, devo admitir.

— Já nos encontramos antes?

Ele achava que não. Ele se lembraria daquela boca, do formato dela, do lábio inferior volumoso que dava a impressão de estar em um beicinho permanente, a forma de arco do lábio superior, mais fino, metade da grossura do lábio inferior. A boca dela receberia bem a dele.

— Não, mas eu o vi de longe, ouvi histórias de suas... proezas.

— Tenho uma política de nunca me gabar. Sempre presumi que as mulheres, especialmente aquelas que estão em uma classe superior, mantinham seus negócios em segredo.

— Ninguém jamais revelou segredos. É apenas a maneira como seu nome é sempre dito com um suspiro que me levou a acreditar que você tinha talentos ocultos. Então, é claro, há tudo isso. Por que oferece tanta perversão se não está disposto a fazer parte dela?

— Talvez prefira simplesmente assistir das sombras.

— Um espectador? — Ela negou com a cabeça. — Não, vejo você como um participante ativo. Você é masculino demais.

Tudo que havia de masculino nele estava dirigido a ela por meio de um olhar ardente que quase a fez tropeçar. Ela estava acostumada a brincadeiras e flertes leves, não a olhares através de pálpebras semicerradas que faziam todo o seu corpo ferver, cada centímetro de sua pele se arrepiar, seus mamilos se enrijecerem e o lugar secreto entre suas pernas implorar para ser esfregado contra algo, contra ele. A mão dele. A coxa dele. A virilha dele.

Meu Deus, de onde vinham aqueles pensamentos? Parecia que o corpo dela tinha escrito suas necessidades em suas pupilas, porque Aiden desceu a mão até a parte mais baixa das costas dela e pressionou levemente, com força e determinação suficientes para que Selena ficasse ciente de que o corpo dele estava reagindo de forma semelhante ao seu.

A pergunta anterior foi respondida, sem sombra de dúvida. Ele estava interessado em levá-la para a cama. Desesperadamente, se a solidez que sentia era alguma indicação.

Então Aiden se afastou, deixando-a se perguntar se ele a estava provocando ou a tomando para si. O último, ela decidiu. Um homem que ameaçava ferir seus funcionários não seria capaz de revelar seus desejos a menos que tivesse certeza de que eles seriam retribuídos.

A música enfim parou, e eles também. Dessa vez, não esperaram. Aiden colocou a mão de Selena na dobra de seu cotovelo, levou-a da pista de dança para um corredor escuro e a guiou por um labirinto de salas, corredores e passagens. Ele estava completamente familiarizado com cada centímetro do local e não precisava de luz para guiá-la. Estranho como ela não hesitou em segui-lo, como seus passos estavam tão certos quanto os dele. Ela confiava nele. Era uma sensação inusitada entregar-se totalmente à guarda de um quase estranho.

Selena passara boa parte de sua vida sendo cautelosa com as motivações por trás das atitudes das pessoas, mas não tinha razão para suspeitar das dele. Aiden podia administrar um clube de pecados, mas era honesto no que oferecia — e fora honesto com o que estava prestes a entregar. Não havia jogos de sua parte.

Ela desejou poder dizer o mesmo.

O eco de metal rangendo indicou que ele estava abrindo uma porta. Ele não desacelerou e empurrou a madeira para o lado, criando uma fenda que se abria para um corredor pouco iluminado. Ela mal teve tempo de notar as portas além deles antes que fosse conduzida por um conjunto de escadas iluminadas com algumas arandelas.

No patamar, Selena podia ver mais escadas, mas Aiden as ignorou e a levou por meio de uma porta aberta para outro corredor, e depois para uma sala que continha um sofá de veludo vermelho. Ele a soltou, e ela observou o cômodo. Pinturas — nus — de mulheres solitárias, homens solitários, casais e grupos adornavam as paredes. Estatuetas sugestivas de casais sem roupa se acariciando ou beijando estavam postas nos cantos.

O estalido de uma porta sendo trancada a fez virar. Com os braços cruzados sobre o peito, ele se encostou na porta e simplesmente a observou, esperando.

Ela voltou sua atenção para o sofá. Por alguma razão, presumiu que ele exigiria uma cama enorme, sobre a qual eles se deitariam e — bem, sua imaginação nunca a levara além dessa parte. O sofá parecia inadequado. Era possível dizer que estava sendo levada para a cama quando estava, na verdade, sendo levada para um sofá?

Ele era o especialista e ela a novata, apesar dos sete anos de casamento.

— Não é exatamente o que eu estava esperando — disse ela com honestidade, encarando-o.

— Eu pensei que você apreciaria o sofá quando suas pernas cederem.

— Como mencionei antes, minhas pernas são feitas de ferro.

O sorriso que ele deu era arrogante e másculo.

— Nunca me desafie, querida, a menos que esteja disposta a lidar com as consequências. Tire a máscara.

— Não — disse ela com firmeza, resoluta.

— Não há ninguém aqui para vê-la ou reconhecê-la.

Ele a veria, embora provavelmente não soubesse quem ela era. Ainda assim, ela sentiu uma necessidade de permanecer incógnita. Tirar a máscara a deixaria vulnerável demais, a faria se sentir exposta. O que estava fazendo era errado em muitos níveis e precisava permanecer em segredo.

— Não posso.

Ela esperava que ele desse um ultimato para forçá-la a remover a máscara, para conseguir o que queria. Em vez disso, Aiden simplesmente se afastou da porta e andou em sua direção, seus olhos escurecidos pela determinação.

De repente, ela desejou ter se aproximado do sofá, porque o desejo, a excitação e a necessidade refletida no rosto dele já estavam deixando suas pernas bambas.

Então as mãos dele seguraram delicadamente seu queixo, os polegares se encontrando na covinha no queixo dela, criando a parte superior de um coração virado de cabeça para baixo. Era bobagem manter a máscara, e, no entanto, o ato oferecia algum tipo de proteção, alguma sensação de que ela estava no comando, quando a realidade era que ela não havia controlado nada desde o momento em que ele se aproximara. Não, antes daquilo. Desde o momento em que ele começara a caminhar em sua direção. Aquele era o poder de Aiden, sua força, seu fascínio. Ele assumia o comando e o mantinha.

Só aquele pensamento bastou para enfraquecer seus joelhos. Ela nunca estivera tão perto de um homem que parecia totalmente capaz de governar corações, mas não daria o dela a ele. Tudo o que ela lhe concederia era o uso de seu corpo e, ao fazer aquilo, ela o usaria também.

Fitando-a, ele abaixou a cabeça apenas uma fração de segundo, e Selena parou de respirar enquanto tremia em antecipação. Ela lambeu os lábios, sentindo-se satisfeita quando o olhar dele caiu para sua língua, umedecendo o que ele logo estaria provando. Estranho como o ardor naqueles olhos castanhos a fez se sentir poderosa, permitindo-lhe recuperar algum controle.

Mas quando a boca dele encontrou a dela, Selena percebeu que tudo aquilo era uma ilusão. Ela não tinha controle, qualquer que fosse. Nenhum pensamento, nenhuma conspiração, e seu único objetivo se tornou desfrutar daquele simples exercício, um acasalamento de lábios e língua, respirações e suspiros. Os dedos dele deslizaram ao longo de seu queixo várias vezes, como se Aiden tentasse incorporar permanentemente a forma dele na palma das mãos.

Depois, as mãos dele deslizaram ao longo de sua garganta, sobre os ombros e as costas dela, puxando-a para mais perto enquanto os braços dele a envolviam. Os dela circularam sua cintura, as mãos se espalhando pelas costas largas, e ela se ressentiu do casaco que ele usava, que a impedia de sentir os músculos definidos que ele certamente tinha. Mas aquela oportunidade chegaria em breve. Com certeza Aiden tiraria o paletó antes de tomá-la por completo.

Mas aquilo era para depois. Naquele exato momento, havia apenas o beijo provando que tudo que ela havia dito sobre suas pernas serem fortes era mentira, enquanto ele tomava sua boca devagar e sensualmente. Aquele homem sabia bem como explorar a boca de uma mulher, como excitar, como conhecê-la em seu íntimo. Ela suspeitava que ele poderia desenhar o interior de sua boca com perfeição, se quisesse. Aiden não deixou um único canto intocado. Enquanto isso, lhe dera a liberdade de conhecer todas as texturas da boca dela.

Áspera, sedosa, dura, macia. Ela se deliciava com cada descoberta enquanto as línguas duelavam — não com animosidade, não como se estivessem em uma batalha, mas como se aquele fosse um ritual antigo, o início de uma jornada que os provaria como iguais.

As ações dele atingiram seu coração de poeta, trazendo à vida anseios que ela nunca ousara despertar. Ela sabia que estavam lá, mas os escondera, forçara-os a dormir por medo de ofender o marido se ele soubesse a fome que a atormentava nas horas tranquilas da noite, quando estava deitada sozinha e chorando na cama dela, depois que ele partia.

Selena tropeçou porque suas pernas, aquelas traidoras, cederam. Sem afastar a boca da dela, ele facilmente a levantou nos braços, carregou-a até o sofá, onde a deitou, ajoelhou-se no chão ao lado dela e continuou a arrebatar sua boca. Os gemidos dele ecoaram ao seu redor, reverberando pelo corpo dela enquanto Aiden a segurava com um braço posicionado nas costas dela, para que seus peitos se encontrassem, a outra mão segurando sua cabeça para lhe dar o ângulo que precisava. Selena não queria pensar em quantas mulheres ele devia ter beijado para aperfeiçoar aquele movimento.

Tudo que queria era tirar proveito dele.

Ela sempre pensou que beijos eram uma coisa superficial, uma saudação no amanhecer, um sinal de que alguém estava indo dormir. Mas Aiden fazia o beijo envolver todos os sentidos, todos os aspectos de seu corpo — não apenas a boca e as pernas traidoras, mas os dedos dos pés, o centro de sua feminilidade umedecido, o coração descompassado.

Ele arrastou a boca pelo rosto dela, onde a máscara dava lugar à pele, depois ao longo da garganta, sobre a clavícula. Ela gemeu quando ele mordiscou a pele visível de seu decote. Quando ele fechou a boca sobre o mamilo através do tecido, o restante do corpo de Selena derreteu.

Aiden ficou imóvel. Completamente imóvel. Ela tinha certeza de que ele continuava respirando, porque sentiu o hálito quente penetrando no tecido, a umidade se acumulando ao redor do mamilo. Então, ele recuou, acariciou seu rosto mais uma vez e a encarou.

— É hora de você ir embora, querida.

Ela negou com a cabeça.

— Mas você não me levou para a cama.

— Muito perspicaz da sua parte notar.

— Não é esse o objetivo desta sala? Não é para cá que os homens de botões vermelhos trazem as damas que querem ser levadas para a cama?

— É onde eles trazem as mulheres que querem ser beijadas. É onde trazem as mulheres que querem ser acariciadas.

— E aquelas que desejam mais?

— Temos outros quartos para isso, com camas grandes e confortáveis.

— Então é para onde você vai me levar agora.

— Não.

— Mas quero ir para a cama com você. Já lhe disse isso, confessei. Não farei objeções.

— Você pode querer, querida, mas não deseja. Não vou levá-la para a cama até que assim seja.

Capítulo 4

O QUE ELE FEZ, no entanto, foi acompanhá-la até a carruagem. O veículo não ostentava brasões, era usado pelo falecido duque quando ele queria ir a um lugar sem ser reconhecido. Aiden Trewlove manteve o braço em sua cintura por todo o caminho, deixando seus corpos colados, como se relutasse em deixá-la ir. Ela gostava de pensar que esse era o caso...

Ele lhe deu mais um beijo, mas na mão enluvada, antes de ajudá-la a subir na carruagem, onde Selena se acomodou entre as almofadas fofas. Lushing fora um defensor do conforto.

Aiden Trewlove encostou-se à porta do veículo e a estudou. Ou talvez estivesse se esforçando para encontrar uma maneira de convidá-la a voltar, uma que não ferisse seu orgulho.

— Se você ainda quiser ir para a cama amanhã, volte aqui — disse ele, como se o pedido dela tivesse sido uma brincadeira e ela fosse mudar de ideia com o tempo.

— Você superestima muito seu encanto, sr. Trewlove. Você rejeitou minha oferta. Não espere que eu volte rastejando.

Ele deu outro daqueles sorrisos atrevidos que estavam começando a irritá-la, mesmo que fizessem seu coração palpitar.

— Vamos ver como você se sentirá amanhã depois de sonhar comigo esta noite.

Com aquelas palavras, ele bateu a porta da carruagem, gritou uma ordem e os cavalos dispararam. Selena usou toda a sua força interior para não colocar a cabeça para fora da janela e observar como a distância cada vez maior o fazia encolher e desaparecer na escuridão.

Depois de chegar em sua residência, ainda atordoada pelo beijo fervoroso que Aiden Trewlove lhe havia dado, Selena retirou a chave da bolsa e destrancou a porta da frente. O tamanho dos jardins, os muros de tijolo, as sebes e as árvores ao seu redor impediriam qualquer vizinho bisbilhoteiro de vê-la. Embora fosse improvável que alguém estivesse acordado naquela hora para espiar pela janela. Os únicos que sabiam que ela saíra eram sua criada pessoal, Bailey, que a ajudara a se vestir, e o cocheiro que a levara ao famoso clube. Ela confiava que fossem discretos e guardassem seu segredo.

Com a renda da máscara enrolada por entre os dedos, Selena subiu as escadas, sua mente revivendo os momentos ofegantes passados nos braços do dono do clube. Quem pensaria que um beijo poderia ser tão envolvente?

Ela devia ter beijado Lushing umas mil vezes, mas nunca abrira a boca para ele, e ele certamente nunca enfiara a língua entre seus lábios e a reivindicara. Teria Aiden Trewlove tomado tal liberdade por ser um plebeu? Seriam as pessoas da classe social dela civilizadas demais para agir de maneira tão animalesca?

Depois de entrar e fechar a porta do quarto, ela se encostou ao mogno, lembrando-se de como Aiden havia feito o mesmo. Olhou para a cama, iluminada apenas por uma lamparina solitária na mesa de cabeceira. Com um suspiro, percebeu que precisava de um tempo para conseguir dormir. Para o que Aiden estivera se preparando quando se encostou na porta? Não para arrebatá-la, talvez. Os lábios dela se curvaram em um pequeno sorriso. Selena nunca se sentira desejada antes. Era uma incrível...

— Conseguiu ser levada para cama?

Com um sobressalto, ela desviou o olhar para o canto escuro onde seu irmão estava sentado, apenas as pernas estendidas visíveis. Ela não escondeu seu descontentamento quando marchou para a penteadeira, pousou a máscara nela e começou a tirar as luvas.

— O que você está fazendo aqui?

O conde de Camberley se levantou lentamente. Aos 27 anos, ele não era um homem alto, mas herdara a capacidade do pai de parecer intimidador.

Embora ela não tivesse dúvida de que Aiden Trewlove o afastaria como se fosse apenas uma mosca chata.

— Certificando-me de que você cumpriu com seu dever.

Selena suspeitava que o irmão tinha lamentado a morte de seu marido mais que ninguém, porque, ao observar o duque de Lushing dar seu último suspiro, ele olhou para ela e disse: "Por favor, diga-me que você está grávida, ou estaremos arruinados".

Ela não podia dizer o que ele desejava ouvir. Por sete anos, apesar de o marido ocasionalmente visitá-la em sua cama, ela permanecera infértil. Sem um herdeiro homem, o título seria extinto e as propriedades vinculadas passariam a fazer parte do Tesouro de Sua Majestade. Ao que tudo indicava, o duque e os poucos parentes que ele possuía não eram dignos de nota quando o assunto era procriar ou ter uma vida longeva. Um homem tão viril como o sr. Trewlove poderia ter mais sorte em dar a Selena o que ela precisava.

Porque a família dela, apesar do título do irmão, era tão pobre quanto Jó. E ela tinha um tempo muito curto para engravidar. Ainda poderia dizer que o bebê era do marido se ele nascesse dez meses após sua morte. Os bebês às vezes demoravam um pouco. Mas depois deste tempo...

E se fosse uma menina, embora o título ainda fosse ser extinto, a garota herdaria todas as propriedades inerentes porque os termos do casamento permitiam que elas fossem para uma mulher se houvesse uma linhagem direta ao primeiro duque — o que Selena garantiria que o mundo tomaria como verdade.

O que Selena estava considerando fazer era desonesto e desonroso, mas ela precisava das propriedades; a Coroa, não. Se para Lushing não fizesse diferença que tudo que possuísse acabasse com o Tesouro, ele nunca teria se casado, não teria tentado engravidá-la. Ele se esforçara para garantir que suas propriedades fossem as melhores de toda a Inglaterra. Certamente gostaria de ver seu legado sendo continuado. Que mal havia em fazer todos acreditarem que a criança era dele?

Selena sempre fora uma esposa boa e fiel. Quando os ventos frios chegaram, a neve caiu e ele adoeceu, ela cuidou dele hora após hora, limpando o suor de sua testa, trocando a camisola quando estava úmida, incentivando-o a comer, lendo para ele até ficar rouca. Ela realmente lamentava a perda do marido, cheia de culpa por não ter conseguido dar a ele a única coisa que pedia: um herdeiro.

Sentada no banco almofadado, ela começou a tirar os grampos do cabelo enquanto olhava para o reflexo do irmão no espelho.

— Acho que todos estaríamos em uma situação melhor se você cumprisse seus deveres, uma vez que estou completamente ciente dos meus.

— Continue assim.

Ele se dirigiu para a porta.

— Winslow.

Ele parou, mas não olhou para ela. O pai deles arruinara a família com sua incapacidade de fazer investimentos sábios, com seus gastos e apostas imprudentes e a propensão ao conhaque. Lushing tinha tanto dinheiro que poderia acender uma fogueira com ele, se quisesse, mas fora moderado — provavelmente por isso poupara tanto. Mesmo com ele disposto a ajudar a família dela até certo ponto, não fora o suficiente para deixá-los em uma situação satisfatória.

Os responsáveis pelo contrato de casamento estavam limitando os fundos até que se soubesse se ela carregava um herdeiro. Pelo visto, eles não desejavam que Selena recebesse o que não consideravam legalmente dela.

— Se alguém descobrir...

— Ninguém vai descobrir — disse ele, impaciente. — Só você e eu sabemos que você não está grávida. Somente você e eu sabemos que você resolverá isso na próxima semana. Contanto que seu amante não perceba que seu ventre estava vazio quando o procurou... E, se ele suspeitar, será a palavra dele contra a nossa. Quem dará crédito às divagações de um plebeu? Você procurou um plebeu, não é?

Ela assentiu. Infelizmente, ela escolhera um muito inteligente e astuto.

— Espero que não tenha sido muito desagradável para você. Pode levar mais de uma vez, você sabe.

— Estou bem ciente.

De repente, ele pareceu desconfortável — pela primeira vez desde que preparara o plano.

— Pense que estamos fazendo isso pelas meninas.

As meninas. As três irmãs. As gêmeas, de 18 anos, e Alice, de 16. Selena queria que elas tivessem a escolha que nunca tivera, queria que pudessem se casar por amor.

Ela olhou para as mãos, surpresa ao encontrá-las apertadas com tanta força no colo.

— E se eu for infértil?

As palavras saíram como um sussurro, mas o medo já a perseguia havia alguns anos. O marido frequentava a sua cama com cada vez menos frequência, porque seus esforços não conseguiram engravidá-la. Nos últimos meses, ele não a procurara.

— Nossa mãe não era. Ela deu à luz sete filhos.

Embora dois tivessem morrido na infância. Eles vieram depois que Selena nascera e antes das gêmeas, razão pela qual tantos anos separavam Selena das irmãs. Ela continuou:

— Não sei se um ventre saudável pode ser passado de uma geração para a outra.

— O problema podia ser do duque. Não é como se a árvore genealógica dele estivesse repleta de descendentes, pelo menos não do lado do pai. É por isso que agora você pode perder tudo. Ou não.

Passando o filho de outro homem como de Lushing... Selena não se sentia bem com a ideia, mas seus meios e recursos eram muito limitados.

— O clube é tão depravado quanto Torie diz?

Ela ficou surpresa com a mudança abrupta de assunto. A curiosidade do irmão em saber a verdade sobre o estabelecimento reverberou em sua voz, assim como a esperança da natureza excitante do local ser verdadeira. Torie, a amante dele, havia lhe contado sobre o clube, aparentemente tendo o visitado enquanto Winslow estava no interior.

Foi ele quem sugerira que ela fosse ao Elysium, mas Selena não tinha dito ao irmão sobre quem precisamente tinha escolhido como candidato.

— Bastante. Quando estivermos em uma posição segura, com certeza passarei a frequentá-lo.

— Minha querida irmã, estamos tentando enganar a Coroa. Se a verdade surgir, eles terão nossas cabeças. Não. Depois que a semente do indivíduo criar raízes, você não pode arriscar voltar ao local, não pode arriscar alguém descobrir tudo. Você irá para o interior e viverá como uma viúva de luto, como a rainha fez desde a morte de seu querido Albert. Durma bem.

Como se ela fosse capaz de dormir. Ele imediatamente saiu do quarto, antes que ela tivesse tempo de pegar sua escova de cabelo e jogá-la nele com toda a força.

Desespero e raiva ameaçavam inundá-la. Sempre sobrava para ela o papel de salvar a família. Primeiro com o casamento, e então através do pecado.

Não estava com disposição para lidar com mais ninguém, por isso não chamou a criada e simplesmente atendeu às suas próprias necessidades. Ela terminou de remover os grampos, escovou o cabelo e o trançou. Com muito esforço, conseguiu tirar a roupa e vestir uma camisola de flanela macia.

Enquanto caminhava em direção à cama, foi dominada por uma profunda tristeza e solidão. Selena olhou para a porta que dava para o quarto do duque. Com um suspiro trêmulo, ela a abriu e passou pelo limiar do cômodo onde seu marido sempre dormia quando estavam em Londres.

Na ponta dos pés, ela foi silenciosamente em direção à cama, como se fosse ser castigada por estar no quarto dele. Selena nunca tivera coragem de se esgueirar em seu quarto e sua cama nas noites em que o marido não a procurara. Sentiu-se um pouco culpada por ter procurado outro homem naquela noite. Aquilo não era de seu feitio, mas Aiden Trewlove certamente não dera nenhum indício de sentir repulsa por ela. Talvez Selena devesse ter procurado Lushing também.

Era estranho estar ali, naquele momento, mas também era reconfortante sentir a leve fragrância do perfume do duque ainda no local, embora não tivessem voltado à cidade desde a regata em Cowes, em agosto passado. Subindo na cama, ela se deitou de lado e abraçou os joelhos.

Passou a língua pelos lábios, sentindo o gosto de Aiden Trewlove. Intenso e amadeirado, com toques de tabaco e uísque. Ela não tinha ideia de que um homem podia ter um sabor tão delicioso.

Por que Lushing nunca abrira a boca para ela? Por que nunca a fizera sentir que ele queria devorá-la?

Seus beijos sempre foram tão educados, tão respeitosos, tão gentis. Na noite de núpcias, ele até sussurrara "sinto muito" em seu ouvido antes de penetrá-la. Selena sempre pensou que Lushing estava se desculpando pela dor que sabia que a cópula inicial causaria a ela. Mas, agora, ela se perguntava se ele se sentia culpado por saber que a paixão deles seria sempre fria e reservada, que a união dos dois nunca seria nada além de um dever, uma tarefa.

Lushing comentava com frequência sobre a beleza dela. Ele nunca a fizera pensar que não era apreciada, adorada. Mas nunca a fitara com a fome que Aiden Trewlove demonstrara naquela noite.

Fechando os olhos, Selena adormeceu e fez exatamente o que o dono do clube havia previsto: sonhou com ele.

Dentro do sótão de seu clube, cercado por numerosas lamparinas, porque a janela solitária transpassava pouca luz no início do amanhecer, em meio ao caos da bagunça que acalmava sua alma, Aiden estudou o rosto que desenhara na tela. Não era exatamente um rosto. A mandíbula, o queixo e a boca deliciosa ainda o assombravam. O sabor, o desespero, a maneira como ela explorara a boca dele com igual abandono, como se tudo fosse novo, um mistério a ser resolvido. Não a boca dele em particular, mas o beijo. Certamente, o marido não lhe negara tal prazer.

Ele havia rascunhado os olhos dela, mas a forma estava errada. Precisava vê-los sem a máscara, porque, ao contrário de seus outros retratos, queria que aquele fosse um reflexo perfeito.

Ele sempre esboçava o que via antes de pintar a imagem em óleo. Como nunca assinava suas obras, poucos sabiam que Aiden era um pintor talentoso, mas sempre fazia questão de esconder a palavra "Ettie" nos quadros, camuflando-a sob cores mais vivas, em homenagem a Ettie Trewlove, a mulher que o tirara dos braços de seu pai e lhe dera motivos para acreditar que tinha valor.

Aiden era apaixonado por criar itens de beleza, por mais escandalosos que fossem, pois raramente pintava pessoas vestidas, preferindo o contorno da forma humana nua. Mas mesmo os corpos nus eram frequentemente sombreados, desbotados ou borrados, deixando muito para a imaginação do espectador.

Ele criava ilusões e permitia que outros determinassem a realidade. Uma mulher esperando por seu amante. Um homem assombrado por um amor não correspondido. Casais se beijando, se abraçando, fornicando. Via-se o que era preciso ver, o que se sentia por dentro. Aquele era seu talento. Não exatamente as pinceladas, mas a capacidade de fazer segredos emergirem das sombras, desejos aparecerem da escuridão, permitindo que eles existissem e florescessem à luz.

Ele teria ficado irritado com a batida na porta se tivesse acontecido cinco minutos antes, quando ainda não colocara na tela o que seus olhos haviam contemplado e seus dedos, acariciado. Se fechasse ligeiramente as mãos até que elas lançassem sombra sobre as linhas, quase podia sentir o rosto dela aninhado entre suas palmas e sentir a suavidade da pele sedosa, sem dúvida cuidada com cremes ou loções caras, protegida do sol com uma variedade de chapéus. A mulher chamada Selena deveria ser mimada.

Mais uma batida.

— Entre.

Quando a porta se abriu, ele não desviou sua atenção do desenho, porque percebeu pela mudança no ar que seu irmão Fera havia entrado. Para alguém tão alto e largo, ele era incrivelmente gracioso. Era como se o espaço, a atmosfera e tudo ao redor se curvassem à sua vontade, acomodassem seu tamanho e movimentos, sem hesitação, como alguém obedecendo a um rei.

— Essa é uma interpretação incomum — disse Fera, sua voz profunda mas suave, como uísque fino. — Ou uma maneira estranha de desenhar alguém. Está faltando o meio do rosto dela.

Deixando o carvão de lado, Aiden cruzou os braços e fez uma avaliação crítica do esboço. Ainda não era o que queria ou precisava.

— Ela estava de máscara.

— Uma das mulheres que frequenta o clube, então.

— *Frequenta* é um termo muito generoso. Ela esteve aqui apenas uma vez.

Mas ele estava esperando por mais encontros, embora ela pudesse não voltar mais depois de "ser possuída" — a menos que ele lhe desse motivos para voltar, que garantisse que ela se viciasse em sexo. Ele bateu palmas para parar de pensar nela e se concentrar no irmão e em sua visita. Fera raramente aparecia sem uma razão premente.

— Quer beber alguma coisa?

Ele caminhou até uma pequena mesa onde um decanter de uísque estava posto.

— Eu não faria objeção a uns dois dedos.

Aiden derramou o líquido âmbar nos copos e passou um para o irmão.

— Então, o que traz você aqui?

— Não o vi muito nos últimos tempos.

— Estive ocupado. Não sei como o Mick consegue ter vida social com tanto trabalho.

O primeiro de seu grupo levado para Ettie Trewlove, Mick era considerado o mais velho. Ele estava derrubando partes decrépitas de Londres e reconstruindo tudo. Eram tantos projetos em andamento que era impossível acompanhar — mas seu irmão havia se tornado um homem rico no processo, ganhando o reconhecimento e a reputação que sempre desejara.

— Ele gosta de trabalhar e tem uma necessidade insaciável de ser bem--sucedido.

— Eu diria que essa é uma boa descrição de todos nós.

Fera acenou com a cabeça e bebeu o uísque.

— Até Fancy.

A irmã caçula, a única nascida da mãe, era o resultado de um senhorio inescrupuloso que cobrara favores sexuais quando Ettie Trewlove ficara sem dinheiro para pagar o aluguel semanal. Aiden e seus irmãos tinham 14 anos quando Fancy nasceu e eles descobriram o preço que sua mãe estava pagando para manter um teto sobre a cabeça de todos.

Embora fossem apenas rapazes, eram grandes e fortes — e havia quatro deles. Depois de darem uma lição no proprietário com os punhos e quebrarem sua mandíbula, ele nunca mais apareceu na porta da mãe deles ou aceitou algo além de moedas de outra mulher. Eles vigiaram o homem até que ele finalmente vendera suas propriedades para Mick.

— Vamos nos reunir na quinta-feira para ajudá-la a preparar a loja para a inauguração — continuou Fera. — Esperamos que você possa reservar um tempo em sua agenda para se juntar a nós.

Fancy logo completaria 18 anos, e todos a mimavam — Mick em especial. Ela queria abrir uma livraria, então ele lhe dera um de seus edifícios recém--construídos para realizar seu sonho.

— Ela poderia ter vindo me convidar.

— Eu não tenho certeza se mamãe gostaria que Fancy viesse à sua casa pecaminosa.

— Melhor aqui, onde eu posso vigiá-la, do que em qualquer outro lugar. Ela está na idade de ficar curiosa. Mamãe não pode achar que ela não vai se aventurar por aí.

— A loja a manterá ocupada demais para isso. Então, no próximo ano, se Mick conseguir o que deseja, ela terá sua temporada e se casará com algum lorde.

— Todos nós nos esforçamos para manter Fancy inocente, mas eventualmente ela se rebelará. — Aiden pensou em sua duquesa. — Deus nos ajude quando ela o fizer. São as mais quietinhas que precisam ser vigiadas.

As quietas, as tímidas, aquelas que se escondem sob máscaras.

Capítulo 5

ÀS SEIS E MEIA da manhã, vestida de preto da cabeça aos pés, Selena desceu as escadas e entrou no salão da frente, onde cadeiras adicionais haviam sido levadas para preencher as várias áreas de estar, porque a vigília para Arthur James Sheffield, duque de Lushing, seria realizada ali durante todo o dia e à noite.

Ele falecera pouco depois da meia-noite da sexta-feira em sua propriedade rural. Fora somente no domingo que eles acompanharam o caixão até a estação de trem para a viagem final de Lushing a Londres. Os criados se enfileiram no caminho da mansão para prestar sua última homenagem. Os moradores se reuniram ao longo da beira da estrada que levava à estação. O duque de Lushing havia sido amado por muitos.

Portanto, ela não ficou nem um pouco surpresa ao ver o visconde Kittridge ocupando uma cadeira perto do estrado coberto de cetim dourado sobre o qual o caixão que envolvia o duque repousava.

O caixão parecia algo saído de livros — mogno espanhol incrustado com prata, ostentando o emblema do duque. O marido o comprara havia algum tempo, mas quando a febre atingiu seu pico, ele ordenou que o esquife fosse levado ao seu quarto para que pudesse contemplar seu lar eterno. Selena achava a ideia do caixão de pé, no canto do cômodo, um tanto mórbida, como se o ataúde estivesse esperando o duque sair da cama, andar até ele e se fechar. Não que ele fosse ficar desconfortável dentro do caixão...

O interior era acolchoado e coberto de cetim. Do lado de dentro da tampa, a seda tinha o mesmo emblema costurado, como se o duque esperasse vê-lo ali e se confortasse com a visão. Como muitos dos amigos dele, seu falecido marido, Deus o abençoe, tinha um fascínio macabro pela morte.

O farfalhar do vestido anunciou sua chegada e o visconde se levantou. Ele parecia pálido, com olheiras escuras sob os olhos, e Selena esperou que ele não estivesse prestes a sucumbir à mesma doença que havia tomado o duque.

— Você chegou cedo, Kit — disse ela calmamente, enquanto se aproximava. Ele deu um suspiro profundo.

— Eu queria prestar minha homenagem em paz, antes que os outros começassem a chegar.

Segurando as mãos enluvadas de preto de Selena, ele deu um beijo em cada uma, examinando-a enquanto o fazia. Então, continuou:

— Como você dormiu?

— Não muito bem — admitiu ela com honestidade, sabendo que ele atribuiria as olheiras dela ao luto quando, na verdade, Aiden Trewlove era o responsável por sua inquietação.

Ele a procurara em seus sonhos, a boca deliciosa fazendo coisas perversas com a dela, enchendo-a de culpa, porque todos os seus pensamentos deveriam estar focados em seu querido e falecido marido.

Kit ofereceu o braço para apoio enquanto ela se sentava na cadeira, antes de sentar-se ao seu lado.

— Não acredito que ele se foi...

Kit e Lushing eram melhores amigos, inseparáveis desde seus primeiros dias em Eton, tanto que acompanhara ela e Lushing em muitas viagens.

Selena tinha que dar crédito ao marido por aquilo: seu casamento a permitiu conhecer boa parte do mundo. Ela colocou a mão sobre a de Kit, que entrelaçou seus dedos nos dela.

— Temo que os próximos dois dias serão difíceis.

Ele aproximou a cabeça da dela.

— Por isso quis chegar mais cedo. Ele era muito respeitado e apreciado. Todos virão para expressar suas condolências.

O duque permaneceria em repouso na sala de estar até a manhã seguinte, quando seria desfilado pelas ruas em grande estilo, em uma carruagem fúnebre preta puxado por seis cavalos também pretos adornados com penas de avestruz e enterrado no Abingdon Park, o cemitério onde ele havia comprado duas sepulturas. Embora ela não pensasse que Lushing esperara usar a dele tão cedo. Suas palavras finais para ela pareciam livrá-la de qualquer obrigação de usar a sepultura designada como sua: "O amor é tudo o que importa. Encontre alguém que mereça o seu".

Como se ele não tivesse sido merecedor. Doía pensar muito naquilo.

Apesar de ter apenas 37 anos, ele planejara todos os aspectos da cerimônia que marcaria sua partida do mundo. As atividades da manhã seguinte não a incluiriam, pois ela era delicada demais para uma ocasião tão solene e cheia de tristeza. O público não deveria vê-la de luto. Ela deveria ficar na residência e sofrer longe do olhar de todos.

— Ele tinha tudo planejado, até seu discurso fúnebre. Toda véspera de Natal, ele se servia de um copo de conhaque e refazia o discurso para refletir melhor sua vida naquele momento. Quem se preocupa com a forma como a própria morte deve ser tratada quando se é tão jovem? — perguntou ela.

— Seus três irmãos não chegaram aos 20 anos. Por parte do pai, os parentes foram atormentados por problemas de saúde e acidentes, por isso ele não tinha relações com essa parte da família. Uma vez, ele me disse que se via como um sobrevivente solitário. Temo que isso lhe deu uma perspectiva bastante sombria. Ele sempre sentia a foice fria da morte à espreita. Por outro lado, tendia a apreciar mais cada dia, tentando tirar o melhor proveito dele.

— Ele era fiel a mim?

Fechando os olhos com força, ela balançou a cabeça para apagar as palavras ditas. Mas, depois da paixão que experimentara na noite anterior, era difícil não imaginar Lushing procurando em outro lugar o mesmo tipo de fogo que ela não conseguira despertar dentro dele. Abriu os olhos e deu a Kit um sorriso tímido, quase certa de que suas bochechas estavam em chamas.

— Não sei por que perguntei isso. Por favor, não responda.

Os olhos azuis do visconde emanavam solidariedade e compreensão.

— Ele estava envolvido com alguém antes do casamento, mas não teve relações com ninguém além de você depois da troca de votos.

— Ele a amava? Por que não se casou com ela?

— Não é sempre que os duques podem se casar por amor.

— Foi por causa dela que ele brigou com o pai?

O visconde hesitou por vários segundos antes de finalmente concordar.

— O pai de Lushing não aprovou a escolha que o coração do filho havia feito. Acho que o pai o teria deserdado se a primogenitura e os termos de associação não tivessem tornado impossível que Lushing *não* herdasse tudo. O homem ficou furioso e foi implacável. Ainda bem que a lei protegia a herança...

Não era segredo que a profunda e permanente amizade com Kit ajudara Lushing a sobreviver aos anos difíceis depois de ter sido expulso de casa pelo pai. Mesmo no leito de morte, quando sucumbiu aos danos do câncer, o homem se recusou a permitir que seu único filho remanescente entrasse na residência para se despedir.

— Estou surpresa por ele não ter se rebelado e se casado com ela.

Se Lushing a amava o suficiente para brigar com o pai, por que não a tomara como esposa?

— O relacionamento era complicado. No final, não teria sido bom torná-lo público.

Ela se perguntou se a dama era casada, ou se tinha sido uma criada. Talvez alguém sem instrução que não se encaixaria na sociedade. Ou uma bastarda.

Kit deu um sorriso caloroso.

— Além disso, você chamou a atenção dele. Você o fez muito feliz, Selena.

Embora o aspecto físico do relacionamento deles deixasse a desejar, ela nunca duvidara que Lushing se importava com ela, e até a noite anterior nunca questionara de sua devoção.

— E se esse filho que você carrega for um menino, ele sorrirá do céu.

Selena sentiu um frio na barriga e o peito apertar. Ela precisara plantar a semente de um possível herdeiro o quanto antes, por isso havia decidido usar o visconde como garantia — por ser tão próximo de Lushing, as pessoas aceitariam sua palavra se ele apoiasse a alegação dela sobre a paternidade da criança.

— Pode haver outras razões pelas quais minha menstruação está atrasada.

Não estava nem um pouco atrasado. Havia terminado apenas cinco dias antes.

— Rezarei para que ela esteja atrasada pela mais alegre das razões. Lushing havia começado a temer que a caxumba o deixara infértil.

Três anos depois do casamento, ele confessara suas preocupações para ela. Aos 19 anos, havia contraído um caso bastante grave da doença horrível que causava inchaço não apenas nos dois lados da mandíbula, mas também nos testículos. Ele evitou olhar para ela enquanto compartilhava o que Selena percebeu ser uma situação incrivelmente pessoal e embaraçosa. Ela temia que a falta de harmonia entre eles quando se tratava de assuntos da cama fazia com que seu ventre se fechasse a tal ponto que não permitia que a semente dele se enraizasse.

— Por favor, não mencione minha possível condição para ninguém, até que passe mais tempo. Não quero atrair má sorte — pediu ela.

— Todos os seus segredos estão seguros comigo.

Ele olhou de volta para o caixão, e ela se perguntou quais segredos Lushing havia compartilhado com ele. Mais do que ela jamais estaria disposta a compartilhar. Selena certamente não contaria ao visconde sobre Aiden Trewlove ou seus planos de voltar ao Clube Elysium naquela noite. Só que dessa vez não aceitaria apenas um beijo nas primeiras horas da manhã, por mais que suas pernas ficassem moles apenas com o pensamento da boca dele mais uma vez na sua. Não, Aiden Trewlove a levaria para a cama, ou Selena iria atrás de outro que estivesse disposto a agir rapidamente.

O tempo não estava do lado dela.

Igual à noite anterior, Aiden notou Selena no momento em que ela passou pela porta. Ela usava o mesmo vestido azul-escuro, sem dúvida comprado apenas para as visitas clandestinas ao clube dele, algo que não usaria em outra ocasião para que nenhuma das damas presentes o reconhecesse e percebesse que ela não estava respeitando seu período de luto. Aquela possibilidade lhe ocorreu ao desenhar o que sabia das feições dela. Que o medo da descoberta tinha pouco a ver com o pecado, e mais com o tempo dos acontecimentos. Ele nunca entendera a necessidade dos períodos de luto, enunciados de maneira tão sucinta nos livros de etiqueta. Não que ele admitiria ler sobre o assunto, mas sempre tivera fascínio pelo o que era considerado "comportamento adequado". Sem mencionar que, quando menino, uma parte secreta dele queria estar preparada caso o pai considerasse reconhecê-lo publicamente. Na época, ele não queria envergonhá-lo, mesmo que seu nascimento já fosse motivo suficiente para tal.

Portanto, sua duquesa viúva provavelmente ainda estava de luto. Ele colocaria à prova sua dedução naquela noite. Com algumas perguntas sobre quais duques haviam falecido nos últimos dois anos, ele provavelmente conseguiria descobrir quem ela era. Era estranho, no entanto. Aiden, que sempre quisera saber tudo sobre a clientela e era bastante habilidoso em descobrir coisas que nem sempre as damas sabiam sobre si mesmas — dívidas familiares, bastardos, um tio distante que gostava de usar espartilhos, uma tia que uma vez posara nua para um artista famoso, uma irmã que recorrera à Igreja por causa de um amante —, não queria expor os segredos de Selena. Queria que ela confessasse todos eles, sussurrando em seu ouvido enquanto seus corpos deslizavam sobre lençóis de cetim.

Dessa vez, ele não a fez esperar, mesmo sabendo que a ansiedade que sentia para estar na companhia dela dava a Selena poder sobre ele. Encontraria uma maneira de compensar aquilo, de garantir que não fosse subserviente aos desejos dela, mesmo que os desejos dele estivessem se provando perigosos e inconsequentes. Embora flertasse com as damas que frequentavam o clube, Aiden nunca as seduzia.

Já Selena, ele queria seduzir devagar e por completo, atormentando os dois. Por mais que tentasse, não conseguia entender a necessidade que parecia anular todo o seu bom senso. Talvez fosse porque ela havia declarado de forma muito direta que queria ser levada para a cama, e ele temia que, depois do feito, ela sumiria de sua vida tão facilmente quanto aparecera. Aiden já sabia que, para ele, tê-la uma única vez não seria suficiente. Ele a queria inúmeras vezes, tantas que perderiam a conta, tantas que continuariam a se deitar juntos mesmo enrugados e grisalhos.

Deus! Não tantas vezes. Ele não passaria o resto da vida acorrentado a ela — nem um número abundante de anos. Só queria algo além de uma única experiência. O número exato ou a quantidade de tempo poderiam ser determinados em uma data posterior.

Quando se aproximou dela, Aiden não viu nenhuma protuberância no dedo anelar da mão esquerda. Ela não usava o símbolo que declarava seu pertencimento a outro. Que bom. Ele sentiria muito prazer em tirar aquelas luvas.

Ela não sorriu nem demonstrou felicidade com a aproximação dele. Em vez disso, parecia um cervo que sentia a flecha do caçador apontada em sua direção e acreditava que estaria seguro se não fizesse qualquer movimento. Ainda assim, ela se manteve firme, encarando-o com um brilho de desafio refletido nos olhos.

Ah, sim, sua duquesa estava acostumada a ter todos os desejos atendidos. Aiden teve a estranha sensação de que, como uma árvore apanhada pelo temporal, ele também estava curvado — só que não perceberia a extensão exata de sua curvatura até que fosse derrubado. Um pensamento tolo, pois sempre estivera ciente do quanto cedia e de quão longe poderia ir. Aquele era o motivo pelo qual, em tempos recentes, ele dera ao pai grande parte de seus ganhos para salvar seu irmão de ser extraditado para a Austrália por um crime que não havia cometido. Ele estava disposto a dar muito mais do que o conde havia exigido por seu favor, mas, para ser honesto, quando se tratava de sua família, Aiden daria quase tudo o que lhe fosse exigido. Não que se vangloriasse desse pequeno defeito.

Quando finalmente a alcançou, pegou sua mão e a beijou, sem deixar de encará-la.

— Seus sonhos foram tão depravados quanto os meus?

Selena desviou os olhos, e ele viu uma onda rosada pintar a pele do decote, da garganta, do queixo, e amaldiçoou a máscara por impedir que Aiden visse as bochechas corarem com o tom. Ficou contente em saber que ela sonhara com ele.

— Talvez você me conte sobre eles mais tarde.

Os olhos dela voltaram a encará-lo.

— Eu duvido muito.

— Eu posso ser muito convincente quando quero.

— O motivo pelo qual estou aqui não mudou. No entanto, se você não puder me ajudar...

— Ah, vou ajudá-la, e, quando terminar, você ficará muito feliz por isso.

Um suspiro, os lábios entreabertos, outro rubor, um rosa mais profundo que o primeiro.

Aiden colocou a mão dela na dobra de seu cotovelo de uma maneira um tanto quanto possessiva, até para ele.

— Venha. Quero mostrar a você um dos quartos que não conhecemos ontem à noite.

Ela não se opôs quando ele começou a guiá-la pela lateral do salão de jogos. Ele não atravessou a sala pelo centro porque não queria que nenhuma outra dama pedisse sua atenção ou tentasse desviá-lo de seu objetivo de sedução, especialmente porque Selena lhe dera um ultimato. Ele jamais perderia aquela chance. Gostava do desafio que ela oferecia, mas estranhou por não se permitir apenas a jogar na cama, levantar suas saias e se deliciar com o que ela estava oferecendo. Ele já conhecera mulheres que simplesmente queriam algo mais selvagem.

Talvez fosse o que Selena desejava, também — experimentar abrir as pernas para alguém abaixo dela. Por que ele estava tão decidido a garantir que o objetivo dela não fosse exatamente ser levada para a cama, mas *ele*? Por que não bastava apenas se divertir? Por que queria que o que experimentassem tivesse algum significado para ela, e fosse mais que uma mera vontade?

Maldita seja ela — e maldito seja ele, também —, mas Aiden não queria que ela fosse fácil.

Ele a levou para o salão de baile, para a mesma porta que abrira na noite anterior, subiu os mesmos degraus, seguiu pelo mesmo corredor, mas passou reto pela sala com o sofá, até chegar em outra, no final do corredor. Em uma noite comum, o criado do lado de fora da porta estaria ali para garantir que todas as mulheres dentro do quarto tivessem tudo de que precisavam. Mas, naquela noite, fora instruído a dizer gentilmente a quem quisesse usar o local que não estava disponível.

Depois que avistou o patrão, o jovem deu um breve aceno de cabeça, recuou e abriu a porta. Aiden a escoltou para dentro, o "clique" suave da porta se fechando atrás deles fazendo o quarto parecer muito mais íntimo do que seria em outra circunstância.

— Uma sala de bilhar? — perguntou ela, claramente surpresa, soltando-o e se dirigindo até a mesa com tecido verde.

Ele não viu sentido em responder ao óbvio.

— Remova a máscara.

Com um suspiro, ela se virou.

— Eu já lhe disse que não posso.

Ele caminhou até ficar frente a frente com ela.

— Então vou fazer isso por você.

O suspiro seguinte foi longo e prolongado, porque ela sem dúvida lutava para apresentar uma resposta à altura.

— Você é incrivelmente irritante. Não foi isso que eu quis dizer, e você sabe disso.

— Meu empregado do lado de fora da sala não vai deixar ninguém entrar. Não há nenhuma chance de sermos perturbados. Não vou me deitar com você se não puder vê-la por completo.

— Pensei que seria um homem que apreciaria o mistério. Você poderia imaginar qualquer aparência que quisesse.

— A sua aparência não é agradável, então?

— Importa se não for?

— Não.

A resposta veio sem hesitação, sem falsidade. Ele ficara intrigado com os motivos dela, com o que ela havia revelado de si mesma até o momento. Selena poderia ser uma velha por baixo da máscara, e ele não se importaria. Bem, se importaria um pouco...

— Então por que essa sua obsessão por remover a máscara?

— Por que essa sua obsessão em mantê-la?

— Ela fornece um escudo, torna mais fácil fazer o que não devo.

— Aí que está, querida. Você já divulgou que é uma viúva. Você não está sendo infiel a um marido. Não existe uma única razão para você não ter prazer quando pode. — Ele passou os dedos pelo queixo delicado, então pelo nariz da máscara. — Eu quero tocá-la por inteiro. Você certamente pode ver a vantagem nisso. E não gosto de penas.

Penas azuis adornavam cada lado da máscara. Ele ficou tentado a contar os segundos, mas simplesmente deixou o tempo fluir, enquanto esperava, enquanto os olhos dela procuravam seu rosto, os lábios apertados.

— Confie em mim — disse ele por fim, surpreso com sua voz rouca e áspera, como se tivesse passado a vida inteira sem que uma gota de água tocasse sua língua.

Aiden odiou o desespero em sua voz, esperou que ela não tivesse notado. Não deveria se importar por ela se manter escondida dele. Outras mulheres fizeram o mesmo. Uma máscara não era necessária para se manter às sombras.

Ela deu dois acenos rápidos com a cabeça, e Aiden sentiu o estômago apertar como se, na verdade, tivesse recebido dois socos na barriga. Não era exatamente a expectativa de estar prestes a ver como ela era. Era mais sobre o que suas ações diziam sobre seus sentimentos em relação a ele. Ela queria mais que seu pau. Queria agradá-lo. Mas não tanto quanto ele queria agradá-la. Aiden suspeitava que aquilo seria impossível. No entanto, algo a mais poderia se desenvolver entre eles a partir dali. Mais que coito.

Erguendo as mãos levemente trêmulas, Aiden alcançou o laço que segurava a máscara. Puxando um lado da fita, desfez o laço e afastou a máscara.

Ele foi cumprimentado pela perfeição, o que o deixou com a boca seca. As maçãs do rosto eram altas, bem delineadas, o nariz era uma ponte fina e graciosa que ligava o azul dos olhos ao rosa dos lábios. Ao contrário do louro das sobrancelhas levemente arqueadas, os cílios eram grossos e mais escuros, o que fazia o azul se destacar ainda mais. Sem a máscara, tudo era mais brilhante, mais vívido.

— Você disse que não se casou por amor. Mas você é bonita demais para que seu marido não a tenha amado.

— É claro que um homem equipararia beleza com amor.

Beleza sempre fora sua moeda, mas, por alguma razão, Selena não queria que fosse com ele — o que era parte do motivo pelo qual ela se apegara à máscara por tanto tempo. Mas, por baixo dela, seu rosto ficava úmido, e ela se cansara de fornecer uma barreira entre eles — em vários sentidos. Não queria discutir mais, precisava ir além. E, *maldição!*, queria os dedos dele acariciando suas bochechas, acariciando todo o seu corpo.

Aquele quarto a fez acreditar que ele não se fixaria em sua aparência, que valorizava muito mais, entendia de verdade as mulheres. Não que o cômodo não fosse lindo, mas refletia os gostos de um homem, o tipo de quarto em que um homem se sentiria confortável. Ele dava às mulheres acesso a um pequeno pedaço do mundo masculino. Não apenas com a mesa de bilhar, mas também com as paredes de um verde-floresta forte.

Uma das paredes no outro extremo da sala, da qual ela agora se aproximava, não era nada além de prateleiras repletas de livros e decoradas por estatuetas que representavam um casal nu, cada um em uma pose escandalosa, o que criava um contraste interessante.

— Esses livros são apenas para exibição?

— Não. Os do meio à esquerda, eu li. Os da direita ainda precisam ser lidos.

Ela olhou por cima do ombro para ele.

— Você diz isso como se pretendesse lê-los.

— E pretendo.

Ela andou para a esquerda, querendo descobrir algo sobre o gosto dele. Biografias, em sua maioria. Alguns livros sobre viagens.

— Uísque ou conhaque? — perguntou ele.

— Conhaque.

Selena precisava de algo para recuperar o equilíbrio depois de se revelar. Ela ouviu o barulho do decanter e copos sendo movidos, notara o aparador de mármore bem equipado com um armário de mogno quando entraram na sala. Vários locais para se sentar adornavam o espaço, para quem quisesse assistir a um jogo em andamento. O odor de charutos pairava no ar, e ela imaginou damas sentadas, tragando aquelas coisas horríveis, bebendo uísque, descansando nas cadeiras macias, pernas cruzadas em uma exibição rara de rebeldia, agindo como imaginavam que os homens faziam quando se retiravam ao domínio masculino depois do jantar.

Ele poderia ter decorado o quarto de rosa, com babados nas cortinas e flores delicadas, em vez de folhas verdes adornando a área. No lugar, Aiden Trewlove dera às mulheres um quarto onde elas podiam se sentir iguais aos homens. Selena se perguntou se ele ofereceria a mesma cortesia na cama.

Talvez aquela tivesse sido a verdadeira razão pela qual ela removera a máscara. Porque queria ir até ele sentindo-se o mais igual possível, em um lugar onde nem classes sociais nem títulos importavam. Aiden sabia que ela era duquesa e, no entanto, não estava nem um pouco intimidada. Não se importava com o fato de que o destino a tivesse levado quase ao teto da sociedade, enquanto ele não estava nem perto da posição.

Falando em tetos, aquele fora pintado com cenas de caça. Em meio a cães, raposas e florestas, damas vestindo calças e paletó vermelhos estavam montadas em cavalos. Mesmo na decoração, ele dera às mulheres o que lhes era devido. Era um homem raro.

Selena não o ouviu se aproximar, mas, de repente, um copo surgiu diante dela. Segurando-o em uma mão, ela tomou um gole, saboreando o líquido que desceu queimando enquanto passava o dedo na lombada de *A origem das espécies*.

— Você parece gostar mais de não ficção.

— Gosto de ler o que sei ser verdadeiro e real.

— A ficção pode ser ambos. — Ela olhou de soslaio para ele e continuou: — Ou é o que minha irmã argumentaria. Ela está sempre com o nariz enterrado em um livro.

— Você tem uma irmã?

Ela ficou bastante satisfeita por ele ter escolhido questionar aquela parte do que ela havia revelado, por se interessar por sua família, mesmo sabendo que aquilo era perigoso. No entanto, nenhum dos cavalheiros antes de seu casamento jamais falaram em outra coisa senão deles mesmos ou do possível papel de Selena na vida deles.

— Três. Alice é a mais nova. Dezesseis. Ela se tornou uma leitora voraz depois da morte do nossos pais, oito anos atrás. Gosto de pensar que ela estava procurando uma fuga e encontrou isso nas histórias.

— Como eles morreram? Seus pais?

— Sendo bons samaritanos. O sapateiro da aldeia, um homem bruto, bateu na esposa. Meu pai soube disso e foi ajudá-la a fazer as malas, trazê--la para... — Para Camberley Glenn. Mas aquilo era muita informação para compartilhar. — Para nossa propriedade. Minha mãe foi com ele para tranquilizar a mulher, para que ela soubesse que tudo ficaria bem. Só que não ficou. O sapateiro tinha um revólver Tranter. Não sei como ele conseguiu a arma, mas atirou em meus pais. Matou os dois. Depois a esposa dele. Então, tirou a própria vida.

Winslow sempre fora um entusiasta de armas. Graças a ele, Selena aprendera que a câmara de uma Tranter podia comportar cinco balas, que poderiam ser disparadas sucessivamente com o puxar contínuo do gatilho. A Guerra da Crimeia e a guerra na América resultaram no desenvolvimento de armas de fogo mais eficazes — se o número de pessoas mortas sem a necessidade de recarregar pudesse ser considerado "eficácia".

— Meu pai se considerava invencível, achava que seu título o cingia de armadura. Só que a vida não funciona assim.

— Sinto muito. — Ela ouviu um arrependimento verdadeiro na voz dele. — Nunca sofri com a perda de alguém próximo a mim, mas a morte está lhe causando problemas há um tempo.

O sorriso dela saiu um pouco estranho. Era difícil sorrir ao ser bombardeada por lembranças. Alice havia escapado para o mundo dos livros, enquanto Selena se casara um dia depois do aniversário de um ano da morte dos pais, tentando deixar o horror para trás. Não que seu caminho tivesse sido inteiramente escolhido por ela — suas irmãs precisavam que ela fizesse o sacrifício de se casar para garantir que o mundo voltasse a ser o mais normal possível.

— É o que parece. Se você é um homem sábio, manterá nossa associação curta e direta.

— Não sei se alguém já me acusou de ser sábio, pois costumo dar mais valor à diversão. Vamos jogar bilhar? Voltar a um clima mais jovial. Eu posso lhe ensinar o básico.

— Não estou aqui para aprender a jogar bilhar. Estou aqui...

— Para ser levada para a cama. Sim, eu sei. Você tem uma ideia fixa, não é? Porque o tempo era essencial.

— Sr. Trewlove...

— Eu posso prepará-la para *ser levada para a cama* enquanto a ensino a jogar. — Ele se inclinou para a frente, trazendo consigo o perfume de uísque fino. — O movimento do taco para acertar a bola não é tão diferente de outro tipo de movimento. Protelar um pouco pode criar uma antecipação que tornará o que se segue ainda melhor. Vamos jogar uma partida, mantendo a pontuação o mais simples possível. Oito pontos. Pelo resto da nossa noite juntos, o perdedor cumprirá todos os desejos mais profundos do vencedor.

O desafio foi oferecido com uma voz baixa, sensual e cheia de promessas. Ele venceria, comandaria, e ela obedeceria. Olhando para a mesa, Selena imaginou sendo estendida por ele, e na sensação do feltro em sua pele. Não seria levada exatamente para a cama, mas para uma mesa de bilhar...

— Se eu ganhar, posso ordenar que você faça o que eu quiser?
— Qualquer coisa, querida.
— Tudo bem, então, estou pronta para o desafio de vencê-lo.

Mas o sorriso repentino que Aiden deu deixou claro que ele não tinha intenção de perder.

Apoiando-se na mesa onde tinha certeza de que ele a possuiria antes de a noite terminar, Selena tomou um gole de conhaque e observou enquanto Aiden tirava o paletó, de costas para ela, dando-lhe a chance de desfrutar da visão dos músculos por toda a extensão. Ele era lindo.

Ele jogou o casaco por cima de uma cadeira estofada antes de encará-la e arregaçar as mangas da camisa para revelar pelos escuros cobrindo os antebraços, que pareciam ter sido esculpidos em granito. Selena não conseguia tirar os olhos dos músculos delineados que afinavam quando fluíam para as mãos dele, mas não deixavam dúvidas sobre a força que residia ali. Imaginou-os deslizando sobre sua pele, fechando em torno de um seio e apertando-o até que coubesse perfeitamente dentro da curva da palma da mão, onde a pele áspera provocaria seu mamilo. Deus, como aquela sala era quente. Talvez ela devesse pedir para Aiden abrir uma janela, trazer um pouco de ar fresco.

— Venha aqui — disse ele suavemente.

Não era um comando, mas uma tentação que fez o corpo dela querer se mover em sua direção, como se ele tivesse amarrado seus membros e ela não possuísse mais controle sobre seus movimentos.

Mas, de alguma forma, Selena conseguiu manter um pouco de controle. Em toda a sua vida, nunca fora tão afetada por um homem. Por que ele? Porque ele tinha prática na sedução, dominava a arte para governar seu império e obter sucesso. Ela resistiria. Um coito profissional bastaria.

— A mesa está aqui — respondeu ela.

Levantando a mão, ele estendeu um dedo e o curvou, chamando-a.

— Venha comigo.

— Você ainda não ganhou. Não pode me dar ordem nenhuma.

Por que ela estava sendo tão teimosa quando queria desesperadamente estar mais perto dele? Porque sabia que, se cedesse uma vez, cederia todas as outras.

— Por favor.

Maldito seja por falar de uma maneira que parecia indicar que ele morreria se ela não se aproximasse. Então, ela se moveu, mas caminhou a passos lentos, demorando-se, imaginando se os membros dele ameaçavam tremer da mesma maneira que os dela. Por que ele tinha tal efeito nela?

Quando estava a apenas alguns centímetros dele, Selena parou e levantou a cabeça altivamente.

— Sim?

Aiden lhe deu aquele sorriso que parecia fazer parte dele, e ela podia imaginá-lo sorrindo do mesmo jeito para seus alvos quando ele os convencia a apostar no jogo da concha. Tomando a mão que não segurava o copo, começou lenta e provocativamente a tirar a luva dela, as pontas dos dedos deslizando ao longo da pele que ia sendo revelada.

— O que está fazendo?

Pergunta tola. Ela tinha olhos, não tinha? A pele dela queimava sob o toque dele, não queimava?

— É preciso segurar o taco com firmeza, e a seda pode interferir nisso. É melhor manter sua pele em contato direto, a fim de maximizar seu controle e aproveitar ao máximo o impulso.

Ele estava se referindo ao taco de madeira ou a um taco mais pessoal? Mas, quando o olhar dela desceu para a calça dele, ela teve certeza de que um simples taco não o definia. Bebeu o que restava do conhaque, quase se engasgando por fazê-lo rápido demais.

Fascinada, ela viu como a luva deslizou sobre seu pulso, por seus dedos, e a pausa que ele fez quando virou a mão dela e o polegar deslizou ao longo das linhas de sua palma. Aiden colocou a luva sobre o casaco, e aquilo pareceu tão íntimo, a junção de suas roupas.

Pegando o copo dela, ele o colocou em uma pequena mesa antes de voltar sua atenção para a outra mão enluvada.

— Eu poderia fazer isso.

Sua voz soava como se o conhaque estivesse preso em sua garganta e ela estivesse engasgada.

— Mas por que você deveria quando isso me dá tanto prazer? Para você, seria só uma tarefa. Para mim, é uma indulgência poder revelar você pouco a pouco. Sem pressa, sem distração. Apenas puro prazer.

Os olhos dele, escuros e ardentes, ameaçaram incendiá-la. Selena estava começando a pensar que poderia ter julgado mal, que talvez tivesse colocado no prato mais do que poderia comer, e que perderia o controle da situação. Como poderia efetivamente rejeitar todo o fogo e paixão que ele estava despertando? Como ela evitava o desejo e a necessidade que ultrapassavam todo o bom senso? Ou valeria a pena cair apenas uma única vez no abismo do frenesi?

Aiden abaixou o olhar, observando cada vez mais pele aparecer, e ela não conseguiu parar de se deixar levar pelas mãos dele. Mãos tão capazes que nunca vacilaram. Ela imaginou a rapidez necessária para ele roubar a ervilha e escondê-la, depois devolvê-la ao seu lugar quando levantava o copo. Um contraste direto com a velocidade com que ele tirava as luvas. Toda a ação sutil podia ser vista, todo minúsculo toque. Nada era por acaso, tudo era deliberado. Selena sentiu os seios ficaram pesados, como se quisessem se libertar dos limites de suas roupas para serem tocados também.

Lentamente, ele deslizou a seda sobre a mão e dedos dela, o indicador dele retornando para apoiar os dedos delicados, enquanto o polegar deslizava sobre a área onde a aliança estivera aninhada na noite anterior, onde permanecera desde o momento em que o duque a colocara, em St. George. Mas não seria correto aceitar Aiden Trewlove entre suas pernas enquanto usava algo que a ligava a Lushing. Ela não tinha percebido aquilo quando partira de sua casa na noite anterior, mas o dono do clube trouxera o fato à tona de forma clara e sucinta. Ela não expulsaria Lushing de seu coração ou de suas lembranças, mas certamente não poderia tê-lo assombrando sua cama. Aiden levou a mão aos lábios e deu um beijo suave onde a marca do anel permanecia. Os olhos dela arderam, e Selena quase o odiou naquele momento por ser tão compreensivo, por ser tão gentil quando ela não merecia.

Soltando-a, ele jogou a luva em cima da primeira.

— Tudo bem, então, vamos à lição.

Embora ela não pudesse deixar de acreditar que uma já havia sido dada: Aiden Trewlove não fazia as coisas pela metade. Quando ele terminasse, ela se encontraria verdadeiramente possuída.

O pensamento a empolgou e a aterrorizou.

Capítulo 6

Cristo, remover as luvas dela o deixara duro, e Aiden ficou surpreso por conseguir caminhar até a parede e tirar um taco da prateleira. Ele pegou o giz e começou a esfregá-lo na ponta do taco, o que infelizmente fez pensar em esfregar-se em Selena — algo que não ajudou a aliviar sua situação embaraçosa.

— Escolha sua bola — disse ele.

— A vermelha.

Encará-la ajudou a baixar um pouco a ereção, porque ela parecia tão esperançosa e inocente em pé, perto da mesa, com as mãos cruzadas na frente do corpo, tão empenhada em aprender a lição que ele ensinaria — só que não queria ensiná-la bilhar. Queria educá-la exatamente sobre o que ela desejava: ir para a cama.

Mas atormentar os dois tornaria tudo muito mais doce no final.

— Você não sabe nada sobre o jogo?

Ela corou, e ele ficou feliz pela máscara ter desaparecido, para que pudesse assistir a onda escarlate tomar lentamente seu rosto.

— Temos uma sala de bilhar, é claro, para onde os cavalheiros se retiram sempre que temos convidados. As damas não podem entrar. Os homens fumam charuto e bebem uísque. Imagino que nem sempre discutam tópicos apropriados para os ouvidos de uma dama.

— Tenho certeza que não.

Assim como havia tópicos que eles não haviam discutido. Ela falou de suas irmãs, mas não de filhos. Ela tinha filhos, certamente. Gerar um herdeiro era a primeira obrigação de uma dama. O pai dele precisara de duas esposas antes de produzir um. Ele imaginou que Selena dera ao marido um herdeiro dentro de um ano após a troca de votos. Mas, pelo resto da noite, ele não perguntaria sobre crianças ou qualquer outra pessoa em sua vida, porque queria criar uma atmosfera na qual apenas os dois existissem. Ele bateu na ponta do taco na mesa, perto de onde as três bolas descansavam.

— A bola vermelha é o alvo. Você precisa selecionar a bola branca ou a branca com o ponto.

— A com o ponto.

— Então ela é sua. A somente branca é minha. O sistema de pontuação leva em conta uma série de acréscimos e subtrações, mas vamos ignorar isso esta noite e jogar usando regras mais simples. Você bate na sua bola de forma que ela ricocheteie dos lados da mesa e acerte as duas bolas restantes, em qualquer ordem. Cada vez que você acertar as duas bolas, você ganha um ponto e mais uma jogada. Se acertar uma só bola ou nenhuma, é a minha vez.

Ele colocou a bola vermelha perto de uma extremidade, as brancas perto da outra, depois acertou sua bola e a jogou contra um dos lados da mesa. Ela ricocheteou e foi para o outro lado, bateu de novo, rolou até acertar a bola vermelha, continuou para bater na bola branca com o ponto e parou a uma curta distância dela.

— Você é muito bom — disse Selena, hesitante.

— É uma questão de geometria. Ao descobrir exatamente onde acertar sua bola, quão forte bater nela, onde ela atingirá as laterais, você pode traçar sua trajetória, determinar seu caminho.

— O que você, sem dúvida, aprendeu lendo seus livros sobre assuntos *reais*.

Ele gostou da resposta dela, porque deixou claro que Selena não o considerava um idiota.

— Sempre amei matemática, números. Essa é uma das razões pelas quais eu abri um clube de jogos. Eu gosto de calcular as estatísticas, as probabilidades.

— Acho que estou em desvantagem.

— Eu vou com calma. Contanto que você acerte uma das bolas, vou contar ponto.

Ela levantou o queixo desafiadoramente.

— Não, se vamos jogar, vamos jogar limpo. As mesmas regras devem se aplicar a nós dois.

O que significava que ela estava concordando em fazer o que ele pedisse. Ah, as coisas que faria com ela... Ele a deixaria feliz por ter perdido. Aiden sacudiu a cabeça para o lado.

— Venha aqui, e eu vou lhe mostrar como posicionar o taco e acertar a bola.

— E a coisa que você estava esfregando nele?

Esfregar... Seu corpo finalmente se acalmara e ele não precisava pensar naquilo.

— Giz. Isso ajuda a adicionar um pouco de atrito. Assim, quando o couro na ponta do taco bate na bola, é mais provável que não escorregue pelo marfim.

— Entendo. Tudo bem, então.

Ela se aproximou dele. Aiden lhe entregou o taco, explicou como Selena deveria segurá-lo, inclinou-a levemente para que a mão dela descansasse sobre a mesa e lutou para não esfregar a virilha em sua bunda.

Em algum momento, ele a tomaria por trás, talvez naquela mesma sala, enquanto jogavam bilhar nus.

Com os braços ao redor dela, Aiden a posicionou levemente na mesa e inalou a fragrância de morangos, a mesma fruta que devia ter habitado o cabelo dela para dar tons mais avermelhados às mechas quando a luz atingia determinados ângulos. Ele passara a maior parte da ida até a sala observando as diferentes maneiras pelas quais a luz mudava sua tonalidade. Queria remover todos os grampos que mantinham o penteado, segurar as mechas e enterrar o rosto nos fios sedosos.

Em vez disso, ele colocou os lábios na curva do pescoço dela e ficou satisfeito ao vê-la prender a respiração. Tinha o pressentimento de que ela seria como uma brasa que pegaria fogo facilmente quando ele a arrebatasse por completo.

— Bater na bola aqui vai enviá-la para um caminho à esquerda. — Ele guiou as mãos dela, movendo o taco. — Aqui, à direita. — Outro movimento de suas mãos e do taco. — Aqui, ela seguirá o caminho esboçado pelo taco.

Deslizando o taco entre os dedos, ele se imaginou deslizando dentro dela. Aiden respirou fundo para limpar sua mente dos pensamentos que não fossem relacionados ao jogo. Focou na partida e então a guiou para que, juntos, golpeassem a bola branca pontilhada. A esfera ricocheteou em três laterais antes de acertar a bola vermelha, rolar para o outro lado — *tum!* — e viajar pelo feltro verde para bater na bola dele.

Ele deu um passo para trás.

— Fácil. As bolas permanecem onde estão. Agora você pode tentar sozinha.

Aiden se posicionou ao lado, para poder vê-la com mais facilidade. A concentração de Selena era espantosa, como se sua tarefa fosse uma questão de vida ou morte. Ela lambeu o lábio superior antes de morder o exuberante lábio inferior. Que Deus o ajudasse, ou ele seria a parte a ceder quando finalmente chegasse a hora.

Ela puxou o taco e empurrou-o para a frente.

Clac!

A bola rolou rapidamente em direção ao canto, bateu, voltou para o lado oposto e rodou na diagonal em direção ao outro canto. Quando atingiu seu objetivo, ela bateu e voltou novamente, parando a alguns centímetros da bola vermelha. A decepção tomou conta do rosto de Selena.

— Posso tentar de novo?

— Se quiser. Ainda não estamos jogando de verdade. Estamos apenas praticando.

O próximo golpe fez a bola atingir o lado oposto da mesa e rolar até parar. Selena suspirou.

— Eu diria que preciso treinar muito para ser tão boa quanto você.

A terceira tacada foi certeira — ou quase. Ela acertou a bola branca que era dele. Selena olhou esperançosa para Aiden, com um sorriso hesitante.

— Talvez devêssemos usar suas regras modificadas. Assim, eu teria marcado ponto, certo?

— Um ponto.

— E eu poderia jogar de novo? Não precisaria entregar o taco para você?

— Isso. Vamos seguir as regras mais flexíveis.

— Você é incrivelmente gentil e generoso. Posso jogar primeiro?

— Existe um método para determinar quem joga primeiro. Para isso, cada um acerta a respectiva bola e a joga para o outro extremo, e aquele… — Ele balançou a cabeça. O jogo era apenas uma diversão. A aposta não envolvia dinheiro ou orgulho. — Não importa. Você é minha convidada, pode começar.

— Obrigada. Posso alterar um pouco *nossas* regras?

Apoiando o quadril na lateral da mesa, ele cruzou os braços sobre o peito.

— O que você tem em mente?

— Quando marcamos um ponto, podemos fazer uma pergunta ao outro, uma que deve ser respondida com sinceridade ou paga com uma pena.

— Qual será a pena?

Ela mordiscou o lábio inferior novamente. Aiden mal podia esperar para fazer o mesmo.

— O que a pessoa que está fazendo a pergunta decidir. Acho que não saber o que será pedido trará um nível de excitação ao jogo.

Abençoada seja. A sorte sorrira para ela na última tacada, poderia fazê-lo novamente em algumas mais, mas, assim que ele estivesse com o taco em mãos, faria oito pontos seguidos. Oito perguntas. Poderia perguntar qualquer coisa a ela. Aiden assentiu.

— Fechado.

Ela abriu um sorriso radiante.

— Ótimo. Pode arrumar a mesa da forma correta para começarmos?

Ele colocou a bola vermelha no extremo oposto, e as duas brancas perto deles.

Selena fechou os olhos, respirou fundo e soltou o ar devagar. Abrindo os olhos, ela se inclinou sobre a mesa e segurou o taco exatamente como ele havia instruído, seu aperto confiante. Os olhos azuis miravam com um brilho predatório.

Ela golpeou a bola, o *plac* ecoando ao redor da sala enquanto a esfera rapidamente rolava em direção ao seu destino, batendo em três laterais antes de atingir a bola vermelha e ir ao encontro da bola branca. Com um sorriso triunfante, ela apoiou a base do taco no chão, segurando o como um cavaleiro faria com a bandeira de seu lorde depois de conquistar um castelo. Ele não podia culpá-la. Ela tivera uma sorte incrível com aquela tacada.

— Isso significa um ponto para mim e uma pergunta para você. Conte sobre sua primeira vez com uma garota.

Então aquela era a direção que Selena desejava seguir com o inquérito. Aiden agradeceu internamente por ela ter perguntado algo tão descarado, pois retribuiria o favor quando fosse a sua vez.

— Isso não é uma pergunta. É um comando.

— Justo. Quantos anos você tinha?

— Dezesseis.

Seus olhos se arregalaram um pouco, mas ela assentiu e virou a esquina da mesa para se posicionar do outro lado. Ela olhou para o comprimento da mesa de um lado, depois do outro. Dois passos para a direita. Alinhou sua tacada.

Plac!

Batida. Batida. Batida. *Clac* contra a bola vermelha. Batida. *Clac* contra a branca. Uma rodada lenta até ficar imóvel. Pegando o giz, ela começou a esfregá-lo na ponta do taco.

— Você a amou?

Ele ficou surpreso por ter que responder a outra pergunta.

— Não.

Ela arqueou uma sobrancelha, indicando que a resposta dele fora insuficiente, embora tivesse sido direta.

— Eu gosto de mulheres. Eu as aprecio bastante. Mas não me apaixono, o que acho que você gostará de saber. Não serei um amante pegajoso.

— Você *nunca* amou uma mulher?

Ele sorriu.

— Você não ganhou o direito de fazer outra pergunta.

Ele duvidava que ela o faria. A sorte dela devia estar acabando.

— Verdade.

Ela deixou o giz de lado, andou em volta da mesa até estar na frente dele.

— Preciso que você se afaste.

— Acho que você poderia ter uma chance melhor do outro lado.

Estreitando os olhos, Selena olhou por cima da mesa.

— Possivelmente. Mas gosto das minhas chances aqui.

Com um olhar aguçado, ela apontou o queixo para o lado.

Ele se posicionou na cabeceira da mesa, perto do canto mais distante de Selena, para poder observá-la mais de perto. Ela não hesitou. Outra série de batidas e *placs*.

— Quando foi a última vez que você esteve com uma mulher?

Maldição! Como ela estava conseguindo acertar as duas bolas de maneira tão impecável, deixando cada uma na posição certa para poder acertar tudo novamente?

— Sr. Trewlove? — indagou.

Certo. A pergunta irritante. Quanto tempo tinha passado? Várias semanas antes de seu irmão Finn ter lhe dado aquela propriedade, no final de novembro. Desde então, ele estivera muito ocupado, preparando o clube e se esforçando para aumentar sua clientela, enquanto continuava administrando o Cerberus.

— Pelo menos seis meses. Quando foi a última vez que você dormiu com um homem?

Ela estivera com alguém desde a morte do marido?

Selena deu um sorriso triste.

— Posso não ter as melhores habilidades de observação, mas acredito que você ainda não pontuou, então não pode fazer nenhuma pergunta.

Ela deu três passos para a direita, alinhou sua tacada e fez outra jogada para pontuar. Ele teve que se conter para não a agarrar quando viu seu sorriso atrevido.

— Você paga para ter prazer?

Ele olhou para ela, para a confiança que Selena emanava. Quatro tacadas perfeitas. Quais eram as chances de uma novata...

Então, ele percebeu a situação com um misto de surpresa e amargura. Não foram quatro. Mas sete. As tacadas durante o treino haviam sido feitas para fazê-lo *acreditar* que ela não conhecia o jogo. Para provar que era ainda mais ardilosa, Selena pediu a bola vermelha, incorretamente, e fez perguntas tolas sobre as regras. Ele soltou uma grande gargalhada.

— Você é uma trapaceira atrevida. Me enganou direitinho. Você já jogou bilhar antes.

Selena imaginara que Aiden poderia ficar mal-humorado ou desanimado, talvez até bravo, se recusando a jogar, mas ela queria avaliar o tipo de homem que ele realmente era. Por alguma razão, descobrir aquilo era importante porque o momento de se tornarem íntimos de verdade estava prestes a acontecer, porque a intensidade com a qual ele a olhava semeava dúvidas sobre se ela poderia de fato prosseguir com o plano. Mas, de todas as reações que esperava, o riso nunca fora considerado.

Ela preferiu que ele não tivesse gargalhado. A risada, barulhenta e alegre, tocara algo profundo em seu âmago e a fez querer rir quando não o fazia havia meses, talvez anos. Não uma risada de verdade, do tipo que fazia os olhos lacrimejarem. Ele sorriu para ela como se, de repente, ela tivesse sido coroada rainha, como se gostasse de ter sido feito de tolo. Ou talvez ele gostasse de ter sido enganado por ela.

— Você já jogou bilhar antes — repetiu ele.

— Você não tem nenhum ponto para fazer perguntas — lembrou ela —, mas isso não foi exatamente uma pergunta, e sim uma conversa... Então, sim, já joguei. Muitas vezes. E mencionei que tínhamos uma sala de bilhar. Você foi avisado.

— Para onde todos os cavalheiros iam sem a presença de damas — disse ele com a voz fina, que era mais provocativa do que zombeteira e a fez sorrir.

— Quando tínhamos companhia. Caso contrário, meu marido, minhas irmãs e meu irmão jogavam. Gosto do desafio de controlar a bola. — Especialmente quando sentia não ter controle em outras questões. — Alguns homens ficariam ofendidos com o meu ardil.

— Eu, na verdade, aplaudo sua esperteza. Eu era um vigarista quando jovem, com minhas ervilhas. Aprecio uma chicana bem pregada.

— Chicana?

— É assim que se diz nas ruas, quando você engana alguém com um truque ou alguma mentira.

— Eu nunca menti — ela foi rápida em apontar. — Só omiti a verdade. — Selena acenou com o taco para a mesa. — Devemos continuar?

— Com certeza.

Ele caminhou até a parede, encostou-se no espaço entre duas grandes janelas pesadas e cruzou um pé na frente do outro e os braços sobre o peito, parecendo relaxado e satisfeito.

— Mas saiba de uma coisa, querida. Se você errar essa jogada, não serei piedoso. Minhas perguntas vão deixar você completamente corada.

Ela não soube explicar o que a levou a pensar que as perguntas dele seriam mais emocionantes que as suas, tentando-a a errar de propósito na próxima tentativa.

— Você ainda não respondeu à pergunta sobre pagar para ter prazer...

— Eu não pago. As damas que vêm a mim.

Ela arqueou uma sobrancelha.

— Não nos últimos seis meses ou mais.

— Não. Estou muito ocupado gerenciando meus negócios, fazendo este clube crescer.

— Quando a temporada começar, nas próximas semanas, você com certeza verá um aumento no interesse e no lucro.

O Parlamento abrira em fevereiro, então grande parte da nobreza já estava na cidade, e a temporada social logo teria início.

Ele acenou com a cabeça em direção à mesa.

— Vamos ver quanto tempo você consegue manter sua sequência de pontos.

Por horas. Ela jogava bastante, usava o bilhar como distração quando acordava no meio da noite em sua cama solitária e não conseguia voltar a dormir. Divertia-se em ver quantas tacadas era capaz de acertar antes de errar. Então, se preparou para a próxima jogada, pontuou de novo e olhou para ele.

— Você sabe quem é seu pai?

— Agora as coisas estão ficando um pouco pessoais.

Embora o tom de Aiden fosse suave, ele carregava um leve sinal de desagrado.

Ainda assim, ela zombou.

— Perguntar sobre suas amantes não era?

Ele a estudou por um minuto inteiro antes de confessar:

— Sim, sei quem me gerou.

Outra tacada de sucesso.

— Quem é ele?

Lentamente, ele meneou a cabeça.

— Desculpe, amor. Terei que desistir aqui. Como lhe disse ontem à noite, nunca falo sobre ele.

Selena considerou que aquilo era compreensivo, que devia ter doído descobrir que havia sido entregue para outra pessoa.

— Me desculpe. Eu não deveria ter ido tão longe, foi uma pergunta absurda. Qual é a sua cor favorita?

Um canto da boca dele se levantou.

— Querida, você pode me perguntar o que quiser, mas isso não significa que vou responder ou que estou ofendido por sua curiosidade. Na verdade, estou tocado por você desejar saber mais sobre mim, que está começando a me ver como mais que apenas um pau. É um bom presságio para nossa união na cama.

Não se o rosto dela estivesse tão vermelho quanto o calor que estava sentindo a fazia pensar. Ele dissera a palavra "pau" de forma tão casual, como se estivesse falando "árvore", "manteiga" ou "bom dia".

— Diga qual será minha pena — insistiu ele.

Colocando a ponta maior do taco no chão para que a madeira permanecesse na vertical, ela o usou de apoio, caso ela bambeasse se ele aceitasse a pena.

— Remova seu colete e o lenço.

Os olhos dele escureceram, caindo sobre ela como se fossem pedra, desafiando-a a desviar o olhar. Então, Aiden se afastou da parede e começou a desamarrar o lenço como se tivesse o restante de sua vida para terminar a tarefa. O movimento dos dedos dele era hipnotizante, e ela os imaginou desabotoando as costas de seu vestido, puxando-o por cima de seus ombros com as mesmas mãos sensuais. Selena sentiu a boca subitamente seca. Quando ele terminasse, ela pediria mais conhaque, talvez a garrafa inteira. Ou quem sabe ele pudesse encaminhá-la para o lago mais próximo, onde poderia mergulhar nas profundezas geladas antes que se incendiasse em uma conflagração de desejo ardente.

Quando o linho branco se soltou do laço, ele o desenrolou do pescoço e puxou uma das pontas para atirá-lo em uma cadeira próxima. Ela observou o lenço flutuar sem dificuldades, assim como ela poderia fazer se Aiden a pegasse no colo e a jogasse em um colchão coberto de seda.

De alguma forma, parecia incrivelmente íntimo ver mais do pescoço dele. Ela sentiu uma vontade repentina de tocar com os lábios naqueles músculos delineados.

Depois, Aiden começou a trabalhar nos botões do colete. Selena nunca vira um homem se despir. Nunca vira tanto de homem quanto estava vendo de Aiden Trewlove. Antebraços e pescoço, tendões e força. Ele a estava transformando em uma devassa, revelando apenas o suficiente para fazê-la querer descobrir mais.

Quando o colete se abriu, ele o tirou com uma rotação dos ombros que a fez prender o ar. A peça também foi jogada para o lado. Com o olhar ainda focado nela, ele estendeu a mão e soltou três botões da camisa, revelando o início de seu peitoral. Selena lambeu o lábio superior, quando queria, na verdade, desesperadamente lamber a pele dele.

Aiden voltou a encostar na parede, cruzou os braços magníficos sobre o enorme peito e deu um sorriso que era ao mesmo tempo perverso e tentador.

— Imagino qual pena eu lhe darei quando for a minha vez.

A vez dele não chegaria, mas ela desejou ser corajosa o suficiente para errar de propósito e ver aonde ele poderia levá-la. Sem dúvida, para uma tentação que ela nunca conhecera. Não era um bom presságio que ela estivesse apertando o taco com tanta força que seus dedos estavam dormentes. Afrouxando o aperto, sacudiu as mãos, abrindo e fechando-as para voltar a senti-las. Depois de recuperar o equilíbrio, ela declarou, sucinta:

— Pode imaginar quanto quiser, mas não vai adiantar. Não pretendo errar minhas jogadas.

E não errou.

— Você sabe alguma coisa sobre sua mãe? — perguntou ela.

— Suponho que você não esteja se referindo à minha mãe, Ettie Trewlove, mas à mulher que me deu à luz.

O tom dele não continha a mesma amargura de quando falara sobre o pai, mas ela sentiu um pouco de tristeza, remorso, talvez até arrependimento.

— Não sei nada sobre ela. Suponho que era uma amante, mas isso é apenas especulação minha.

— Não consigo imaginar quão difícil deve ser não saber tudo sobre o próprio passado.

— Aceitei as circunstâncias do meu nascimento há muito tempo. Ettie Trewlove fez com que elas não importassem.

— Fico feliz.

Selena não gostava de pensar nele como um jovem que fora provocado ou agredido por causa de uma situação sobre a qual não tivera controle. Ciente de que as pessoas nem sempre eram gentis com quem nascia do lado errado do lençol, ela não queria considerar que seus planos envolveriam seu filho ser rotulado como tal — ou pior — se a verdade fosse descoberta.

Respirando fundo, ela se posicionou para a jogada final. Ela olhou para Aiden. Pela falta de tensão que aparentava, ele poderia estar estendido num gramado, sob a sombra de uma grande árvore, observando as nuvens passarem.

— Você parece bastante relaxado para um homem prestes a cumprir todas as minhas ordens.

Ele deu de ombros.

— Eu queria que você ganhasse desde o início, mas achava que teria que me esforçar para perder.

Ela não sabia o que dizer sobre aquilo, saber que ele havia entrado no jogo querendo receber ordens dela. Havia uma gentileza nele, um altruísmo inusitado.

— Estou feliz por ter surpreendido você.

— Você com certeza é surpreendente, querida.

O apelido carinhoso pareceu mais sincero, o que a fez parar. Ela estava ali para ser levada para cama, não para se envolver emocionalmente. Era melhor terminar o jogo e seguir em frente com os negócios. Ela alinhou o arremesso final e acertou, sentindo a alegria de vencer e o desapontamento pelo fim da partida. Virou-se para encontrá-lo a estudando, simplesmente esperando.

Por mais difícil que fosse, ela conseguiu encará-lo.

— Pergunta final: você me quer?

— Mais do que eu anseio por ar. — Ele se afastou da parede, caminhou em direção à mesa até que apenas a estreita extensão de verde os separasse, colocou as palmas das mãos sobre o feltro e inclinou-se para ela. — Você venceu o jogo. O que você deseja?

— Que me dê prazer até eu esquecer que sou viúva.

Capítulo 7

AGRADOU-LHE ALÉM DO ESPERADO que Selena não tivesse pedido para que ele a levasse para a cama, embora suspeitasse que ela pensava que as palavras eram apenas outra versão da mesma coisa. Mas ele queria ensiná-la de uma maneira diferente, queria mostrar a ela que havia mais que apenas o coito.

Na juventude, ele se contentara em ter relações rápidas. Até que uma mulher mais velha lhe mostrara a alegria que havia em ir com calma. Aiden queria presentear a duquesa com a mesma alegria, pois tinha certeza de que ela nunca a sentira. Nem todos os homens eram bem versados na arte do sexo. Muitos tinham aversão aos pecados da carne, mas a necessidade de gozar os levava a cometê-los, e eles procuravam a maneira mais rápida possível — como se pecar por um curto período pudesse ser ignorado enquanto uma transgressão mais longa certamente enviaria alguém para as chamas eternas da perdição. Mas bastardos estavam condenados a ir para o inferno de qualquer maneira, então ele poderia muito bem aproveitar ao máximo a jornada.

Aiden andou lentamente ao redor da mesa, observando como o sobe e desce do peito de Selena aumentava à medida que ele se aproximava, como a respiração dela ficava mais rasa, as piscadas menos frequentes. Tirando o taco da mão dela, notou a leve umidade onde os dedos estavam e não soube se o sinal de nervosismo o agradava ou o incomodava. Certamente não queria que ela tivesse medo do que iria acontecer. Ficou tentado a jogar o taco pela sala como um grande dardo, mas o barulho quebraria o clima que estava tentando criar.

Então, enquanto a tensão e a antecipação cresciam dentro de si, ele caminhou casualmente até a prateleira e guardou o taco. Quando se virou, descobriu que ela não havia se mexido nem um centímetro. Se ela não parecesse estar prestes a se arrepender de seu pedido a ponto de fugir, ele poderia ter apreciado a beleza dela por mais alguns minutos. Em vez disso, ele se aproximou de Selena, entrelaçou os dedos aos dela e a puxou para um dos cantos da mesa.

— Você vai fazer isso aqui? — perguntou ela, com a voz um pouco trêmula e ofegante, mais aguda do que o habitual.

Sorrindo com um dos cantos da boca, ele olhou em volta.

— Este é um lugar tão bom quanto qualquer outro.

— Uma cama não seria melhor?

— Não para o que tenho em mente. Além disso, a decoração não vai sair da sua cabeça. Estou certo de que você já teve vários encontros na cama. Quero lhe dar algo diferente, algo que você possivelmente nunca teve antes.

Ela engoliu em seco, os músculos delicados de seu pescoço trabalhando enquanto assentia e lambia os lábios ao mesmo tempo.

Segurando-a pela cintura, Aiden a levantou e a pousou gentilmente sobre a quina da mesa, as pernas balançando no ar. Com o olhar fixo no dela, deslizou as mãos sobre os quadris femininos, ao longo das coxas.

As mãos subiram, se dirigindo ao vale entre as pernas de Selena, separando-as com uma rapidez que a fez arregalar os olhos, dilatar as narinas e entreabrir os lábios. Aiden se posicionou entre as pernas, os joelhos formosos em cada lado dos quadris dele, agarrou-a pela bunda e puxou-a para a frente até que o doce ponto que pretendia atormentar estivesse pressionado contra ele, para que ela soubesse quanto ele queria levá-la para cama.

Os olhos azuis se arregalaram ainda mais, e as narinas e lábios seguiram o exemplo. Selena segurou a frente da camisa dele com força, como se temesse cair no abismo. Aiden esperava que ela mergulhasse de cabeça, livre e sem amarras.

Devagar, porque não queria que seu tempo com ela fosse apressado, porque queria gravar todos os seus aspectos na memória, começou a tirar os grampos do cabelo dela, jogando-os na extremidade da mesa para que ela pudesse encontrá-los facilmente se desejasse prender o cabelo depois — embora, se o plano dele tivesse sucesso, arrumar o cabelo seria a última coisa em que ela estaria pensando quando a noite terminasse. Ele a queria completamente desfeita e atordoada.

As longas e pesadas mechas se soltaram dos poucos grampos restantes e caíram nos ombros delicados, revelando mais da coloração avermelhada que o fascinava. Com uma mão, juntou as abundantes madeixas, enterrou o nariz nelas e inalou profundamente a fragrância de morangos.

— Você comeu morangos quando criança?

— Sim. E continuo comendo. São meus favoritos. Especialmente os grandes. Gosto quando os mordo e o suco escapa pela minha boca e tenho que usar a língua para lambê-lo.

Ele gemeu baixo.

— Você está me matando.

— Estou?

Um tom de inocência na voz dela desmentiu as palavras anteriores.

Soltando as mechas, ciente de que elas caíam como cortinas de seda agitadas pelo vento, Aiden a encarou.

— Você sabe que está.

— Eu nunca fui chamada de atrevida antes. Sinto que deveria fazer algo para merecer o título.

Ele passou o polegar sobre o queixo dela, depois seguiu um caminho do centro da curva até o lábio inferior.

— Um dia, lhe darei um morango incrivelmente roliço e lamberei qualquer suco que escapar por seus lábios.

— Promete?

— Prometo.

Apesar da posição dela, Aiden ainda teve que abaixar a cabeça para alcançar os lábios dela, e pensou sentir o gosto de morangos em vez do conhaque que ela acabara de beber. Ela não estava tão tímida naquela noite — ou tão inexperiente. Selena acolheu com entusiasmo a invasão da língua dele, usando a sua para explorar a boca dele de uma maneira que o deixou ainda mais excitado. Deus, ela aprendia rápido! Havia virado o jogo, e Aiden se controlava para não empurrar as saias dela para o lado e fazer com a parte inferior do corpo os mesmos movimentos de sua língua, roçando sobre veludo e seda.

Os suspiros de Selena ecoaram ao redor dele, os gemidos pareciam adentrar sua alma, criando uma sinfonia de notas que envergonhariam os melhores músicos. Aiden se lembraria de seus pequenos barulhos de prazer até o último suspiro que desse no mundo. Eram gemidos doces, mas que também tinham um quê de novidade, como se ele estivesse expandindo o mundo dela.

Deus, ele esperava que sim. Por mais arrogante que fosse, queria dar a ela o que ninguém mais tinha lhe dado. Queria que fosse o nome dele em seus lábios quando ela dormisse o sono eterno. Era egoísta da parte dele desejar a Selena uma vida que nunca fosse tão incrível quanto a que ele lhe mostraria. Mas era justo, porque já sabia que as mulheres que a seguiriam não chegariam aos pés da duquesa.

Aiden não sabia por que ela era diferente das outras, por que estava quebrando todas as próprias regras por sua causa. Como sabia que uma vez com ela não seria suficiente? Por que estava determinado a deixá-la querendo mais, para que ele tivesse mais de uma vez? Eventualmente, ela se cansaria dele — seus irmãos poderiam ter tido sorte se apaixonando por aristocratas que estavam dispostas a acolhê-los, mas ele sabia que a maioria da nobreza se cansava de brincar na lama depois de um tempo. Ela tinha sido honesta quanto às motivações de ir ao clube. Se gostasse, poderia voltar mais vezes, mas a presença dela em sua vida era temporária. Aiden entendia, e pretendia aproveitar ao máximo.

Interrompendo o beijo, ele arrastou a boca ao longo do queixo delicado, pelo pescoço branco como marfim, pela clavícula, e fez um desvio até a curva doce onde o pescoço descia para um ombro. Lá permaneceu, chupando e beijando, enquanto a cabeça dela caía para trás, seu gemido se intensificava e seus dedos se apertavam na camisa dele, acumulando cada vez mais tecido. A pele dela era sedosa e lisa como mármore sob a língua dele. Aiden poderia passar a noite inteira se deliciando com cada centímetro da pele macia.

Mas outros centímetros precisavam de sua atenção. Recuando, sentiu prazer com o olhar lânguido de Selena.

Ele tinha visto a mesma expressão em mil olhos — o inebriamento total, antes de a pessoa mergulhar em uma embriaguez obliterante. Mas ela seria salva daquele destino, pois sua letargia era estimulada pela sensação, não pelo álcool.

— Abra meus botões — ordenou ele com um tom de desejo que quase não reconheceu.

Finalmente, pensou Selena, embora estivesse espantada por ver que a camisa dele ainda estava inteira depois de tanto apertar o tecido. O beijo havia tirado sua capacidade de raciocínio. Tudo o que ela podia fazer era sentir — a suavidade de seus lábios, a aspereza de sua língua, o gentil roçar de seus bigodes curtos na pele dela. Selena poderia ficar vermelha e um pouco arranhada na manhã seguinte, mas não se importava. Tudo agregava às sensações incríveis que a dominavam.

A maneira como o olhar dele parecia escurecer e arder enquanto ele a observava apenas deixou tudo mais intenso — muito similar a uma música perto de seu *crescendo*.

Selena não ficou surpresa ao ver que os dedos tremiam quando atacaram os botões da camisa dele. Ela estava inteira tremendo, mas do melhor jeito possível. A paciência e os maneirismos lentos de Aiden não se refletiram nela. Em vez disso, ela trabalhou rapidamente, empurrando botão por botão pela respectiva casa e observando o tecido revelar mais do peitoral levemente pontilhado com pelos, que provocariam cócegas nos dedos se ela encontrasse a coragem de passar a mão por eles.

Selena havia soltado apenas três botões quando ele esticou os braços para cima, agarrou a parte de trás da camisa e puxou-a por cima da cabeça, uma extensão maior de pele aparecendo para encantá-la enquanto ele jogava a camisa para o lado. Por centímetros, errou a cadeira onde as outras peças de roupas haviam sido abandonadas mais cedo. Sem pensar, apenas cedendo a seus instintos, ela espalmou as mãos em seu peito — tão quente e firme. Passou um dedo sobre um dos mamilos eretos. Ele gemeu baixo, agarrou sua cintura e a pressionou mais forte contra si. Ela ficara chocada na primeira vez que sentira a ereção de Aiden, ao saber que ele estava verdadeiramente preparado para levá-la para cama. Mas agora parecia mais preparado do que nunca.

Então, a boca dele reivindicou a sua mais uma vez com uma devoção fervorosa. Toda vez que Selena pensava que ele dera tudo o que tinha, Aiden dava ainda mais. Ela deslizou as mãos pelo peito, pescoço e cabelo, saboreando a sensação dos fios grossos se enrolando entre seus dedos. Pressionando os joelhos contra os quadris dele — sentindo poder ao ouvir seu gemido —, ela o prendeu com as pernas, aproximando-o cada vez mais. Apesar das camadas de seda e cetim que os separavam, ela podia sentir sua força e seu calor. Ele a fazia pegar fogo, experimentar sensações selvagens e incríveis que Selena nem sabia que eram possíveis. Ele a fazia se sentir viva, como se um raio, em vez de sangue, corresse por suas veias.

Ela percebeu as mãos dele em suas costas, os dedos longos e ágeis trabalhando no laço do corpete para que ele afrouxasse e caísse um pouco para a frente. Inclinando-se para trás, Aiden desviou o olhar para os dedos enquanto eles lentamente seguiam a pele dela na borda do tecido, tirando o vestido de seus ombros. O calor flamejante nos olhos castanhos era um afrodisíaco intenso. Selena ansiara por um homem que a olhasse daquela maneira, de ver desejo e necessidade expostos — crus e primitivos.

— Não devemos apagar as lamparinas?

A voz dela soou baixa, como se estivesse encantada e não quisesse afastar o prazer que ele oferecia.

— Não.

Uma resposta tão simples, mas tão profunda. Enquanto um delicioso calafrio a percorria, ela considerou um milagre ainda ter os meios para respirar. Estava presa às expressões que ele esboçava.

O corpete dela cedeu, e o calor nos olhos dele ardeu ainda mais, as narinas dilataram e a respiração ficou ofegante. Usando o lado de um único dedo, o que continha a cicatriz, ele traçou o caminho da camisola contra a pele dela, o dedo deliciosamente áspero contra as curvas suaves de seu peito.

— Sua pele parece seda, só que ainda mais macia.

Então, a boca dele seguiu o caminho que o dedo havia forjado, e tudo dentro dela amoleceu. Se Aiden não estivesse ali, se as pernas dela não tivessem se apertando com mais força em torno de seus quadris, Selena poderia ter escorregado da mesa. Em vez disso, fechou as mãos ao redor dos braços dele, agarrando-se, enquanto seu corpo travava uma batalha, precisando implodir e explodir. Ela olhou para o topo da cabeça dele, as mechas castanhas com um leve tom âmbar aqui e ali. Ficou dividida entre deslizar a mão sob o queixo dele e levantar aquela boca adorável para a dela ou deixá-lo continuar sua jornada.

Aiden fez a escolha por ela, uma terceira opção, afastando-se apenas o suficiente para desamarrar as fitas do espartilho e abrir a peça para expor seus seios ao ar, à luz, ao seu olhar ardente. Ela estava surpresa pela intensidade de seu olhar ainda não a ter incendiado.

— Lindos.

A palavra saiu quase como um sussurro.

Ele pegou cada um dos seios e encheu as mãos. Passou os polegares sobre os mamilos enrijecidos, assim como ela provocara os deles. As sensações instigadas foram maravilhosas. Quando ele abaixou a cabeça e fechou a boca sobre uma das aréolas, com uma língua provocante, ela gritou de prazer e dor enquanto o paraíso entre suas coxas se contorcia de necessidade, enquanto todo o seu corpo — da cabeça aos pés — se contorcia de necessidade.

Aiden voltou as mãos para as costas dela, abraçou-a e curvou-a levemente, como se quisesse oferecer os seios arrebitados como um banquete tentador — ah, e como ele se deliciou. Com lambidas lentas, beijos quentes e mordiscadas rápidas. Um chupão aqui, um sopro ali. Nenhuma área escapou.

Apoiando-se com uma mão, ela passou a outra pelo cabelo castanho, ao longo do pescoço, por cima do ombro másculo. Nunca experimentara tanta devoção, não sabia que aquelas sensações existiam. Sempre sentira que algo estava faltando, mas pensava que era apenas devassidão. Talvez ele estivesse fazendo aquelas coisas porque não era um cavalheiro, não era da nobreza, mas um plebeu. Se fosse o caso, ela passara a entender por que as mulheres sussurravam sobre querer algo um pouco mais selvagem.

Os gemidos que Aiden soltava eram animalescos, primitivos — e ela sentiu gratidão por ele não ter uma natureza contida. Por tocar seu corpo tão livremente, por se atrever a explorar o que havia permanecido desconhecido. Ela imaginou que, quando terminasse, ele seria capaz de desenhar um mapa de Selena.

Com um grunhido feroz, ele retomou a boca dela, tornando-a dele, e ela temia que, se alguma vez se casasse novamente, nenhum marido seria capaz de satisfazê-la como ele. O beijo de Aiden dizia muito, fazia com que Selena sentisse como se ele tivesse penetrado fundo em sua alma e a tocado por completo. Estava tão absorvida pela conquista da boca dele sobre a sua que levou um tempo para perceber que ele a deitara na mesa. Mal sentira o feltro em suas costas quando Aiden começou a beijar seu queixo, seu pescoço, seus seios...

Então, as mãos circularam seus tornozelos antes de subir por suas pernas, levantando suas saias até que fossem apenas um amontoado azul em volta da cintura. Ela ofegou. Nunca estivera exposta daquela forma.

Ele parou, apenas seus olhos se movendo na busca pelos dela.

— Quer que eu pare?

O que ela queria não tinha importância. Aquilo era sobre o que ela *precisava*. E ela precisava do que ele poderia dar.

Engolindo em seco, ela cuidadosamente negou com a cabeça.

— Eu quero que você me faça esquecer.

O sorriso dele era depravado, cheio de promessas.

— Quando eu terminar, você não se lembrará nem do próprio nome.

Ele desapareceu atrás da pilha de saias e saiotes. Os dedos dançaram ao longo de suas coxas, as palmas das mãos afastando ainda mais as pernas, separando a fenda em sua roupa íntima. Ela sentiu um dedo longo descendo, depois subindo.

— Tão suculenta. — A voz saiu rouca e áspera. — Tão suculenta quanto um morango maduro.

Depois de ouvir aquilo, ela devia ter ficado ainda mais molhada. Seus joelhos apareceram à vista quando ele colocou seus pés contra as almofadas que rodeavam a borda da mesa. Selena sentiu um forte desejo de cruzar as pernas, mesmo que quisesse abri-las ainda mais.

Um sopro frio arrepiou seus pelos. Uma lambida lenta quase a fez cair da mesa. As mãos dela se apertaram. Selena tentou alcançá-lo. Os dedos dele se entrelaçaram nos dela.

Outra lambida que subiu, indo de um lado para o outro como os laços em seu vestido. Um círculo. Ansiando por algo, ela ergueu os quadris para ficar mais perto da boca lasciva.

Ele riu baixo.

— Você ao menos sabe o que quer?

— Não. — A respiração de Selena estava ofegante. — Estou com medo de descobrir, e com mais medo ainda de não saber.

— Não tenha medo. Não vai doer. E não lute contra isso, querida. Quando vier, deixe-se levar.

Ela quase perguntou o que seria "isso", mas a boca dele se fechou sobre seu ponto sensível e inchado, e ela gritou em êxtase. Apertou mais ainda os dedos dele enquanto seu corpo ficava mais sensível a cada chupada, a cada lambida, a cada beijo. Tudo dentro dela clamava por Aiden, pelo que estava oferecendo. Ele estava entre suas coxas, mas era como se estivesse por todo o seu corpo. Nenhuma parte estava alheia ao toque dele.

Seus nervos disparavam faíscas. E quando ela pensou em lutar para contê-los, optou por seguir o conselho dele e se entregou à paixão, ao frenesi, ao pecado. À devassidão de permitir que aquele homem, com quem não era casada, realizasse um serviço tão íntimo. Que conhecesse o centro de sua feminilidade e se apossasse de tudo como se fosse o dono.

Mas é claro que era. Ela concedera a permissão a ele. Vencera a aposta, nomeara seu prêmio. Como ela poderia saber que, no final, o preço seria se entregar por completo?

No entanto, não estava arrependida. Não sentia nada além do prazer que espiralava sem piedade por seu corpo e a fazia esquecer seu nome, esquecer de tudo. Não tomou ciência de nada que não fosse o êxtase que, sozinho, a preencheu e dominou até ela gritar de euforia, como se tivesse subido ao céu.

E, então, Selena começou a chorar.

Capítulo 8

Era como se o mundo tivesse explodido ao seu redor. Os anos de espera por uma paixão como aquela — a descoberta de que ela era mais profunda e única do que qualquer coisa que tivesse imaginado. A tristeza por perder Lushing — apesar de não receber aquilo dele, ele a presenteara com outras coisas. O fardo de garantir que as irmãs tivessem uma vida boa quando ela não tinha como prover aquilo sem o ducado. O peso de assegurar que o título e a propriedade do irmão não fossem arruinados. A própria decepção por não ter um bebê nos braços. O medo de que o problema estivesse com ela, e não com Lushing — de que tudo aquilo fosse uma tentativa inútil.

E sua fraude, sua farsa terrível, porque, se aquele homem a engravidasse, ela nunca lhe contaria que tivera um filho — ou filha. Era imperativo que o mundo inteiro acreditasse que o bebê era de Lushing, caso contrário, a criança estaria tão condenada quanto ela.

— Shhh, shh… Está tudo bem, querida — murmurou Aiden Trewlove, enquanto a abraçava.

Não seja gentil comigo, Selena quis gritar. *Eu não mereço isso.*

Mas ela parecia incapaz de formar palavras. Tudo o que conseguia fazer era soluçar enquanto ele a carregava até uma cadeira e a embalava no colo, arrumando suas roupas para que ficasse menos indecente.

E as lágrimas caíram ainda mais.

Uma mulher de sua posição não chorava com tamanha intensidade e humilhação. Não segurava a nuca de um homem e enterrava o rosto no pescoço dele para ensopá-lo de lágrimas enquanto ele gentilmente acariciava suas costas.

— Seu marido nunca lhe fez sentir isso?

Como ela explicaria que o que Aiden Trewlove a fizera sentir a tinha desfeito por completo? A intimidade do ato, o êxtase avassalador? Balançando a cabeça, ela fungou e lutou para recuperar o controle, para não se lembrar da falta de paixão de seus encontros com Lushing. Será que ele a desejara um dia?

Aiden a abraçou com mais força.

— Foi por isso que você veio aqui? Você buscava paixão?

Ela não podia confessar a verdadeira razão de procurá-lo, mas também não queria mentir.

— Não tenho certeza se eu tinha ciência de tudo o que estava procurando. Nunca experimentei algo tão maravilhoso, tão... arrasador. Deveria ter sido assim sempre?

— Nem sempre. Alguns homens hesitam em se deixar levar pelos prazeres carnais com a esposa. Eles... eles não se sentem confortáveis com os aspectos mais... animalescos da nossa natureza.

As lágrimas diminuíram, deixando-a cansada e exausta.

— Foi bastante intenso... o que eu acabei de experimentar. Eu não esperava me sentir tão vulnerável. — Um pensamento horrível lhe ocorreu. — Você nunca vai contar...

— Não. Você está segura. Tudo o que acontecer entre nós permanecerá aqui.

Ela respirou fundo.

— Sinto falta dele. — As palavras escaparam antes que ela percebesse. As lágrimas caíram novamente. — Ele era gentil.

— Ontem à noite você disse que não se casou por amor, mas isso não significa que não o amou. Você o amava?

Ela não hesitou em assentir com a cabeça.

— Mas não era um amor apaixonado, não do tipo que você encontra em livros de romance.

— Não leio livros de romance.

Ela sorriu, quase riu do tom de voz dele, como se tivesse sido insultado.

— Gosto muito desse tipo de história. Mas, independentemente disso, nosso amor não era algo profundo e duradouro. Talvez seja por isso que outros aspectos de nosso relacionamento deixavam a desejar no quesito paixão.

— É possível ter paixão sem amor.

Aiden Trewlove certamente provara aquele ponto havia apenas alguns minutos. Mas seria possível ter um amor romântico sem paixão? Ela imaginou quão mais gratificante a experiência seria se fosse compartilhada com alguém que ela amava acima de tudo.

— Não deve ser fácil ser uma viúva jovem — disse ele, mudando de assunto.

— Também não acho que seja fácil ser uma viúva idosa. Minha vida é uma série de rotinas... não de uma maneira entediante. Mas ele fazia parte delas. Eu me visto para o jantar e vou até a biblioteca, e ele não está lá, com o copo na mão enquanto olha para o fogo, para se virar e sorrir para mim. Quando estou lendo e me deparo com algum trecho particularmente bem escrito e penso em compartilhá-lo, ele não está sentado na cadeira à minha frente, absorto em seu próprio livro. Eu o procuro uma dúzia de vezes por dia, apenas para lembrar que ele não está mais lá. E sempre dói. — Endireitando-se, ela o encarou. — Não sei quanto tempo leva para parar de doer.

Passando os dedos ao longo da bochecha delicada, entrelaçando-os no cabelo sedoso, Aiden desejou que pudesse oferecer a Selena a garantia de que a dor diminuiria, mas não sabia nada sobre perdas permanentes. Ele também não esperava que a noite terminasse daquela maneira. De todas as reações que antecipara, lágrimas incontroláveis não havia sido uma delas.

Ele não sabia como oferecer consolo, suspeitava ser ruim naquilo. Talvez por isso resolveu não procurar palavras, apenas tomou a boca dela da forma mais gentil que pôde. Sentira uma enorme dor no peito ao vê-la tão infeliz, uma dor que não gostava nem um pouco. Ele era um canalha — quando se tratava de mulheres, por mais que gostasse delas, não deixava que atingissem suas emoções.

Aiden tinha pouco a oferecer a uma mulher em termos de influência, prestígio e — se fosse honesto consigo mesmo — orgulho enquanto homem para ficar ao lado de uma. Ele era o dono de clubes de jogo, um fornecedor de vícios. Ainda não atingira o nível de riqueza que faria as pessoas ignorarem seus negócios questionáveis ou sua chegada pecaminosa ao mundo, porque até pouco tempo atrás havia dado uma boa parte de seus ganhos ao pai. Mas mesmo se tivesse uma fortuna, seria justo pedir a qualquer mulher para amá-lo quando o mundo sempre o veria como o bastardo que era? Aquela mancha nunca poderia ser lavada, e ele não seria responsável por trazer crianças ao mundo que teriam que carregar o fardo de sua vergonha.

Então, não estava nada satisfeito com quanto passara a se importar com a duquesa em tão pouco tempo, especialmente quando ela havia deixado claro que queria apenas uma coisa dele. Aiden não gostava de saber que, quando finalmente sucumbisse aos desejos dela e a tomasse por completo, talvez nunca mais a visse.

Pois nunca esqueceria a sensação das lágrimas dela se acumulando em seu pescoço, do calor dela aninhado em seus braços, do gosto dela em sua língua.

Quando se afastou, Selena sorriu para ele, fazendo com que a dor em seu peito aumentasse.

— Você tem um jeito especial de me distrair dos meus problemas.

Gratidão estava refletida nos olhos azuis.

— Estou ao seu dispor sempre que precisar de uma distração.

Uma pequena risada. Um rubor que tingiu as bochechas pálidas com um tom rosado. Pensou que deveria repintar as paredes daquela cor, para que sempre se lembrasse dela.

Por vários minutos, os dois apenas se fitaram, como se as palavras não tivessem mais importância. Ela desviou o olhar primeiro.

— Preciso ir.

Aiden quase pediu que ela ficasse, que passasse o resto da noite em sua cama. Não que ele fosse fazer outra coisa senão abraçá-la. Embora estivesse desesperado para possuí-la, não achava que ela ainda tinha em mente ser tomada por *ele*. Selena ainda não estava completamente seduzida.

Então, ele afrouxou o abraço e a ajudou a levantar. Depois de vestir a camisa, observou com fascinação enquanto ela arrumava o vestido e a ajudou com o laço em suas costas. Ela não se incomodou em arrumar o cabelo. Meramente retornou a máscara ao antigo lugar para que estivesse mais uma vez camuflada. Ainda assim, ele a acompanhou pelo corredor até uma escada particular que levava ao saguão, para que ela não precisasse atravessar o salão de jogos. Retirou o casaco dela com a garota da chapelaria, colocou-o em volta dos ombros delicados e a conduziu para a noite, até a carruagem que a esperava.

Ao alcançar o veículo, ela o encarou.

— Peço desculpas pelo meu comportamento vergonhoso.

— Não há necessidade de pedir desculpas, querida. Mas espero que não permita que nenhum desconforto que possa estar sentindo por suas lágrimas a impeça de voltar aqui.

Estendendo a mão, ela deslizou os dedos pelo queixo com a barba por fazer. Ele ouviu o roçar deles sobre a pele sedosa.

— Amanhã.

Ele a ajudou a subir na carruagem e fechou a porta. Enquanto o veículo cambaleava pela rua, ele o observou se afastar, imaginando como seria capaz de seduzi-la metade do que ela o seduziu.

Quando Selena chegou à porta de seu quarto, hesitou. Não queria lidar com Winslow naquela noite se ele estivesse à espreita, como um ladrão às sombras do cômodo. Era bem possível que descobrisse o que ela fizera ao botar os olhos nela. Apesar das lágrimas, ela sentia que ainda brilhava como efeito do ato de Aiden e queria manter aquela sensação para si, levá-la para baixo dos lençóis.

Ela pensou em dormir em outra cama — a residência continha pelo menos outros trinta quartos —, mas acabou decidindo que precisava de um ambiente familiar. Quando entrou em seus aposentos, descobriu que o irmão não estava à sua espera, mas as três irmãs estavam todas apertadas na cama. As gêmeas pareciam estar dormindo, enquanto Alice estava sentada com as costas apoiadas nos travesseiros e o nariz enterrado em um livro. Selena pensou em Aiden de imediato, e se perguntou se ele teria dormido com facilidade ou se a falta de sono o forçara a escolher um de seus muitos livros das prateleiras para ocupar a mente, para que não pensasse nela.

Tolinha... Como se ele tivesse pensado nela depois que partira. Se ele precisasse de distração, muitas mulheres em seu clube ficariam felizes em ajudá-lo. Selena não quis reconhecer a centelha de ciúme que o pensamento acendeu. Embora tivesse sua atenção, não queria que ele fizesse o mesmo com mais ninguém. Talvez aquele deveria ter sido o prêmio solicitado... Ah, mas o que ela recebera não tinha comparações.

Alice colocou o livro no colo e olhou para Selena, preocupação gravada em suas feições.

— Onde você estava? Ficamos malucas de preocupação.

— Estou vendo. Acorde as duas para que todas voltem aos seus quartos.

Constance e Florence acordaram naquele instante, esfregaram os olhos e se sentaram.

— Você voltou — disseram em uníssono.

— Sim.

— Onde estava? — perguntou Flo.

Com a máscara aninhada nas dobras da saia, ela foi até a penteadeira, onde discretamente a colocou atrás de uma caixa de joias ornamentada que Lushing havia lhe dado uma vez. Quando foi tirar as luvas, percebeu que não voltara a colocá-las. Havia deixado as duas com Aiden. Felizmente, ela tinha luvas o suficiente, mas precisaria se lembrar de pegá-las na noite seguinte. O mais furtivamente possível, levantou a tampa de uma caixa de joias menor, tirou a aliança e a colocou no anelar.

— Eu precisava sair um pouco, ficar sozinha, encontrar um pouco de paz. O que estão fazendo aqui?

— Não conseguimos dormir com um cadáver em casa — respondeu Alice. — É mórbido ter o caixão na sala de estar.

— É assim que as coisas são, querida.

— Eu o ouço se arrastando pelos corredores — informou Connie.

— Você não deve falar do querido Lushing dessa maneira. — Selena sentou-se em um banco acolchoado de tecido florido. — E, mesmo se fosse um fantasma, ele não iria assombrá-las. Ele amava todas vocês, sabem disso.

— Queremos dormir aqui com você — pediu Alice. — Como fazíamos quando éramos mais jovens, depois que mamãe e papai encontraram seu fim tão cedo.

Era assim que Alice sempre se referia à morte dos pais, como se alguém encontrasse o fim no tempo correto. Era difícil não pensar que a irmã mais nova fora a mais afetada pela tragédia. Selena se levantou, o cabelo caindo por seus ombros. Os grampos também haviam sido esquecidos.

— Venha desfazer meu laço, assim não preciso chamar Bailey.

A criada ficava de mau humor quando era acordada tarde da noite.

Colocando o livro de lado, Alice saiu da cama, correu até a irmã e começou a desamarrar o vestido, os dedos ágeis concentrados na tarefa.

— Como você fez essa marca? Parece horrível.

Com o coração palpitando, Selena se inclinou na direção do espelho. Na curva entre o pescoço e o ombro havia uma pequena mancha que lembrava uma contusão, mas não era. Aquele era o local onde antes uma boca estivera chupando sua pele, acompanhada de uma língua quente. Selena sentiu calor com as lembranças do que acontecera. Ele a havia marcado, pelo menos por um tempo, pois certamente a marca sumiria.

— Não é nada.

— Dói? Parece que sim.

A marca estava longe de doer…

— Não.

— Como se machucou? — perguntou Flo, ajoelhando-se na cama para ter uma visão melhor.

Selena tinha que lhes dizer algo ou elas continuariam a inquisição.

— Bailey deixou cair a escova de cabelo mais cedo, quando estava arrumando meu penteado. Ela me acertou de um jeito estranho.

— Você deveria mandá-la embora se é tão descuidada — apontou Connie.

— Não vou mandar Bailey embora. Foi um acidente. Não diga nada a ela sobre isso. Não diga nada a ninguém. Como falei, não é nada.

Como a gola de seu vestido de luto subia até o queixo, ninguém veria a marca.

— Por que você está usando um vestido de baile? — perguntou Connie, caindo de bruços na cama, o queixo apoiado nas mãos.

— Cansei do preto e ninguém iria me ver, então qual seria a importância do tipo de vestido?

— Minha nossa, Selena. É um pouco cedo para cansar do preto quando você vai usá-lo por *dois* anos. — Connie enfatizou o tempo como se fosse uma sentença de morte proferida por um magistrado. — Graças a Deus, temos que ficar de luto por apenas três meses, mas ficarei triste por muito mais tempo. Você está certa. Lushing era muito agradável. Ele me fazia rir.

— Ele fazia todo mundo rir — corrigiu Flo. — Onde você foi, Selena?

— Apenas saí para tomar um ar. Sinceramente, meninas… Vocês terão que parar com a inquisição se quiserem dormir aqui.

Selena vestiu a camisola e Alice se ofereceu para trançar seu cabelo. Estudando o reflexo da irmã mais nova no espelho, ela podia ver a seriedade com que se empenhava na tarefa, a maneira com que segurava a escova, como se temesse perder o controle e causar outra lesão. Selena deveria ter inventado outro motivo para a marca que não envolvia sua criada, mas não esperava ter que enfrentar perguntas ao entrar no quarto.

— Ela está praticando para quando precisar se tornar a criada de uma dama. — Flo suspirou profundamente. — Todas teremos que arranjar um emprego. Nenhuma de nós conseguirá um bom casamento sem Lushing para nos ajudar. Winslow é inútil nesse sentido.

— Vou me tornar acompanhante de uma viúva rica e viajar pelo mundo — afirmou Connie.

— Ninguém precisará encontrar um emprego e ninguém vai se tornar acompanhante de ninguém — assegurou Selena. — Todas vocês terão bons casamentos.

— E como vai conseguir isso se tudo irá para a Coroa?

— Não se preocupe com isso por enquanto. — Ela estava preocupada o suficiente por todos. — Vai ficar tudo bem.

Ela precisava garantir que ficaria. Alice era péssima em pentear cabelos. A trança estava muito frouxa, com mechas escapando por toda parte.

— Obrigada, meu bem. Ficou linda.

Quantas mentiras contara às irmãs naquela noite... Ela se odiava por isso, mas que escolha tinha? Elas nunca deveriam saber a verdade. Ninguém deveria. O resto de sua vida seria vivido em uma mentira.

— Tudo bem, todas para a cama. Amanhã será um dia assustadoramente longo.

Lushing seria enterrado. Ela se deitou com as gêmeas à esquerda e Alice à direita. A irmã mais nova apagou a lamparina, envolvendo-as na escuridão.

— Sinto falta dele — confessou Alice em voz calma.

— Eu sei, querida. Eu também.

— Seremos solteironas antes de termos nossa primeira temporada — apontou Connie.

— Pare de se preocupar com o futuro — pediu Alice.

— Flo e eu deveríamos ser apresentadas à sociedade nesta temporada. Agora vai demorar, porque não podemos ir a muitos bailes enquanto Selena está de luto. Precisamos que ela nos acompanhe. Winslow só atrapalharia. Não é justo.

— Não é como se Lushing tivesse morrido de propósito — lembrou Alice. — Nós deveríamos estar confortando Selena.

— Ser esmagada em minha cama é muito reconfortante — assegurou ela.

— Onde vamos morar? — perguntou Flo.

— No dia seguinte ao funeral, o advogado lerá o testamento. Tenho certeza que Lushing se certificou de que ficaríamos bem. E sempre há uma chance de tudo terminar diferente do esperado.

— Como?

A cama se moveu. Connie parecia ter se sentado com a pergunta.

— Do que você está falando? — continuou ela.

— Ela poderia estar grávida — respondeu Flo. — E se for um menino, seria o herdeiro de Lushing e nada mudaria. Não importa quando teremos nossa temporada. Ainda estaremos associadas a uma grande dinastia e os homens se jogarão aos nossos pés.

Selena pensou que os homens se jogariam aos pés das irmãs por suas personalidades. Eram espertas, inteligentes e espirituosas. Cada uma tinha os próprios talentos e interesses. Por que o título ao qual eram associadas ou a residência em que moravam deveria fazer diferença na maneira como seriam notadas?

Aiden Trewlove havia começado a vida sendo abandonado e sem um único centavo — e, apesar de tudo, trabalhara duro para fazer algo de si mesmo, para se tornar alguém a ser admirado. Ele era gentil e gostava de se divertir. E sua risada, meu Deus... Era capaz de melhorar o pior dos humores.

Ele era um bastardo, filho de ninguém, e ainda assim encontrava motivos para rir. E, por pouco tempo, a fizera esquecer que era uma viúva. Então, ele a confortou com mais sinceridade do que as pessoas que haviam aparecido em sua casa mais cedo para expressar seus sentimentos. Ela suspeitava que ouviria as mesmas palavras vazias de outras pessoas no dia seguinte.

— Você está grávida? — perguntou Alice em um sussurro, como se dizer as palavras em voz alta as impediria de serem verdadeiras.

— É possível. É muito cedo para saber.

— Lushing ficaria feliz.

— Só se for um menino — disse Connie. — A sociedade se preocupa apenas com herdeiros.

— Eu me preocupo com garotas — afirmou Selena. — Eu me preocupo com todas vocês. Eu amo muito vocês.

E, por amá-las, faria tudo que fosse necessário para que vivessem bem e felizes.

Capítulo 9

ENTRAR NA TAVERNA A Sereia e o Unicórnio era como voltar para casa, e a atmosfera da taverna tinha tudo a ver com a irmã de Aiden, Gillie. Ela se esforçara para tornar o local um santuário para aqueles que enfrentavam dificuldades ou precisavam de descanso após longas horas de trabalho árduo. As mesas variavam entre pequenas e quadradas com quatro lugares e longas que acomodavam mais de uma dúzia de pessoas. Bancos e cadeiras forneciam descanso para corpos cansados e, quando não estavam disponíveis, um cotovelo plantado no balcão em frente aos barris e torneiras era suficiente para fornecer refúgio — especialmente porque Gillie passava a maior parte do tempo atrás dele, oferecendo constantemente um ouvido disposto para quem precisava reclamar de problemas ou comemorar alegrias.

O horário cheio do almoço, quando os clientes passavam para tomar um caneco de cerveja e comer, havia passado, então Aiden não precisou se espremer por uma multidão para chegar ao balcão brilhante de madeira polida. Uma das garçonetes de Gillie sorriu e piscou para ele. Se fosse um cliente comum, ela o teria recebido com "O que deseja, querido?", mas, por conhecê-lo, sabia que Gillie já estava enchendo um caneco. A cerveja estava esperando por ele quando chegou ao bar.

— Faz algum tempo que não vejo você.

A irmã o estudou intensamente para garantir que estava tudo bem.

— O novo negócio está me mantendo ocupado. Mais do que eu esperava.

— Está indo bem, então?

— Não tenho do que reclamar. — Ele tomou um gole de cerveja e se deleitou com o sabor. — Preciso da sua melhor garrafa de vinho. Uma que combine bem com morangos.

A fruta custaria uma fortuna, já que estava fora de época, então ele teria que encontrar algumas que haviam sido cultivadas em estufas. Tinha planos para Selena naquela noite, não tendo dúvida de que ela voltaria aos seus braços quando a escuridão caísse.

— O meu melhor está no porão da Casa Coventry.

A residência de seu duque, em Londres, e que passara a ser dela também.

— Quanto você me cobraria por ele?

— Para que você precisa do vinho?

— Para sedução.

Colocando o cotovelo no balcão, ela apoiou o queixo na mão.

— Conte-me sobre ela.

— Por que eu deveria? Você manteve seu duque em segredo.

— Por causa do que eu sentia por ele. O sentimento me assustou bastante, acho. Você tem sentimentos fortes por esta mulher?

— Deus, não!

Embora as palavras zombassem dele como se fossem mentira. O que ele sentia por Selena era indescritível. O fato de o sentimento aterrorizá-lo não significava que estava seguindo o caminho de Gillie e se apaixonando. Ele passara 32 anos sem seguir por aquele caminho, e não estava disposto a fazê-lo agora.

— Ela é uma diversão, só isso.

— Uma diversão dificilmente merece o meu melhor vinho. Uma safra barata seria o suficiente.

— Ela está acostumada a coisas luxuosas.

Endireitando-se, ela o examinou. Quase tão alta quanto os irmãos, Gillie era intimidadora.

— Nobreza, então. Uma das damas que conheceu no seu novo clube, não tenho dúvida. Não deixe que ela use você, Aiden.

— Como ela vai fazer isso? Não há nada que ela possa fazer comigo que eu não gostaria.

— Você está pensando com a metade inferior do seu corpo. Estou falando da parte superior, do seu coração.

— Meu coração está seguro. Não tenho a menor intenção de deixá-lo sob a guarda de outra pessoa.

— Às vezes, intenções não bastam. Nunca pretendi me apaixonar por um duque.

— Falando em duque, por que ele não está aqui? Ele raramente sai do seu lado esses dias.

Gillie estava visivelmente grávida, e Thorne ficava ao lado dela como se a esposa fosse a primeira mulher a dar à luz no mundo e precisasse de proteção constante. Aiden ficou surpreso que a irmã consentia com a vigília, pois ela fora independente a vida toda.

— Precisou comparecer a um funeral. Do duque de Lushing, um homem que admirava muito.

O estômago de Aiden se apertou como se tivesse levado um soco. Um duque sendo enterrado naquele dia. Uma viúva misteriosa indo a seu clube.

— Ele tinha uma esposa, esse tal de Lushing?

Assentindo, ela pegou um pano e começou a limpar o balcão.

— Creio que eles estavam casados há alguns anos.

— Você não deveria ter acompanhado seu marido?

Se ela tivesse ido ao funeral, Aiden poderia ter uma descrição da viúva do homem, saberia com certeza se a mulher era a mesma que derretera em seus braços na noite anterior. Embora não passasse por sua cabeça que a duquesa que conhecera o procuraria antes mesmo de o marido ser enterrado.

— Nunca conheci a duquesa. Suspeito que ela não gostaria de conhecer pessoas novas neste momento. Eu certamente não gostaria que um estranho testemunhasse meu luto. Além disso, ainda não sou aceita pela nobreza, o que só adicionaria mais constrangimento à situação.

— Você sabe como ele morreu?

Ela parou, os olhos se estreitando enquanto o examinava.

— Por que você quer saber?

— Metade da minha família agora está casada com a nobreza. Meus negócios, especialmente o mais recente, atendem a ela. Acho que eu deveria ficar a par do que está acontecendo na alta sociedade, e você se tornou uma fonte incrivelmente maravilhosa.

Gillie deu de ombros, indicando que não acreditava de verdade no elogio do irmão. Ele não tinha ideia de como um duque a conquistara, porque Gillie nunca fora de flertar.

— Ele ficou doente. Thornley ficou surpreso ao saber de sua morte, porque o duque era bastante jovem e tinha uma boa saúde. Alguns dias atrás, sua viúva o trouxe para Londres porque ele queria ser enterrado em um cemitério aqui.

Certamente, este duque não era o marido de Selena. Era mera coincidência que a chegada dela a Londres combinasse tão bem com sua aparição no clube. No entanto, que melhor maneira de escapar do sofrimento do que se aventurar?

— Algum outro duque morreu no último ano, mais ou menos?

Sua irmã o estudou como se ele estivesse falando em outra língua.

— Tenho certeza de que sim, mas, até Thorne entrar em minha vida, eu não me importava com os acontecimentos da nobreza. Não era como se eu fizesse parte de seu círculo social para conhecer algum deles ou para que seus nomes tivessem algum significado para mim. Thorne sem dúvida saberá. Devo perguntar a ele?

— Não, não é importante.

Não fazia diferença se a duquesa estava viúva havia um dia, uma semana, um mês, um ano, um século; o interesse dele por ela não diminuiria. Embora parecesse que outro jogo de bilhar seria necessário. Da próxima vez, seria ele a fazer as perguntas.

— Você ainda quer o vinho? — indagou Gillie, invadindo seus pensamentos.

— Se você não se importa.

Um bom vinho era sempre útil.

— Vou escrever uma carta ao mordomo e dizer a ele qual safra deve ser engarrafada para você.

— Vou pintar outro unicórnio para as paredes de sua taverna.

Todo o estabelecimento havia sido decorado com as obras de arte dele, assim como o apartamento de cima, onde a irmã tinha morado.

Com um sorriso alegre, ela deu um tapinha no ombro dele.

— Pinte um para o quarto do bebê.

— Eu já ia fazer isso, de qualquer jeito. Na verdade, talvez eu pinte toda a parede com unicórnios.

— Eu diria, Aiden, que você tem uma inclinação a ser extravagante.

Ele piscou para a irmã.

— Isso é nosso segredo.

Com o pano que ela usava para limpar o balcão, ela deu um tapinha no braço dele.

— Espere um pouco enquanto escrevo uma carta para você entregar ao mordomo.

Aiden observou a irmã se retirar e tomou um gole longo e lento de sua cerveja, já imaginando como seduziria Selena até que ela abaixasse todas as suas defesas e se abrisse como um livro — confessando todos os seus segredos e pecados.

Sentada na sala da frente de sua casa, Selena se viu cercada pelas damas bem-intencionadas da sociedade que a olhavam com compaixão e tristeza, como se ela estivesse prestes a seguir o marido para o túmulo. Ela preferia ter insistido em ir ao funeral. A cerimônia sombria que incluía pessoas mudas e mórbidas em chapéus altos de seda preta deveria ser muito melhor do que estar entre aquelas mulheres vestidas de preto que a lembravam de corvos rodeando sua presa. Elas esperavam que Selena chorasse, mas ela chorara todas as lágrimas que possuía na noite anterior, nos braços fortes de Aiden Trewlove.

Então, além da tristeza que sentia, estava lutando contra uma culpa terrível por ter encontrado conforto na ternura de outro homem. Embora suspeitasse que Lushing a perdoaria por tal feito. Afinal, nunca fora a intenção dele fazê-la infeliz. O duque ficaria horrorizado com os olhares tristes lançados na direção dela naquele exato momento. Ele sempre aproveitara a vida, buscara se divertir, comemorara todos os dias como uma oportunidade para novas aventuras.

Até suas irmãs, sentadas ao seu redor, pareciam perdidas. Certamente, uma pessoa qualquer ficaria reflexiva e demonstraria tristeza em um momento como aquele — e ela realmente havia ficado arrasada pelo falecimento de Lushing. Mas, de alguma forma, o silêncio ensurdecedor parecia errado. Ela queria pedir a Constance que tocasse uma melodia animada no piano ou que Florence cantasse uma música feliz até cansar. Ela queria alegria e felicidade. Queria rir. Deus, queria ouvir o riso de Aiden Trewlove reverberando pela sala, o mesmo riso que ele dera ao perceber que ela sabia jogar bilhar.

Então, à sua direita, ouviu um sussurro jovial que fez seu coração se aquecer ao recordar quantas vezes Lushing sussurrara algo do tipo em seu ouvido.

"Você acha que lady Lilith tem espelho em casa? A cor desse vestido fica horripilante nela."

"Acho que lorde Hammersmith vai entrar escondido no quarto de lady Margaret mais tarde, se eu tiver entendido bem a mensagem de seu leque."

"Desconfio que lady Downing está colocando álcool em seu copo de suco e não são nem duas da tarde."

Então, Selena se esforçou para entender a conversa, para ouvir algo que ela poderia compartilhar com Lushing quando visitasse seu túmulo, algo que teria colocado um sorriso ao rosto dele em vida.

— ...perverso. Apostas, bebidas. Fumei um charuto na sala de bilhar.

Selena fechou os olhos. A sala de bilhar. Ela fizera algo pior do que fumar um charuto. Embora a garota pudesse estar falando de outro...

— O sr. Trewlove percorre os salões como um grande gato predador, tão ágil e suave. De repente ele está lá, parado ao seu lado, sussurrando algo delicioso em seu ouvido.

— Como o quê? — perguntou lady Carolyn, com a voz baixa.

Sua pele parece seda, só que ainda mais macia.

— Que eu só deveria valsar, porque sou graciosa demais para qualquer outra coisa — respondeu lady Georgiana, a fumante de charutos.

— Você dançou com ele?

Ah, sim, mas não o suficiente.

— Bem, não. Ele nunca dança com ninguém. Suspeito que, com a educação que teve, não sabe dançar.

Ah, ele sabe dançar.

— Ele dançou com alguém na outra noite — falou lady Josephine. — Minha nossa, a maneira como ele a segurou, como olhou para ela, como se moveu com ela, foi suficiente para eu ficar com água na boca.

— Quem era ela?

Lady Carolyn nunca tivera medo de fazer perguntas.

— Eu não sei. Estava mascarada. Aí que está. Se você não se sentir confortável em ser vista no clube, pode usar uma máscara. É sério, lady Carolyn, você devia ir uma vez.

A voz das damas aumentou de volume até Selena ter certeza de que não era a única ouvindo a conversa. As gêmeas se animaram consideravelmente, sua atenção sem dúvida atraída. Mesmo que ela pensasse que o clube não era o tipo de estabelecimento que gostaria de ver as irmãs frequentando, não deixou de considerar que seria uma boa distração para elas. Talvez pudesse limitar a exposição delas ao salão de baile. Talvez confiasse nelas para levá-las em uma visita, embora seus motivos para ir fossem muito mais inescrupulosos do que os delas. Seria necessário muito cuidado para não despertar a curiosidade das irmãs. Era melhor deixá-las em casa.

— Honestamente, meninas — repreendeu uma das matronas, lady Marrow. — Esta é uma conversa totalmente inadequada para a ocasião.

— Pensei que o lugar fosse um mito — confessou lady Waverly, outra matrona.

— Não é. Ele existe e é absolutamente maravilhoso — exclamou lady Hortense, com a voz animada.

— É um estabelecimento gerido por alguém nascido da vergonha. Não é algo a ser tolerado, e você não deve se associar a ele — afirmou lady Marrow, com severidade.

Selena viu lady Elverton sentada perfeitamente imóvel e rígida, o rosto uma máscara ilegível. O pai dela era um barão, apesar dos boatos de que ela não era bem-vinda em sua casa. Dizia-se que ela fora amante do conde de Elverton antes da morte de sua primeira esposa em um acidente de barco. Quase trinta anos haviam se passado desde a tragédia e de seu casamento com o conde, mas lady Elverton ainda não era completamente aceita ou tolerada pela sociedade, mas não parecia se incomodar muito com aquele fato. Selena ainda não era nascida quando o escândalo ocorreu, então não podia testemunhar a veracidade dos rumores ou ter certeza se eles haviam desaparecido ou se intensificado ao longo dos anos.

— Uma vez ele me disse que eu era bonita — contou lady Cecily, que tinha a infelicidade de ter dentes tão grandes que ficavam aparentes mesmo com a boca fechada.

— Ele é um canalha da primeira linha — insistiu lady Marrow. — Claro que vai flertar e dizer o que você deseja ouvir. Ele quer algo de você.

O que ele poderia querer de Selena que ela não estava disposta a dar? Ela praticamente se jogara nele, e ele ainda não a possuíra por completo.

— Mas ele é sempre tão simpático — disse uma das damas mais jovens.

— Assim como o diabo, quando está tentando tirar sua alma.

Uma das sobrancelhas de lady Marrow subiu tão alto que quase desapareceu em sua franja.

— Apesar dos rumores sobre as origens dos Trewlove, eles não parecem muito ruins — disse Selena.

A audácia de Selena gerou sons de surpresa das mulheres ao seu redor. Ou talvez ninguém esperasse que ela fosse escapar de sua dor por tempo o suficiente para falar.

— Você é bonita, lady Cecily. Suspeito que ele apenas quis elogiar sua aparência e nada mais — continuou.

A pobre garota corou e abaixou a cabeça. Sim, Selena podia ver Aiden Trewlove sendo gentil por meio de uma leve bajulação a uma dama tímida com olhos esperançosos, que provavelmente não recebera gentilezas ou elogios em sua vida. Ela já tivera três temporadas e logo seria relegada à prateleira.

— Você dá muito crédito a ele, duquesa. — Ao que tudo indicava, lady Marrow não se intimidaria com a opinião de Selena nem estava propensa a mudar a própria. — Quanto aos rumores, são fatos. Eles nasceram do pecado, o que os torna imorais.

Não era a primeira vez que Selena ouvia tal argumento, mas nunca o aceitara. Nem Lushing. Ele sempre julgava as pessoas com base em seus próprios méritos. No entanto, algumas perguntas não saíam de sua mente: se Aiden Trewlove fosse o pai de seu bebê, o pequeno seria imoral? A criança seria condenada ao inferno? Os pecados de Aiden seriam transferidos para a criança?

— Esse raciocínio nunca fez sentido para mim. Os pais certamente pecaram, mas a criança é inocente.

— A ausência de moral é transmitida pelo sangue. Pecadores dão à luz pecadores. É a mesma razão pela qual temos uma hierarquia na ordem social.

— Duvido que alguém nesta sala nunca tenha pecado — disse lady Elverton em voz baixa, mas seus olhos brilhavam com um desafio. — O que tornaria toda a aristocracia imoral, não é? Caso, de fato, seguíssemos sua lógica, lady Marrow, algo que não faço. Concordo com a duquesa. Independente das circunstâncias de seu nascimento, os bebês são puros, sem pecado, sem vergonha. Eles são a pura inocência. *Tábula rasa...* Acredito que é assim que os filósofos chamam.

A matrona idosa fungou.

— Discordo. A Bíblia é bem clara. Os pecados do pai são...

— São os pecados do pai — declarou lady Elverton de maneira enfática, e Selena se perguntou se ela realmente era a amante do conde e se poderia ter lhe dado filhos antes de se casarem. Se tivesse, onde estariam agora?

Selena podia ver o vapor escapando dos ouvidos de lady Marrow quando ela abriu a boca.

— Lushing tinha uma natureza tão misericordiosa que acho que concordaria com lady Elverton — apontou Selena, sentindo a necessidade de defender os nascidos do lado errado do lençol. — Se eu for abençoada com uma criança, espero que ela não herde nenhum dos meus pecados.

— Seu único pecado é comer muitos morangos — comentou Alice alegremente, o que poderia ter rendido uma risada ou duas em diferentes circunstâncias.

E se todos os olhares não tivessem caído repentina e rapidamente na barriga de Selena. Embora num primeiro momento eles estivessem procurando evidências de sua gula, a especulação refletida em seus olhos indicava que a curiosidade se direcionara abruptamente para outra direção: a possibilidade de ela estar grávida. Por vontade própria, suas mãos foram em direção à barriga, como se realmente houvesse algo que precisava de proteção.

— É possível? — sussurrou lady Josephine, confirmando a interpretação de Selena sobre os olhares intensos.

Antes que ela pudesse responder, Florence anunciou com impaciência:

— Tudo é possível. Minha querida irmã está de luto, e vocês estão sendo muito desrespeitosas com essas conversas inadequadas.

— Quando seu luto acabar — murmurou lady Cecily, inclinando-se na direção de Selena —, você precisa visitar o Elysium. A sala de relaxamento é exatamente o que você precisa. Ficarei mais do que feliz em acompanhá-la para evitar que se sinta deslocada.

— Obrigada. Vou lembrar da sua oferta.

Mas, lamentavelmente, depois que Aiden Trewlove cumprisse o papel que ela necessitava, Selena nunca mais colocaria os pés no clube.

A opressão que sentira na sala fora quase insuportável, mas, quando os homens chegaram após o enterro de Lushing, o clima ficou ainda pior. Era estranho, mas Selena foi dominada por um desejo avassalador de sair de casa e correr pelos gramados e ruas, o mais rápido que suas pernas permitiam, para o Elysium — para Aiden Trewlove. Estar mais uma vez nos braços dele, ter palavras de conforto sussurradas em seus ouvidos. Sentir-se amparada, segura, protegida. Tirar forças dele para enfrentar todos os desafios que a aguardavam.

Em vez disso, ela fez a coisa certa. Quando todas as condolências foram oferecidas e recebidas, e as pessoas reunidas finalmente foram à sala de jantar para socializar e comer, ela se esgueirou para os jardins e sentou-se em um banco de ferro, onde rosas floresceriam em alguns meses. Lushing gostava tanto de flores. Imaginá-lo passeando entre as flores da primavera trouxe-lhe uma certa paz.

Uma paz que foi perturbada pelo som áspero de sapatos nos tijolos de pedra do caminho que serpenteava pelo terreno. Olhando para cima, ficou desapontada ao ver o conde de Elverton. Ela teria apreciado se fosse Kit, ou até mesmo o irmão, mas não estava com disposição para lidar com outras pessoas da nobreza. Esperou que ele notasse que estava incomodando e fosse embora.

— Está bem cheio lá dentro.

Ele parou em sua frente. O conde tinha a mesma altura de Aiden Trewlove, mas seu corpo não era tão tonificado, seu apetite por comidas caras era evidente pela barriga rechonchuda. Estranho Selena tê-lo comparado a Aiden... Entretanto, temia no futuro comparar todos os homens a ele, pois Aiden tinha uma maneira singular de invadir seus pensamentos nos momentos mais inesperados.

O cabelo do conde era de um castanho desbotado com manchas prateadas, e ela ficou triste ao perceber que não veria o cabelo de Aiden ficar branco como a neve. Embora estivesse vivo por quase seis décadas, Elverton possuía a energia de um homem mais jovem. Suas feições estavam um pouco flácidas e cheias de rugas, mas o homem ainda era galante. Selena compreendeu rápido por que havia rumores de que ele tivera inúmeras amantes em sua juventude. Mas beleza não justificava infidelidade.

— Sim. Eu precisava de um pouco de silêncio.

— Foi o que pensei quando a vi saindo.

Ainda assim, você me seguiu, negando-me a paz que eu procurava.

Ele olhou em volta.

— Pelo que entendi, boa parte do dinheiro de seu marido vai para o Tesouro.

— Possivelmente.

Ele virou a cabeça com tanta rapidez para olhá-la que ela pensou ter ouvido o estalo de ossos.

— Você está grávida, então?

— Esta é uma pergunta bastante inapropriada para um momento como este, milorde.

— Muito bem. Independente disso, você é uma mulher jovem e bonita. Duvido que goste da ideia de uma vida sozinha e sem conforto.

Ai, Deus! O homem estava realmente prestes a sugerir que ela se casasse com seu filho no dia do enterro de Lushing? O visconde Wyeth, de 28 anos, tinha idade próxima ao duque e era um sedutor...

— Talvez você não se importe se eu a visitar.

Se ela estivesse de pé, teria recuado pela sinceridade da declaração e suas implicações.

— O que disse?

— Você é a mulher mais linda de toda a Inglaterra. Seria uma pena que tanta beleza ficasse enclausurada.

Selena sentiu um forte desejo de lhe dar um tapa por falar apenas de sua beleza, lembrando de como Aiden a beijara sem nem conhecer sua real aparência. Suas próximas palavras foram curtas e diretas:

— Estou de luto.

— Dois anos é um período muito longo e cruel para ficar sem o conforto de um homem. Eu posso ser muito discreto.

— Você tem uma esposa — declarou ela, irritada ao descobrir quão incrivelmente descortês e desrespeitoso ele era com a condessa.

Ele achava mesmo que Selena acreditaria que ele a trataria de maneira diferente depois de um tempo?

— Minha esposa e eu temos um acordo.

O conde tomou a liberdade de sentar-se no banco ao lado dela. Ela se levantou, não querendo encorajá-lo. Ele sorriu. Algo naquele sorriso era familiar, mas ela não conseguia dizer o quê.

— Você é uma viúva, está livre de restrições sociais.

— Não estou disponível para ser sua amante.

— O papel seria temporário, até seu período de luto acabar. Então, eu a tomaria como esposa.

— Você *tem* uma esposa — lembrou ela mais uma vez, horrorizada que ele a estivesse envolvendo naquela conversa ridícula.

— Uma que está envelhecendo e não é mais tão vivaz quanto antes. Duvido que viva por muito tempo.

Atordoada, Selena lutou para encontrar uma resposta.

— Ela parece perfeitamente saudável para mim. Achei-a muito vivaz.

Especialmente ao defender a inocência de bebês nascidos por pecado.

— A aparência pode enganar. — Ele se levantou, sem dúvida tentando intimidá-la. — Não quis ofender. Só queria garantir que, se você me permitisse visitá-la, posso lhe oferecer conforto em seus momentos de necessidade, que minhas intenções seriam honrosas. Se você não teve um herdeiro após sete anos de casamento, nenhum lorde que precisa de um vai lhe tomar como esposa. Eu não preciso de herdeiros.

A mente dela paralisou com a implicação de que ela estava condenada a passar o resto da vida sozinha, a menos que aceitasse a oferta dele. Selena sabia muito bem que seu plano atual poderia ser fútil, que talvez não conseguisse engravidar — que a ausência de um herdeiro de Lushing talvez fosse culpa dela. Ainda assim, não estava pronta para aceitar a derrota, não quando havia tanto em jogo. Porém, não conseguiu fazer nada além de encarar o homem presunçoso que, intencionalmente ou não, golpeara sua confiança.

— Duquesa?

Selena olhou na direção da voz e ficou grata por ver o duque de Thornley parado no caminho de pedras, depois de emergir de trás das sebes. Ou, pelo menos, ela esperava que ele tivesse acabado de chegar. Quanto teria ouvido?

— Estava precisando de um pouco de ar fresco.

Thornley olhou dela para Elverton, depois de volta para ela.

— Não posso dizer que a culpo. Lushing era amado por muitos. Acho que até ele ficaria surpreso com o número de pessoas que compareceram hoje.

O duque caminhou em sua direção, colocando-se entre ela e o conde, criando uma barreira efetiva entre eles.

— Elverton.

— Thornley. Eu estava apenas oferecendo minhas condolências à duquesa pela perda.

— Não duvido que ela tenha se consolado com suas palavras. Se nos der licença, desejo fazer o mesmo. Em particular.

— Claro. — Elverton inclinou a cabeça na direção dela. — Se precisar de alguma coisa, estou a seu serviço.

Uma oferta que ela ignoraria. Levantando o queixo altivamente, ela encontrou o olhar dele.

— Caso eu não tenha a chance, por favor, diga à sua condessa quanto eu apreciei a presença dela hoje.

Ele torceu os lábios em um sorriso irônico, e mais uma vez ela foi atingida por uma sensação de familiaridade. Talvez tivesse visto um sorriso semelhante no visconde Wyeth durante uma das muitas vezes em que eles dançaram. Finalmente, Elverton se afastou, e a tensão dentro dela diminuiu.

— Você está bem? — perguntou Thornley.

Ao olhar para o duque, ela soube que nenhuma proposição viria dele. Não era segredo o quanto ele amava a esposa.

— Tão bem quanto uma mulher pode estar no dia em que seu marido é enterrado.

— Essa foi uma pergunta tola da minha parte. Embora, para ser sincero, eu estivesse me referindo ao seu encontro com Elverton. Sei que às vezes ele pode ser um pouco, bom...

— Idiota?

Ele riu baixinho.

— Insensível.

— É, isso também. — Ela decidiu afastar a conversa do homem que a havia perturbado. — Lamento que sua duquesa não tenha vindo. Eu a teria recebido com prazer.

— Gillie não achou as circunstâncias ideais para conhecê-la, mas enviou suas condolências.

— Você está feliz com ela, Thorne?

— Mais feliz do que tenho o direito de estar.

— Estou ansiosa para conhecê-la um dia.

Outros deveres impediram que ela e Lushing comparecessem ao casamento.

— Creio que você vai gostar dela.

— Tenho certeza de que vou. Suponho que você conheça bem os irmãos dela.

Era estranho precisar que o duque reafirmasse que seus instintos em relação a Aiden Trewlove estavam certos. Que, apesar dos negócios, ele era um homem honrado. Ela sabia que sua atenção deveria estar em Lushing naquele dia, mas o falecido marido também ficara curioso sobre os Trewlove — até havia sugerido que ela os convidasse para o baile que teriam sediado na temporada. Ele tinha sido a favor de recebê-los no meio aristocrático.

— Levou um tempo para eles me aceitarem.

Ela bufou, surpresa.

— Achei que seria o contrário.

— Eles não se impressionam com classificações ou títulos, mas possuem uma bondade que a princípio me fez sentir vergonha de mim mesmo. Eles ajudam os mais pobres e fracos, sem querer nada em troca. Lady Aslyn e Mick recentemente abriram um lar para mães solteiras, enquanto lady Lavínia e Finn estão acolhendo órfãos. Minha querida esposa alimenta os famintos.

— Com a sua ajuda.

Ele negou com a cabeça.

— Não, ela fazia isso muito antes de eu aparecer. Suspeito que Lushing teria apoiado todos os diversos trabalhos de caridade dos Trewlove.

— Tenho certeza que sim. Ele tinha uma natureza extremamente generosa.

— Ela deveria mudar de assunto, mas parecia incapaz de fazê-lo. — Há outro Trewlove que recentemente abriu... Bem, apenas as mulheres deveriam saber sobre isso, e algumas damas estavam discutindo o assunto mais cedo, por mais inapropriado que seja... Mas imagino que você saiba, sendo da família por casamento.

Ele assentiu.

— Um clube onde as mulheres podem relaxar e jogar. Aiden é o dono.

— Ele pretende corromper a todas nós?

O duque sorriu.

— Com Aiden, é sempre impossível de dizer.

— Isso não é muito tranquilizador. Você acha que as mulheres estão seguras com ele?

— Ele gosta bastante de se divertir, mas nunca faria isso às custas de outras pessoas. Não vai tirar proveito das damas que vão ao clube, se essa é a sua preocupação.

Era reconfortante ouvir na voz de outra pessoa o que ela já havia imaginado. Não que Selena fosse confessar ter ido ao clube.

— Algumas das damas que compartilham suas experiências no estabelecimento são muito jovens. As mais velhas ficaram um pouco horrorizadas.

— Eu suspeito que existem poucos lugares em Londres onde uma jovem estará mais segura.

— Talvez minhas irmãs e eu a façamos uma visita quando sairmos do luto.

— Será uma boa distração. Agora, se me der licença, estou muito ansioso para voltar para minha esposa.

— Ouvi dizer que ela está grávida.

A alegria tomou conta do rosto do duque, e Selena lamentou que Lushing nunca teria a oportunidade de sorrir com tanto prazer, de compartilhar o entusiasmo da expectativa.

— Ela está.

— Estou tão feliz por vocês.

— Obrigado. Posso acompanhá-la até a casa?

— Suponho que já abandonei meus convidados por tempo suficiente.

Ela passou o braço em torno do dele.

— Fica mais fácil com o tempo — assegurou ele.

— Espero que sim.

Capítulo 10

AIDEN SOUBE QUE ALGO estava errado assim que ela adentrou o clube — mesmo com a maldita máscara escondendo a face. Ele podia ver a tensão no queixo dela, na covinha delicada. Quando se aproximou, antes que pudesse tocá-la, ela meneou a cabeça.

— Eu não deveria ter vindo. Não posso fazer isso esta noite... Mas queria vê-lo.

— O que aconteceu? Diga-me o que há de errado. — Embora ele tivesse suspeitas.

Selena deu um sorriso trêmulo.

— Você iria a um lugar comigo?

— Até os confins da Terra.

Ele se surpreendeu com a própria resposta. Em vez de saírem como um flerte, as palavras foram ditas com a mais pura sinceridade. Mas não daria atenção ao pensamento perturbador agora.

Um pequeno suspiro, que poderia ter se passado por uma risada em outras circunstâncias, escapou dos lábios delicados.

— Não tão longe assim. Minha carruagem está na rua, esperando.

— Então me guie.

Ele a acompanhou pelo saguão, pela porta e pelo caminho de tijolos. Mesmo tendo um destino em mente, ela andou devagar, os saltos mal emitindo som enquanto andavam, como se não tivesse energia para levantar os pés corretamente. Ela estava triste, melancólica, uma mulher que possivelmente entrara em período de luto havia poucos dias. Ou isso, ou estava envergonhada por ter desmoronado nos braços dele na noite anterior. Mas, se aquele fosse o caso, ela teria retornado?

Ao se aproximarem da carruagem preta, o cocheiro abriu a porta e ela sussurrou algo enquanto ele a ajudava a subir. Aiden resistiu ao desejo de quebrar os dedos do homem. Ele estava apenas fazendo seu trabalho, mas Aiden não gostava da ideia de alguém tocando sua duquesa — o que sabia que não era nada racional. Seguindo-a para dentro do veículo, ele se sentou no assento à sua frente, onde permaneceria até que ela indicasse que o queria ao seu lado, abraçando-a. Cortinas pretas cobriam as janelas. Uma lamparina acesa no interior permitia que Aiden a observasse.

Com um sacolejo, a carruagem partiu. Estendendo a mão, ela removeu a máscara e a colocou no assento ao seu lado.

— É provável que ninguém veja aonde estamos indo.

— E onde seria isso?

— Um cemitério. Espero que não tenha medo de fantasmas ou assombrações.

— Temo pouca coisa nesta vida, querida. — Não ser capaz de prover o que ela precisava para ser feliz estava na lista. — Vou adivinhar aqui que você é a duquesa de Lushing e a tristeza que emana de você tem a ver com o duque ter sido enterrado hoje.

— Muito esperto. Embora eu esteja aliviada por você ter descoberto, pois agora entende por que é imperativo que ninguém mais saiba que estive no seu clube. Suponho que você viu o obituário dele no *Times*.

— Na verdade, não. Fui visitar minha irmã, que me disse que o marido fora a um funeral.

— Claro. Thornley veio prestar suas condolências. Você precisa saber que eu teria recebido sua irmã em minha casa se ela tivesse ido, embora eu não estivesse no meu melhor estado. Não esperava que tudo fosse me afetar tanto. Lushing sempre fazia questão de estar ao meu lado quando os convidados chegavam, para cumprimentá-los e fazê-los sentir-se bem-vindos, e hoje senti muito a ausência dele. Me ocorreu que ele nunca mais estará ao meu lado. Por alguma razão, hoje à noite tive um desejo avassalador de ir ao cemitério. Naturalmente, Kit me acompanharia amanhã...

— Kit?

Outro homem que talvez ele precisasse quebrar os dedos.

O sorriso dela foi breve, mas suave.

— O visconde Kittridge. Ele e Lushing eram próximos. Ele supervisionou tudo hoje. A procissão para a igreja, a cerimônia, o enterro. Como as mulheres são desencorajadas a comparecer a funerais por sermos delicadas demais, fiquei sentada em minha sala enquanto damas tentavam me confortar, principalmente conversando sobre o seu estabelecimento.

Podia ser inapropriado, mas ainda assim ele sorriu.

— Falaram somente coisas boas, espero.

— Ah, sim. Pelo visto, a sala de relaxamento é exatamente o que eu preciso. Você não me apresentou a essa sala.

— Vou colocá-la na lista, embora suspeite que você achará tudo um pouco chato. As mulheres relaxam enquanto os homens esfregam os pés, escovam o cabelo ou massageiam os ombros.

Aiden suspeitava que ela não estava prestando atenção na conversa, pois os olhos azuis focavam as mãos fechadas em seu colo. Não ficaria surpreso se os nós dos dedos dela estivessem brancos por baixo das luvas.

— Meu traje é totalmente inapropriado para visitar meu marido morto, mas eu não poderia entrar no seu clube com um vestido de luto... Teria revelado minha identidade. Não sei explicar, mas, quando deixei a residência, por alguma razão senti uma necessidade imediata de ir até Lushing, e decidi incomodá-lo e tirá-lo do seu trabalho. — Ela esfregou os dedos na testa. — Eu não sei o que estava pensando.

— Você está sofrendo. Duvido que esteja pensando, mas estou feliz que tenha me procurado hoje à noite.

Mais do que ele queria admitir.

— Não sei por que vim até você. Só sabia que não queria ficar sozinha, e você me proporcionou tanto conforto ontem à noite...

Ele havia proporcionado muito mais que conforto, mas aquela não era hora de lembrá-la ou provocá-la sobre o assunto.

— Foi egoísta da minha parte abusar de sua gentileza.

Embora não a conhecesse havia muito tempo, Aiden conseguiu discernir que ser egoísta era algo estranho para ela. Ele conhecera mulheres egoístas antes. Elas não teriam se dado ao trabalho de trapacear para fazer perguntas a ele. Em disso, teriam aproveitado a oportunidade para falar de si mesmas ou para serem bajuladas. Nem mesmo sucumbir aos desejos da duquesa era um fardo.

— Se eu não quisesse estar aqui, teria dito não.

Com um suspiro, ela olhou em direção à janela, esquecendo que as cortinas a impediam de ver a paisagem.

— Eu deveria ter ido ao funeral. Acho que teria me ajudado a superar a perda. No momento, sinto-me desorientada. Suspeito que você tenha uma opinião ruim sobre mim, agora que sabe que procurei prazer logo depois de cair na viuvez.

— As pessoas têm maneiras diferentes de encarar o luto.

O olhar dela voltou para ele.

— Você já teve motivos para lamentar, sr. Trewlove? Você me disse que nunca perdeu alguém que ama.

— Há diferentes tipos de perda.

Quando seu irmão, Finn, fora enviado para a prisão, Aiden sentiu como se estivesse preso, também. Lamentou a perda de alguém que fazia parte de seus dias e noites. Mas a fúria moderou a dor, e ele sabia que voltaria a ver Finn. Não era o caso de Selena.

— Fui poupado da miséria da morte.

— Você tem sorte. Tenho 25 anos e já tive muito o que lamentar.

O falecido duque podia não ter lhe dado prazer na cama, mas era óbvio que ela se importava com ele. A carruagem parou, e Selena pareceu incerta, mesmo quando inclinou o queixo para cima na tentativa de parecer corajosa.

— Chegamos.

Por tudo que era mais sagrado, Selena não era capaz de explicar por que fora até Aiden, por que pedira que a acompanhasse. Ela sabia apenas que ansiava por sua companhia, mas não no papel de amante — apenas como um amigo. Um amigo que ria quando ela o vencia. Saber que revelaria sua identidade não parecia mais importar, pois estava relativamente certa de que ele acabaria descobrindo de um jeito ou de outro. Eles haviam conversado muito mais do que ela previra, mas Selena descobriu que aquilo lhe agradava. E, se não pedisse nada além de silêncio enquanto caminhavam pelo cemitério, sabia que ele sentiria a necessidade dela e ofereceria apenas sua presença.

Isso se tivessem permissão para caminhar dentro do cemitério, pois, ao chegarem aos portões, se depararam com um grande cadeado.

— Eu não imaginei que eles trancariam o portão...

— Para desencorajar ladrões, desconfio. Se puder gastar dois grampos de cabelo, abro o cadeado.

— Você também é um ladrão?

O sorriso dele, um tanto zombador, brilhou na noite.

— Meu irmão era.

Olhando em volta, ela percebeu que poderiam ser presos se fossem descobertos por policiais... Não, não seriam. A posição dela garantiria que não. Estendendo a mão, ela removeu dois grampos do cabelo e os entregou a ele.

— Segure isso. — Ele estendeu a lamparina em sua direção, e ela pegou sem hesitar. Então, ele se agachou e equilibrou-se na ponta dos pés, uma pose extremamente masculina. — Aproxime a luz para que eu possa enxergar melhor.

Mais uma vez, ela seguiu sua ordem, observando enquanto ele colocava um grampo entre os dentes e o esticava com o dedo, fazendo o mesmo com o outro.

— Então seu irmão pensou que você poderia precisar dessa habilidade em algum momento?

Ele inseriu os grampos na fechadura do cadeado.

— Meus irmãos e eu temos um acordo. Quando aprendemos algo, sempre ensinamos aos outros. Mick nos ensinou tudo sobre nobreza, linhagem, títulos, classificações, como lidar com esnobes, como beber chá... — Seus dedos pararam; ele se virou levemente, olhou para ela e piscou. — Eu poderia beber chá em sua sala com a presença da rainha, e ela não saberia que sou plebeu.

Ele voltou a atenção para a tarefa.

— Como eu já lhe contei, o negócio da Gillie é falar bonito e bebidas caras. Finn, o ladrão, era um rapazote quando embarcou nessa carreira. Nossa mãe ficou sabendo e quase tirou um teco de carne de suas costas com o cinto. Então, ele foi trabalhar em um abatedouro de cavalos. Ele nos ensinou sobre equídeos. Os diferentes tipos, como montá-los, como cuidar deles. E Fera... bem. — Ele olhou para ela e sorriu. — Você ficaria surpresa com as coisas que sei.

Um clique ecoou no ar. Ele removeu o cadeado, enfiou-o no bolso e puxou a corrente pelas barras do portão, deixando-a no chão, depois se levantou e enfiou os grampos dentro do paletó, e ela lamentou o fato de que estavam arruinados ao ponto de não poderem mais ser utilizados em seu cabelo — não que quisesse tanto os grampos quanto desejava os dedos de Aiden deslizando por seus fios.

— Você tem outra irmã. Eu a vi no casamento de lady Aslyn, embora não tenha tido a chance de falar com ela.

— Fancy.

— O que ela ensinou a você?

— Que crianças são irritantes. Eu tinha 14 anos quando ela nasceu. Não havia muito o que ela pudesse me ensinar quando finalmente cresceu. — Ele pegou a lamparina e ofereceu o braço, que ela alegremente aceitou. — Você sabe para onde estamos indo?

— Sim.

Lushing a levara ao cemitério depois de comprar as sepulturas, para que ela soubesse onde iriam repousar eternamente.

— Depois de entrarmos, viramos à primeira direita.

— Ele parece ter se preparado para as coisas. Sabia que ia morrer? — perguntou ele enquanto a escoltava pelo cemitério.

— Não. Ele pegou um resfriado no inverno. Que se transformou em uma horrível tosse.

A gripe evoluíra para uma pneumonia, o médico havia lhe dito. Até que, eventualmente, Lushing não conseguiu mais respirar.

— Estou surpreso que ele tenha sido enterrado em um cemitério público, e não em sua propriedade. Com certeza há um mausoléu lá.

Um muito ornamentado.

— Ele preferia os jardins aqui, em Abingdon Park. Nunca foi particularmente próximo do pai. A mãe do meu marido morreu quando ele tinha cerca de 15 anos. Ele e o pai tiveram uma briga terrível logo depois. Como resultado, seu pai o proibiu de usar seu título, cortou sua mesada, o renegou de todas as maneiras possíveis, embora não pudesse impedi-lo de eventualmente ser o herdeiro de tudo. Lushing era o herdeiro legal, e a lei protegia sua herança. Graças a Deus, ele tinha a amizade de Kittridge. O pai do visconde falecera alguns anos antes, então ele já havia herdado o título e as propriedades e tinha os meios para fornecer um refúgio para Lushing, ou Arthur Sheffield, como era conhecido na época, até que os títulos e propriedades passassem para ele. Ou foi o que me contaram. Eu era criança quando tudo isso aconteceu. Lushing era doze anos mais velho.

— Não consigo enxergar muita coisa, mas o parque parece um lugar tranquilo.

— E é. Como muitos hoje em dia, Lushing estava obcecado com a celebração da morte. Eu acho tudo muito mórbido. Hoje de manhã, um fotógrafo foi até nossa casa tirar uma foto de Lushing no caixão. Aparentemente, ele marcara para que isso fosse feito. Não entendo a necessidade de ter uma imagem dele morto.

— Para alguns, que não podem pagar por fotógrafos, é a última, talvez a única, chance de a família ter o falecido imortalizado.

— O custo não foi um fator para ele. Nem era uma chance única. Ele foi fotografado muitas vezes. Não gosto de lembranças da morte. Lorde Kittridge perguntou se poderia cortar uma mecha do cabelo de Lushing para fazer um relógio de bolso. Sei que é costume usar cabelo para várias peças de joalheria, mas não consigo pensar em utilizar algo do tipo. Por aqui.

Eles seguiram em torno de um pequeno lago rodeado por salgueiros, os galhos pendendo como cortinas. O lugar era adorável durante o dia. À noite, parecia mais místico. Ela podia imaginar fadinhas voando por entre as árvores. Intensificando seu aperto no braço de Aiden, apreciou a força que encontrou ali.

Com um riso breve, ela disse:

— Ele sem dúvida rolará no túmulo se vir as roupas ousadas que estou usando.

— Pelo contrário, acho que iria gostar.

Ela olhou para Aiden. Ele era uma presença tão tranquilizadora... Se algum espírito decidisse assombrá-los, ele certamente o mandaria de volta a seu devido lugar num piscar de olhos. Era estranho se sentir tão próxima de alguém que ela conhecia havia apenas alguns dias, mas, então, a intensa intimidade que eles compartilharam era sem dúvida a grande responsável. Como uma mulher não conseguiria achar consolo em um homem que se banqueteava entre suas coxas?

— Você chegou a conhecê-lo? Ele foi ao seu outro clube?

— Se foi, não usou seu nome ou título verdadeiro. Embora eu seja muito bom em descobrir mentiras, então duvido.

De repente, engolir se tornou uma tarefa difícil enquanto ela se perguntava se Aiden acabaria descobrindo suas mentiras e motivações. Se soubesse a verdade, ficaria bravo ou não se importaria?

— Aqui estamos — disse ela.

Ele a observou ajoelhar ao pé de um monte de terra coberto de flores.

— Hoje, não tive lágrimas para ele. Derramei todas ontem à noite — contou Selena calmamente.

Agachado ao lado dela, ele apoiou o antebraço sobre a coxa. Aiden estava em um lugar estranho, e não estava falando do cemitério, mas sim de estar oferecendo conforto. Ele sempre tinha em mente a risada, a diversão e o prazer quando se tratava de mulheres. Selena estava fazendo com que ele mergulhasse em águas desconhecidas, e ele não tinha certeza se gostava daquilo. No entanto, a alternativa era não estar ali para ela, e gostava menos ainda da ideia.

— Achei que ele teria uma lápide enorme.

— Ah, e terá. É um enorme anjo esculpido em pedra que o vigiará, que vigiará a nós. O vigário disse que seria melhor esperar um ano antes de colocá-lo aqui. Aparentemente, a terra precisa de um tempo para se estabelecer depois de ter sido remexida para um enterro.

Ele não se importava com a terra, mas outra coisa chamou sua atenção.

— "Nós", você disse.

— Sim, ele comprou a sepultura ao seu lado, à sua esquerda, para que eu seja enterrada perto de seu coração.

— Não por um bom tempo ainda, espero.

Ela deu um pequeno sorriso.

— Também espero que não.

Sentiu um aperto no peito com o pensamento de perdê-la...

Como se ela fosse sua, uma voz interior o provocou. Ela era apenas uma diversão, até se cansar dele ou ele se cansar dela. No entanto, lá estava Aiden, em um dos lugares menos divertidos do mundo, sem pensar em como gostaria de lhe dar prazer novamente, e sim na melhor maneira de confortá-la. Estava agradecido por ela querer a sua companhia na pequena excursão.

— Como vocês se casaram?

A risada dela foi tão fina quanto os fios de um nevoeiro que começavam a se acumular.

— Eu sabia dele, é claro. Mas apenas por nome e reputação... a ovelha negra de Sheffield Hall, a propriedade da família. Quando eu tinha 17 anos, fui apresentada à rainha para poder ter minha primeira temporada.

— Você era bem jovem.

— Com seu discurso polido e roupas bem-feitas, é fácil esquecer que você não vem do meu mundo e pode não estar familiarizado com os detalhes. Não há uma idade específica para uma jovem ser apresentado à rainha. Uma menina precisa apenas ser vista como madura e ter atingido um nível de sofisticação considerado suficiente por seus pais. Tenho uma amiga que foi apresentada aos 14 anos. — Ela hesitou antes de continuar. — No meu caso, meu pai estava muito ansioso para me ver casada, porque sua situação financeira era terrível. Ele estava tendo problemas para manter a propriedade e temia que, se eu não me casasse logo, seria obrigado a vender a pequena propriedade que reservara para o meu dote. Ele deixou bem claro que eu precisava focar em alguém que tivesse meios para ser generoso. Minha causa foi ajudada pelo fato de as colunas de fofoca terem se referido a mim como a debutante mais bonita da temporada.

Os olhos azuis encaravam a sepultura, e tudo o que ele podia ver era a sombra do perfil dela.

— Por isso você não ficou feliz quando elogiei sua beleza.

Lentamente, ela virou a cabeça e o fitou.

— Sou mais que meu rosto, mas, quando eu tinha 17 anos, ele era tudo o que importava. Graças ao destino, o pai de Arthur Sheffield havia morrido dois anos antes, então ele estava bem situado como o duque de Lushing e decidira que já era hora de se casar. Aos 29 anos, bonito e rico, fora declarado o alvo da temporada. Minutos depois de chegar ao meu primeiro baile, a anfitriã, a duquesa de Ainsley, nos apresentou. Ele pediu minha primeira valsa. No meio da dança, confessou que tinha feito aquilo como uma brincadeira, porque achava engraçado sermos considerados *alvos* e pensou que nossa dança seria muito comentada. Ele também confessou gostar muito de mim e de estar surpreso com o fato. Ele não valsou com mais ninguém naquela noite. Assim, as pessoas *realmente* comentaram...

Ele não queria considerar que, uma vez terminado o período de luto, ela iria a outros bailes, dançaria com outros homens, teria outro cavalheiro confessando que gostava muito dela.

— E você caiu de amores por ele.

— Essa é uma expressão forte para o que eu senti. Eu gostei dele. Ele era gentil e tinha um sorriso adorável. Na manhã seguinte, ele me enviou flores. Na tarde seguinte, me levou para passear pelo parque em sua carruagem. Logo depois disso, meu pai conversou com ele e, em seguida, Lushing pediu minha mão em casamento.

— E você aceitou.

— Eu disse a ele que precisava pensar. A temporada começara havia pouco tempo. Ainda era maio. Eu chamava tanto a atenção dos cavalheiros que usava dois pares de sapato por baile. Estava me divertindo muito, e sabia que um pouco dessa atenção acabaria assim que um noivado fosse anunciado. Meu pai ficou furioso e ordenou que toda a família fosse para nossa propriedade no interior. Acho que foi uma espécie de punição, me afastar de toda a diversão, me fazer repensar minha resposta, lembrar que a temporada não era uma brincadeira, que tinha um objetivo: casamento. Duas semanas depois, ele e mamãe foram mortos.

Ele ouviu claramente a culpa em sua voz.

— A morte deles não foi sua culpa.

— Se eu tivesse dito sim a Lushing, teríamos ficado na cidade.

— Mas, depois disso, você precisava do duque abastado mais que nunca.

— Ele apareceu na propriedade sem ser chamado. Meu irmão ficara em Londres. Eu tinha mandado uma mensagem a Winslow para avisá-lo da tragédia, então suponho que ele contou aos outros antes de voltar para casa. Horas depois que ele chegou, Lushing apareceu. Winslow tinha apenas 19 anos, estava completamente despreparado para assumir o comando do condado. Lushing cuidou de tudo sem que pedíssemos. Tomou todas as providências para o funeral, falou com o advogado, o vigário e o agente funerário. Eu lhe dei motivos para duvidar da minha devoção, mas ele se tornou meu alicerce. Passei a gostar mais dele. Eu disse que, se ele estivesse disposto a esperar até que meu período de luto acabasse, eu me casaria com ele. Lushing esperou. No mês de maio seguinte, um ano após a morte de meus pais, nos casamos.

— Parece que ele era um bom sujeito.

Outro pequeno riso dela.

— Não sei se Lushing já foi chamado de sujeito, mas, sim, havia muita bondade nele. — Ela voltou sua atenção para o túmulo. — Ele certamente merecia mais que uma esposa que vai ao seu clube três noites depois de se tornar viúva. Não sei o que estava pensando, o que me levou a fazer uma coisa dessas.

Ele estava feliz por ela ter aparecido em seu clube, e não queria que ela se arrependesse da decisão que tomara ou evitasse o estabelecimento no futuro.

— Quem lhe faz companhia em casa, durante a noite?

— Minhas irmãs. Lushing não se opôs que elas morassem conosco. Suas residências eram muito mais organizadas, e eu era bastante hábil em administrá-las. Fui treinada para fazer isso, afinal. Winslow, como solteiro, é péssimo em cuidar das meninas. Era pior ainda quando tinha apenas 20 anos. Eu gosto de tê-las por perto, mas elas vão para a cama às nove da noite, e então tudo fica terrivelmente silencioso.

— Então você foi ao Elysium em busca de consolo, mais que qualquer outra coisa...

Não apenas para sexo, como ela indicara inicialmente.

— Você pode estar certo. Enquanto para mim e Lushing o ato em si nunca... parecia ter algo faltando, algumas das minhas lembranças favoritas são de momentos depois que tudo terminava. Ele apenas me abraçava, e conversávamos em voz baixa sobre assuntos sem sentido: sonhos que tínhamos quando crianças, decepções, momentos que nos enchiam de felicidade. Falávamos sobre o que mais tínhamos gostado das viagens que fazíamos e planejávamos para onde iríamos em seguida. Ele não ficava muito tempo. Meia hora, mais ou menos. Mas sempre senti que compartilhávamos mais intimidade durante aqueles minutos do que em qualquer outra ocasião. Eu sempre ficava desolada quando ele ia embora, mas nunca tive coragem de pedir para que ficasse. O casamento é uma coisa estranha, sr. Trewlove.

— Com base no que você revelou, não acho que ele teria achado errado você ter buscado consolo longe de casa.

— Espero que você esteja certo. Eu nunca quis que ele se decepcionasse comigo. — Ela olhou para cima e suspirou. — Rezo para que esteja em paz.

— Existe uma razão pela qual ele não deveria estar?

Ela negou devagar com a cabeça, dominada por melancolia.

— Como você deduziu, ele era um homem bom, muito querido. Nossa casa estava cheia de pessoas esta tarde. No entanto, tudo que eu queria era ficar sozinha.

— Devo me afastar um pouco?

Movendo-se um pouco, ela o encarou.

— Não. Por que me sinto tão reconfortada por você, um homem que conheço há apenas alguns dias, mas nem um pouco por aqueles que conheço há anos?

— Talvez porque não tenhamos uma história para manchar as águas da relação.

— É mais que isso. Não consigo explicar. Desde o primeiro momento em que o vi, foi como se algo dentro de mim reconhecesse um espírito semelhante. — A risada dela foi breve, mas zombeteira, cortando o ar que começava a ficar cinza com a névoa. — No entanto, não poderíamos ser mais diferentes.

Aiden não acreditava em coisas fantasiosas como amor à primeira vista, mas teve que admitir que se sentira atraído por ela desde o momento em que a vira entrar no clube, sem nem saber como ou quem ela era. Estendendo a mão, ele passou o dedo ao longo do rosto delicado antes de segurar o queixo. Ele não podia negar que algo queimava entre eles, mas ela estava certa. Eles eram muito diferentes para que a relação fosse algo além de um passatempo.

— O nevoeiro está ficando mais denso. Não podemos deixar que pegue um resfriado.

— Não, claro que não. Obrigada por vir comigo.

— Estou disponível sempre que precisar de mim.

As palavras saíram antes que ele considerasse o que elas implicavam. No entanto, ele também percebeu que eram verdadeiras — por ora, de qualquer maneira. Até que eles se separassem, e com certeza se separariam. Seus negócios não eram do tipo que dariam orgulho a uma esposa ou reputação a filhos.

Por que diabo estava pensando sobre família? Dois de seus irmãos podiam ter escolhido o casamento, mas aquela não era a vida para ele. Eram muitas limitações e demandas para que uma pessoa agisse de maneira respeitável.

Impaciente consigo mesmo e com o caminho que seus pensamentos seguiam, ele se levantou para ajudá-la a fazer o mesmo. Com a lanterna em uma mão, colocou a outra na parte de baixo das costas dela e começou a guiá-la para fora de um lugar que, a princípio, achara pacífico, mas agora via como perturbador.

A morte fazia as pessoas pensarem sobre a vida, sobre a maneira como usam as horas que possuem. Ele não ia começar a desejar que um caminho diferente tivesse sido colocado à sua frente. Por mais que odiasse admitir, ele era filho de seu pai, sempre fora... Em seu âmago, suas necessidades tinham prioridade.

Na carruagem, ele sentou-se ao lado dela, a mão envolvida protetoramente em torno da dela enquanto descansavam em sua coxa. Uma posição íntima, mas à qual Selena não se opôs. Ela também não protestou quando Aiden informou ao cocheiro que deveria levá-la direto para casa, e que ele retornaria ao clube depois que a entregasse em segurança. Ele sabia quem ela era. Que importância tinha se descobrisse onde morava? Bastava perguntar a qualquer pessoa para descobrir onde ficava a residência do duque de Lushing em Londres. Selena estava certa de que Aiden entendia que havia limites e que não apareceria em sua propriedade sem ser convidado. A relação deles deveria ser limitada às sombras da noite, os encontros deviam ser iniciados quando ela aparecesse no clube. Não havia a necessidade de explicar tudo a ele — mas, se houvesse, ela certamente o faria.

Selena precisava permanecer no comando do relacionamento... Exceto nos momentos em que ele estava no controle para lhe dar prazer.

Sentiu-se reconfortada pelo silêncio de Aiden, por ele não ter a necessidade de preencher a quietude com sua voz. Ele podia transmitir muito com um simples toque, com pouco mais que apenas sua presença. Apesar de ter despedaçado o mundo dela na noite anterior, ele juntara tudo com eficácia novamente naquela noite.

— Por que um clube de jogos? — indagou ela. — Sei que você gosta de números e de calcular probabilidades, mas certamente pensou em mais coisas antes de decidir criar o clube.

— É possível fazer uma fortuna considerável com o vício dos outros. E de forma rápida. Eu queria me colocar em uma posição na qual minhas conquistas fossem impressionantes o suficiente para poder esfregá-las na cara do meu pai.

Ela ficou surpresa por ele ter mencionado o pai depois de afirmar que nunca falaria do homem, mas aquela parecia uma noite para se compartilhar revelações.

— Ele sabe do seu sucesso?

— Faço questão disso. Quero que ele saiba que sou um homem a ser respeitado. No meu mundo, tenho mais poder do que ele tem no dele.

— Quem é ele? — perguntou ela, esperando que, daquela vez, ele pudesse dizer.

Seria bom saber a linhagem que seu filho herdaria, se fosse engravidar.

— Um lorde sem importância. Não deveria tê-lo trazido para essa conversa.

— Foi difícil crescer no seu mundo?

— Eu tinha meus irmãos e Gillie. Sempre fomos unidos e nos protegemos. E minha mãe era forte. Se alguém vinha atrás de nós, ela colocava a pessoa para correr. Ninguém queria enfrentar Ettie Trewlove e sua vassoura.

Sorrindo com a imagem, ela desejou tê-lo conhecido quando menino.

Quando chegaram em sua residência, não ficou surpresa quando Aiden saltou do veículo e se virou para ajudá-la a descer. Tampouco estranhou quando ele a acompanhou escada acima, até a enorme porta em arco. Ele pegou a chave que ela retirara de sua bolsa e a usou para destrancar a porta, abrindo-a levemente antes de lhe devolver a peça.

Selena pensou em convidá-lo para entrar, mas como explicaria a presença dele para as irmãs? Ou pior, para o irmão, caso ele estivesse à sua espera no quarto?

Então, em vez disso, simplesmente se voltou para Aiden.

— Obrigada por me acompanhar hoje à noite. Peça ao meu cocheiro para levá-lo de volta ao clube.

— Uma caminhada me fará bem.

— É uma boa distância.

— Vou encontrar um coche de aluguel em algum momento. Não se preocupe com isso. Você irá ao clube amanhã?

Ela agradeceu a escuridão, que o impedia de ver o rubor que certamente havia pintado suas bochechas, se o calor repentino que sentia fosse alguma indicação.

— Meu humor vai estar muito melhor.

— Vou melhorá-lo ainda mais. Havia planejado algo especial para esta noite, mas pode ficar para amanhã.

Então, ele segurou o queixo dela e acariciou os lábios com o polegar.

— Até amanhã — disse ele.

Antes que ela pudesse responder, Aiden já estava longe. Selena tivera certeza de que ele a beijaria, queria que o tivesse feito. Como era possível ansiar por mais quando, de alguma forma, ele a deixara satisfeita?

Capítulo 11

— ...A PROPRIEDADE DE Hertfordshire foi designada como sua residência de viúva e, como tal, será colocada em seu nome e se tornará sua propriedade, embora não possa ser vendida ou repassada a outra pessoa até sua morte. A exceção, naturalmente, é que, caso você se case, ela irá para o seu marido. Além disso, seu falecido marido criou para você um fundo que deve ser supervisionado por lorde Kittridge. O rendimento em juros será de duas mil libras por ano.

Atordoada com a generosidade de Lushing, Selena olhou para Beckwith. O advogado do duque estava empertigado atrás da escrivaninha na biblioteca depois de ler o que ele entendia ser a parte mais crucial do testamento de seu falecido marido. Ele estava, sem dúvida, esperando que ela caísse no choro, grata, ou...

— Por que Kittridge, e não eu? — questionou o irmão de forma petulante. — Por que ele será o supervisor desse fundo?

Winslow, ela, Kittridge e suas irmãs estavam sentadas em frente à escrivaninha como se estivessem em uma sala de aula. Olhando para ela, Kit fez pouco mais que arquear uma sobrancelha. Ele sabia o porquê, assim como ela. O visconde não precisava de fundos; o irmão dela, sim. O marido temia que Winslow usasse o dinheiro de Selena para encher os próprios bolsos, enquanto sempre confiara em Kit para tudo. Quantas vezes os dois homens ficaram acordados até tarde da noite conversando, rindo, aproveitando a companhia um do outro? Quantas vezes, quando confrontado com uma decisão, Lushing pensara: "Preciso da opinião de Kit sobre isso"? Quantas vezes ela ficara desapontada pelo marido ter dado mais valor à opinião de seu amigo do que à dela? Não que fosse incomum um homem confiar mais no julgamento de outro homem do que no de uma mulher. Ainda assim, às vezes doía que suas opiniões não fossem tão solicitadas.

— Porque é o que Lushing achou melhor — respondeu ela calmamente, sem vontade de lidar com o orgulho do irmão.

— Não é muita coisa — afirmou Winslow, amargo.

Era uma soma principesca, mas não permitiria que ela poupasse dotes para as irmãs ou ajudasse Winslow a recuperar sua propriedade arruinada.

— Há mais alguma coisa importante, sr. Beckwith?

— Sim, Sua Graça. — O advogado olhou para o testamento e leu: — Para lorde Kittridge, que sempre foi o mais firme dos amigos, deixo meus cavalos puro-sangue e cães de caça.

Estendendo a mão, ela deu um tapinha no braço de Kit.

— Ele sabia que você cuidaria bem deles. Os animais não poderiam estar em melhores mãos.

— Nós poderíamos ter vendido todos — murmurou Winslow.

— E foi por isso que Lushing os deixou para Kit — retrucou ela. — Ele queria garantir que os animais ficariam nas mãos de alguém que se importa.

— Não se preocupe — disse Kit. — Sua égua permanecerá com você. Seria o desejo dele.

Lushing a presenteara com a égua branca logo após o casamento, e ela adorava o animal.

— Obrigada. — Ela voltou sua atenção para o advogado. — Mais alguma coisa, senhor?

— Como você sem dúvida sabe, os termos da associação não mudaram desde que foram acordados, séculos atrás. As propriedades, exceto a da viúva, e todos os rendimentos devem ser herdados por um homem da mesma linhagem. Caso tal homem não exista, eles poderiam ser passados para uma mulher com uma linhagem que possa ser ligada ao primeiro duque. Infelizmente, os Sheffield eram uma família amaldiçoada, propensa a distúrbios hemorrágicos, o que resultou no falecimento precoce de muitos. Acidentes ou doenças levaram outros à morte. O histórico familiar de nascimentos e mortes está bem documentado, e todas as evidências indicam que seu marido era o último da linhagem. Na ausência de um herdeiro ou herdeira, as propriedades vinculadas irão para o Tesouro de Sua Majestade, e a Coroa determinará como elas serão distribuídas. Podemos fazer um apelo para que sejam dadas a você, mas, para ser sincero... — Ele deu um suspiro profundo. — Com base na extensa natureza das propriedades do duque, acredito que dificilmente obteremos um resultado favorável, já que você não é do mesmo sangue e passou um curto período de tempo casada, se comparado a outros matrimônios.

— Lushing tinha a mesma opinião.

Ele falara sobre fazer arranjos adicionais para ela, mas nunca chegara a fazê-lo, sem dúvida acreditando que tinha mais tempo de vida.

— Como os registros detalhados informam a ausência de um herdeiro, suspeito que o título será extinto. No entanto, você manterá seu título de duquesa de Lushing. Dito isso, não desejo ser indelicado, Sua Graça, mas há alguma chance de um herdeiro aparecer nos próximos meses?

Selena fez cálculos rápidos em sua mente. As duas mil libras eram uma boa quantia para ela, mas se dividisse o valor da renda anual entre ela e as irmãs... Quinhentas libras por ano para cada dificilmente seria o suficiente para um dote adequado, muito menos para manter a propriedade, os criados, os cavalos e as carruagens. Não sobraria nada para ajudar Winslow. A realidade exigia medidas mais drásticas.

Ela sentiu que os presentes seguravam a respiração, a tensão se tornando palpável enquanto todos aguardavam a resposta. A mentira. As palavras que a assombrariam até o túmulo.

— Existe, senhor.

— Então informarei a Coroa e o Colégio de Armas.

— Você hesitou antes de responder à pergunta de Beckwith sobre a possibilidade de um herdeiro, mas pareceu um pouco mais confiante em sua condição do que há dois dias, quando falamos sobre a possibilidade de você estar grávida — apontou Kit enquanto passeavam pelo jardim de braços dados.

— Não queria que ele duvidasse... — Ou que questionasse a legitimidade de a criança ser de Lushing. — No entanto, minhas esperanças ainda podem ser em vão. Já pensei que carregava um bebê antes, mas me decepcionei. Por isso, vou esperar antes de fazer qualquer anúncio formal.

— Beckwith é conhecido por sua discrição. E, eu, por meu otimismo. Seria realmente bom ter um pequeno Arthur correndo por aí.

O estômago de Selena se embrulhou. Se existia uma pessoa capaz de detectar que a criança não se parecia com o falecido duque, esta pessoa era Kit.

— Ele seria um pai extraordinário — continuou ele. — Muito mais amoroso que o dele. Por isso, continuarei a orar fervorosamente que você esteja grávida. Será uma pena se Sheffield Hall precisar ser vendida.

— Se eu estiver errada sobre minha condição, talvez você possa comprá-la.

O visconde deu uma risada curta.

— Ela será vendida por uma quantia exorbitante que está além do alcance dos meus cofres. — Olhando para Selena, ele sorriu. — Lushing se preocupou em deixá-la com uma vida boa.

— Ele foi incrivelmente generoso.

Mas o pai dela havia reservado o dote de apenas uma filha, e fora modesto. Uma pequena casa em um pedaço de terra que não gerava renda e que seria sua futura residência como viúva. O pai pensara que teria tempo de sobra para arrumar suas finanças com a ajuda do homem com quem ela se casaria e, assim, ter dotes adequados para as outras filhas. Sob os cuidados de Winslow, Camberley não estava rendendo nem o que o pai conseguira anteriormente. Os locatários estavam se mudando para as cidades para trabalhar em fábricas, as colheitas que vinham do exterior eram mais baratas do que as cultivadas em casa. Até Lushing havia visto uma queda em seu rendimento.

— Como você está? — perguntou Kit.

— Tão bem quanto se pode esperar, suponho. Sinto muita falta dele.

— Assim como eu.

Ela tocou a braçadeira preta que ele usava.

— Quero agradecer por cuidar de todos os assuntos funerários.

— Foi um privilégio.

— A fotografia tirada ontem de manhã, de Lushing em seu caixão... Não quero lembrar dele daquela forma. Você gostaria de tê-la?

— Se você não se importar.

— De modo nenhum. Seria um grande alívio, para ser honesta. Sei que ele queria que a foto fosse tirada, e não acho que ficaria desapontado se você ficasse com o retrato. — Ela apertou o braço dele. — Também sinto sua falta, sabe? Você sempre jantava conosco. Por favor, não desapareça.

— Depois que tivermos lamentado mais um pouco, virei atormentá-la com visitas.

Ela sorriu suavemente.

— Ficarei à espera.

— Quanto tempo vai ficar em Londres?

Tudo dependia de Aiden Trewlove.

— Mais algumas semanas, acredito.

— Se não tiver nenhuma objeção, irei à propriedade para buscar os cães. Mas vou deixar os cavalos, tudo bem? Pelo menos até sabermos o destino de tudo.

— Isso seria ótimo. As gêmeas gostam de cavalgar, e as meninas ficarão comigo até que tudo seja resolvido.

— Espero não estar sendo inconveniente, mas você é uma mulher jovem, Selena, e dois anos é um tempo muito longo. Lushing era fascinado quando o assunto era morte, mas não aprovava extensos períodos de luto. Ele não a culparia se você não o seguisse à risca.

Selena queria se consolar com as palavras do visconde, mas suspeitava que o que estava fazendo não era o que Lushing tinha em mente quando pensava em "não seguir o período de luto à risca".

— Exijo que você proíba minha filha de entrar nesta... nesta casa de pecado.

Aquela não era a primeira mãe que o procurava para lidar com algo maior que suas capacidades, mas Aiden desejava que a mulher não tivesse invadido seu escritório perto da hora em que Selena chegaria ao salão de jogos — se o horário de suas aparições passadas podia ser levado em consideração.

— Lady Fontaine, garanto que não há nada que uma dama possa fazer aqui que não possa fazer em outro lugar. Pelo menos forneço um ambiente seguro para explorações.

— *Explorações?* Senhor, as suas explorações que são o problema.

— Não me envolvo com minhas clientes.

Se o fizesse, teria inúmeros pais batendo em sua porta com espingardas na mão, tirando o alvará do clube. Em vez disso, ele recebia mães furiosas, com lábios apertados e bochechas vermelhas.

Abrindo a bolsa, ela pegou um pequeno caderno com capa de couro e o bateu sobre a mesa.

— Isto aqui prova o contrário. O diário dela, com registros dessa relação.

— Ela o entregou a você?

Os ombros da mulher tremeram de indignação, e ela desviou o olhar enquanto respondia.

— Não. Encontrei-o em uma gaveta de... do que não se deve mencionar.

E, no entanto, ela fizera menção.

— E o que eu fiz exatamente para ofender sua sensibilidade?

A mulher pegou o caderno e o abriu em uma página marcada com uma fita roxa.

— "Esta noite, A. T. elogiou meus olhos. O azul o lembra do céu enquanto o sol se despede do dia." Quanta tolice.

As palavras pareciam floridas demais para terem sido ditas por ele. Sem dúvida, ele apenas dissera à jovem que tinha olhos bonitos. Mas todo mundo tinha direito a fantasias. A garota escrevia em um diário. Aiden pintava quadros. Recostando-se na cadeira, ele apoiou o cotovelo no apoio da cadeira, o queixo na mão.

— Por quê? Por que é tolice?

— Ela é uma garota sem encantos, sr. Trewlove. Você a enche de esperança.

— E por que ela não deveria ter esperança?

— Poucos cavalheiros dançaram com ela na última temporada. Os bailes começarão em breve, e mais uma vez ela será apenas um enfeite, e vai doer ainda mais porque, dentro dessas paredes, você a faz esquecer o que ela é.

— Ou talvez não doa tanto porque, dentro dessas paredes, ela pode dançar o quanto quiser.

— E apostar. E beber. — Ela sacudiu o diário no ar. — Ela fumou um charuto!

— E você? Já fumou?

— Certamente que não!

— Gostaria de experimentar?

Os olhos da mulher se arregalaram, a boca se abriu e fechou várias vezes como se ela fosse um peixe fora d'água.

— Certamente que não.

As palavras saíram com menos convicção da segunda vez. Ele se inclinou para a frente e apoiou as mãos sobre a mesa enquanto sentia os minutos passarem, temendo perder a chegada de Selena.

— O que me diz, lady Fontaine? Vou pedir a um dos meus homens que lhe acompanhe em uma excursão pelo clube e, se vir algo a que se opõe de coração, proibirei a entrada de sua filha no futuro.

Então, ele puxou uma fita para tocar um pequeno sino. Um jovem bonito apareceu na porta, de prontidão.

— Richard, leve lady Fontaine para conhecer o clube. Certifique-se de apresentar o salão de relaxamento. Creio que uma massagem nos pés lhe faria bem.

— Pelas mãos de um homem estranho? — perguntou a dama, com indignação.

De pé, pronto para ir ao salão de jogos, Aiden deu uma piscadela.

— Confie em mim. Você vai me agradecer depois.

Capítulo 12

ERA LOUCURA CONTAR AS horas, os minutos e os segundos desde que vira Selena pela última vez, o modo como seus olhos continuavam sendo atraídos para a porta pela qual ela deveria emergir a qualquer momento, a tensão que crescia dentro dele conforme o ponteiro do relógio se aproximava do número dez. Aiden sabia onde ela morava. Talvez fosse até ela. Se não para assegurar-se de que Selena estava bem — tão bem quanto poderia estar em sua circunstância —, para vê-la, para dizer algo que pudesse fazê-la sorrir. Para aliviar um pouco o sofrimento dela. Para que soubesse que ele se importava.

Ele interrompeu o pensamento como se tivesse colidido com uma parede de tijolos. Não se *importava* com ela. Selena era uma cliente que ele desejava agradar para que voltasse e gastasse suas moedas no clube, mesmo que ainda não tivesse deixado um único centavo nas mesas dele. Aiden desejava ter uma casa decente para onde pudesse levá-la, mas dormia no Elysium. Era conveniente. Trabalhava longas horas, até a madrugada, e acordava cedo. Então, passava horas analisando seus registros financeiros, tentando determinar como poderia aumentar seus lucros. Ele tinha um único objetivo: ficar o mais rico possível. Não, não ficar rico... Ser bem-sucedido. Ele queria respeito, queria que as circunstâncias de seu nascimento não importassem mais.

Sim, as mulheres presentes lhe davam olhares tímidos, sorriam e falavam com ele, mas era porque estavam buscando uma espécie de rebeldia. E qual a melhor maneira de fazer isso do que flertar com um bastardo? Mas apenas dentro daquelas paredes. Fora do clube, elas o esnobariam, o menosprezariam, o ignorariam. Virariam as costas para ele. Aiden não seria convidado para residências ou bailes. Não teria permissão para jantar em suas mesas. Não seria bem-vindo na mesa *dela*.

Selena o manteria na sombra de sua vida. Por um lado, aquilo o irritava. Por outro, estava desesperado o suficiente para tê-la como ela quisesse. Aiden entendia os termos do relacionamento entre os dois — era algo puramente físico. Ela queria ser levada para a cama. E ele queria levá-la.

Não pensou mais além disso.

Ainda assim, quando a viu entrando pela porta, ele a imaginou fazendo o mesmo, sem a máscara, em uma biblioteca onde ele lia, em uma sala de jantar onde comia, em uma sala de estar onde descansava, em um quarto onde dormia — em todos os cômodos de uma grande mansão onde ele residia. Aiden a imaginou agarrada ao seu braço entrando em lojas, tavernas e teatros. Passeando por parques. Passeando em uma carruagem. Não que ele tivesse uma... Mas não importava o que se imaginasse fazendo, ele a imaginava junto. Estava realmente louco.

Andou rápido para alcançá-la, ciente do prazer que o percorreu quando ela abriu um sorriso caloroso. Nada de tristeza naquela noite. Nada de distrações. Nada de passeios inesperados para outro lugar. Ela estava ali para ficar.

Segurando a mão dela, ele a guiou de volta ao saguão e por um corredor estreito até uma escadaria, que não hesitou em subir.

— Para onde estamos indo? — perguntou Selena.

— Para um local mais privado.

No topo da escada, ele a direcionou por um pequeno corredor que, de um lado, dava para o salão de jogos no andar debaixo. Ao chegarem a uma porta num canto, ele a abriu e a conduziu para dentro, isolando-os do mundo do lado de fora. De costas, contra a madeira, ele a viu levantar a mão, desfazer o laço da máscara e removê-la. O enfeite balançou entre os dedos delicados enquanto ela vagava pela sala, observando o ambiente. O sofá, as cadeiras diante da lareira, as mesas baixas, as chamas bruxuleantes das várias velas espalhadas pela sala.

Ela parou em frente a uma mesa redonda coberta por uma toalha branca, próxima à janela, onde o melhor vinho de Gillie já estava servido e aguardava a chegada de Selena. Queijos e pães variados também haviam sido postos na mesa. E também...

— Morangos! — Olhando por cima do ombro, ela deu um sorriso gentil, cheio de prazer. — Devem ter custado uma fortuna.

— Você vale a pena.

Lentamente, ela se virou.

— Esta é a sala de relaxamento?

Ela caminhou até uma porta aberta e olhou em seu interior. O corpo de Selena congelou. Ela sabia reconhecer um quarto quando via um, especialmente porque aquele tinha uma cama com dossel maior que o normal.

— É aqui que os senhores com botões vermelhos trazem as damas?

— Não.

Ela o encarou, mil perguntas refletidas nos olhos azuis, ou talvez fossem apenas as chamas de todas as velas. Aiden foi em sua direção e tocou as bochechas macias com a ponta dos dedos.

— Este é meu quarto. Nunca trouxe uma mulher aqui.

Por alguma razão, ele achou importante que Selena soubesse daquilo.

— E por que me trouxe?

Porque ela era diferente, porque o tocara de uma maneira que nenhuma outra fizera. Porque ele queria entrar em seus aposentos e sentir o aroma dela, queria sentar-se em uma cadeira e recordar dos momentos que passara ao lado dela, queria deitar-se em sua cama e lembrar de como era tê-la lá, com ele.

— Porque você pediu para ser levada para a cama, e eu quero que você tenha mais que isso. Pretendo seduzi-la.

Com morangos e vinho?

— Para começar.

Selena passou os braços pelo pescoço dele e pressionou seu corpo contra Aiden. Ele ficou imediatamente ereto. Ela o desarmava de uma forma tão fácil... Ele queria ter o mesmo efeito nela.

— Você me seduziu desde o início, Aiden Trewlove. Agora, tudo em que penso, tudo com que sonho, é você.

A voz dela saiu baixa, rouca, sensual.

Erguendo-se na ponta dos pés, ela plantou a boca na dele, e Aiden se perdeu. Amaldiçoou-a por ser a sedutora, amaldiçoou-se por se render, depois jogou todos os seus planos ao vento. Qual era a importância, se eles pensavam igual? Quando um desejava o outro?

E ele a desejava mais do que qualquer outra coisa. Não era sua beleza, mas seu espírito que o atraíra. Sua natureza aventureira que a fizera procurar pelo que nunca havia tido depois que os laços que a prendiam a um juramento foram cortados. Ela não hesitara em ir atrás do que queria. E se rebelara contra um período de luto que a teria mantido em reclusão. A força de Selena era visível.

Mas era moderada por seu carinho e preocupação, sua profunda tristeza por um marido gentil que nunca a satisfizera. Naquela noite, Aiden daria prazer para ela de todas as maneiras possíveis. Iria abraçá-la, possuí-la e reivindicá-la até que ela não o tirasse mais da cabeça, até que estivesse convencida de que somente nos braços dele encontraria satisfação, aceitação e realização completas.

Quando terminasse, ela iria embora, mas o faria sabendo que seu retorno era certo.

Finalmente, ele seria dela. De uma maneira completa, absoluta e plena. Era o único pensamento que Selena tinha quando Aiden aprofundou o beijo, explorando por completo a boca dela, como se nunca o tivesse feito antes. Ele tinha um gosto rico e forte, perigoso. Uísque, talvez. Ou conhaque. Ela o imaginou descansando em uma cadeira diante do fogo, bebendo e saboreando o líquido âmbar, preparando-se para quando faria o mesmo com ela.

O roçar de sua língua sobre a dela foi lento, mas meticuloso. Nenhum canto da boca delicada foi esquecido. As mãos fortes seguraram o traseiro dela, apertaram as nádegas, puxaram o corpo feminino contra ele. Selena sentiu a intensidade de seu desejo pressionada contra a barriga, e seu corpo pegou fogo. Ele a queria, ansiava por ela. Aquilo não seria uma relação fria e irracional. Não seria sobre negócios. Não seria sobre resultados. Havia um propósito muito além do que ela havia imaginado. Seria sobre necessidade — a necessidade de possuir, a necessidade de compartilhar toques, sensações, prazer.

Como ela ansiara sentir aquilo, de ter certeza de que era desejada. Ele queria agradá-la. Os morangos eram a prova. O fato de ele não a ter levado para a cama logo na primeira noite era uma prova ainda maior. A união deles não era o resultado de necessidades animalescas que requeriam satisfação, não importa quão ferozes fossem seus rosnados ou quão exigentes fossem suas mãos. Não seria apenas o encontro de dois corpos. Não. Havia carinho. Necessidade de satisfazer o coração, o corpo e a alma. Ela nunca se sentira tão querida.

E aquilo era um perigo. Para seus sentimentos, seus objetivos, seu coração frágil.

Ela deveria acabar com tudo imediatamente, antes que fosse tarde demais. Mas também queria o que ele estava oferecendo. Queria o beijo dele, que transformava suas pernas em geleia. Queria o gosto dele, o calor dele, a sensação dele, o aroma dele penetrando todo o seu ser. Ela queria aquele homem. Nenhum outro seria suficiente. Aiden era o que Selena ansiava.

Ele arrastou os lábios quentes e úmidos ao longo do pescoço feminino.

— Lena.

O tom era o de um homem pedindo salvação.

— Ninguém me chama assim.

— Mais uma razão para eu fazê-lo.

Ele estava certo. Tudo sobre o encontro deles seria único. Nenhuma lembrança que ele lhe desse seria usurpada por outro.

Ela pressionou a boca na parte de baixo da mandíbula delineada, onde os pelos eram mais macios. Nenhum apelido parecia adequado para ele. "Querido" e "meu bem" não bastavam para o que ele a fazia sentir, para a maneira como a fazia tremer por dentro e por fora. Apenas uma palavra funcionava para ele, capturava sua presença forte e formidável.

— Aiden.

O som que ele soltou foi longo e baixo, um estrondo no peito que vibrou contra os seios dela. Ele a pegou nos braços e a carregou para o quarto, onde a enorme cama os esperava.

Ele nunca desejara nada em sua vida tanto quanto a desejava — toda ela, tudo dela. Seu nome emanando dos lábios femininos era um afrodisíaco que ele nunca havia experimentado. Outras haviam falado seu nome, mas nenhuma soara tão ofegante, tão doce. Uma bênção.

Aiden queria que ela o desejasse. Como poderia saber que seu próprio desejo eclipsaria qualquer ânsia anterior? Ela era uma bruxa, uma megera, uma dama batendo na porta de seu coração. Ele estava tentado a responder, a convidá-la para entrar, mas entendia que o que estava acontecendo entre eles não era fundamentado na realidade — era parte do mundo de fantasia que ele criara. Ela não era duquesa do reino e ele não era filho bastardo de um conde. Dentro daqueles muros, eles não estavam em opostos extremos da hierarquia social. Ali, eram tudo o que existia, e logo seriam apenas prazer.

Estava ansioso para vê-la completamente nua, mas demorou-se a despi-la de suas roupas, sensualizando ao máximo a remoção de cada peça. A missão estava sendo um sucesso, se o brilho nos azuis era alguma indicação. Ele passou lentamente os dedos por cada centímetro de pele revelada. Quando os seios foram libertados, ele sentiu como se fossem velhos amigos que não via havia anos. Aiden os segurou, apertou e os ofereceu como um banquete à própria boca. Beijou, lambeu, chupou — primeiro um, depois o outro.

Gemendo baixinho, ela apertou os braços dele e deixou a cabeça pender para trás, expondo o pescoço macio. Deus, como ele poderia resistir àquilo? Então, mordiscou e beliscou, gostando da maneira como os dedos dela agarravam com mais força a cada investida de sua boca.

Então, ele voltou à tarefa de despi-la, empurrando o vestido frouxo e as saias para baixo da cintura fina. Rapidamente a livrou do restante das roupas de baixo, deixando as meias para o final. Equilibrando-se com cuidado, rolou a seda delicada da meia pelo joelho, pela panturrilha e pelo tornozelo, provocando a pele que aparecia com o leve roçar de seus dedos. As mãos femininas buscaram apoio nos ombros largos, enquanto ele rolava o tecido da meia sobre o calcanhar, a planta do pé, os dedos. Ele acariciou o pé desnudo e o levantou para lhe dar um beijo antes de dar atenção à outra meia. Quando a peça se juntou à primeira, ele ergueu os olhos, admirando Selena em toda a sua plenitude.

— Abra suas pernas para mim, querida.

Embora a luz do quarto se resumisse às poucas velas espalhadas pelo cômodo, Aiden viu as pupilas dela se dilatarem no azul de seus olhos, provocadas pelo que ele estava a oferecer.

— Quero que tire suas roupas.

— Deixe que eu a satisfaça primeiro.

Lentamente, ela negou com a cabeça.

— Incendiarei ainda mais ao vê-lo nu.

Ele não podia recusar um pedido tão sério. Ainda assim, se inclinou e deu um beijo no centro de sua feminilidade e sussurrou uma promessa fervorosa:

— Em breve.

Endireitando-se, ele ficou diante dela e estendendo os braços em súplica.

— Sou todo seu.

Ela deu um pequeno passo à frente antes de ajudá-lo a tirar o paletó. Então, os dedos dela percorreram o comprimento do colete, abrindo os botões, os movimentos não tão suaves ou seguros como os dele.

— Você já removeu as roupas de um homem antes?

Os dedos ficaram imóveis, e ela ergueu o olhar para ele.

— Não. Meu marido sempre vinha até mim de camisola. Estou fazendo errado?

Aiden embalou uma das bochechas coradas com a mão.

— Não, querida. Quando se trata de fazer amor, nada está errado desde que seja o que nós dois queremos.

Colocando a mão sobre a dele, ela virou o rosto na palma áspera e beijou ali.

— Tudo com você é uma experiência nova, Aiden.

O conhecimento o entristeceu e o encantou. Ele nunca quisera que ela vivesse sem paixão, mas, ao mesmo tempo, sabia que o que entregaria não seria comparado a nada nem ninguém.

— Termine o trabalho. Ainda há muito pela frente.

Ela deu um sorriso atrevido, mas tímido.

— Não é exatamente um *trabalho*.

Ele se livrou do colete com um simples movimento de ombros. Selena começou a desatar o lenço de seu pescoço, enquanto ele passou a tocar tudo do corpo feminino que estava ao seu alcance, passando os dedos sobre a pele macia e sedosa. Com o lenço do pescoço fora do caminho, ela começou a abrir os botões da camisa, mas a impaciência de Aiden estava dando sinais de vida. Afrouxou as abotoaduras e, assim que ela terminou com os botões, ele puxou a camisa sobre a cabeça e a jogou para o lado. Então, sentou-se na cama para tirar as botas e meias. Ao terminar, levantou-se e esperou, observando enquanto ela lambia os lábios.

— Na verdade, eu nunca vi... éramos muito conservadores na cama.

— Você vai descobrir que não sou *nada* conservador.

Ele deixou a mão cair até o cós da calça e brincou com o tecido, como se fosse baixá-lo. De novo e de novo. Observou-a engolir em seco.

Selena aproximou os dedos dos deles, mas Aiden os afastou, e a mão dela foi direito para a protuberância visível pela calça. O gemido dele foi um pedido que ela respondeu com uma carícia longa e demorada. Para cima. Para baixo. Então, os mesmos dedos partiram para abrir os botões da calça e afastar o tecido, libertando o pênis ereto.

— Meu Deus. É maior do que eu pensava.

— Os homens têm tamanhos diferentes.

Ele terminou de tirar a calça e a jogou para o lado.

— Ainda assim, não parecia tão grande por dentro do tecido...

Ajoelhando-se diante dele, ela passou os dedos por todo o comprimento do membro.

— Cristo, Lena!

O toque dela tirou o fôlego de Aiden.

— Tão macio. Tão quente.

Enquanto ela explorava, ele removeu os grampos de seu cabelo até que as mechas caíssem como cascatas pelos ombros delicados e sobre o pênis dele. Puro êxtase.

Pendendo a cabeça para trás, ela fez os olhos dele cativos.

— Eu quero você dentro de mim.

As palavras quase o arruinaram, quase o fizeram derramar sua semente naquele momento. Ele nunca latejara com tanta necessidade.

Colocando-a de pé, ele a abraçou e jogou os dois sobre a cama.

Eles eram um emaranhado de membros, e era maravilhoso. Cada centímetro do corpo dela tocava Aiden. Pele contra pele, fervente e úmida. Ele tomou sua boca mais uma vez e a rolou de costas, colocando-se entre as suas coxas, o pau grosso pressionado contra sua entrada molhada.

Parecia perverso usar aquela palavra — "pau" —, mas ela não achava que outra lhe faria justiça, que descreveria adequadamente a parte dele que logo estaria dentro dela. Nunca ansiara tanto por uma união.

Mas parecia que Aiden ainda não havia terminado de provocá-la, de atormentá-la, porque ele se abaixou para capturar mais uma vez um de seus mamilos com a boca. A língua lambeou a pequena pérola, enviando sensações deliciosas por todo o seu corpo. Então, ele chupou gentilmente antes de levar os lábios para um passeio pelos arredores, beijando a parte de baixo do seio, a lateral e a parte de cima. Tanta atenção era dada a um enquanto o outro era acariciado por uma mão habilidosa.

Ele inverteu as atenções, levando a boca para o outro seio enquanto os dedos da mão brincavam com o mamilo enrijecido e molhado do outro. Ela adorava a sensação das palmas ásperas deslizando sobre sua pele com propósito. Ele já a tocara antes, mas não em todo o seu corpo. Pela primeira vez, estava completamente nua e ao alcance dele — e Aiden aproveitou a oportunidade.

Com a boca, as mãos, os lábios, a língua. Ele desceu os lábios por sua barriga até seu objetivo final, repetindo o que fizera na mesa de bilhar. Da outra vez, Selena ficara chocada com a intimidade. Mas, naquele exato momento, apenas abraçou a sensação com todo o fervor, inclinando os quadris para lhe dar acesso mais fácil, saudando o gemido gutural de aprovação dele.

Selena apertou os ombros dele quando suas coxas começaram a tremer de desejo, de necessidade. Tão perto, tão perto. Ela balançou a cabeça de um lado para o outro, pressionou os pés contra as panturrilhas dele, amando a sensação do pelo sedoso contra suas solas. Mas, se fosse sincera, não havia nenhum aspecto de Aiden que ela não amava.

Entrelaçando os dedos no cabelo castanho, ela o prendeu em mechas e puxou até que ele levantasse a cabeça para fitá-la.

— Eu quero você dentro de mim, como parte de mim, quando eu me desmanchar.

Com um grunhido baixo, ele saiu do meio de suas pernas e se sentou na beira da cama. Então, abriu uma gaveta na mesinha ao lado da cama, pegou algo e o usou para cobrir seu pênis.

— O que está fazendo?

— Colocando uma proteção. — Ele virou-se para ela e acariciou seu pescoço. — Para impedir que minha semente se derrame dentro de você sem que eu tenha que sair.

Selena tentou entender as palavras dele, mas Aiden começou a fazer coisas deliciosamente perversas com os dedos, acariciando sua abertura enquanto o polegar pressionava seu pequeno botão e o circulava. Mais uma vez, as sensações tomaram conta, exigiriam sua total atenção, a fizeram se contorcer de necessidade.

Ele se moveu até estar mais uma vez entre as coxas dela. No controle da situação, esfregou a cabeça de seu pênis contra ela. Uma vez, duas vezes. E ela descobriu quão molhada estava. Então, ele reivindicou sua boca com a dele e lentamente entrou em seu interior, esticando-a, preenchendo-a, antes de penetrar fundo.

Um tremor de prazer reverberou em seu corpo.

— Meu Deus!

Ela fincou as unhas nas costas dele, segurando-o enquanto absorvia a sensação maravilhosa. Selena não era virgem e, no entanto, o que sentia naquele momento era quase estranho para ela. Aparentemente, nem toda relação era igual. Ou talvez fosse o fato de ele ter garantido que ela o desejasse de forma tão desesperada. Ele fazia seus nervos cantarem, sua pele formigar. Aiden a preparara como ela nunca fora preparada antes.

Ele não a tomara por dever. E a fazia esquecer que fora o dever que a levara até ele.

Quando Aiden começou a se mover, deixando-a apenas para penetrá-la de volta, rapidamente, Selena se concentrou nele, neles, buscando apenas o prazer que ele podia proporcionar. Ela passou as mãos pelas costas fortes, sentindo como os músculos dele flexionavam com seus movimentos. Quando ele se ergueu sobre as mãos para fitá-la e mexeu os quadris com mais força, mais velocidade, mais urgência, ela caiu na escuridão ardente dos olhos castanhos, agarrou-o com braços, mãos, coxas e permitiu que o êxtase vencesse, reinasse.

Quando ela desmoronou nos braços dele, ela acolheu o êxtase, sabendo que ele tinha o poder de colocar tudo no lugar.

Quando ele jogou a cabeça para trás, quando a paixão o dominou, ela o segurou com força, absorvendo os espasmos que o sacudiram.

E quase chorou pela alegria da união.

Capítulo 13

— Abra a boca.

Com as costas nuas contra o peito dele e a água respingando com os movimentos, Selena não hesitou em fazer o que ele pedia. Dando uma mordida no morango que Aiden colocou nos lábios dela, ela riu quando o suco escorreu pelo queixo. Usando um polegar, ele virou a cabeça dela em sua direção e lambeu a trilha do morango antes de lhe dar um beijo que quase fez a água da banheira ferver.

Depois de fazerem amor, ele pedira para que um banho fosse preparado. Envolta em um lençol, Selena sentara-se em uma cadeira no canto, de frente para a parede, quase completamente escondida dos criados que levaram a água do banho. Quando os empregados saíram, Aiden empurrou uma pequena mesa para o lado da grande banheira de cobre e transportou para lá a comida que estivera na mesa de toalha branca, na outra sala.

Pegando o vinho, ela tomou um gole e considerou seus sentimentos naquele momento. Certamente não podia alegar decepção, pois nunca havia se sentido mais saciada e nunca experimentara um prazer tão intenso, mas ficara um pouco frustrada ao descobrir que Aiden não lhe daria o que precisava com a mesma facilidade que tinha esperado.

— Fiquei surpresa quando você se... protegeu. Não sabia que os homens faziam isso.

Os dedos dele percorreram preguiçosamente seu braço, enviando vibrações deliciosas por seu corpo.

— Não há razão para um marido fazer isso. Ele gostaria de engravidá-la.

— Você sempre se protege quando faz amor?

— Sempre.

— Mesmo quando tinha 16 anos?

— Bem, quando tínhamos cerca de 15 anos, nossa mãe reuniu todos nós, meninos, e explicou os métodos que poderíamos usar para não pejar uma garota.

Ela não estava familiarizada com o termo.

— Pejar?

— Engravidar.

Ela tomou outro gole de vinho, achando difícil acreditar que estava realmente tendo aquela conversa. Ela nunca discutira questões de sexo com ninguém, nem mesmo com a mãe.

— Existem outros métodos?

Ela sentiu os ombros dele contra suas costas, depois lábios em sua nuca.

— Um homem pode se afastar um pouco antes de derramar sua semente. No entanto, ele precisa ser rápido e não deve esquecer. Mas, às vezes, muitas vezes, ele não está pensando em nada, exceto no prazer.

Virando-se um pouco, ela o encarou, certa de que suas bochechas estavam escarlates.

— Sua mãe explicou tudo isso para vocês?

— Ela criou bastardos. Disse que a abstinência era a melhor maneira, mas não era tola o suficiente para pensar que escolheríamos esse caminho, então queria ter certeza de que não nos deitaríamos com alguém e teríamos arrependimentos depois. Se engravidássemos uma menina, seríamos obrigados a nos casar com ela.

— Mesmo aos 15 anos?

— A idade de consentimento é 12. Mamãe acreditava que, se tínhamos idade suficiente para nos deitarmos com uma mulher, tínhamos também para nos casar. Não que ela tenha usado exatamente essas palavras, mas passou a mensagem.

— Então você nunca esteve... dentro... de uma mulher sem usar essa proteção?

O cabelo de Selena estava preso em um coque frouxo. Ele afastou alguns fios da bochecha dela.

— Nunca.

Voltando à posição anterior, ela se recostou nele.

— Eu não consigo compreender.

— Eu não queria me casar com uma garota só porque a engravidei. Também não quero bastardos.

Ela fechou os olhos com força enquanto sentia o estômago apertar. Mas se ele a engravidasse, o bebê não seria considerado um bastardo. Certamente aquilo lhe traria algum conforto, se ele soubesse do golpe dela. *Golpe*. Selena odiava a palavra, a necessidade de usá-la. Abrindo os olhos, observou as chamas na lareira se movendo, como estava fazendo pouco tempo antes.

— Abra.

Ela obedeceu ao seu comando e, ao mesmo tempo, colocou a mão sobre a dele, segurou-a e aceitou não apenas a oferta de um pouco de queijo entre os lábios, mas também o dedo indicador, chupando e sentindo grande satisfação ao ouvir um gemido baixo e o salto do pênis contra seu traseiro. Removendo o dedo da boca, ela mastigou o queijo e passou a unha sobre a cicatriz que percorria o comprimento do dedo indicador e até as costas da mão.

— Como você conseguiu essa cicatriz?

— Entrei em uma briga com um sujeito que tinha uma faca.

Ele começou a pontilhar a nuca dela com beijos.

— Quantos anos você tinha?

— Catorze.

A boca dele demorava-se, como se ele estivesse pintando beijos sobre ela.

— Você não me parece alguém que briga sem motivo.

Aiden soltou um grunhido baixo que poderia ter servido como concordância. A pele cicatrizada era horrível e, no entanto, a história de sua existência a deixava curiosa.

— Por que você o desafiou?

Os beijos estavam ficando cada vez mais lentos, cada vez mais atenciosos. Ela não tinha dúvida de que logo deixariam a banheira para a cama.

— Aiden...

A boca dele estava perto da orelha dela agora.

— Ele chamou minha mãe de prostituta.

Ela ouviu a dor de sua juventude na voz dele, o constrangimento que ele poderia ter sofrido.

— É isso que todos pensam da mulher que lhe deu à luz?

— Ele estava se referindo a Ettie Trewlove.

O coração de Selena se apertou ao perceber que, para aquele homem, sua mãe era apenas uma — a boa alma que o havia acolhido.

Pressionando o dedo dele contra os lábios, ela deslizou a língua sobre a cicatriz.

— Você deu uma lição no homem?

— Sim. O nariz dele nunca voltou ao lugar, continuou um pouco torto para um lado.

— Você protege o que é seu.

Ele moveu o dedo marcado para cima e o deslizou ao longo do queixo delicado, antes de usá-lo para virar levemente o rosto dela, para que pudesse encará-la.

— Sempre.

Ela não deixou de acreditar que ele a considerava sua, que a considerava digna de sua proteção. Mas ela não era. Estava com Aiden com um objetivo em mente — um objetivo que limitava o tempo que passariam juntos.

Girando o corpo na banheira, ela tomou a boca dele com todo o fervor que conseguiu reunir. Ele a tocara de maneiras que ela não havia previsto — não com as mãos, embora ele certamente tivesse feito aquilo, mas com a alma, o coração, o próprio ser. Ela não havia antecipado algo do tipo de um homem conhecido pelo pecado. Tinha esperado que ele fosse de moral e caráter duvidosos, que não se importasse com nada, exceto o próprio prazer. Mas Aiden não era nada daquilo. Havia bondade dentro dele, e Selena queria garantir que ele não se arrependesse de nem um minuto que passasse com ela.

Ela segurou o queixo áspero com uma mão. Os pelos estavam mais grossos, mais palpáveis, e ela pensou em se oferecer para barbeá-lo, mas gostou bastante da aparência desleixada que a barba deixava.

— Como homem, você tem controle sobre tudo em sua vida. Eu tive muito pouco controle na minha. Quase nenhum.

Mexendo-se e fazendo a água se agitar em torno deles, ela montou no colo dele.

— Eu quero ter controle completo e absoluto sobre você.

As mãos dele seguraram a cintura dela, os dedos se contraíram, as pupilas dilataram.

— Sou seu para fazer o que quiser. O que você quer de mim?

— Gostaria que você fosse para a cama. Quero tê-lo ao meu dispor.

Era um milagre ele não passado vergonha e derramado sua semente com as palavras dela, ditas de forma suave e afiadas, com um desejo que deixou os olhos dela de um azul cerúleo. Aiden não podia negar nada a ela, especialmente um pedido que fazia seu coração galopar como um garanhão em fuga, ameaçando explodir em seu peito.

Ele ainda poderia passar vergonha. Nunca estivera tão ereto em antecipação ao que estava por vir.

Usando lenços, Selena prendeu os pulsos e os tornozelos dele nas quatro colunas da cama, deixando-o estirado sobre os lençóis de cetim que ele havia comprado no início do dia para sua diversão. Ele nunca estivera em uma posição tão vulnerável, não conseguia imaginar se oferecer daquela forma para alguém que não fosse ela. Confiava nela. Completamente. Foi muito estranho chegar àquela conclusão, ainda mais porque se conheciam havia pouco tempo — mas ele não achava que o coração media a profundidade de um sentimento com base em um relógio.

Não que a amasse, mas se importava com ela — imensamente. Decerto mais do que era sábio para um homem em sua posição. Aiden não era do tipo que uma mulher podia andar de mãos dadas com orgulho. Até Selena, aquilo nunca importara. Ele desejou que ainda não importasse.

Mas a capacidade de argumentar racionalmente sobre quaisquer questões filosóficas a respeito de sua vida se esvaiu quando ela rodeou a cama, o olhar quente fixo ao dele. Aiden tentou alcançá-la, mas o lenço enrolado em seu pulso interrompeu seu movimento, lembrando-o de que ele poderia fazer muito pouco naquela situação, exceto esperar que ela fizesse o que seu desejo ordenava.

O colchão afundou quando Selena subiu nele, nunca desviando o olhar. Deus, ela era tão linda em sua confiança de que poderia fazê-lo desmoronar. E faria. Ele tinha tanta certeza do fato quanto sabia que, quando ela terminasse, ele reverteria a situação e a deixaria amarrada, esparramada para sua diversão. E a dela.

Estranho como eles pareciam conectados, como quanto mais ele dava a ela, mais ganhava para si mesmo.

Devagar, ela arrastou os dedos ao longo da lateral de seu corpo, da tira de tecido que prendia seu tornozelo, ao longo da panturrilha, subindo pela coxa, passando pelo quadril, até a costela.

Ele teve um espasmo.

A expressão dela era parecida com a de alguém que acabara de ganhar o diamante Koh-í-Noor.

— Você tem cócegas?

— Um pouco.

Inclinando-se, Selena pressionou a boca aberta, quente e úmida, contra a costela mais baixa. Ele fechou os olhos quando o calor penetrou seu corpo.

— Apenas com dedos.

Ela ergueu a cabeça, arqueou uma sobrancelha e lambeu os lábios.

— Vou me lembrar disso.

Então, ela montou em cima dele, descendo com calma e aproximando aqueles seios deliciosos de seu rosto. Mais uma vez, Aiden tentou alcançá-la, testando os limites de sua prisão.

— Talvez você possa soltar uma de minhas mãos para que eu possa tocá-la.

Selena deu um sorriso atrevido.

— Não.

Abaixando-se, ela esfregou os seios sobre o peito torneado antes de levar um para os lábios dele.

— Você pode lamber.

Ele o fez sem hesitar, circulando a aréola rosa com a língua, antes de mordiscá-lo. Ela deixou cair a cabeça para trás, gemeu.

— Você está me matando — murmurou ele.

O olhar dela era sensual, o de uma mulher apreciando seu poder.

— Eu nem comecei.

Selena se reposicionou até os joelhos descansarem entre os dele. Então, sentou-se sobre os calcanhares e envolveu o pênis ereto com os dedos.

— Estou impressionada com a maciez. Não consigo decidir se parece cetim ou veludo.

Ela beijou a ponta. Ele estremeceu.

— Cócegas?

— Não.

— Você gosta disso, então.

— Sim.

Então, ela repetiu o que Aiden fizera com o seio dela e circulou a língua sobre o membro. Ele gemeu baixo, profundo.

— Você gosta disso?

O tom era cheio de inocência.

— Deus, sim.

— E disso?

Ela o tomou em sua boca, e ele sairia da cama se não estivesse preso. Como desejava entrelaçar os dedos no cabelo dela, agarrar os lençóis. Ela era quente, e seus movimentos lentos o deixavam louco. Aiden amou a sensação de Selena fechando os lábios ao redor de seu membro e chupá-lo.

— Ah, sua megera atrevida.

Ele tinha quase certeza de que ela sorrira antes de continuar a atormentá-lo.

— Lena, estou no limite aqui, a ponto de lhe dar uma pequena surpresa se você continuar.

Puro prazer e satisfação apareceram no rosto dela.

— Nada sobre você é pequeno, Aiden.

Ela o apalpou e acariciou o comprimento dele.

— Me diga de novo. Você nunca esteve dentro de uma mulher sem proteção?

— Nunca.

A mão dela descia e subia.

— Você já pensou em como pode ser?

Ele conhecia a sensação ao redor de seus dedos, mas em torno de seu pau...

— Já.

— Você já ficou tentado?

Com ela, estivera tentado desde o início.

— Sim.

Ele odiava como a palavra soava como um pedido, uma súplica.

Ela passou a perna por cima dele, montando em seus quadris, erguendo-se pelos joelhos.

— É a única maneira como pensei, sonhei e imaginei. Você, sem nenhuma barreira entre nós — murmurou ela.

Ele fez que não com a cabeça.

— Não vou arriscar...

— Só um pouco, por um minuto.

Segurando-o, ela o posicionou em sua entrada. O corpo dele reagiu instintivamente, movendo-se na direção do calor dela.

— Você terá que me deixar antes que eu derrame...

— Eu sei. Mas estou no controle agora, e é o que quero. Você dentro de mim, pele contra pele.

O corpo dele estava tão tenso de necessidade, com o erotismo da voz sensual dela, com o olhar intenso, que ele nem percebeu ter concordado de cabeça — uma coisa tão pequena, dando-lhe permissão. Lentamente, como um tormento, ela deslizou por ele, envolvendo-o no veludo sufocante. Para baixo. Para baixo. Para baixo. Até que Aiden a preenchesse por completo.

— Cristo, você é tão gostosa. Quente, úmida, sedosa. E apertada. Tão malditamente apertada.

Ele sentira aquilo com a proteção, mas, sem a barreira, ela parecia milagrosamente ainda mais deliciosa.

— Eu amo senti-lo sem nenhuma separação entre nós.

Selena se ergueu e deslizou de novo para baixo.

O grunhido dele foi o de um homem atormentado.

Com a cabeça apoiada para trás, ela começou a mover seu corpo, cavalgando-o. Amarrado como estava, Aiden tinha os movimentos limitados, mas ele bombeava nela o máximo que podia, combinando seus movimentos com os dela. Ansiava por enfiar os dedos na cintura, movendo-a mais rápido, mais fundo, com mais urgência.

— Me deixe sair.

— Ainda não.

A voz dela parecia vir de um lugar distante, onde a fantasia reinava.

Ela passou as mãos sobre o peito dele, espalmou as costelas inferiores, preparando-se. O ritmo dela aumentou. Gemidos escaparam de seus lábios. As costas se curvaram e os seios empinaram quando seu grito de libertação ecoou ao redor deles.

O clímax dela veio rápida e intensamente, seus músculos apertando o pênis dele antes de pulsar em torno. As sensações eram sublimes, mais agudas do que ele jamais havia experimentado. Elas se somaram ao seu próprio prazer, sua própria tortura, enquanto ele lutava para se controlar até que ela voltasse a si.

A respiração de Selena estava ofegante, o sorriso era pura satisfação, os olhos cintilavam. Lambendo os lábios, fitando os olhos dele, ela começou a se mover com vontade, mais rápido, mais forte, levando-o cada vez mais à loucura. O prazer se propagou em seu corpo. Aiden puxou as amarras, precisando segurá-la. O êxtase que se acumulava era demais, disparando por ele, levando-o ao limite com uma intensidade quase insuportável.

— Saia de mim, Lena. Agora — disse ele com os dentes cerrados.

Em vez disso, ela o cavalgou com um único objetivo, como se sua vida dependesse daquilo. Como se a dele dependesse daquilo.

— Estou quase explodindo. Saia.

Ela negou com a cabeça, aumentando o ritmo, movendo-se mais forte, mais rápido.

Ele estava no limiar, pairando na beira do abismo.

— *Pelo amor de Deus, Lena, eu imploro...*

De repente, ela não estava mais o envolvendo, o deixou por completo. Sabendo que ela estava segura, Aiden cedeu imediatamente às suas necessidades, o corpo tremendo com espasmos quando seu orgasmo o atingiu.

Nos recantos mais distantes de sua mente, ele teve a vaga consciência de um soluço. Abrindo os olhos, ele a viu sair da cama, outro soluço escapando.

— Lena? O que há de errado, querida?

— Sinto muito. Eu não podia... Não posso. — Ela começou a pegar suas roupas e continuou. — É só que... não é justo.

— Não podia o quê? Lena, o que diabo está acontecendo?

— Me perdoe.

— Me desamarre.

Sem olhar para ele, segurando suas roupas, ela correu para a outra sala.

— Lena! — Ele forçou as amarras. Elas o seguravam firmemente. Ele ouviu o farfalhar de seda e cetim, como se ela estivesse se vestindo. — Lena, volte aqui e me liberte!

Mais farfalhar, seguido por passos apressados e o bater da porta.

— Lena!

Mas tudo o que ouviu foi o silêncio da partida dela.

Capítulo 14

Sentada na biblioteca, diante de uma lareira tão vazia quanto seu ventre, Selena tomou um gole do conhaque, imaginando se alguma vez sentiria tanta desolação e desespero, tanta vergonha e decepção consigo mesma. No momento mais crucial, ela fora incapaz de prosseguir com o plano de plantar a semente de Aiden em seu corpo, porque ele se mostrara inflexível sobre sua falta de desejo de trazer uma criança ao mundo. Ela nem sabia que havia maneiras de evitar gravidez. Por que, então, havia tantos bastardos? Por que tantas crianças eram órfãs? Por que nem todos os homens tomavam precauções?

Mesmo sabendo que o filho de Aiden não seria rotulado como um bastardo, que a criança seria considerada uma herdeira legítima do duque de Lushing, Selena não conseguira colocar os próprios desejos e necessidades acima dos de Aiden. Ela sentira o corpo dele tensionar à medida que a paixão avolumava uma luxúria irracional, enquanto o corpo dele buscava por alívio, enquanto ele ultrapassava todos os limites. E tudo porque ela continuara a cavalgá-lo, determinada a forçar seu êxtase, o derramamento de sua semente — não em uma proteção, mas nela. Ela se sentira poderosa, no controle, até que a única coisa que importava era conquistar o que queria.

Pelo amor de Deus, Lena, eu imploro...

Então, aquelas palavras ditas por entre dentes cerrados bombardearam a alma de Selena, atingiram seu coração. Era impossível imaginar que aquele homem já tivesse implorado algo a alguém. E, no entanto, o fizera com ela. Quando o rosnado dele ecoou ao seu redor e o corpo másculo se enrijeceu, quando ela soube que a semente seria derramada, não foi capaz de continuar.

No final, ela não conseguiu continuar nem em cima dele, nem em sua cama, nem em seus aposentos. Ouviu a confusão na voz de Aiden quando a chamou, mas não teve coragem para enfrentá-lo.

Desde o momento em que se conheceram no clube, ele nunca pedira nada. Ele a encantara e dera tudo o que Selena exigia. E então ele havia solicitado algo, e ela não conseguiu negá-lo.

A crueza do pedido a envergonhou; suas ações a mortificaram. Não apenas porque ela estava disposta a roubar algo tão precioso de Aiden, mas porque estava planejando passar o filho de outro como de Lushing. Ela estava disposta a trair dois homens que nunca lhe fizeram mal algum e, ao fazê-lo, trair a si mesma.

Atingida pela culpa, tudo que ela queria era escapar de Aiden e de si mesma. Mas não havia como escapar de si mesma, de seu fracasso em proteger aqueles que amava. Não haveria herdeiro. Ela poderia ser a duquesa de Lushing, mas não teria um marido com um título venerado para ficar ao seu lado nem uma grande dinastia para dar poder e influência. Ela não conseguira produzir um herdeiro depois de sete anos. Nenhum jovem cavalheiro que precisasse de um filho arriscaria tomá-la como esposa. Selena desapareceria na obscuridade. E não merecia menos que isso.

Quão tola havia sido por concordar com o plano de Winslow? Terminando o conhaque, confortando-se com a letargia que a bebida lhe trazia, ela deixou o copo de lado e se pôs de pé. A sala rodou e se endireitou. O rosto estava paralisado pelo sal das lágrimas que derramara, secas há muito tempo, deixando apenas seus rastros. Por causa de suas falhas, um título seria declarado extinto. E a ruína de sua família seria seu legado.

Lentamente, ela saiu da biblioteca para o corredor, seguindo um caminho que conhecia de cor. Selena envelheceria sozinha, morando na casa de viúva. Faria o possível para que as irmãs tivessem bons casamentos, mas, sem dotes, era improvável que encontrassem a felicidade.

Subir as escadas era quase como subir uma montanha enorme e irregular. Perdera a conta de quanto conhaque havia bebido ou por quanto tempo ficara sentada na biblioteca, afogada em desespero. Uma hora? Duas?

Ela mal conseguia pensar, colocar os pensamentos em ordem, mas encontraria uma maneira de arranjar bons casamentos para as irmãs.

— Amanhã — sussurrou ela. — Vou me preocupar com tudo isso amanhã.

Naquele momento, a profunda tristeza e a sensação de perda a faziam querer gritar. Nunca mais veria Aiden Trewlove, provaria seu beijo, se aqueceria com seu sorriso, sentiria o coração disparar ao ouvir a risada dele, cairia de joelhos pelas carícias gentis. Nunca mais compartilharia confidências sem medo de ser julgada.

Abriu a porta do quarto e foi recepcionada pelas sombras que escureciam os cantos e a lamparina solitária na mesa de cabeceira, que queimava com um fogo baixo para manter a escuridão longe. Então, ela notou as pontas de um par de botas brilhantes na poltrona no canto do cômodo. O irmão, aquele embuste! Ela não estava com disposição para lidar com ele naquela noite.

— Winslow...

— Você me deixou amarrado aos malditos postes da cama!

Selena sentiu o coração pular em sua garganta. Seus pulmões congelaram. Não era Winslow. Definitivamente. Ela observou horrorizada quando uma sombra mais escura se levantou lentamente da cadeira — alta, larga e ameaçadora. Quando Aiden apareceu sob a luz, ela soube que nunca tinha visto tanta raiva em alguém.

— Você me deixou amarrado aos malditos postes da cama! — repetiu ele, como se ela não o tivesse ouvido da primeira vez.

— Abaixe a voz. Minhas irmãs estão no final do corredor.

Não seria bom que descobrissem aquele homem em seu quarto. Ela fechou a porta, trancou-a e encostou-se nela para suporte, como se a madeira pudesse salvá-la da ira de Aiden.

— Você acha que dou a mínima? Você simplesmente me deixou lá. Sem explicação, sem meios de me libertar.

A aparição dele sumira com toda a letargia que estava sentindo. Seu coração pulsava tão rápido que, sem dúvida, havia vencido os efeitos do conhaque.

— Mas você conseguiu se libertar. Eu sabia que era um homem habilidoso.

— Só porque problemas no andar de baixo exigiram minha presença. O que você acha que meu gerente de jogos pensou quando me viu, nu e amarrado como um peru de Natal?

— Como você entrou aqui? — perguntou ela, não querendo responder à pergunta dele, pensar na mortificação que devia ter sentido.

— Sou um homem que consegue arrombar fechaduras, querida. Você realmente acha que vai estar a salvo de mim em algum lugar? — Ele deu um longo passo em sua direção. — Por que, Lena? Por que você estava chorando? Por que fugiu?

Era muito mais difícil enfrentá-lo quando ele a chamava pelo apelido carinhoso. Muito mais difícil quando a primeira preocupação dele era o choro, não a fuga. Meneando a cabeça, Selena sentiu as lágrimas ameaçando cair mais uma vez.

— Por quê? — perguntou ele novamente, mas, da segunda vez, sua voz não refletia nenhum indício de raiva, apenas preocupação verdadeira.

Respirando fundo, ela encarou os olhos castanhos.

— Porque você toma precauções para não ter filhos. E eu preciso desesperadamente de um bebê.

As palavras dela foram como um soco em seu estômago. Ele estava certo desde o começo. Tudo o que ela desejava dele era seu pau. Não, não exatamente. Ela queria sua semente.

Selena era uma viúva, uma viúva muito recente. Ele nunca perguntara se ela tinha filhos; ela nunca tinha falado sobre isso. Aiden não perguntou ao abrir a boca, apenas declarou o fato, enquanto as razões dela se cristalizavam.

— Você não teve um herdeiro com seu marido.

Ela concordou com a cabeça, finalmente saindo de perto da porta, e caminhou até a área de estar, onde se sentou em uma poltrona perto da lareira. Contrariando a razão, ele se sentou na poltrona oposta. Preferia ficar de pé quando dominado pela fúria, mas a raiva estava diminuindo.

Maldita seja por aquilo, por fazê-lo se importar com seus problemas.

— Certamente, o próximo duque garantirá que você viva bem.

— Lushing era o último da família. Ele não tinha irmãos ou primos, próximos ou distantes, para substituí-lo. Seus títulos serão declarados extintos. Suas propriedades irão para o Tesouro de Sua Majestade. Eu herdei uma casa de viúva, e ele me deu um fundo financeiro. Os juros vão me deixar em uma boa posição, mas não será suficiente. — Ela balançou a cabeça. — Não é o dinheiro. É o prestígio, a influência. Minhas irmãs ainda não tiveram suas temporadas. Quero que tenham bons casamentos, mas sem o ducado... — ela abriu os braços — eu não sou nada. Não tenho poder.

Com a tristeza estampada em seu rosto, ela olhou para as próprias mãos.

— Suspeito que você tem mais poder do que pensa. E o seu irmão? A responsabilidade de cuidar do bem-estar delas cabe a ele, certamente.

Ela ergueu o olhar para ele, a sobriedade nos olhos azuis apertando seu coração, o que o irritou. Ficou bravo por permitir que ela o afetasse depois do que fizera. Seus pulsos estavam vermelhos e machucados depois de forçá-los contra o tecido, tentando se soltar das amarras, e quase tirou o ombro do lugar em suas contorções para se libertar. Se não fosse seu gerente de jogos batendo na porta e seus gritos para o homem entrar, Aiden ainda poderia estar se contorcendo, sentindo-se impotente e humilhado.

— O conde de Camberley. Infelizmente, meu pai deixou a propriedade em ruínas. Não é um título particularmente respeitado. Todos dependem da minha posição. E ela será bastante diminuída, a menos que eu me torne mãe do próximo duque.

— Essa foi a razão pela qual você foi ao clube...

As bochechas se coloriram de um rosa suave, e ela assentiu.

— Pensei que, se pudesse engravidar dentro de um mês, antes da minha próxima menstruação, poderia passar o bebê como de Lushing. Ele poderia nascer um pouco tarde, às vezes isso acontece. Ou talvez eu pudesse encontrar uma maneira de fazê-lo chegar mais cedo. Se eu desse à luz um filho, tudo permaneceria como estava.

— E se fosse uma filha?

— O título ainda seria extinto, mas os termos acordados permitiriam que ela herdasse todos os bens e propriedades de Lushing. Propriedade é poder. Lushing me ensinou isso. Ela cresceria para se tornar uma mulher independente e com recursos. Além disso, ter um bebê e provar que não sou estéril aumentaria minhas perspectivas de um segundo casamento, talvez até com outro duque.

Ele odiava o plano de Selena, todos os aspectos dele. Sua disposição de fazer qualquer coisa para engravidar.

— Então, se eu não tivesse conversado com você naquela primeira noite, você teria ido atrás de um dos homens com botões vermelhos.

— Não. Foi você quem eu sempre quis.

Ele estava dividido entre se sentir lisonjeado e se sentir um idiota.

— Por que eu?

— Eu vi você no casamento de lady Aslyn. Gostei do que vi. E gostei do seu sorriso.

— Você não tem padrões muito altos.

Um canto da boca dela quase formou um sorriso, e ele se xingou por querer vê-la feliz.

— Os rumores são de que seu pai é da nobreza, então pensei que pelo menos meu filho teria sangue nobre nas veias, mesmo que não fosse de Lushing. Mas passei a gostar de você imensamente, e pareceu errado aceitar o que você não queria dar.

— Por que não me pediu?

— Quanto menos pessoas souberem um segredo, melhor ele será mantido.

— Você não confiou em mim.

— Para ser sincera, sr. Trewlove, eu tinha vergonha das circunstâncias que me levaram ao seu estabelecimento.

— Nós transamos, querida.

Ela se encolheu como se ele a tivesse atingido com um golpe. Aiden sentiria pena dela se seu ombro ainda não estivesse doendo e seus pulsos não estivessem ardendo. Então, continuou:

— Eu conheço o sabor do vale rosa entre suas coxas. Creio que não precisamos ser tão formais.

— Você precisa ser tão grosso? Não é nada atraente.

Ele deveria se desculpar. Sabia disso. A mãe dele lhe daria um beliscão se soubesse que ele havia falado com uma dama daquela maneira. Mas seu orgulho era uma coisa bestial, e as razões dela para desejá-lo o machucaram consideravelmente, de modo que o pedido de desculpas emperrou na garganta, recusando-se a ser dito.

Aiden se levantou da cadeira, caminhou até a lareira e olhou para o espaço frio e vazio do braseiro. Apesar de sua educação, da bondade da mãe, estava em suas veias ser grosseiro, cruel, egoísta.

— Elverton.

O nome saiu duro, amargo, deixando um gosto vil em sua língua.

— Suponho que poderia aceitar a oferta dele para me resgatar — disse ela, baixinho. — Como soube disso?

Ele virou a cabeça para encará-la. Nem morto ele a deixaria aceitar qualquer coisa do homem que o havia gerado.

— Ele fez uma oferta para você?

A risada dela foi fria, cheia de escárnio.

— Ontem de manhã, no jardim, depois do funeral. A princípio, pensei que ele estava propondo que eu me casasse com seu filho, mas depois ficou claro que estava se referindo a si mesmo como um pretendente em potencial.

— Ele tem uma esposa.

— Foi o que apontei, mas ele não parecia pensar que isso era motivo de preocupação. Deu a entender que ela não duraria muito tempo. Quer que eu pense que ela está doente.

Não duvidaria que o pai iria encontrar uma maneira de se desfazer da condessa.

— Você gosta dele?

O olhar de horror de Selena lhe trouxe uma certa paz.

— Nem um pouco. Ele tem mais que o dobro da minha idade.

— Ele tem a influência que você procura.

Ela suspirou, o som ecoando seu desespero.

— E não precisa de um herdeiro, o que ele me garantiu que beneficiava meu ventre estéril.

O pai era realmente grotesco a ponto de fazer sua proposta de uma maneira tão desagradável?

— Ele me gerou.

Os olhos azuis se arregalaram um pouco, os lábios se separaram. Ela piscou, olhou para ele, piscou novamente. Inclinou a cabeça. Apertou os olhos. Finalmente, o rosto dela relaxou.

— Ah, agora consigo perceber. No formato de sua mandíbula quadrada, no molde do seu nariz, na profundidade da sua testa. São seus olhos que me confundem. Eles não são tão severos quanto os dele. O que, sem dúvida, deveriam ser, já que você teve uma vida muito mais difícil.

Aiden sentiu uma enorme vontade de golpear algo ao pensar em sua ancestralidade, no legado que o pai vil lhe passara — que estava longe de ser um legado, e sim um completo abandono. Ele nunca se sentira tão sujo, tão amaldiçoado por suas origens.

— Se eu tivesse colocado uma criança em você, seria o sangue dele correndo pelas veias do bebê.

Ela sorriu melancolicamente.

— Não, seria o seu.

Sem gostar muito da maneira como as palavras dela invocavam seu orgulho, ele voltou a atenção para o vazio da lareira. Ele estava pensando seriamente em dar o que ela desejava? Mas então o que faria? Ficaria observando enquanto ela saía de sua vida? Sempre soubera que seu tempo com ela seria breve. Duas ou três semanas a mais de paixão e diversão seriam suficientes para durar uma vida inteira?

— Seu filho seria um duque — afirmou ela, com um sentimento de culpa unido a uma necessidade de fazê-lo entender tudo que ela estava lhe oferecendo. — Ele teria nas mãos o que a maioria dos homens apenas sonhará: terra, riqueza, poder. Nenhuma das propriedades de Lushing está em mau estado. Sua propriedade ducal é invejada por outros lordes. Seu filho andaria por seus corredores sagrados. Ele frequentaria as melhores escolas, receberia a melhor educação. Ele não sentiria falta de nada. Seria classificado acima do seu pai, iria sentar-se em uma posição melhor em refeições. Você aprecia o fato de ter mais poder em seu mundo do que seu pai no dele. No mundo de seu pai, seu filho teria mais poder. Seria uma chicana incrível, não? A ideia deve provocar seu lado vigarista, aposto.

Meu filho seria duque. Ele nunca poderia oferecer o mesmo prestígio, a mesma influência, a nenhum filho que criasse. Mas escondido nas sombras, com uma série de encontros clandestinos e segredos guardados, ele poderia dar um ducado ao fruto de sua semente. Poder, autoridade. Seu filho, quando crescido, iria sentar-se na Câmara dos Lordes.

Embora nunca fosse capaz de se gabar publicamente sobre o filho, pois seria relegado à posição de observador, no fundo saberia que era responsável por tudo que o filho iria adquirir e realizar. Seu filho superaria o conde de Elverton. Ainda assim, Aiden não poderia esfregar a informação na cara do palerma. Cruzando os braços sobre o peito, ele se virou e a encarou.

— Você não acha que as pessoas questionarão se a criança não se parecer com o seu falecido marido?

— Os olhos de Lushing eram castanhos, assim como o cabelo. Embora as semelhanças entre vocês terminem aí, daqui a alguns anos as pessoas não se lembrarão muito bem da aparência de Lushing. Duvido que alguém olharia atentamente para seus retratos, a fim de fazer uma comparação. Além disso, suspeito que nem todas as famílias da sociedade são completamente puras de sangue. E ele terá o título do duque para protegê-lo.

— Não posso garantir a você um filho homem.

— Como eu mencionei, dar à luz uma filha não é completamente desvantajoso.

Ele daria a Selena os meios para se casar com outro homem de influência — porque a dele não era suficiente.

— Então você está propondo que eu plante a semente e vá embora.

Ela manteve o olhar no dele, embora Aiden pudesse ver o conflito em seus pensamentos pelas expressões que passavam por seu rosto.

— Não necessariamente. Poderíamos continuar a nos ver, permanecer amantes. Discretamente, é claro. Você poderia ver seu filho, ou filha, de vez em quando, mas seria imperativo que a criança nunca soubesse que você é o pai. Eu não gostaria que a criança sofresse com nossa mentira.

Discretamente. Sofresse. Mentira. As palavras o tingiram como se fossem socos, mesmo que ele entendesse a situação, a necessidade de manter o relacionamento em segredo.

— Não tenho vergonha de ser vista com você, mas temos que proteger a criança a todo custo — continuou ela, quando não recebeu resposta.

No entanto, no incrivelmente curto espaço de tempo em que estiveram juntos, ela nunca tinha sido vista com ele — pelo menos não sem a máscara. Ninguém, além do cocheiro dela, sabia que Selena estivera com ele, e Aiden nem tinha certeza de que o cocheiro sabia quem ele era.

— Talvez eu possa oferecer um pouco mais em troca.

O tom dela era hesitante, certamente porque ele continuava sem falar nada. Aiden estreitou os olhos, e ela se aproximou da ponta da poltrona.

— Minha propriedade de viúva. Eu não poderia dá-la a você de imediato, mas poderia deixá-la em seu nome em meu testamento.

Ele deu uma risada amarga.

— Então agora serei seu prostituto?

O horror que tomou o rosto delicado não diminuiu sua raiva.

— Não, não! Não quis dizer isso! Mas tudo o que você ganha com o nosso acordo sou eu na sua cama, o que não sou arrogante o suficiente para acreditar que tem muito valor, e um pouco de tempo com seu filho. Estou tentando fazer valer a pena, valer o seu sacrifício.

— E se eu morrer antes de você?

— A propriedade iria para seus herdeiros.

— E se meu único herdeiro for nosso filho? Eu nunca planejei me casar, duquesa. Nunca planejei ter filhos.

Foi a vez dela de parecer ter sido golpeada.

— Por que não?

— Porque sei o que sou, de onde vim.

Ela se levantou e se juntou a ele na lareira, a mão desnuda tocando o queixo áspero de barba, e Aiden precisou de toda a força de vontade para não segurar aquela mão feminina e beijá-la. Se a tocasse, perderia sua capacidade de raciocinar, de considerar todas as consequências da maneira mais lógica possível. Iria querer levá-la para aquela cama e terminar o que haviam começado antes.

— Por mais impossível que pareça, sinto como se o conhecesse a vida inteira. Existe bondade em você, Aiden Trewlove. — Ela sorriu levemente. — Sim, você é um pouco malcriado e paquerador, mas não é nada parecido com seu pai. Você me trouxe mais consolo na minha tristeza do que qualquer outra pessoa que conheço. Eu amaria seu filho ainda mais por me lembrar de você.

— E se eu recusar sua oferta de derramar minha semente em você?

Ela ergueu o queixo, e ele viu determinação no ato, bem como descontentamento por sua escolha de palavras.

— Seria forçada a procurar um parceiro disposto em outro lugar.

Seu maldito pai, o patife, já havia indicado seu desejo de levá-la para a cama. Ela aceitaria? O desespero na voz dela indicava que sim. Aiden não suportava o pensamento do conde de Elverton a tocando, mas também não gostava de ceder aos caprichos de uma duquesa que estava apenas interessada em seu pau e no que ele poderia entregar — uma criança que nunca saberia a verdade sobre sua paternidade. Sentiu como se sua alma estivesse sendo torturada. Como ainda desejava aquela mulher, mesmo depois de descobrir a verdadeira razão de seu interesse por ele?

Afastando-se dela antes que fizesse algo tolo, como admitir que aceitaria tudo da maneira que ela ditasse, pelo período que ordenasse, ele respirou fundo e caminhou até a escrivaninha. Depois de localizar um pedaço de papel, mergulhou a ponta dourada — é claro que uma duquesa teria uma ponta dourada — da caneta no tinteiro e rabiscou um endereço. Virando-se, ele a encarou.

— Minha irmã tem uma livraria. Amanhã, vamos ajudá-la a preparar tudo para a abertura da loja, colocando livros nas prateleiras e coisas do tipo. Leve suas irmãs lá, às duas da tarde, para que eu possa julgar se elas valem o preço da minha alma.

Ou, como ele temia, o preço de seu coração.

— Estamos de luto.

— Vá de preto. Certamente, uma pessoa pode ser desculpada por fazer boas ações, mesmo durante o luto.

— Minhas irmãs não têm ideia do meu plano.

— Não há razão para elas saberem. Você pode dizer a elas que lady Aslyn as convidou para uma pausa no tédio do luto.

A tristeza refletida nos olhos azuis quase o fez ir até ela e oferecer-lhe tudo o que desejava. Selena assentiu.

— Eu não deveria levar meu irmão, também? Para que você possa julgar o valor dele.

Havia uma pontada de provocação nas palavras. Pelo visto, ela não estava gostando que ele estabelecesse termos, mas seu orgulho escapou ileso porque ela não lhe disse imediatamente para ir para o inferno e que iria procurar outro homem para o serviço.

— Conheço o conde de Camberley. Ele joga no meu clube. Estranho, não é? Como ele tem moedas para agradar seus próprios prazeres, enquanto sua irmã é forçada a seguir um caminho que a levará ao inferno.

— Você fez a viagem ser agradável até agora, sr. Trewlove.

Ela estava tentando acalmá-lo com o elogio, talvez recuperar sua própria honra. Com o tratamento formal, ela estava se esforçando para colocar distância entre eles, para lembrá-lo de seu lugar.

— Meu irmão é jovem, ainda em tempo de aproveitar a vida — acrescentou ela.

— Quantos anos você tinha quando assumiu a responsabilidade por suas irmãs e se casou?

— Eu era muito mais jovem que ele — admitiu ela. — Ele está em dívida com você?

Aiden apenas deu de ombros.

— Não tanto quanto *você* estará se continuarmos com isso.

Dirigindo-se para a porta, ele se virou e falou por cima do ombro:

— Amanhã. Às duas da tarde. Esteja lá.

Capítulo 15

HAVIA CERTAS COISAS QUE um homem nunca deveria ver. O traseiro peludo e flácido de seu pai chacoalhando enquanto tomava uma mulher que olhava para o dossel da cama e soltava um pequeno gemido com a regularidade de um relógio era uma delas. Ele esperava encontrar o conde de Elverton dormindo àquela hora da noite e estivera ansioso para perturbar seu sono.

A mulher — jovem demais para ser a atual condessa — desviou o olhar para o lado, avistou Aiden e soltou um grito ensurdecedor enquanto lutava freneticamente para se livrar do sapo em cima dela.

— Inferno! — rugiu o conde, antes de olhar na mesma direção que a amante.

De uma maneira desajeitada, ele se livrou da moça, que se arrastou para o outro lado da cama e se cobriu com os lençóis, tentando manter um pouco de dignidade.

Aiden percebeu o ruído de passos leves que vinham pelo corredor. Então, uma mulher esbelta — cuja altura alcançava seu ombro — se aproximou dele.

— O que aconteceu?

Com base no intrincado bordado do roupão de cetim e sua falta de surpresa com a cena, Aiden presumiu que aquela era a atual condessa de Elverton. Em sua juventude, ele a vira de longe em algumas ocasiões, quando a curiosidade em relação a seu pai o fizera seguir o palerma. Ao vê-la tão claramente ao seu lado, Aiden imaginou que ela deveria ter sido bela na juventude, sua tez de porcelana ainda radiante, apesar da hora tardia. O cabelo castanho, preso em uma longa trança, tinha mechas vermelhas e prateadas.

Respirando pesadamente, sentado na beira da cama e sem demonstrar a mesma modéstia que a amante, o conde acenou com a mão no ar como se estivesse afastando um enxame de moscas.

— Meu bastardo. O que diabo você está fazendo aqui?

— Preciso falar com você.

— Venha me ver de manhã.

— Agora.

O homem estreitou os olhos castanhos que espelhavam os de Aiden, e o queixo quadrado se contraiu de irritação, mas ele assentiu.

— Encontro você na biblioteca em alguns instantes.

— Vou acompanhá-lo — disse a condessa, girando rapidamente nos calcanhares e indo para o corredor.

Com um olhar de despedida que prometia vingança se o velho não cumprisse suas palavras, Aiden fechou a porta e se juntou à esposa do conde.

— Não fica incomodada por ele se importar tão pouco com você a ponto de trazer a amante para cá?

Ela arqueou uma sobrancelha escura e fina em uma expressão sábia.

— Ela o mantém fora da minha cama. Por que eu faria objeção a isso?

Ele não podia argumentar contra o raciocínio dela, quando muitas vezes esperava que o tempo de sua mãe com o palerma tivesse sido breve.

— Eu sei o caminho para a biblioteca.

Ela deu um sorriso sublime e sereno.

— Não tenho dúvida. Ainda assim, eu seria uma péssima anfitriã se não o acompanhasse, sr. Trewlove.

Sem esperar por ele, a condessa começou a caminhar elegantemente em direção às escadas. Aiden correu para alcançá-la.

— Você sabe quem eu sou.

Era uma afirmação, não uma pergunta.

— Vários anos atrás, se bem lembro, você chegou tarde da noite e informou ao mordomo que o recebeu, nunca esquecerei as palavras: "Sou Aiden Trewlove, o bastardo do conde, e vou conversar com ele". Acho que você assustou bastante o pobre sujeito. Eu estava de pé, na escada — que agora ela descia —, e passei despercebida, pois você tinha apenas um único propósito naquela noite. Para ser sincera, fiquei bastante chocada com a sua visita.

— Você não sabia que ele tinha bastardos?

Ela não respondeu até terminar a descida. Então, parou e o encarou.

— Ah, não, sr. Trewlove. Eu sabia que ele tinha bastardos. Dei à luz três deles, mas o conde os tirou de mim poucos minutos após o nascimento de cada um. Ele considerava crianças nascidas do lado errado do cobertor uma inconveniência. Sua chegada me deu esperança de que ele tivesse cumprido a promessa de vê-los amados e bem cuidados. Por aqui.

Aiden tentou estudá-la mais de perto para determinar se encontrava semelhança entre os dois, mas a condessa girou nos calcanhares, e ele teve que alcançá-la mais uma vez. Poderia ela ser sua mãe? Ou, talvez, de Finn?

— Você era uma amante antes de ser sua esposa.

Novamente uma declaração, e não uma pergunta.

— Você é esperto, sr. Trewlove.

— Você teve meninos?

— Tive. — Abrindo a porta, ela entrou na biblioteca. — Pelo que lembro da sua última visita, o conde esqueceu de lhe oferecer algo para beber, por isso não sei sua preferência.

Ela o observou por sobre o ombro, um brilho de provocação nos olhos castanhos.

— Eu ouvi a conversa pela porta. O que posso servi-lo?

— Uísque.

Observando a eficiência com que ela abriu a jarra e derramou o líquido âmbar em um copo, Aiden imaginou que ela teria feito aquilo para seu pai dezenas de vezes. A condessa estendeu o copo em sua direção, e ele se perguntou se aquela mão já havia acariciado sua testa, se os braços finos já o haviam embalado. Ela seria capaz de saber se ele era seu filho? Não deveria existir alguma conexão, de modo que, quando olhasse para ela, sentisse em seus ossos que a mulher era sua mãe?

Aceitando a bebida, ele deu um longo gole antes de perguntar:

— Você sabe o que aconteceu com seus filhos?

— Bem, um deles é visconde. Suponho que, de alguma maneira, ele também é seu irmão. Pergunto-me se você se esforçaria tanto para salvá-lo como fez com Finn.

Ela realmente havia escutado a conversa, não que ele duvidasse dela. Não que ela tivesse que estar com o ouvido colado na porta para ouvir o que se passara entre Aiden e o pai. Muito do que eles tinham a dizer um ao outro havia sido dito aos berros.

— Ele nos visitou alguns meses atrás — continuou ela, enquanto caminhava até a mesa e se inclinava contra ela. — Quebrou o braço do seu pai.

— Ele não é meu pai.

Os olhos dela se arregalaram com as palavras; sem dúvida, fora pega de surpresa pela intensidade.

— Sou o bastardo dele, não nego. Mas ele não é meu pai. Um pai não abandona — mas, se Aiden engravidasse Selena, faria exatamente o mesmo — seu filho. Ele é um pai vil, o patife que plantou a semente, mas não passa disso para mim.

Ela o encarou com firmeza, sem vacilar, sem desviar os olhos durante o golpe de palavras duras, e ele se perguntou se a condessa estava imaginando os bastardos que trouxera ao mundo usando as mesmas palavras para se referir a ela.

— Ele pode ser bastante charmoso quando quer, especialmente quando era mais jovem, bonito e viril. Eu até cheguei a amá-lo por um tempo.

Ela baixou os olhos para as pantufas de cetim, os dedos dos pés aparecendo por baixo do roupão.

— Diga-me, sr. Trewlove. — Ela ergueu os olhos para fitá-lo. — Você sabe quando foi entregue a criadora de bebês?

Então ela estava se perguntando a mesma coisa que ele.

— O desgraçado me jogou nos braços de Ettie Trewlove no dia 26 de fevereiro do ano 1840 de nosso Senhor.

A expressão dela não se alterou com a resposta. Ele poderia muito bem ter dito "no início dos tempos". Aiden não tinha muita certeza do que pensar daquela mulher que deixara o conde tirar seus filhos e depois afirmava tê-lo amado o suficiente para se casar com o homem.

— Essa data significa algo para você? — insistiu ele, as palavras azedas e impacientes. Queria ver algo dela que não fosse frieza.

Ela suspirou.

— Temo que não. O que acredito ser melhor. Suspeito que você odeie a mulher que permitiu que você fosse tirado de seu colo.

— Não sei como me sinto em relação a ela. Por que você se casaria com um homem que tirou seus filhos?

— Eu tinha 17 anos e estava aproveitando a minha primeira temporada quando chamei a atenção de Elverton. Sabia que ele era casado, mas não me importei. Eu o amava, e ele prometeu cuidar de mim. Então, me tornei sua amante. Meu pai, um barão, me deserdou. Eu nunca o culpei, porque entendia perfeitamente que era uma pecadora, mas a ação dele limitou minhas opções. Uma mulher desonrada e sem habilidades. Eu não podia correr o risco de irritar meu guardião ao insistir para ficar com os bebês. Talvez sua mãe tenha tido o mesmo destino, sr. Trewlove. Na maioria das vezes, as mulheres têm muito pouco poder. Fazemos o que precisamos para sobreviver ou garantir a sobrevivência daqueles que amamos. Raramente as escolhas são feitas de forma fácil, e nem sempre são agradáveis.

Ele pensou em Selena, na escolha que ela estava fazendo, como ele desprezava a situação. No entanto, ela continuaria lutando, colocando as necessidades dos outros antes das suas.

— Quando a esposa dele morreu tragicamente em um acidente de barco — continuou ela —, eu tinha 21 anos e ainda era bonita. E ele sabia que eu era fértil, que poderia dar o herdeiro que a esposa não conseguira. Embora isso não seja louvável, eu ainda o amava e pensava que meus sacrifícios me davam o direito de estar ao lado dele e de finalmente ter acesso a tudo. Sua casa, seu dinheiro, a respeitabilidade. Então mudei-me do Distrito das Amantes, o apelido da região que abriga muitas casas de mulheres, para uma grande residência em Mayfair. E agora vivo todos os dias com as lembranças das fraquezas da minha juventude.

— Não estou julgando você — ele se sentiu obrigado a dizer.

Aiden sabia que o mundo era um lugar difícil para mulheres. Ele e os irmãos haviam ajudado muitas ao longo dos anos.

— Isso faz de você o único em Londres.

O eco dos passos fez a condessa se afastar da mesa.

— Seu anfitrião chegou. — O sorriso dela era zombeteiro. — Eu não vou ouvir pelo buraco da fechadura desta vez. Boa noite, sr. Trewlove.

Ela começou a caminhar em direção à porta.

— Meu irmão, Finn.

Parando, ela olhou para trás.

— Ele foi levado a Ettie Trewlove em 8 de abril do mesmo ano. Talvez...

Ela negou com a cabeça.

— Não, ele não é um dos meus filhos.

O conde entrou na sala e parou.

— Meu Deus, Frances, o que você está fazendo aqui?

— Divertindo seu convidado.

— Você poderia cuidar da Polly? Ela ainda está nervosa.

— Vou levar um pouco de leite quente para ela.

Aiden queria gritar com ela para que expulsasse a amante. Sentiu-se bastante agradecido por ter crescido com exemplos muito diferentes — mas, então, sua mãe também não era só inocência e bondade. Ela fizera coisas para sobreviver das quais não tinha orgulho. A condessa estava correta. As mulheres tinham uma vida muito mais difícil que os homens.

Enquanto se aproximava das bebidas do aparador, Elverton não deu importância para o filho, mas Aiden não esperava que ele o fizesse. O conde fizera exatamente a mesma coisa em sua primeira visita, anos antes. Ele se serviu de uísque, foi até a mesa, sentou-se na cadeira e o olhou furioso.

— O que você quer?

— Não quero nada. Estou aqui com uma única demanda. Fique longe da duquesa de Lushing.

Elverton deu uma risada.

— Você não pode exigir nada de mim, garoto.

Aiden terminou o uísque em um gole só, depois jogou o copo na lareira, onde o vidro se quebrou em cacos. O conde deu um pulo, o que lhe deu muita satisfação.

— Ela não é para você.

— Acha que ela é para você, não é? Ela não lhe daria nem um minuto de seu tempo. Como você a conhece? — Erguendo a mão, ele estalou os dedos. — Seu clube! Não, não pode ser. Ela está de luto, seguindo-o à risca. A menos que tenha ido antes da morte de Lushing...

— Não se preocupe com isso. Apenas fique longe dela ou você vai acabar com mais ossos quebrados.

— Você não tem nada a oferecê-la. Nem respeitabilidade, nem um lugar na sociedade. Ela é filha de um conde, foi esposa de um duque, pelo amor de Deus. Você realmente acredita que ela se deixaria ser vista com você?

Não, ela transaria com ele, mas não andaria ao seu lado. E isso doía — não que ele fosse dar a Elverton a satisfação de ver como suas palavras haviam atingido o alvo. Aiden marchou até a mesa, apoiou as mãos nela e se inclinou na direção do palerma arrogante.

— Fique. Longe. Dela.

O conde bateu um dedo no copo.

— Por sessenta e cinco por cento dos seus lucros.

Ele tinha dado ao homem sessenta por cento para salvar Finn, mas era jovem na época, com apenas 23 anos, sem muita confiança ou segurança em si mesmo. Então, Finn visitara o conde alguns meses atrás para pôr fim ao acordo.

— Siga o que estou falando ou acabará arruinado.

Girando nos calcanhares, ele caminhou com propósito para a porta.

— Você não é nada! — gritou o canalha atrás dele.

Aiden lutou para não deixar que as palavras do pai criassem raízes, mas foi um desafio. Ele tinha acreditado ter algo especial com Selena. Pensara que ela se importava com ele. Mas ela apenas queria usá-lo, assim como o conde havia usado quem quer que fosse a mãe de Aiden. Quando se tratava do coração, ninguém tinha poder.

O conde de Camberley gostava de jogar cartas no Clube Cerberus. Nada sobre o local era chique. As salas escuras e cheias de fumaça refletiam o submundo de Londres e, dentro daquelas paredes, os plebeus se misturavam aos lordes menores, segundos, terceiros e quartos filhos. Aqueles com bolsos que guardavam pouco mais que fiapos. Os que não eram mais bem-vindos no White's ou autorizados a entrar em outros clubes de cavalheiros. A linguagem era grosseira, o riso, alto, o licor, barato. Gim, basicamente. Mas ele não estava em posição de reclamar. Conseguira obter crédito estendido no Cerberus, o que não acontecia em outros lugares. E, com mais algumas mãos, ele teria que pedir mais crédito. Sua sorte estava uma desgraça naquela noite.

Embora pudesse muito bem já ser dia. Nenhuma janela permitia a visão da passagem do tempo, e ele sempre ficava surpreso quando olhava para o relógio para ver quantas horas haviam se passado. Estava enfiando a mão no bolso do colete para pegar o relógio quando todos ao seu redor ficaram quietos. Olhando para cima, ele viu Aiden Trewlove, o dono do clube, parado ao seu lado. Ele não aparecia com frequência, pois estava muito ocupado administrando seu novo clube — o estabelecimento que Selena passara a visitar, o local que proporcionaria a salvação da família.

— Camberley.

Ele não gostou muito de ter sido chamado, especialmente quando não sentiu respeito no tom do proprietário do clube. Estava determinado a igualá-lo.

— Trewlove.

— O que você diz de jogarmos, só nós dois?

Antes que Camberley pudesse dar uma resposta, os rapazes com quem ele estava jogando empurraram as cadeiras para trás e foram procurar outras mesas. Trewlove caiu em uma cadeira desocupada e começou a recolher as cartas espalhadas.

— Você não parece estar com muita sorte esta noite.

— Já estive melhor.

— Não tanto. Você é um péssimo jogador.

— Creio que você não deveria reclamar disso. Põe dinheiro nos seus cofres.

O sorriso de Trewlove era mais predatório do que amigável. Ele começou a embaralhar as cartas com uma habilidade e rapidez irritantes. Nas mãos hábeis, as cartas apenas sussurravam quando se encaixavam.

— Você sabe quanto deve aqui?

— Doze mil libras.

— Nós vamos jogar um jogo de guerra. Sua dívida será a aposta. O dobro ou nada. Se eu ganhar, você me deve vinte e quatro mil libras. Se você vencer, sua dívida comigo será liquidada.

O coração de Camberley começou a acelerar como se ele fosse um cavalo puro-sangue em uma pista de corrida. Nunca havia apostado tanto de uma só vez. Sua mente gritava para ele recusar, levantar e ir para casa. Em vez disso, ele assentiu.

Trewlove espalhou as cartas sobre a mesa.

— Estamos jogando uma versão simplificada. Você tira uma carta, eu tiro outra. A carta mais alta vence.

Engolindo em seco, Camberley colocou a ponta do dedo em uma carta.

Não, não aquela. Ele tocou outra, depois em outra. Doze mil libras em jogo. Se perdesse, não tinha meios de pagar sua dívida. Ah, mas se ganhasse...

Usando apenas a ponta do dedo, ele pegou uma carta e a arrastou em sua direção. Lentamente, levantou a borda do cartão. Oito de paus. Droga!

Trewlove não hesitou. Apenas pegou a última carta, a que estava no fundo da pilha, e acenou com a cabeça na direção de Camberley. Esforçando-se para parecer o mais arrogante possível, para dar a impressão de que não estava com medo de que seu mundo estivesse prestes a ruir, jogou a própria carta na mesa, com a face para cima.

Trewlove jogou sua carta de tal maneira que ela deu uma pequena cambalhota no ar antes de pousar em cima do conde. Dois de copas.

Camberley riu.

— Eu venci! Não lhe devo nada.

— Você é um homem de sorte, lorde Camberley. Você sai daqui livre de dívidas. Aproveite ao máximo. Não volte.

— Como é que você tem dinheiro para visitar clubes de jogos?

Camberley sempre soubera que Selena era uma força formidável a ser temida quando se enfurecia, mas ele sempre havia se considerado imune àquilo. Era o único garoto num mar de garotas. Era o herdeiro, o conde.

Mas ele voltou para sua residência às quase quatro da manhã apenas para ser informado pelo mordomo de que Selena havia chegado duas horas antes e estava esperando por ele na biblioteca. Aparentemente, ela passara o tempo fervendo. Ele nunca a tinha visto tão agitada.

— Consegui estender meu crédito.

Ela cruzou os braços sobre a barriga, e ele se perguntou se era para impedir-se de arrancar o cabelo dele.

— Você não acha que qualquer crédito estendido seria mais bem aplicado se você investisse em recuperar sua propriedade?

— Um homem precisa de distrações.

Ela deu um passo ameaçador para a frente, e ele saltou para trás, não gostando muito do fogo que queimava nos olhos azuis.

— Eu gostaria de distrações também, Winslow, mas elas não podem ser buscadas neste momento. Achei que nosso objetivo fosse o mesmo, que concordamos em resolver os problemas o mais rápido possível, pelo bem das meninas.

— Você vai engravidar e...

— E se isso não acontecer?

— Se você se aplicar à tarefa com fervor...

O olhar dela foi tão afiado que poderia cortar um homem e suas palavras.

— Você deixará de apostar. Você se despojará de sua amante. Você não será mais visto como um imprestável, mas se dedicará a trazer honra e respeito de volta ao título e às propriedades da nossa família. Não apenas pelo bem das meninas, mas por você. Do jeito como as coisas estão agora, que tipo de esposa você acha que vai conseguir?

Ele não queria uma esposa. Queria sua amante. Ele a amava, mas segurou a língua porque duvidava que Selena aceitasse bem a notícia.

— Eu sou muito jovem para me casar.

— Não, Winslow, você não é. Você também não é jovem demais para provar que é digno de seu lugar na sociedade. Você vai estufar o peito e marchar para a frente, como eu fui obrigada a fazer. Ou você se encontrará em uma posição muito desagradável.

Ele levantou o queixo.

— Você está me ameaçando?

— Estou dizendo que não vou mais sustentá-lo. Ajudarei onde puder, naturalmente, mas somente se vir que você está se esforçando tanto quanto eu. Faça o que qualquer cavalheiro respeitável que se descobriu pobre faria e se case com uma herdeira rica. E não visite mais o Clube Cerberus.

Ele se jogou em uma cadeira.

— Não tenho escolha sobre essa questão. Aiden Trewlove, o bastardo…

— Não o chame assim.

Ele encarou a irmã.

— Por que você se importa com a forma que eu o chamo?

— Aiden trabalhou muito duro para subir na vida, conquistou seu sucesso…

— Aiden? — Suspeitas, indesejadas e arrepiantes, surgiram. — Como você soube que eu frequentava o Cerberus?

Se o cabelo dela estivesse solto, teria ondulado em torno dela com a força com a qual ela levantou o queixo.

— Ouvi rumores.

— Não, você não ouviu. — Lentamente, ele se levantou. — Por favor, diga-me que você não está se relacionado com Aiden Trewlove, que não é ele quem vai engravidá-la.

— Que diferença faz?

— Ele é um homem a ser temido, um homem que não aceitará de bom grado ser feito de tolo. Três de seus irmãos se casaram com nobres. Eventualmente, eles adentrarão os limites da sociedade, e ele estará lá, com eles. Se alguma vez ele vir seu filho, vai perceber...

— Posso lidar com ele.

— Você sabe o que ele fez esta noite? Foi ao clube e me desafiou para um jogo. Apenas nós dois. Ele apostou minha dívida LÁ. Doze mil libras...

— *Doze mil libras?* Você está louco? Essa é a minha renda por seis anos! Esse dinheiro poderia ter sido usado de maneira muito melhor do que em apostas!

— Você não entendeu o ponto. Ele apostou como se não fosse nada. Cada um de nós puxou uma carta. Aquele com a carta mais alta vencia. Eu ganhei, Selena. Ele cancelou minha dívida e depois me proibiu de voltar. Ele estava com raiva de mim por vencer.

Para sua surpresa, o rosto dela se suavizou ao balançar a cabeça.

— Não acho que foi por isso que ele o proibiu de voltar ao clube.

— Claro que foi. Ele é esse tipo de homem. Ninguém o contraria. Ninguém. Ele não vai gostar nada de ser usado por você.

— Estou bem ciente desse fato.

— Você deveria escolher algum plebeu que nunca mais verá na vida. O que estava pensando ao selecionar um homem cuja família é o assunto de toda Londres? Isso não é nada discreto.

— Gostei do sorriso dele.

— Selena.

— Não se preocupe, Winslow. Meu segredo estará seguro com ele. — Ela começou a andar, mas parou e voltou-se para ele, a testa profundamente franzida. — Onde está a estátua de Atlas que ficava naquele canto?

Ele a vendera. As poucas moedas que lhe renderam permitiram que mantivesse sua amante feliz com pequenos mimos.

— Reorganizei algumas das decorações.

Ele observou enquanto ela olhava lentamente pela sala, percebendo toda vez que ela notava a ausência de algo.

— Você está vendendo coisas — afirmou ela, a voz calma.

— Aqui e ali — admitiu ele.

Ela o encarou.

— Aquela estátua era a favorita de papai.

— Ele não está mais aqui para aproveitá-la, não é? Ela será mais útil para nós em outros lugares.

— Presumo que este não é o único quarto que não é mais como antigamente.

— Nada em nossa vida é como antigamente. Sinto muito, Selena, por ter sido negligente em minhas responsabilidades. Vou fazer a minha parte.

— É tudo o que peço.

Ele só podia esperar que, se ela fosse pedir algo no futuro, fosse em um horário mais razoável.

Capítulo 16

NA TARDE SEGUINTE, ENQUANTO a carruagem trotava pelas ruas, Selena decidiu que não se importava se seria castigada por se comportar de uma maneira imprópria para uma recém-viúva. A alegria das meninas pela oportunidade de se distrair do período de luto valia qualquer olhar de desaprovação que pudesse receber.

— Não lembro de lady Aslyn ter nos visitado no dia do funeral — disse Connie, sentada no banco em frente a Selena, com Flo.

— O marido dela ainda não é totalmente aceito pela nobreza — explicou Selena. — Ela não compareceria sem ele, mas me enviou uma carta bastante agradável, expressando suas condolências.

— E foi assim que ela nos convidou para esta nobre atividade?

— Sim.

Não. A carta de lady Aslyn expressara apenas sua tristeza pela morte de Lushing. Ela esperava que Aiden tivesse informado à cunhada de que ela supostamente convidara Selena e as irmãs. Caso contrário, as coisas podiam acabar mal.

— Não estou muito convencida de que deveríamos ir — afirmou Flo, com a testa profundamente franzida.

— Vamos fazer uma boa ação, ajudar uma jovem em seu empreendimento para crescer na vida. Até uma pessoa de luto é perdoada por algo assim.

— É mesmo? — perguntou Flo.

— Sim, é claro.

Ela não precisava que a irmã insistisse naquela história.

— Eu acho emocionante — apontou Alice, de seu lugar ao lado de Selena. — Pense em todos os livros que vamos colocar as mãos ao guardá-los nas estantes. Vamos construir uma livraria!

— Não devemos sentir nenhum tipo de empolgação durante o luto — retrucou Flo. — É por isso que questiono tudo isso. Estamos sorrindo um pouco demais.

— Gosto de acreditar que Lushing aprovaria nossa missão. — Selena ajeitou a luva, achando mais fácil olhar para o couro do que encarar o olhar inquisitivo da irmã. — Ele gostava de nos ver felizes, e não gostaria que ficássemos tristes demais.

— Nossa mãe, por outro lado, provavelmente está rolando no túmulo — continuou Flo, apertando os lábios em reprovação, antes de sussurrar severamente: — Os Trewlove são todos... *bastardos.*

— Não é uma doença, Flo — respondeu Selena com severidade. — Não é contagioso.

— Mas associar-se a eles é escandaloso. Isso pode prejudicar nossas perspectivas de casamento.

O objetivo de tudo aquilo era melhorar as perspectivas de casamento das irmãs, embora Selena não pudesse lhes explicar. Mas, antes que pudesse pensar em uma resposta apropriada para acalmar a mente da irmã, Alice voltou a falar:

— Não é culpa deles. Deveríamos culpar as pessoas por coisas que não são culpa delas?

— Concordo com Alice — comentou Connie. — Até certo ponto. Estou pensando nisso como uma pesquisa. Nunca falei com um inferior antes.

— Eles não são inferiores — retorquiu Selena, não ficando nada feliz com os olhos arregalados das irmãs caindo nela com todo o peso de sua surpresa.

— Você falou com eles? — perguntou Flo cautelosamente.

— Eu fui ao casamento de um deles, não fui?

Não que ela tivesse falado com algum Trewlove na ocasião, pois não participara do café da manhã após a cerimônia, mas era melhor deixar que as irmãs tirassem suas próprias conclusões. As meninas não haviam comparecido por não terem sido apresentadas à comunidade.

— Como eles são? — questionou Alice inocentemente.

— São pessoas. — Selena voltou a atenção para a paisagem fora da janela. — Com sonhos e ambições. Eles — *me fazem rir, me dão prazer, me fazem esquecer minhas tristezas quando estou em sua presença* — querem o que todos nós queremos: ser amados, felizes, ter abrigo, comida e roupas. Acho bastante louvável estarem tentando crescer na vida por meio de empreendimentos. Mick Trewlove tem um império na área de construção. Finn Trewlove tem uma fazenda de cavalos, onde ele e sua esposa, lady Lavínia, acolhem órfãos. A irmã deles, Gillie, que se casou com o duque de Thornley, tem uma taverna. E, agora, essa outra irmã terá uma livraria.

— E há o Trewlove que tem a casa de pecado para mulheres — lembrou Connie. — Para ser sincera, fiquei bastante intrigada com o local depois de ouvir as outras mulheres falando sobre ele no dia do funeral. Você já esteve lá, Selena?

— Estou de luto.

Não era uma mentira, mas também não era uma resposta.

— Quando você não estiver, você irá ao clube?

— Talvez todas nós iremos.

Tudo dependia do estado de seu relacionamento com Aiden.

— Você sabe muito sobre eles — apontou Flo.

— Eles são o assunto do momento. Por favor, comportem-se. — Selena precisava que Aiden achasse as meninas dignas de seu sacrifício. — Não queremos envergonhar lady Aslyn quando ela teve a gentileza de nos oferecer um alívio momentâneo para nossa tristeza. Simplesmente pense nesta ocasião como uma tarde de trabalho voluntário.

Ela avistou o Hotel Trewlove primeiro, grandioso e majestoso, dominando a rua, o bairro. Lushing havia planejado para que eles passassem uma noite em um dos quartos mais caros quando retornassem a Londres para a temporada. A aparição do duque garantiria que outras famílias nobres fossem ao local. Ele sempre fora humilde em relação à sua influência, mas a usava onde podia para ajudar os outros. De longe, o marido admirara Mick Trewlove por seus esforços em melhorar as áreas pobres de Londres. "Onde os outros veem decadência, ele vê o potencial", dissera Lushing uma vez. "Vamos oferecer nosso apoio e acelerar a aceitação dele pela alta sociedade." O duque tinha o costume de aceitar aqueles que eram renegados por outros.

Então, ela notou o homem encostado no poste do outro lado da rua do hotel e todos os pensamentos de Lushing fugiram de sua mente. O cocheiro parou e, antes que o lacaio pudesse descer e iniciar seus afazeres, Aiden estava abrindo a porta da carruagem e estendendo a mão para ela. Selena aceitou o gesto e pousou a mão na dele, mas temeu que as irmãs pudessem ouvir as batidas selvagens de seu coração. Ele a ajudou a desembarcar e imediatamente voltou para fazer o mesmo com cada uma das meninas.

Quando todas estavam na calçada de tijolos do lado de fora do Empório de Livros Fancy — as letras estampadas de forma elaborada e com um floreio de ouro em uma das janelas —, Selena disse:

— Sr. Trewlove, lady Aslyn foi muito gentil em nos convidar. Permita-me a honra de apresentar minhas irmãs.

Mesmo que ela soubesse que, na verdade, deveria estar apresentando-o a elas. Ele estava virando a vida dela de cabeça para baixo e, para ser sincera, Selena não se importava.

— Lady Constance e lady Florence.

Ele inclinou a cabeça levemente.

— Senhoritas, é um prazer.

— Você não saberia olhando para elas, mas são gêmeas.

— Como meu irmão Finn e eu. — Ele deu uma piscadela. — Embora tenhamos nascido com seis semanas de diferença.

— Sua mãe manteve um de vocês no ventre por seis semanas? — indagou Flo.

Aiden sorriu.

— Não. Temos mães diferentes.

— Então vocês não são gêmeos.

— Suponho que não no sentido clássico.

Não seria bom se Flo continuasse a discutir com ele.

— E esta é lady Alice — interrompeu ela, esforçando-se para que a conversa voltasse para onde deveria.

O sorriso dele para Alice era cheio de ternura e bondade, como se ele reconhecesse que as perdas da vida foram mais difíceis para ela por sua tenra idade.

— A apaixonada por livros.

Os olhos de Alice se arregalaram e seu queixo caiu.

— Como você sabe disso?

— Tenho certeza que mencionei isso quando conheci o sr. Trewlove no casamento de lady Aslyn.

A mentira saiu com tanta facilidade e rapidez que Selena ficou um pouco perturbada.

— Você gosta de livros? — perguntou Alice.

— Adoro — respondeu Aiden. — Assim como minha irmã Fancy. É por isso que ela está se cercando deles. Venham, senhoritas. Vamos colocar todos vocês para trabalhar.

Ele as conduziu até a porta e a abriu. Alice pulou para dentro do prédio. Flo e Connie entraram com um pouco mais de decoro, mas Selena podia sentir a antecipação emanando delas. Selena, no entanto, temendo que a tarde fosse terminar em um desastre, parou ao lado dele.

— Lady Aslyn sabe que eu disse a elas que o convite partiu dela?
— Todo mundo sabe o que precisa saber.
— Você contou... *tudo*?
— Não é da conta deles, querida.
— Mas eles ficaram curiosos, certamente.

Aiden colocou um dedo sob o queixo e o levantou de leve.

— Eles sabem que eu a conheci no meu clube. Sabem que estou interessado em você. E sabem como segurar a língua. Você e suas irmãs estavam apenas precisando de uma distração, e pensei em providenciá-la. Você está segura conosco, Selena.

Não, não estava. Sempre que ele estava perto, ela corria o risco de perder o coração.

Ele falou a verdade. Não precisara contar muito à família para que eles cooperassem. Sabiam que Aiden a conhecera no clube — embora ele não tivesse dito há quanto tempo, deixando-os presumir que seus caminhos haviam se cruzado antes que ela se tornasse viúva. Apenas admitiu que Selena o interessava e explicou que queria que ela e as irmãs espairecessem um pouco.

Então, não foi uma surpresa ver sua família observando atentamente as senhoritas ao lhes dar boas-vindas. Obviamente, ajudou que elas já conhecessem a esposa de Mick — lady Aslyn — e a esposa de Finn, lady Lavínia. Também ficou claro que elas conheciam o duque de Thornley — o marido de Gillie —, pois o cunhado era um nobre bem colocado e influente, provavelmente colega do falecido marido de Selena. Enquanto Thorne assumia o controle da situação, apresentando Fancy, Mick, Finn e Fera, lady Aslyn saiu do círculo, andou em sua direção e pegou a mão de Selena.

— Lamento muito saber da morte de Lushing. Você tem minhas mais profundas condolências.

— Sua carta foi muito gentil e apreciada.

— Eu deveria ter ido pessoalmente para lhe oferecer conforto, mas...

A voz dela sumiu, e ela pareceu bastante desconfortável com o caminho que as palavras estavam tomando.

— Nós não somos o grupo mais receptivo — afirmou Selena, com um sorriso gentil que fez o estômago de Aiden espremer.

Por que ela tinha que ser tão gentil?

Aslyn riu levemente.

— Não, não somos. Venha, vou apresentá-la a todos.

Assim, ela colocou Selena sob suas asas. Aiden queria fornecer abrigo e conforto a ela, mas seria relegado a fazer tudo das sombras, escondido. Seu pai o havia escondido, não ficava feliz por sua existência. Por mais sucesso que tivesse, nunca era o suficiente para torná-lo respeitável.

— Você já beijou ela, chefe?

Aiden olhou para o pequeno pirralho que havia morado na taverna de Gillie, mas passara a residir na fazenda de cavalos com Finn. O menino provavelmente tinha 8 anos ou mais, embora eles não tivessem certeza. Sabiam apenas que ele era órfão, como muitos.

— Um cavalheiro nunca revela, Robin.

— Mas você não é um cavalheiro. Você é um canalha. É o que mamãe diz.

Mamãe. Lavínia. O garoto gostara rápido de ter uma família.

— Ela não sabe tudo.

A expressão de Robin ficou amotinada, sem dúvida porque acreditava que Aiden havia insultado a mulher que ele considerava como mãe, e Aiden esperou que o garoto o atacasse com os pequenos punhos.

— Embora, nesse assunto em particular, ela esteja correta. Eu sou um canalha.

— E um preguiçoso, para piorar — disse Fancy enquanto se aproximava, um sorriso brilhante enchendo seu rosto de alegria. Ela colocou a mão no topo da cabeça de Robin. — Por que você não ajuda o duque a colocar os livros nas prateleiras? Ele está trabalhando na seção de animais.

Com uma saudação rápida, o menino saiu correndo.

— A seção de animais? — questionou Aiden.

— Se você tivesse se juntado a nós um momento atrás, saberia que eu dividi a loja em seções de acordo com o gênero dos livros encontrados.

Ela balançou um papel almaço com uma espécie de layout e marcações. Fancy faria 18 anos em apenas alguns meses, mas já tinha uma boa cabeça para os negócios, sem dúvida tendo aprendido bastante com os irmãos mais velhos. Mick a enviara para uma escola de bons modos para sua apresentação à sociedade. O desejo dele de ver Fancy bem situada entre a nobreza tinha sido uma das motivações do irmão para alcançar o sucesso.

— Há um salão de leitura lá em cima — continuou a irmã. — Tem algumas caixas marcadas com "S". Você pode levá-las para cima e ajudar a duquesa a colocar os livros na prateleira...

— Qual duquesa?

Havia Selena, é claro, mas sua irmã, Gillie, também era uma duquesa... Não que estivesse confortável com o título.

Fancy sorriu.

— Aquela pela qual você está interessado, claro. Pensei que você gostaria de ter uma tarefa que o deixasse um pouco mais afastado dos olhos alheios. Ela parece bem simpática. Gostei das irmãs dela.

Ele não achava que havia uma alma no mundo inteiro que Fancy não gostava. Ela tinha uma visão bastante inocente da vida, mas, também, ele e os irmãos garantiram que ela fosse protegida de toda a dureza que haviam enfrentado.

— Você é uma espertinha.

— Obrigada.

— Isso não foi um elogio.

— Você é um mal-agradecido. Você a ama?

O que ele sentia por Selena desafiava suas convicções, mas ele não era tolo o suficiente para abrir mão de seu coração, por mais que ela estivesse o atraindo com força.

— Você é muito romântica, Fancy. Agora me mostre onde estão essas caixas.

Ela o levou para o depósito, mas, ao ser deixado sozinho, Aiden não começou a tarefa imediatamente. Em vez disso, resolveu avaliar as irmãs de Selena. Então, vagou pelo labirinto de estantes que a irmã sentiria felicidade ao ver quando estivessem cheias com os livros que acumulara durante os anos. Olhando pela borda de uma das estantes, ficou surpreso ao encontrar as gêmeas trabalhando juntas diligentemente— Florence de joelhos, sentada sobre os calcanhares, puxava um livro da caixa e entregava a Constance, que o colocava na estante.

— Isso pode se tornar a nossa vida — suspirou Florence. — Trabalhar o dia todo.

— Não vai ser assim — assegurou Constance. — Embora eu prefira me sentir útil. Às vezes, parece que só esperam que sejamos enfeites.

Florence estendeu o corpo, mas manteve os joelhos no chão.

— Por que você acha que estamos aqui? De verdade?

A voz dela era um sussurro baixo e conspiratório.

Constance pareceu estupefata.

— Bem, para ser útil.

— Você viu como ele olhou para ela? Aiden Trewlove? Marque minhas palavras. O convite veio dele, não de lady Aslyn.

— Mas Selena mal o conhece.

— É o que ela quer que pensemos. Mas por que ele estava nos esperando?

— Para ser simpático.

— Os olhos dele pegaram fogo quando ela surgiu. Ele a manteria aquecida em um dia de inverno.

— Todos os cavalheiros se animam quando a veem. Todos ficam encantados com a beleza dela.

— As bochechas dela estavam vermelhas como maçãs. Você já a viu corar antes? Acho que talvez ele tenha despertado seu interesse.

Constance riu levemente.

— Minha nossa, Flo. Acho que você está vendo coisas que não existem porque está entediada, porque nossa temporada atrasou. Mas, se estiver correta, não vou culpar nossa irmã. Sei que ela adorava Lushing, mas acho que nunca houve uma grande paixão entre os dois. Uma mulher precisa de paixão, pelo menos uma vez na vida. Eu suspeito que é por isso que o clube pecaminoso de Aiden Trewlove prosperará.

— Você está pensando em ir?

Constance deu de ombros.

— Estou curiosa. Você não está?

Afastando-se, sabendo que já havia escutado o suficiente de uma conversa particular, Aiden decidiu restringir a entrada em seu estabelecimento para pessoas com uma idade mais madura. Ele não precisava de jovens cometendo erros estúpidos. Por outro lado, era mesmo sua responsabilidade se tais jovens não estivessem sendo vigiadas por outros? Embora, mesmo quando as mães o abordavam e pediam a proibição do acesso de suas filhas ao clube, muitas vezes elas mudavam de ideia com alguns mimos. Lady Fontaine certamente o fizera. Ele recebera uma carta da mulher naquela tarde, afirmando que ela e a filha retornariam em breve. A massagem nos pés fizera mágica — como sempre fazia.

Ele localizou Alice no canto de trás da livraria, sentada no chão, as saias espalhadas ao redor, um livro aberto no colo.

— Você levará uma eternidade se parar para ler cada livro antes de colocá--lo em seu lugar.

Levantando a cabeça e fechando o livro, ela olhou para Aiden com olhos grandes e inocentes, as bochechas ficando rosadas.

— Ainda não tive a chance de ler este. Chegou tarde demais para eu receber como presente de Natal.

Agachando-se diante dela, ele notou o título. *Através do espelho.*

— Talvez Fancy permita que você compre hoje, mesmo que a loja ainda não esteja aberta. Você poderia ser a primeira cliente dela.

Lentamente, ela negou com a cabeça.

— É uma extravagância, e não posso pedir a Selena. Suas moedas são preciosas. — Seu rubor se aprofundou. — Eu não deveria ter revelado isso. É terrivelmente grosseiro falar em dinheiro.

— Será o nosso segredo.

Embora ele estivesse impressionado com o sacrifício da menina. A família dele crescera em número com nobres, mas sua opinião sobre a alta sociedade como um todo não era favorável. Ele via a nobreza considerando os centavos que podiam acrescentar aos seus cofres, e não pelo lado dos centavos que tirava dos cofres deles.

— Você é simpático.

Aiden deu uma piscadela.

— Isso também será um segredo nosso.

Ela riu, e Aiden entendeu muito bem por que Selena queria garantir que as irmãs fizessem bons casamentos. Ele conhecera muitas mulheres que sofreram abuso ou tiveram vidas duras, mulheres que envelheceram antes do tempo, desgastadas pelos fardos que a vida lhes dera para suportar. Fora por isso que todos apoiaram Gillie quando ela quis abrir a taverna; e Fancy, a livraria. Todos queriam que a caçula tivesse um bom casamento, mas se nenhum homem fosse sábio o suficiente para pedir a mão dela, ela teria como se sustentar, e seus irmãos tinham os meios para garantir que nunca passasse dificuldades. Alice não podia confiar em seu irmão da mesma maneira, apesar de seu título.

— Com licença, senhor.

Olhando para trás, Aiden se afastou quando o secretário de Mick, carregando uma caixa pesada, passou por ele.

— Lady Alice — disse o jovem, o rosto ficando de um vermelho escarlate que quase combinava com o tom de seu cabelo. — A srta. Trewlove acha que os livros desta caixa são mais adequados para essa parte da loja.

— Obrigado, sr. Tittlefitz.

Ele deixou a caixa no chão, deu um passo para trás e pareceu não saber o que fazer em seguida. Então, pigarreou e continuou:

— Ela também acha que eu deveria ajudá-la. Posso colocar livros nas prateleiras mais altas, se desejar.

— Isso seria adorável, obrigada.

Meneando a cabeça e se perguntando se a irmã mais nova estava brincando de casamenteira, Aiden foi buscar as caixas destinadas a ele. Ou a caixa, pois a que Fera lhe apontou no depósito era incrivelmente pesada. Ainda assim, ele a colocou no ombro, atravessou a loja e subiu as escadas para o que Fancy havia designado como um salão de leitura. De uma tarde anterior na qual ajudara a irmã, ele sabia que havia pequenos espaços para sentar por todo o espaço, e estantes de livros alinhavam cada lado da lareira e estendiam-se ao longo de uma parede. Os cômodos no andar de cima serviriam como os aposentos de Fancy, o que significava mais uma tarde transportando coisas — móveis e objetos pessoais — para cima. Não que ele estivesse reclamando. Sua mãe lhe ensinara que se fazia tudo pela família, sem reclamações.

Todos os pensamentos sobre tarefas futuras evaporaram quando ele cruzou o limiar da porta e viu Selena perto da janela, olhando para a rua abaixo e banhada pelo sol da tarde. Ele não gostava muito da roupa de viúva, de como o vestido lembrava que ela havia sofrido uma perda recente. Ela estava coberta até o queixo, até os pulsos. Ele imaginou o prazer que teria ao abrir todos os botões. Mesmo sabendo que ela pretendia apenas usá-lo, ele não conseguia deixar de desejá-la. Colocando a caixa no meio da sala, disse:

— Você não está trabalhando tanto quanto suas irmãs.

Com um sorriso suavizando seu rosto, ela o encarou.

— Eu estava apenas observando as pessoas vivendo suas vidas. É estranho como a vida de alguém pode estar de cabeça para baixo e, no entanto, o mundo continuar como se nada estivesse errado.

Juntando-se a ela, ele cruzou os braços sobre o peito e encostou um ombro na borda da janela.

— Tenho certeza de que há pessoas lá embaixo cujo mundo também está de cabeça para baixo.

— Mas você não saberia só de vê-las. Descobri que não é possível saber os problemas que uma pessoa enfrenta só de observar seu rosto. Todos usamos máscaras. Elas só não são tão visíveis quanto as usadas no seu clube.

— Você parece de mau humor.

— Menti para minhas irmãs. Estou mantendo segredos. Elas provavelmente não gostariam tanto desse passeio se soubessem o verdadeiro propósito por trás dele.

— Eu gostei delas.

Ela deu uma risada curta.

— É mesmo? Foi uma avaliação bastante rápida.

— As gêmeas fofocam. Alice lê. Elas não estão reclamando das tarefas que lhes foram dadas. Elas têm sonhos. Não são tão diferentes de Fancy.

— Você achou que seriam?

Aiden não tinha certeza do que havia esperado. Desejou ter conhecido Selena quando ela tinha a idade das irmãs. Quão inocente ela teria sido? O quanto o fardo de precisar cuidar da família lhe pesava? Finn era apenas um garoto quando se apaixonou pela mulher que acabou se tornando sua esposa. Na época, Aiden havia achado seu irmão um tolo, mas agora podia ver a vantagem de conhecer uma pessoa, de observar as circunstâncias lentamente moldando a garota na mulher que ela se tornaria.

— Se você tiver um filho — *se eu lhe der um menino* —, o que exatamente ele herdaria além de um título?

Apertando os lábios, Selena voltou a atenção para o tráfego na rua de paralelepípedos, para as pessoas andando apressadas na calçada de tijolos.

— A propriedade ducal, Sheffield Hall, e dois condados.

— Ele teria três títulos?

— Sim.

Três propriedades, três títulos. Ele nunca poderia oferecer aquilo a qualquer outro filho que tivesse, se tivesse.

— Onde fica Sheffield Hall?

— Kent.

— Quanto tempo de viagem?

— Algumas horas de carruagem.

Possivelmente seria mais rápido de trem, embora esse meio de transporte a colocasse em risco de ser vista com ele. Então, foi sua vez de observar as pessoas vivendo suas vidas. Ele sempre preferira as sombras da noite, mas como gostaria de caminhar com ela à luz do sol... de não ser um segredo que ela sempre teria que manter escondido. Mas um ducado e dois condados eram mais que Aiden jamais teria, e ele queria que os filhos tivessem mais que ele jamais conseguiria. Com um breve aceno de cabeça, afastou-se da janela.

— É melhor colocarmos a mão na massa.

Selena tocou-lhe o braço, e ele a fitou.

— Você proibiu Winslow, lorde Camberley, de entrar em seu clube de jogos. E cancelou a dívida dele.

— Eu não cancelei. Nós apostamos. Ele ganhou.

A expressão dela era cética.

— Acho que um homem tão habilidoso no jogo de conchas seria igualmente habilidoso quando se trata de cartas.

— Que cínica... — Embora ele soubesse exatamente onde encontrar o dois de copas, porque o colocara no fundo do monte antes mesmo de começar a embaralhar, e sabia como mantê-lo ali. Ele queria aliviar pelo menos um fardo dos ombros dela, mesmo que não pudesse garantir que Camberley não fosse apostar em outro lugar. — Mas estou surpreso por ele ter confessado tudo a você.

— Eu estava esperando na residência dele quando chegou em casa. Eu o proibi de jogar no futuro ou de desperdiçar tempo sem cuidar de seus deveres.

Aiden certamente admirava a determinação dela de cuidar do bem-estar das irmãs.

— Como ele lidou com isso?

— Não muito bem, mas entende a importância. Ele não tem uma opinião muito boa sobre você.

— Poucos homens que me devem dinheiro têm.

— E as mulheres com dívidas? Elas deveriam temê-lo?

— Se você não sabe a resposta para essa pergunta, não deve barganhar comigo.

Agachado, ele abriu a caixa, pegou um livro e estendeu para ela.

Selena fez uma expressão de horror quando se ajoelhou ao lado dele, pegou o livro, colocou-o de lado e fechou os dedos de leve ao redor do pulso avermelhado.

— Você realmente se machucou.

Aiden se arrependeu de não ter puxado as mangas da camisa ou do paletó antes de lhe oferecer o livro. Não gostara nem um pouco de quão vulnerável se sentira deitado na cama, incapaz de se libertar. Embora agora pudesse ver que ela estava igualmente amarrada, mas por laços invisíveis.

— Você achou que eu tinha mentido?

— Não, mas não sabia que era tão feio.

— Vai sarar.

— Temo que isso deixe cicatrizes, lembretes constantes do que fiz com você.

Levantando o braço dele até a boca, ela deu o mais suave dos beijos na pele ainda vermelha. O estômago de Aiden se apertou em um nó irritante. Ele não queria amolecer, precisava permanecer distante para ver o que o relacionamento deles poderia se tornar como um acordo de negócios, uma conveniência que elevaria o fruto de sua semente aos escalões superiores da sociedade. Mas, no momento em que a observara pela primeira vez, Aiden entrara em caminhos nunca antes percorridos, tomara ações que sabia que não levariam a um bom resultado. No entanto, lá estava ele mais uma vez, balançando-se na frente dela, dando-lhe permissão para fazer o que quisesse com ele.

— Maldita. Como conseguiu me enfeitiçar?

Segurando a bochecha dela com uma mão, entrelaçando os dedos no cabelo sedoso, ele a puxou e tomou sua boca como o desgraçado ganancioso que era, saboreando o gosto e o calor de Selena, a facilidade com a qual ela se rendia e se movia até não serem apenas os lábios se tocando, até que todo o corpo delicado estivesse aninhado ao dele. Seu plano de decidir de forma racional e esclarecida sobre se a levaria para cama novamente estava zombando dele. Sua resistência a ela era quase inexistente. A facilidade com a qual ela o controlava era pura e completa loucura.

Com muito cuidado, como se ela fosse feita de porcelana e se quebrasse facilmente, com as bocas coladas, ele a abaixou para o tapete Aubusson que dominava a área de estar. Precisava apenas levantar algumas saias e desabotoar a calça para possuí-la ali, naquele momento. Imprudentemente. Sem proteção, sem ter decidido se estava disposto a trazer uma criança ao mundo. Os suspiros e gemidos de Selena incendiaram seus desejos. A maneira como ela se movia debaixo dele, como se estivesse desesperada por tê-lo mais próximo, alimentava as necessidades de seu corpo, até que cada partícula de seu ser clamasse pelo calor aveludado que o envolvera na noite anterior, que quase o levara à loucura. Ele queria se enterrar nela, derramar sua semente, tanto quanto queria sair e poupá-la da possibilidade de dar à luz sua descendência. Mas era aquilo que ela queria, e ele a imaginou crescendo com seu bebê na barriga.

Segurou o rosto delicado entre as mãos e aprofundou o beijo, a língua imitando os movimentos que seu pau desejava fazer, empurrando, duelando. Por que ela tinha um gosto tão bom? Por que parecia que as mãos dela pertenciam às costas dele, acariciando, alisando, instando-o a se aproximar ainda mais? Por que...

Um pigarro alto o fez virar a cabeça e encontrar Fera, que estava do lado de fora da porta, segurando uma caixa. Selena soltou um pequeno barulho de angústia, apertou-lhe a camisa e enterrou o rosto no peito dele. Embora ser flagrada em uma posição tão íntima fosse embaraçoso para uma mulher, ele não podia deixar de se perguntar se ser flagrada com ele a deixava ainda mais envergonhada.

— Fancy está trazendo as meninas para ver o salão de leitura.

A voz do irmão era baixa, quase inaudível, e não denotava surpresa alguma com o que havia testemunhado. Mas, então, Fera sempre tivera um talento especial para ver as coisas como elas eram de verdade, e nunca fora de fazer julgamentos.

— Pensei que elas trabalhariam nas estantes do andar de baixo.

Era o que as irmãs de Selena estavam fazendo quando as vira pela última vez.

Fera deu de ombros, entrou e largou a caixa no chão.

— Fancy decidiu que todos precisavam de uma pausa.

Depois de bater suavemente na mão de Selena para fazê-la soltar sua camisa, Aiden se pôs de pé e a ajudou a levantar. Ela começou a passar a mão freneticamente no cabelo. Ele segurou as mãos delicadas, interrompendo sua arrumação.

— Você está ótima. — Exceto pelo vermelho das bochechas, que indicavam sua vergonha. — Fera é hábil em guardar segredos e esquecer as coisas que vê.

Ela deu a Fera um olhar furtivo.

— Obrigada pelo aviso.

Não que eles tivessem precisado. Aiden ouviu as vozes femininas subindo as escadas, embora ele estivesse sem dúvida sendo bastante otimista em acreditar que as teria notado enquanto estava perdido nos lábios de Selena.

As meninas cruzaram o limiar com Fancy na liderança.

— O salão de leitura — anunciou ela com carinho e com os braços abertos, antes de fazer uma careta para Aiden. — Vocês não fizeram muito progresso.

— A duquesa e eu estávamos discutindo a melhor forma de organizar os livros.

Ela estreitou os olhos, como se suspeitasse que o motivo para o atraso fosse outro. Então, continuou o que estava fazendo, abrindo os braços para abranger a totalidade da área.

— Aqui, as pessoas poderão ler pelo tempo que quiserem.

— Depois que comprarem os livros — ressaltou Aiden.

— Não. Será como uma biblioteca, exceto que não cobrarei uma taxa de inscrição.

— Fancy, você administrará um negócio. Não pode simplesmente oferecer coisas para as pessoas. Os livros custam dinheiro.

— Não sou idiota, Aiden. Estou ciente de como os negócios funcionam.

— Então você quer lucrar.

— Mas também não sou gananciosa. Um lucro modesto será o suficiente. Além disso, pretendo receber doações para manter o salão de leitura.

Ele desviou o olhar para Fera, que levantou um canto da boca. Nada daquilo era novidade para o irmão, o que imediatamente atiçou a desconfiança de Aiden. Ele não passara muito tempo com a família nos últimos tempos, e teve a sensação de que aquilo estava prestes a ter seu preço. Voltou sua atenção para a irmã.

— De quem você coletará essas doações? Dos seus irmãos?

— Só no começo. Depois, de outras pessoas com inclinação para a caridade. Como a duquesa, por exemplo.

Aiden suspirou. A duquesa não podia se dar ao luxo de ser caridosa — a menos que ele lhe desse um filho. Mas Fancy não precisava saber daquilo.

— Também vamos ensinar as pessoas a ler — continuou ela. — Daremos aulas em algumas noites da semana. Como sabem, grande parte da população pobre não recebe educação.

Era uma das coisas que a mãe deles insistira: os filhos frequentariam as escolas beneficentes.

Embora fosse apenas por metade do dia, até os 11 anos de idade, a mãe nunca permitira que eles faltassem um único dia — mesmo quando estavam doentes. Ela queria lhes dar todas as vantagens que pudesse.

— Aulas? Quem dará aulas?

— O sr. Tittlefitz e eu, a princípio. Talvez até você possa dar alguma.

— Gerencio meus negócios à noite.

— Então marcarei uma aula à tarde. Podemos discutir isso depois. No momento, quero fazer um tour com as nossas convidadas e ouvir suas opiniões de como posso melhorar a livraria. Senhoritas, vamos?

Fancy começou a conduzi-las pela sala, explicando como pensava que uma das áreas atrairia homens, a outra atrairia damas e, outra, mães com seus filhos.

— Você não vai dizer não a ela, vai? — A pergunta de Selena parecia mais uma declaração.

Ele a encarou.

— Ela tem um jeito de nos deixar na palma de sua mão.

— E você financiará a biblioteca gratuita.

Ele suspirou, tentando parecer irritado. Não precisava que Selena soubesse a facilidade com a qual ele poderia ser conquistado.

— Suspeito que todos nós vamos.

— É o que se faz pela família.

Ele sabia o que ela estava dizendo, o que ela estava explicando com tão poucas palavras. Assim como ele faria tudo ao seu alcance para garantir que Fancy fosse feliz, que ela tivesse tudo o que queria, desejava e necessitava, Selena faria o que fosse necessário para proteger as irmãs e ajudá-las a realizar seus sonhos.

Capítulo 17

DEPOIS QUE SUAS IRMÃS e os outros retornaram ao andar de baixo, ela e Aiden trabalharam em silêncio, colocando os livros nas prateleiras em lados opostos da lareira — como se ele soubesse que, se estivessem ao alcance um do outro, se colariam novamente como se não tivessem mais escolha, como se seus corpos, agora familiares um ao outro, tivessem se magnetizado e sempre buscassem união.

Selena ficou fascinada ao ver a interação dele com a irmã, a camaradagem entre eles, percebendo que o tom irritado que Aiden usara era brincadeira e que a irmã sabia. Fancy teria sua livraria, onde as pessoas que podiam se dar ao luxo de comprar um livro o fariam, e seu salão de leitura, onde pessoas com menos recursos poderiam se perder nas páginas, onde aqueles que talvez nunca conhecessem a magia dos livros pudessem aprender a ler e, ao fazê-lo, melhorar de vida.

Selena tinha tomado sua riqueza como certa até a morte dos pais, quando descobrira que tudo era mentira. Embora tivesse o privilégio de saber ler, nunca lhe ocorrera trabalhar, porque as pessoas de seu nível não se rebaixavam a atividades degradantes. E, no entanto, desde o momento em que cruzara o limiar da loja, estava fascinada com a empolgação de uma jovem à beira de administrar seu próprio negócio. Fancy poderia fazer o que quisesse com a livraria, poderia decorá-la a seu gosto. Ela determinava como os cômodos seriam arranjados, como os livros alinhariam as prateleiras. Tanto poder. Tanto risco. Mesmo assim, Selena suspeitava que o risco aumentava a excitação, porque quando se tinha muito a perder, alcançar o sucesso seria ainda melhor.

— Em que está pensando?

Ela quase pulou de susto, só então notando Aiden encostado ao lado da lareira, os braços cruzados sobre o peito. Por que ele sempre parecia tão masculino e forte? Por que seu primeiro pensamento ao vê-lo era sempre o quanto desejava envolver os braços em volta do pescoço dele, ficar na ponta dos pés e beijá-lo?

— Estava tentando lembrar se já li este livro.

— Mentirosa.

Selena riu levemente, se perguntando se algum dia seria capaz de manter um segredo dele, se gostaria de fazê-lo. O relacionamento deles, apesar dos enganos iniciais, era o mais honesto que já tivera.

— Você me pegou. Estava pensando em como é maravilhoso sua irmã ter essa oportunidade. Como ela é corajosa em se arriscar sem saber o resultado. Ela pode falhar.

— E pode ter sucesso.

— Exato. Todos na sua família são sempre tão otimistas?

— A vida raramente recompensa os fracos de coração.

Ela balançou a cabeça.

— Eu gostaria de ter a coragem de sua irmã.

— Você veio ao meu clube, a mim. Você se casou com um homem que não amava para proteger sua família. Não são atos de uma covarde.

— Eu fiz tudo por medo.

— Não é corajoso se não há medo.

Ela estava com medo. Medo da farsa que queria cometer, medo da culpa que nutria pela injustiça com Lushing, medo de perder Aiden.

— O que você teme? — perguntou ela.

— Muitas coisas para contar.

— Não tenho certeza se acredito.

Estendendo a mão, ele roçou os nós dos dedos ao longo da bochecha de porcelana.

— Tenho medo de decepcioná-la.

— Por não me dar o que preciso?

Teria Aiden tomado sua decisão? Ele não achara as irmãs dela dignas de seu sacrifício? Não a considerava digna?

— Desculpe por interromper novamente.

Daquela vez, nenhum deles se assustou com a voz de Fera. Eles não estremeceram, não recuaram, não tentaram se esconder. Aiden apenas virou a cabeça para olhar para o irmão, uma sobrancelha erguida em pergunta.

— Mamãe já preparou o jantar. Estamos indo comer agora.

Com as palavras do homem, Selena falou:

— Ah! Minhas irmãs e eu devemos ir, então.

— Vocês estão convidadas — informou Aiden.

— Não poderíamos impor nossa presença.

— Não é uma imposição. Minha mãe já contava com a presença de vocês e preparou comida mais que suficiente. Vamos jantar no salão do hotel, do outro lado da rua.

Selena foi dominada pelo pânico.

— Nós não podemos comer lá. Não podemos ser vistos em público.

— A sala foi fechada para nossa reunião particular. Entraremos pela porta de trás. Ninguém verá vocês.

— Nós não podemos...

— Minha mãe teve muito trabalho.

— Bem, ela não deveria. Nosso acordo era ajudar na loja, não jantar com sua família.

— Preciso de mais tempo para observar suas irmãs.

Afastando-se dele, ela queria bater nas prateleiras. Notou que o irmão dele não estava em lugar algum, sem dúvida descera as escadas para se preparar para ir ao hotel — ou talvez tivesse sentido a tensão e percebido que os dois precisavam conversar em particular.

— Você deveria ter as observado a tarde toda, em vez de ficar aqui, comigo.

Selena deveria ter pensado naquilo antes, deveria ter insistido para que ele não a ajudasse. Só que gostava muito da presença dele. E, como consequência, Aiden não conseguira fazer uma avaliação.

— Observá-las colocando livros nas prateleiras dificilmente me diz o que preciso saber. Do que você tem medo, Selena?

Que ela pudesse gostar mais dele do que já gostava, que vê-lo com a família a faria reconsiderar seu plano estúpido.

Mais uma vez, Aiden tocou os nós dos dedos na bochecha dela.

— É apenas um jantar.

Com ele, nada era "apenas" alguma coisa. Mesmo assim, Selena não gostava da ideia de ir embora sabendo que a mãe dele tivera trabalho para fazer o jantar. Além disso, estava curiosa sobre a mulher. Ettie Trewlove não estava na livraria, então ainda não a conhecera. Perguntava-se que tipo de mulher providenciaria um lar a bastardos quando muitos não os consideravam dignos de nem sequer um olhar. Enquanto o filho dela seria considerado legítimo sob a lei, na verdade seu status iria espelhar o do pai, porque ela não estaria casada com o genitor da criança.

Ela assentiu.

— Se você garantir que não seremos vistas.

Aiden abriu um sorriso triunfante.

— Eu sou um planejador nato.

Tomando o braço dela, ele a guiou escada abaixo até o salão principal da loja. Suas irmãs estavam perto da porta, parecendo um pouco preocupadas e incertas. Fancy também não parecia saber o que fazer com as convidadas.

— Vamos jantar com eles? — perguntou Connie, assim que bateu os olhos em Selena.

— Sim. Eles gentilmente nos convidaram e achei que deveríamos aceitar.

— Estamos de luto.

As palavras foram sussurradas no mesmo tom que alguém poderia usar para anunciar que não estava completamente vestido.

— Asseguraram-me de que não seremos vistas, e não é como se fosse um jantar formal, com muitos convidados.

— Mas não estamos vestidas para o jantar.

— Não precisam se preocupar — anunciou Aiden com autoridade. — Nós nunca nos vestimos formalmente para o jantar. Venham comigo.

Era difícil discutir com um homem tão rápido, que em um piscar de olhos já estava conduzindo todas pela porta. Selena não estava acostumada à impaciência dele, e temia que ele visse a natureza argumentativa de Connie de uma forma ruim e decidisse que ela não valia a pena.

— Vai ser adorável — garantiu ela às irmãs, olhando para trás e vendo Fancy trancar a loja.

Quão maravilhoso devia ser a sensação de ter tanta independência, de possuir algo de valor que, simultaneamente, agregava importância e estima pessoal. De repente, ficou impressionada ao perceber que não *possuía* nada. Ah, tinha roupas e algumas joias, mas uma casa, carruagens, cavalos... Ela as usava, mas não eram dela. Nem a casa de viúva lhe pertencia.

Em silêncio, eles atravessaram a rua. Aiden as levou por um beco e por um jardim que logo estaria todo colorido com as flores da primavera, pois era evidente que era bem cuidado. Vários bancos onde era possível descansar estavam alinhados em diferentes caminhos. Ela gostaria de explorar a área, mas ele as acompanhou até uma porta — a entrada dos funcionários —, a abriu e as guiou para dentro.

Os olhos de suas irmãs estavam arregalados enquanto atravessavam as cozinhas, e ocorreu-lhe que talvez nunca tivessem visitado uma. Todas haviam sido educadas para administrar uma casa e seus funcionários, mas já tinham visto os empregados em suas tarefas? Selena duvidava porque, em retrospecto, tinha que admitir que se encontrava com a governanta para discutir assuntos da propriedade, mas nunca a visitara na área de serviço.

As pessoas continuaram com seu trabalho, o que certamente não teria acontecido se soubessem que estavam na presença de uma duquesa. Mas os Trewlove não eram arrogantes. Aiden e a irmã cumprimentaram aqueles por quem passavam, faziam algumas perguntas sobre saúde e famílias e continuavam a andar. Eles estavam confortáveis ali, dentro do domínio do irmão, e Selena suspeitava que eles se sentiam da mesma forma nos empreendimentos dos outros. Ela se lembrou de Aiden lhe dizendo como todos eles compartilhavam tudo o que aprendiam e sabiam. Cada um trabalhava para ajudar o outro a crescer e, assim, também evoluíam. Vendo tudo aquilo em primeira mão, Selena não deixou de acreditar que ele poderia comparar o que ela estava fazendo por sua família com as decisões que ele mesmo havia tomado para beneficiar os irmãos. O pensamento lhe dava esperança de que ela poderia voltar ao Elysium ainda naquela noite para continuar com seu plano, com Aiden como um parceiro disposto a ajudá-la em seu desejo de ter um filho.

Ele abriu a porta que os criados usavam para entrar na sala de jantar, e Selena acompanhou as irmãs através dela. Uma mesa comprida com uma toalha de mesa branca havia sido montada do outro lado da área grandiosa, longe da porta e da parede de janelas que davam para o saguão. Ela tinha certeza de que a porta estava trancada, mas também havia um lacaio atento do outro lado — sem dúvida para explicar às pessoas que o salão havia sido reservado para uso particular naquela noite. As cortinas das janelas que davam para a rua estavam fechadas, criando uma atmosfera bastante íntima para a reunião.

Todas as pessoas que ela conhecera mais cedo naquele dia e as que conhecia de antes estavam conversando perto da mesa. Fancy caminhou em direção ao grupo, cumprimentando uma mulher mais velha que se separou dos outros. Seu cabelo era uma combinação de fios brancos e pretos puxados para trás em um simples coque. Ela era de baixa estatura e tinha curvas um pouco mais arredondadas, mas não era gorda. Selena decidiu que abraçá-la seria como abraçar um travesseiro macio: reconfortante.

O que foi exatamente o que Aiden fez ao se aproximar da mulher. Ele se inclinou um pouco e a abraçou, e algo dentro do peito de Selena se apertou com a demonstração de carinho. Estava acostumada a ver homens que se mantinham eretos, a postura perfeita, apenas fazendo reverências, às vezes estendendo a mão, pressionando um beijo em uma — não recebendo uma mulher com um abraço num gesto de familiaridade que parecia tão natural, como se tivesse sido feito centenas de vezes. Ela não conseguia se lembrar de ter visto Winslow abraçar a mãe daquela maneira. Mas era óbvio que a sra. Trewlove cumprimentava seus filhos como se estivesse realmente feliz em vê-los.

Ela saiu do abraço de Aiden. Com o braço apoiado de leve nos ombros dela, ele guiou a mãe na direção de Selena e suas irmãs, e ela percebeu que aquilo — não trabalhar na livraria — era o teste que ele elaborara para as irmãs. Ele julgaria o caráter e valor das meninas com base no comportamento que teriam na presença de sua mãe.

Lágrimas pinicaram seus olhos ao compreender quanto a mulher que o criara era importante para ele. Aiden era um homem que encorajava o pecado, que lucrava com vícios, que — segundo todos os relatos — era um canalha, mas amava a mãe, amava sua família. E se suas irmãs fossem o mínimo des-respeitosas, tudo estaria perdido. Mas, assim como Selena tivera confiança quando jogaram bilhar, ela tinha confiança na bondade de suas irmãs. Sabia que venceria ali, também.

— Mãe, eu gostaria que você conhecesse Selena Sheffield, duquesa de Lushing.

A etiqueta adequada ditava que um plebeu deveria ser apresentado aos nobres, mas Selena já havia dispensado as boas maneiras quando apresentara Aiden às irmãs mais cedo. Além disso, ela entendera que poderia haver títulos naquela sala, mas não havia níveis. Sem dúvida, à mesa, haveria um arranjo confuso de assentos. Nenhuma procissão organizada para a área de jantar, nenhuma cadeira designada com base em posição na ordem social. Com a apresentação, Aiden estava deixando algo claro: ele não dava a mínima para regras de etiqueta ou linhagens; ninguém estava acima da mulher santa que o acolhera e o criara como seu. Ah, sim, aquele era o desafio que suas irmãs deveriam passar. *Prestem atenção, meninas.*

Ela fez uma reverência, não tão baixa quanto faria com a rainha, mas ainda com uma demonstração de deferência.

— Sra. Trewlove, estou honrada em conhecê-la. Foi muito gentil de sua parte nos convidar para jantar com sua família. Permita-me a honra de apresentar minhas irmãs, srtas. Constance, Florence e Alice.

Connie e Flo fizeram reverências respeitosas. O mergulho de Alice, um pouco mais entusiasmado, foi acompanhado por um sorriso carinhoso.

— É um prazer, sra. Trewlove.

Selena notou a aprovação nos olhos de Aiden, o triunfo nas profundezas escuras, e sentiu como se a vitória dele fosse a dela. Teria sentido o mesmo quando ela o derrotara no bilhar? Teria ele ficado tão feliz por ela ter vencido naquele momento quanto ela estava por ele agora? Percebeu que nunca quisera vê-lo derrotado.

— Foi muito gentil da sua parte ajudar Fancy com a livraria — disse a sra. Trewlove. — Agora venham comer antes que a comida esfrie.

Girando nos calcanhares, ela se dirigiu para a mesa, o que parecia ser um sinal para todos os outros, porque eles se espalharam, reivindicando assentos aleatórios — exatamente como Selena havia imaginado que fariam.

— Senhora e senhoritas.

A voz de Aiden estava cheia de calor que a alcançou e a envolveu.

Quando todos se sentaram, ela se viu ao lado de lady Aslyn. O marido dela sentara-se em uma das extremidades da mesa comprida, e a mãe no outro extremo. Suas irmãs sentaram-se ao lado de Selena, da mais nova às mais velhas. Aiden estava à sua frente. Os outros dois irmãos estavam sentados perto da mãe. As esposas sentavam-se ao lado dos maridos. O sr. Tittlefitz estava presente, assim como o garoto Robin.

Pratos e tigelas variados cobriam a mesa. Mick Trewlove levantou-se e começou a cortar uma carne assada de aparência bastante pesada.

— Passem seus pratos!

— Não há criados? — sussurrou Connie.

— É melhor aprender como é feito quando não há empregados, pois podemos não ter nenhum em breve — respondeu Flo, em voz baixa, mas Selena ainda ouviu.

Foi interessante ver os pratos de porcelana percorrendo a mesa vazios quando entregues a Mick, cheios de tiras de carne quando ele os devolvia. Quando todos os pratos estavam descansando na frente dos presentes, as pessoas começaram a pegar tigelas, adicionando batatas, ervilhas e cenouras à refeição antes de entregar a cerâmica para a próxima pessoa.

— Pão! — gritou Finn.

Aiden pegou um pão de uma cesta de vime e o atirou ao outro lado da mesa. Finn o pegou do ar.

— Meninos! — repreendeu Ettie Trewlove. — Nós temos companhia. Comportem-se!

Selena imaginou que a mulher passara boa parte de sua vida dizendo aos meninos para se comportarem.

Obviamente, quando ela falou, eles obedeceram, porque a cesta de pão foi passada até a outra ponta da mesa.

Um criado serviu o vinho. Selena observou que Gillie, a duquesa de Thornley, grávida, negou a oferta quando o empregado lhe ofereceu o Bordeaux. As fofocas diziam que ela estava grávida quando se casou com o duque, mas a profunda devoção refletida nos olhos do homem sempre que olhava para a esposa dizia a Selena que ele não se casara por causa da gravidez, mas apenas porque amava a mulher intensamente.

Lady Aslyn tomou um pequeno gole de vinho, e Selena achou que ela também poderia estar esperando um bebê, pois seu marido estava particularmente solícito, como se de repente ela estivesse frágil — quando Selena sabia que a mulher era forte como um carvalho. Como Selena, ela perdera os dois pais de uma só vez — um acidente ferroviário —, mas em uma idade muito mais jovem. Elas encontraram conforto uma na outra para em lamentar suas perdas. Aslyn havia se tornado a protegida do rico e poderoso duque de Hedley — que se parecia muito com o marido. Corria o boato de que Mick Trewlove era o bastardo do nobre, embora Selena não pudesse imaginar o duque sendo infiel à sua duquesa.

Lady Lavínia se entregou ao bom vinho, um sinal de que talvez ainda não estivesse grávida. Também não estava casada havia muito tempo. Mas, com base na maneira como o marido, Finn, continuamente tocava sua mão, acariciava seu braço, enfiava uma mecha de cabelo atrás da orelha, Selena tinha certeza de que Lavínia logo estaria à espera de um bebê. Era óbvio que o homem a adorava, e o sentimento era recíproco.

Todos aqueles casais refletiam o tipo de devoção que ela esperava ter quando se casou. Fera sorriu feliz para Fancy, e Selena percebeu com consciência crescente que a expressão de afeto fraterno do homem refletia muito a maneira como Lushing a olhava. Talvez a razão pela qual ele se desculpou ao ir para a cama dela pela primeira vez era porque seus sentimentos por ela eram mais fraternos do que maritais.

Ela não tinha realmente entendido a intimidade do ato, como ele poderia ligar duas pessoas. Ela com certeza entendia tudo agora, enquanto olhava para Aiden, do outro lado da mesa, observando a maneira como ele a fitava, como se estivesse se esforçando para memorizar a visão de Selena num jantar com sua família, porque seria uma ocorrência única.

As conversas fluíam ao seu redor, as vozes mais altas do que ela estava acostumada a ouvir durante uma refeição. Quando alguém ria, a pergunta "O que é tão engraçado?" ecoava pela sala, e uma história era recontada para que todos pudessem se alegrar: um cliente excessivamente bêbado na taverna que decidira tirar a roupa, uma mulher que havia trancado o marido do lado de fora do quarto do hotel porque ela não gostava do jeito que ele sorrira para as criadas. Depois, contaram histórias sombrias sobre crianças abandonadas que eram resgatadas por lady Lavínia, sobre os artigos que ela escrevia falando das mulheres que conhecera e estavam envergonhadas por ceder às suas paixões, que lhe entregavam seus bebês porque ela cuidaria bem de todos. Selena ouviu as mulheres discutindo assuntos que normalmente eram de domínio dos homens e teve a consciência de que elas viviam em um mundo diferente do dela. Duas viveram no mesmo mundo que ela, mas Selena não conseguia se lembrar de tê-las visto tão satisfeitas, tão felizes, até então. Elas encontraram amor e realização, mas também não tinham irmãs pelas quais eram responsáveis. Foram capazes de colocar seus próprios desejos e necessidades em primeiro lugar. Selena não podia se imaginar tão livre.

Quando o jantar terminou, parecia que as pessoas iriam relaxar e ficar um pouco mais. Mas a noite caíra e Selena se cansara do teste. Certamente, àquela altura, Aiden já havia avaliado suas irmãs. Ela se desculpou, agradeceu à mãe de Aiden pela refeição adorável, desejou sucesso a Fancy com seus negócios, despediu-se dos outros e ficou agradecida quando Aiden começou a levá-las de volta pelo caminho que tinham percorrido, pelo hotel e para o outro lado da rua. Depois, na parte de trás da livraria de esquina, onde seu cocheiro aguardava. O criado encostado à carruagem se endireitou e abriu a porta, ajudando as irmãs a subir no veículo.

Selena parou a uma curta distância para ter uma palavra em particular com seu acompanhante. A luz distante dos postes da rua mergulhava o rosto dele em sombras, impossibilitando a leitura de seu rosto, o conhecimento de sua decisão. Ela certamente não queria perguntar diretamente.

— Devo ir ao clube mais tarde?

— Quero visitar a propriedade ducal. Quero ver o que meu filho herdaria.

Não era a resposta que ela esperava, e não conseguiu impedir seu coração de saltar em seu peito ou o arregalar de seus olhos.

— Estamos com pressa. Para que eu convença a todos que o filho é de Lushing, devo estar grávida antes da minha próxima menarquia, e já tenho mais de uma semana do final da minha última.

— Então é melhor não nos atrasarmos. Mande seu cocheiro ao clube ao amanhecer.

Ela fechou os olhos com força. Por que ele estava sendo tão teimoso, tão obstinadamente determinado a tornar aquilo difícil? Por que *ela* estava? Podia encontrar um cavalheiro mais disposto em outro lugar, um dos empregados de botão vermelho. Só que ela não queria mais ninguém. Queria ver os traços de Aiden gravados nos do filho, fosse menina ou menino. Com um suspiro, ela abriu os olhos.

— É uma das maiores propriedades de toda a Inglaterra.

— Mais um motivo para que ela tenha influência sobre minha decisão.

Por que você não pode simplesmente fazer isso por mim?, Selena queria perguntar. Mas eles só se conheciam havia alguns dias. Por que ele deveria sentir algum tipo lealdade ou compromisso com ela?

— Ao amanhecer — declarou ela categoricamente.

Ela se virou para a carruagem e ficou surpresa ao ver Aiden empurrando o criado para o lado e a ajudando a subir no veículo.

— Obrigado, senhora e senhoritas, por ajudar minha irmã e pela gentileza que mostraram à minha mãe. Eu lhes desejo o melhor.

Ele fechou a porta com força, como se não tivesse intenção de vê-las novamente, como se seus negócios estivessem concluídos, mas ela ouvira em sua voz uma gratidão genuína, e, se fosse uma mulher de apostar, apostaria que as irmãs haviam passado no teste. Só faltava a propriedade...

— Espero que saiba o que está fazendo.

Quando Finn parou ao lado dele, Aiden não se deu ao trabalho de se virar, apenas cruzou os braços sobre o peito e assistiu à carruagem desaparecer ao longe.

— Estranho aviso vindo de um homem que se casou com a filha de um conde.

— Lavínia não tem interesse em voltar para a alta sociedade. Tenho a impressão de que não se pode dizer o mesmo da sua duquesa.

Não, o mesmo não podia ser dito dela. Tudo o que Selena estava fazendo era para garantir seu lugar na sociedade, garantir que ela mantivesse o poder e a influência do falecido marido.

— Ela não é *minha* duquesa.

— Não sou cego, Aiden. Vi o jeito que você olhou para ela.

— Você pode não ser cego, mas obviamente precisa de óculos.

Finn riu baixo.

— Apenas tome cuidado, irmão. Um coração partido nunca se sara por completo. Sempre terá rachaduras.

Ele não duvidou das palavras de Finn, porque sabia que o irmão era um especialista quando se tratava de corações despedaçados.

— É difícil, Finn? — perguntou ele sombriamente. — É difícil não dizer à sua filha que você é o pai dela?

Finn descobrira apenas recentemente que tinha uma filha.

— Uma das coisas mais difíceis que já fiz, mas ajuda o fato de o casal que a cria serem boas pessoas e não se oporem a visitas. Estou ajudando a construir uma casa na árvore para ela. Ela é aventureira, minha pequena fadinha.

Na voz de Finn, Aiden ouviu todo o amor que ele tinha pela criança, e compreendeu completamente. Ele mesmo conhecera a adorável garotinha. Toda a família passara um tempo na companhia dela, porque Finn não precisava mantê-la em segredo. Ele só tinha que protegê-la do conhecimento de que ele era seu pai verdadeiro até que ela fosse mais velha e capaz de entender todas as circunstâncias por trás de seu nascimento. Mas Aiden não teria o mesmo luxo. Seu filho, se ele tivesse um com Selena, teria que permanecer em segredo, até daqueles a quem amava e confiava. E nunca poderia admitir ser o pai — sob nenhuma circunstância. Ele e Selena poderiam pensar num modo de ele passar um tempo com a criança, mas não seria tão aberto quanto o relacionamento de Finn com a filha. O fruto de Finn não estava sendo criado na aristocracia. O de Aiden seria, e aquilo tornava sua participação na vida da criança ainda mais difícil.

Quando Selena e as irmãs chegaram em casa, todas entregaram capas e chapéus ao mordomo que as aguardava no saguão.

— Meninas, preciso de um momento com vocês na biblioteca — anunciou Selena.

Entrando no cômodo primeiro, ela foi direto para ao aparador e serviu-se de xerez para criar coragem. Virando-se, sorriu para as irmãs, que compartilhavam o mesmo olhar de preocupação.

— Por favor, sentem-se.

Ela indicou uma área de estar com dois sofás pequenos e uma cadeira acolchoada. Sentando-se na cadeira, esperou enquanto as meninas se acomodavam nos sofás.

— Preciso ir a Sheffield Hall pela manhã para cuidar de alguns negócios.

Connie olhou para Flo e Alice, depois fitou Selena.

— Nós vamos com você.

— Preciso que todas fiquem aqui. Algumas pessoas ainda estão visitando para oferecer suas condolências, e eu gostaria que vocês me representassem durante minha curta ausência. Voltarei amanhã à noite.

Tudo o que Aiden precisava fazer era vislumbrar a propriedade, a mansão, para se impressionar com a grandeza do que seu filho herdaria.

Flo inclinou a cabeça, desconfiada.

— Por que você tem que ir?

— Fui informada de um assunto que requer minha presença.

Ela odiava mentir para as irmãs, mas era preferível que dizer a verdade.

— Que assunto?

— Tem a ver com a propriedade.

— De que maneira?

— Eu não tenho certeza, por isso tenho que ir. — Ela se levantou, mas deu apenas três passos antes de voltar. — Por favor, saibam que isso é crucial para o futuro de vocês.

— Eu não entendo...

Ela interrompeu Flo.

— Você não precisa entender. Simplesmente confie em mim e faça o que pedi. Fique aqui, e se alguém perguntar sobre minha ausência, explique que tive que cuidar de negócios em Sheffield Hall.

— Sim, tudo bem.

— Obrigada.

Ela voltou para a cadeira, tentou pensar no que mais poderia dizer para tranquilizá-las, mas ficou agradecida quando o mordomo entrou, carregando um pacote embrulhado em papel marrom.

— Desculpe interromper, Sua Graça, mas isso foi entregue para lady Alice.

— Para mim?

O olhar de surpresa no rosto de Alice era um pouco cômico, mas ela não tinha ninguém para lhe enviar pequenos presentes e era incomum que algo fosse entregue àquela hora da noite. Ela pegou o pacote oferecido, e o mordomo saiu.

— O que é? — perguntou Connie.

— Bem, não sei. — Alice olhou para Selena. — Devo abrir?

— Sim, claro.

Depois de puxar a cordinha que prendia o embrulho, ela abriu o papel e ofegou quando um livro apareceu. Uma nota repousava em cima da capa, e Alice sorriu.

— É do sr. Aiden Trewlove.

— O que diz? — indagou Connie, impaciente.

Alice entregou a nota à Selena.

O melhor lugar para se fugir são as páginas de um livro. Aproveite sua jornada Através do espelho.

> *Seu servo sempre fiel,*
> *Aiden Trewlove*

— Ele me pegou lendo na livraria — confessou Alice. — Mas não seria apropriado aceitá-lo, seria?

Ah, Alice certamente passara no teste, e, por alguma razão inexplicável, o presente fez os olhos de Selena arderem.

— Nessas circunstâncias, acho que é totalmente apropriado. Escreva uma carta para agradecer e me entregue antes de ir dormir. Vou pedir para que seja enviada amanhã, quando estiver de saída para Sheffield Hall.

— Ele pode ser um plebeu — disse Alice —, mas não é um plebeu comum.

Não, pensou Selena, ele não era nada comum.

Capítulo 18

AO AMANHECER, SELENA NÃO ficou surpresa ao ver Aiden encostado a um poste de luz em frente ao clube. A carruagem mal diminuíra a velocidade quando ele abriu a porta, pulou para dentro e bateu no teto, antes de se sentar em frente a ela. O veículo continuou sem que os cavalos parassem um único instante.

E, de repente, o interior da carruagem pareceu pequeno demais. Era como se ele ocupasse todo o espaço, e seu aroma de rum dominava o ar em torno dela. Selena sentiu um forte desejo de convidá-lo a se sentar lado a lado, para que o calor do corpo dele a aquecesse naquela manhã fria. Embora, para ser sincera, não se oporia a ser aquecida em uma tarde abafada. Tê-lo tão perto e tão longe era uma tortura. Ela finalmente encontrou forças para cumprimentá-lo de maneira adequada.

— Bom dia.

— Você tem um cheiro diferente pela manhã.

Teria sido menos impactante se ele tivesse se inclinado e a beijado. As palavras para a resposta não apareceram.

— Você carrega o aroma do sono.

A voz dele era baixa, rouca, como se estivesse imaginando acordar com ela em seus braços e cheirar cada centímetro de sua pele.

— Talvez você possa me ver dormindo se seguirmos em frente com meu plano.

Ela ficou bastante orgulhosa de sua provocação, e sentiu-o ficando imóvel em sua frente.

— Mesmo que eu não concorde em ajudá-la a ter uma criança, isso não significa que não podemos nos envolver.

Selena passara boa parte da noite anterior, quando não conseguia dormir, refletindo sobre aquela possibilidade, de simplesmente se perder nele, de se render a ele. Escapar nele seria muito mais gratificante do que as páginas de qualquer livro. Mas aquele era um desejo egoísta. Ela tinha um tempo muito curto para conseguir o que precisava.

— Receio, sr. Trewlove, que você entendeu errado. Se não puder me dar o que preciso, terei que ir a outro lugar.

Embora ela não conseguisse imaginar outro homem entre suas coxas. Até ali, na carruagem, desejava Aiden com uma necessidade assustadora. Selena decidiu mudar de assunto.

— Foi muito gentil da sua parte enviar o livro para Alice.

O céu estava clareando, e ela viu com mais definição quando ele deu de ombros, como se o presente não tivesse sido nada de mais. Pegando a bolsa, ela removeu a carta selada que Alice havia lhe dado e a estendeu.

— Alice enviou um agradecimento. — Ele pegou a carta e enfiou-a no bolso interno do peito esquerdo do paletó. Selena continuou: — Presumo que ela passou no seu teste.

Com um suspiro profundo, ele esticou as pernas compridas, pousando os pés calçados com botas em cada lado das pernas dela.

— Gostei das suas irmãs.

Era uma afirmação simples, mas cheia de simpatia e aprovação.

— Também gostei das suas irmãs. E de seus irmãos. O pouco que vi deles.

— Fancy está fazendo todo mundo trabalhar como camelos.

— Ela é ambiciosa.

— Todos somos. — Ele olhou pela janela. — Nada nos foi dado, nada veio fácil.

Ela se perguntou se ele estava pensando quão fácil seria dar um ducado ao filho. Ou propriedades e um casamento na nobreza à filha. Ele era o resultado de um homem que plantava sua semente em todo canto, sem levar em consideração as consequências. Aiden, por outro lado, aceitava a responsabilidade por todas as suas ações. Ela não achava que a mãe adotiva teria aceitado menos de seus filhos.

— A cozinheira nos preparou uma refeição leve. Pão, queijo, ovos cozidos.

Ela teria dado um tapinha na cesta de vime no chão, ao canto, se o ato não significasse emaranhar as saias na perna dele, tê-la entre as panturrilhas, evocando imagens de outras partes dele entre seus joelhos.

— Já comi, obrigado. Quer que eu pegue a cesta para você?

Ela negou com a cabeça.

— Não, não estou com fome.

Selena também já havia comido, pois ficara preocupada que, perto dele, seu estômago daria um nó e ficaria impossível digerir. E se ele não ficasse impressionado com Sheffield Hall?

A paisagem do lado de fora da janela começou a mudar, os prédios ficando mais escassos e separados à medida que saiam de Londres. O sol estava cada vez mais alto. A primavera estava cada vez mais próxima.

— Fancy é filha de sua mãe, nascida dela, diferente de vocês, não é?

A semelhança entre mãe e filha era impressionante.

Os olhos castanhos se afastaram da vista para pousar nela, com todo o peso de sua atenção.

— Sim.

— Então, quando você foi levado à sua mãe, ela era casada. Você tinha pai e mãe.

Ele cruzou os braços sobre o peito.

— Não, ela já era viúva. Ela adotava bastardos como um meio de se sustentar. Mas não é uma prática lucrativa se você permitir que as crianças vivam. A manutenção é cara, muito mais que as poucas moedas pagas por quem abandona bebês.

A prática de receber crianças nascidas fora do casamento para que a mãe permanecesse o mais imaculada possível estava se tornando amplamente conhecida. Selena tinha lido vários artigos escritos por lady Lavínia que expunham os horrores do que ela havia descoberto enquanto resgatava crianças daqueles que lhes fariam mal.

— Sua mãe não era casada quando Fancy nasceu?

— Apenas diga, Selena. Fancy é uma bastarda, como todos nós. E antes de pensar que minha mãe é imoral, saiba que Fancy foi o resultado de nossa mãe fazer o que precisava para garantir nossa sobrevivência. Quando ela não tinha moedas para o senhorio, ele aceitava o pagamento de outras maneiras. Fancy foi uma consequência não intencional. — O olhar dele a penetrou. — Então entendo seu desespero.

Estava ele comparando a situação dela com a da mãe? Elas não eram nada parecidas. Mas, pensando melhor, as circunstâncias eram, de fato, muito semelhantes: ela estava aceitando de bom grado um homem entre suas pernas para garantir a melhor vida possível para as irmãs. A mãe dele fizera o mesmo pelos filhos que adotara.

— Eu não estava fazendo julgamentos.

— Não?

Ela se absteve de assentir, envergonhada pela percepção de que estivera. Que havia julgado a mulher como pecadora, que ela mesma seria julgada com a mesma severidade se alguém soubesse o que havia feito.

— Você me disse uma vez que tinha 14 anos quando Fancy nasceu. Não consigo imaginar que as coisas terminaram bem para o senhorio depois que você e seus irmãos descobriram como ele estava exigindo o pagamento.

O sorriso dele foi letal como o de um predador.

— Não termina bem para qualquer homem que descobrimos ter se aproveitado de uma mulher.

Ela não ficou surpresa. Notara a inclinação protetora da natureza de Aiden, e talvez até tivesse tentado tirar vantagem de forma inconsciente. Selena sabia que, se ele a engravidasse, Aiden vigiaria sua prole para garantir que nada de ruim lhe ocorresse — mesmo que o fizesse à distância. A culpa a atormentava porque, se descobrissem uma maneira de ele participar publicamente da vida da criança, Aiden nunca seria capaz de reconhecê-la como dele. Selena estava sendo extremamente injusta. Presumira que a grande maioria dos homens não daria importância. Ela amava o próprio pai, mas ele lhe dera pouca atenção. Parecia que sempre havia algo mais importante para ser feito — embora, pensando bem, se o pai realmente estivesse cuidando de suas propriedades como ela sempre achara, nada estaria em ruínas após sua morte.

— Você tem uma bondade que eu não esperava. As pessoas supõem que os nascidos em pecado também estão destinados ao pecado.

— Eu pequei de forma considerável.

Ele falou aquilo como se tivesse muito orgulho de seu mau comportamento, mas, se não fosse exatamente por esse comportamento, não estariam ali agora. Aquela fora uma das razões pelas quais ela o escolhera. E porque ele a atraía de uma maneira primitiva.

Ele não usava luvas, e Selena se perguntou se sequer possuía um par. Mas, também, seria uma pena cobrir aquelas mãos nuas que descansavam nas coxas dele. Mãos com as palmas ásperas que a excitaram quando deslizaram sobre sua pele. Mãos eficientes. Fortes, mas incrivelmente gentis. Talvez ela devesse desistir de sua busca por um filho e simplesmente tomá-lo como amante. Nunca se casar, mas viver o resto de sua vida contente nos braços dele.

De repente, o sol estava brilhando demais, esquentando a carruagem e ameaçando cozinhá-los no calor. Ela precisava se distrair dos pensamentos sobre o que as mãos dele poderiam fazer com ela, de como era tentador convidá-lo a sentar-se do seu lado e deixá-lo fazer o que desejasse. Como se Aiden tivesse lido seus pensamentos, ele apertou as coxas com as mãos, os músculos e tendões tensionando, e ela se perguntou se outro aspecto dele também estava fazendo o mesmo.

— Você já viajou para fora de Londres?

Os olhos castanhos se fecharam e se abriram lentamente, e o olhar penetrante debaixo das pálpebras semicerradas lhe disse que ele sabia exatamente qual era seu objetivo. Por que ela não estava surpresa? Havia uma forte sintonia entre os dois, ainda mais agora que ele conhecia todos os segredos dela.

— Quando eu era mais jovem, juntava minhas moedas até poder pagar uma passagem de trem, apenas para ver o que havia além do que eu conhecia.

— Você tem uma natureza curiosa.

Um longo aceno de cabeça confirmou a conclusão dela.

— Uma vez pensei em fugir para o mar. Eu queria explorar mais o mundo. Queria encontrar um lugar onde a vida fosse melhor do que aquilo que conhecia, e então percebi que eu mesmo podia deixá-la melhor.

— E sua vida está melhor?

— Não sinto falta de nada.

— E você não deseja nada?

— O que eu deveria querer, Lena?

A voz era baixa, sensual, com toques de beijos roubados, minutos furtados e toques furtivos.

Eu. A palavra era um lamento solitário dentro de seu coração e alma. Selena ansiava que ele a desejasse com a mesma intensidade que ela o desejava, com uma fome que não se importava com consequências e não permitiria que ele se sentasse tão calmamente em sua frente, mas o faria se levantar e pegá-la nos braços, tomar sua boca, seu corpo, seus sentidos. Mas ela tinha muito orgulho para confessar aquilo.

Queria que ele se deitasse com ela não porque suas irmãs eram dignas ou porque a propriedade traria riquezas para uma possível criança, mas porque ele morreria se não o fizesse. Em vez disso, ela apertou as mãos enluvadas no colo.

— Dormir, talvez. — A pontada de histeria em sua voz a fez querer se bater, e a risada estranha que se seguiu não ajudou em nada. — Sei que você cuida do seu estabelecimento até altas horas da manhã, então não consigo imaginar que você se deitou em um horário razoável para acordar tão cedo. Por favor, não se sinta na obrigação de me entreter — ela desejou que não tivesse pensado em todas as maneiras com as quais ele poderia entretê-la fisicamente — durante a jornada. Descanse um pouco. Posso acordá-lo quando chegarmos.

— É verdade que estou um pouco cansado.

Ele cruzou os braços sobre o peito, recostou-se no assento acolchoado e fechou os olhos.

As pernas dele relaxaram e se esticaram ainda mais, até que Selena ficou completamente presa entre elas. Não que tivesse algum desejo de ir a qualquer lugar. Em pouco tempo, ele estava roncando levemente, e ela se imaginou segurando uma criança que tinha cabelo castanho com mechas avermelhadas aqui e ali. Cílios longos e escuros que repousavam sobre maçãs do rosto acentuadas. Ela queria estender a mão e beijar a parte de baixo daquele queixo firme, queria se aconchegar contra ele e adormecer também.

Em vez disso, apenas o observou dormir, desejando poder reivindicá-lo para si.

Não sinto falta de nada.

Mas não podia, porque estava ficando tão claro quanto o sol daquela manhã que Selena queria o impossível: ele andando orgulhosamente ao lado dela para todo o mundo ver. Mas não podia arriscar nenhuma dúvida sobre a paternidade de seu filho, não arriscaria que a criança crescesse como assunto de boatos.

Talvez pudessem manter o relacionamento em segredo até saberem quanto a criança o favorecia. E se ela não se parecesse com o pai, talvez em alguns anos, quando ela não estivesse mais de luto, quando tivesse passado tempo o suficiente para que ninguém suspeitasse…

Mas, se a criança puxasse o pai, eles não seriam capazes de arriscar que as pessoas os vissem juntos. Ela não permitiria que o filho duvidasse de sua ascendência. Os pecados eram dela. Selena não os passaria para o filho, não arriscaria que ele precisasse defender seu direito de primogenitura. Ou que precisasse defender a própria mãe. Ele acabaria em uma briga, cortado por uma faca, por que alguém a chamara de prostituta?

Aiden só poderia ter encontros discretos com a criança. Pelo bem de seu pequeno, a quem eles precisariam proteger da verdade a todo custo.

Ele sonhou que tirava o chapéu com véu preto e o jogava pela janela, para que o rosto dela não ficasse mais nas sombras, para que ela não tivesse como esconder dele seus verdadeiros sentimentos. Sonhou que desabotoava sua capa de pelica e libertava todos os botões do vestido de viagem. Sonhou que a tomava contra o assento acolchoado, abraçando-a em seguida e gritando para o motorista nunca parar a carruagem. Para que pudessem passar a eternidade dentro do veículo, onde ninguém estava presente para julgá-los, onde a sociedade não tinha influência, onde estavam escondidos da censura, onde seu tempo com Selena não era medido em horas, mas em anos.

Foi a mão dela cutucando seu joelho que o acordou. Abrir os olhos para o sorriso terno dela era uma sensação agridoce. Por que ele deveria se importar se lhe desse um filho? Aiden sabia que Selena adoraria a criança, que garantiria que ela tivesse todas as vantagens. O status do filho seria alto, muito acima do dele.

Mas mesmo sabendo de tudo aquilo, não conseguia superar a ideia de que estaria imitando o pai ao gerar um filho apenas para abandoná-lo, que não seria parte integrante de sua vida. Na verdade, não ter o pai envolvido em sua educação tinha sido uma bênção, mas o flagrante desrespeito do homem por sua prole, o ato de tê-los entregue para outros, ainda fazia Aiden sentir que não tinha valor nenhum. Sua existência era um mero inconveniente, e não queria que seu filho sentisse a mesma coisa, que acreditasse que não era desejado.

Portanto, era imperativo que a criança nunca descobrisse a verdade sobre sua origem, e, ainda assim, Aiden estava bem ciente de que mesmo segredos muito antigos podiam ser descobertos. O jardim de sua mãe era uma prova. Nele, ela enterrara os dois primeiros bebês entregues a ela. A descoberta de um túmulo não marcado por Mick quando ele tinha 8 anos levou-os a descobrir que a mãe não os havia dado à luz, mas que os bebês haviam sido entregues a ela porque outros não os desejavam. O medo de outras pessoas descobrirem o que ela fizera a mantinha presa às ruínas de uma residência quando todos queriam levá-la para um lugar mais luxuoso e agradável. Sim, segredos eram capazes de assombrar seus donos.

Notando que o tinha despertado, Selena se endireitou.

— Chegaremos em breve. Você pode se sentar ao meu lado para ter uma visão melhor.

Ela se aproximou da janela, dando espaço para Aiden. O aroma de morango que antes era apenas uma sugestão no ar o envolveu por completo, e Aiden ficou tentado a se inclinar e mordiscar seu pescoço, delinear a orelha com a língua, provocar o lóbulo. A duquesa de Lushing testava o limite de sua resistência constantemente. Nunca achara tão difícil não sucumbir aos seus desejos. Fora tolo ao insistir em fazer aquela jornada porque os mantinha muito próximos, o fazia reorganizar suas prioridades. Talvez estivesse sendo muito teimoso em tomar tanto cuidado para nunca plantar sua semente. Seu pai certamente não se importava. Mas talvez fosse por esta razão que Aiden o fazia.

Quando a carruagem entrou em uma estrada mais estreita, ele foi jogado contra o corpo dela, o peito batendo no ombro delicado. Poderia jurar que Selena se virou para ele, porque sentiu a mudança sutil no corpo feminino, como se reconhecesse o lugar onde deveria estar — aninhada perto dele.

Ela enrijeceu, se endireitou e se aproximou da parede da carruagem. Aiden ficou tentado a provocá-la, roçando os dedos ao longo das bochechas coradas, convencê-la com toques a se entregar a ele sem que precisassem seguir seus termos. Para que se contentasse com ele, mesmo que isso não significasse ter filhos.

— Você pode ver melhor a residência se olhar pela janela mais perto de você.

A voz dela era monótona, e ele suspeitava que Selena pretendia que as palavras saíssem tão azedas quanto um limão. Em vez disso, elas soavam como um arrependimento.

— Prefiro ver desse lado porque, mesmo que a casa não me impressione, o que vejo pelo canto do olho é muito agradável.

Ela deu uma risada curta.

— Aiden, você é um galanteador. Por favor, não tente me encantar. Eu gostaria de poder fazer você entender quão sério é esse assunto.

— Entendo a seriedade, Lena. Caso contrário, não estaria aqui, não me daria ao trabalho de determinar todos os custos envolvidos na decisão.

O olhar dela se voltou para ele, e ele viu tanto diversão quanto autodepreciação se misturando na íris azul.

— Quem pensaria que um dono de um clube de apostas, um homem que atrai outros ao pecado, possuísse tanta moral?

Antes dela, Aiden não tinha certeza de que tinha. Selena o fez questionar tudo o que sabia sobre si mesmo. Ele poderia ter levado a conversa adiante, mas sua atenção foi atraída pela margem de um grande lago que surgia. Perfeito em sua forma oval, e ele se perguntou se o local teria sido criado pelo homem, e não por Deus. Belos cisnes flutuavam na água. Sebes de teixo, ocasionalmente intercaladas por um banco de pedra, ladeavam o lago. Imaginou Selena sentada ali, observando o vento ondular a água.

O lago terminou e um paisagismo elaborado apareceu, mais sebes criando várias formas — círculos e semicírculos — que levavam às costas de um enorme anjo de pedra, com as asas abertas, como se tivesse sido enviado dos céus para proteger o que estava à sua frente: a mansão Sheffield Hall.

Era enorme, majestosa, mais grandiosa do que qualquer coisa que ele vira em Londres, com exceção, talvez, do Palácio de Buckingham. Os tijolos dourados poderiam realmente ter sido feitos com ouro, do jeito que brilhavam à luz do sol. A linha do telhado era entalhada, e a estrutura era uma mistura de residência, castelo e fortaleza, sugerindo a necessidade de manter invasores longe.

— Quantos duques existiram?

— Seu filho seria o décimo segundo.

Gerações de famílias haviam vivido, trabalhado e lutado por aquele pedaço da Inglaterra. Uma longa história, possivelmente desde a época de William, o Conquistador. Talvez antes. Anos mergulhados em tradição e serviço à Coroa.

O caminho circulava a frente da casa. Sem desacelerar, os cavalos seguiram a curva. Estendendo a mão, ele bateu no teto, agradecido por sentir o veículo desacelerando.

— O que você está fazendo?

Uma pergunta ridícula, mas ele ainda respondeu.

— Parando. Quero dar uma olhada ao redor.

— Mas você pode ver a imponência daqui.

Aiden não gostou nada do horror refletido no rosto dela, da percepção de que Selena estava envergonhada de ser vista com ele, de que ela realmente não queria nada mais dele do que sua semente. Se fosse um homem sábio, um homem sem orgulho, bateria novamente no teto da carruagem para chamar a atenção do cocheiro e sinalizar que deveriam continuar. E, quando saísse do veículo na frente de seu clube, ele daria a resposta: não. E nunca mais a veria.

Mas, diante dele, sobre acres e acres de gramado, havia uma oportunidade de dar ao seu fruto algo magnífico e profundo. Algo que, mesmo que trabalhasse para sempre, nunca conseguiria ter.

— Quero ver tudo, todos os detalhes.

— Como vou explicar sua presença?

— Um amigo, um primo distante, um representante da Rainha que veio conferir a propriedade. Tenho certeza de que você consegue pensar em alguma coisa.

A carruagem parou. Ele abriu a porta e saltou antes que um criado pudesse dar conta da tarefa. Um empregado viajara ao lado do cocheiro. Outro, vestido em púrpura, saiu da residência rapidamente, mas de forma imponente, seguido de um sujeito mais velho, de preto. O mordomo, sem dúvida.

Aiden estendeu a mão para Selena, agradecido quando os dedos finos pousaram nos dele. Ela desceu e endireitou os ombros.

— Sua Graça, não estávamos esperando seu retorno tão cedo — disse o sujeito mais velho.

— Precisei fazer uma visita rápida. O sr. Trewlove, aqui, tem que avaliar o patrimônio da Coroa. Peça para Cook nos preparar um almoço leve, algo simples. Vamos comer no terraço em uma hora. Sr. Trewlove, pode me acompanhar?

Ela não estava nada feliz com a situação, era perceptível em seu tom de voz, mas Aiden não se importou. Seu filho faria lembranças ali, e ele provavelmente não teria parte nelas. Precisava ter uma ideia de tudo que aqueles momentos poderiam abranger. Seu filho nadaria na lagoa, seria perseguido por cisnes, apreciaria a vista dos parapeitos?

Selena marchou em direção à mansão, e ele a seguiu, observando avidamente tudo que podia: as janelas e a porta em arco, o telhado vermelho, a torre no canto que se apoiava nas duas alas da construção, aparentemente se juntando a elas. O local tinha uma estrutura quase medieval, mas também mostrava sinais de modernização. Tinha sido bem cuidado, sem dúvida, porque — como ele já havia aprendido — o duque era um homem de imensa riqueza, mas suspeitava que boa parte dos bens estivesse presa à propriedade. Devia custar uma fortuna conservar o local. Ele estava começando a entender por que Selena se arriscaria tanto para manter a posse da casa. Imaginou as festas de caça e reuniões de nobreza. Até a realeza devia visitar a propriedade de vez em quando.

Ela atravessou a soleira e seus passos imediatamente ecoaram pela grande câmara quando suas botas tocaram o mármore. Tapeçarias estavam penduradas no alto. Em alturas mais razoáveis, havia retratos de homens, mulheres e crianças — às vezes sozinhos, às vezes com outras pessoas, às vezes com um cavalo ou cachorro. Todos arrogantes, todos egoístas, todos entendendo que era seu direito de nascença desprezar os outros. Um retrato de seu filho podia se juntar a eles. As pessoas olhariam para ele e veriam um impostor? O rapaz se sentiria deslocado, sentindo que não pertencia à nobreza? Ou ele abraçaria uma herança que não era sua por direito, continuaria com o tipo de legado que fora negado a Aiden?

A ironia de tudo aquilo não passava despercebida para Aiden. Por não ter sido reconhecido por um conde, seu filho poderia muito bem se tornar um duque. A vingança agridoce contra a maldita nobreza, que julgava tão severamente, fazia parte de seu plano. Ele havia sido negado um direito de patrimônio, mas tinha o poder de dar um ao filho. A tentação de aceitar a proposta era mais forte do que gostaria.

— E eu pensava que o hotel de Mick era chique. Nunca vi algo assim.

— Há muito mais. — A voz dela era baixa, suave, como se fosse proibido perturbar a quietude do lugar. — Venha comigo.

A enorme residência era uma multidão de corredores, salas de estar e escadas. Cada pedaço de espaço era ousado, maior que a vida, como se gigantes tivessem residido dentro daquelas paredes. O retrato dela estava pendurado sobre uma lareira em uma sala azul, o vestido em um tom mais escuro contrastando com as cortinas e os móveis. O quadro era tão alto quanto ela, tinha sido pintado fiel à sua forma. Era uma Selena jovem, uma moça, na verdade, mas se portava como se carregasse um grande peso nos ombros delicados.

— Quando esse retrato foi feito?

— Alguns meses depois de nos casarmos. Eu mal tinha completado 18 anos.

No retrato, os olhos dela não brilhavam, tinham pouca alegria. Pertenciam a uma mulher que se casara por carinho, para proteger sua família, mas não por amor. Aiden sabia que ela faria aquilo de novo, faria o que fosse necessário para ver as irmãs felizes. O artista havia capturado sua ousadia na boca firme, no ângulo do queixo, nos ombros retos. Ela posava como um guerreiro preparado para a batalha. Poderia muito bem estar vestindo uma armadura, uma espada erguida em desafio. Selena se sacrificaria no campo de batalha da felicidade por aqueles que amava.

Sentado no terraço, olhando para os jardins planejados, ela sabia que Aiden estava impressionado com tudo que tinha visto. Como não estaria?

Ela ouvira falar do esplendor de Sheffield Hall, mas só vira a mansão depois do casamento. Ficou pasma quando percebeu que se tornara dona de tudo que estava diante dela.

Mordiscando um pequeno sanduíche de pepino, Selena olhou para o convidado, que falara muito pouco enquanto era guiado pela infinidade do cômodo. Ela apontou o quarto do duque e lhe deu permissão para o analisar. Não o convidara para o quarto ao lado, seus aposentos, embora ele tivesse ficado ainda mais quieto quando passaram pela porta. Ele ficara muito mais tempo do que ela esperaria no berçário, e se perguntou se ele estaria imaginando o filho deitado no berço de dossel rendado. Todos os detalhes da residência eram elaborados e gritavam riqueza. Nenhuma despesa havia sido poupada pelos duques anteriores no objetivo de demonstrar poder.

— Depois do almoço, podemos dar um passeio pelos jardins. Doze acres que representavam o orgulho e a alegria de Lushing. Ele amava os jardins.

— Ele cuidava de tudo sozinho?

Selena riu levemente do absurdo de qualquer nobre mexendo na terra, sujando as unhas.

— Ah, não. Mas ele os projetou, depois contratou outros para dar vida ao que havia imaginado. Algumas áreas são extremamente apaziguadoras, outras revigorantes.

À frente deles havia uma fonte, com uma estátua de Poseidon saltando, o tridente na mão. O barulho da água sempre lhe trazia uma sensação de paz. Selena terminou seu sanduíche.

— É o que você esperava?

— Bem mais.

— A mansão desperta algo em você?

Ele a fitou.

— É impressionante. E certamente provoca meus instintos gananciosos. Você não se sente culpada pelo que está planejando? É roubo, querida.

— Não posso me dar ao luxo de sentir culpa. Não são as *coisas* que quero. É o prestígio, a posição. Uma vez, recebemos duzentos convidados. Todos os quartos foram ocupados. Montamos tendas no gramado para quem não conseguiu uma cama dentro da residência. Planejei a lista de convidados e o itinerário. O Príncipe de Gales ocupou várias suítes. Eu estava aterrorizada com a ideia de errar em algo, mas lidei com a situação com calma, nunca deixei transparecer que estava tremendo, porque era o que se esperava de mim. Já recebemos dignitários estrangeiros, também. Sempre fui a anfitriã graciosa aqui, nas outras propriedades, em Londres. Dizem que nobres não trabalham. Bem, eu trabalhei. Não um trabalho árduo e físico, mas esforços pesados para a alma que muitas vezes me impediam de comer ou dormir pela preocupação de não ser perfeita. E porque queria que Lushing tivesse orgulho por ter me tomado como esposa.

— Não consigo imaginar o contrário.

— Ele certamente nunca me fez sentir como se não tivesse orgulho. Ainda assim, no final, não lhe dei a única coisa que ele precisava: um herdeiro.

— O problema poderia ser com ele.

— Para os outros, a culpa é sempre da mulher. Não posso deixar de acreditar, no entanto, que a vaidade dele ficaria mais aliviada se eu tivesse um filho que supostamente fosse seu herdeiro, para que ninguém duvidasse de sua masculinidade.

Ela olhou para o mar de branco do jardim luxuoso. Em alguns meses, ele estaria azul, e depois, no auge do verão, vermelho. As flores haviam sido escolhidas por seu período de florescimento, para que as cores do local mudassem a cada estação.

— Mesmo que a mulher seja responsabilizada, surgem boatos sobre o homem. Lushing não merecia ser alvo de nenhuma fofoca. Ele era incrivelmente gentil, acho que gentil até demais para este mundo. E muito compassivo com aqueles que não pertenciam à sua classe. Acho que ele teria gostado de você, e vice-versa. — Depois de tomar um pequeno gole de vinho branco, Selena se recostou na cadeira. — Então, o que você me diz? Um passeio pelos jardins e depois voltamos para Londres?

— Vamos passar a noite aqui.

Ela arregalou os olhos.

— O que disse?

Aiden a fitou por olhos semicerrados.

— Ainda não terminei de ver tudo o que desejo. Quero ver os estábulos, cavalgar pela terra, visitar a vila...

— Mas você pode simplesmente olhar ao seu redor e ver como tudo é majestoso. Não entendo por que ver *os mínimos detalhes* são tão importantes para você.

— Porque, se eu decidir concordar com seu plano, e você tiver sorte e parir um menino, talvez eu nunca veja meu filho brincando aqui. Todas as minhas lembranças dele serão as que criarei na minha imaginação. Ele montando um cavalo de pau. Sentado em seu colo na biblioteca enquanto você lê uma história. Você espera que eu seja como meu pai, que eu plante a semente e pronto, que nunca mais pense em meu filho. Duvido que nunca mais pensarei nele. Acho que você será uma mãe maravilhosa, mas até isso é algo que talvez eu nunca testemunhe.

A sinceridade da resposta a deixou envergonhada pela proposta que fizera.

— Como discutimos antes, encontraremos uma maneira de você passar algum tempo com ele.

— Momentos roubados aqui e ali. Mas muitos serão perdidos. E nunca poderei reconhecê-lo como meu filho, nem mesmo para minha família. Lena, estou me esforçando para garantir que, se eu embarcar nesse esquema com você, que eu o faça sem arrependimentos. Pois, uma vez feito, não haverá volta.

Ela voltou a atenção para as flores que o jardineiro conseguiu fazer florescer mesmo durante o inverno mais frio, mas a primavera já estava chegando. Branco para inocência e, no entanto, Selena se afastara de qualquer posição santa. Estava sendo injusta com aquele homem, injusta com Lushing?

— Não vou poder acompanhá-lo. Não seria bom que os moradores vissem a duquesa recém-viúva andando por aí. E não gostaríamos, daqui a alguns anos, que alguém se lembrasse e comentasse sua visita a Sheffield Hall.

Era arriscado o suficiente que os criados soubessem que ele estava ali, mas eles a adoravam, e era improvável que vissem algo de errado na presença de Aiden.

— Serei muito discreto.

Então, contra a razão, ela o levou aos estábulos e ordenou que o garanhão do duque fosse preparado. Lushing amava seus animais, e Selena tinha certeza de que aprovaria que cavalgassem com seu cavalo nos jardins e além. Embora soubesse que os rapazes do estábulo o levavam para galopar todos os dias, tinha certeza de que o animal consideraria um prazer ser cavalgado por alguém que ela sabia que o comandaria.

Ela não ficou nem um pouco surpresa ao ver quão bem Aiden montava. Tampouco ficou surpresa com a pontada que sentiu no coração enquanto o observava galopar para longe, sabendo que — em breve — chegaria o dia em que a partida dele não teria volta.

Ele galopou pelo gramado verdejante, inalando o ar limpo até chegar à extremidade da Inglaterra e avistar o glorioso mar azul. Sem fuligem, sem fedor, sem sujeira para fazer um homem sentir a constante necessidade de um banho. Embora ele soubesse que aquilo não era verdade para todo o vilarejo. Ao visitar o pub local, encontrou mineiros tomando cerveja ao lado de fazendeiros e trabalhadores. Será que o duque era dono de minas? Caso fosse, será que havia descido para incentivar os trabalhadores? Por alguma razão, ele suspeitava que sim, o que teria enfraquecido seus pulmões e contribuído para a piora da gripe.

Ele não se deu o trabalho de conversar com ninguém, apenas observou e espiou, tentou entender como a nobreza era vista pelos habitantes. Parecia que o duque e sua duquesa eram muito admirados, e os moradores expressavam preocupação sobre como suas vidas poderiam mudar se a duquesa não tivesse um herdeiro "muito rápido". Aiden achava inconcebível que o nascimento de uma criança afetasse tantas pessoas.

Mas também decidiu que Lena estava correta: ele teria gostado do duque.

Do vilarejo, cavalgou em um ritmo mais calmo. Depois de entregar o cavalo aos estábulos, voltou para a mansão, não gostando muito da alegria que o dominou quando Lena apareceu, obviamente esperando seu retorno. Não queria contemplar quanto ele gostaria de ser recebido por ela sempre que voltasse de algum lugar.

— Você viu tudo que precisava ver?

Ele concordou com a cabeça quando se aproximou dela. Era extremamente difícil não a segurar nos braços e beijá-la, mas não seria bom que os criados vissem algo acontecendo entre os dois. Ele queria estender a mão e acariciar a testa franzida até que ela relaxasse.

— É impressionante. Maravilhoso, na verdade. O espaço é vasto. Mas acho que, depois de um tempo, eu ficaria um pouco impaciente com isso.

— Lushing gostava da vastidão da propriedade, mas tinha poucas lembranças do lugar. Seu pai era muito rigoroso quando ele era criança. Até que se desentenderam e demorou anos para que ele pudesse voltar para cá.

— Decepcionar um pai é algo que certamente nunca me preocupou.

— Foi difícil crescer sem pai?

Aiden negou com cabeça.

— Minha mãe era uma mulher forte, como você. Ela era tudo de que eu precisava.

Os olhos dela suavizaram, as bochechas coraram.

— Mesmo estando um pouco chateado comigo, você ainda consegue flertar com pequenos elogios.

— Não estou flertando se o que digo é verdade.

Os lábios dela se contraíram.

— Mais flerte, mas não importa. Eu temia que você não chegasse a tempo. Quero lhe mostrar uma coisa.

Selena uniu as próprias mãos, e ele se perguntou se ela estivera prestes a pegar a mão dele e se lembrara de que não podia fazê-lo.

Ele a seguiu para dentro da casa, por um labirinto de corredores, até que finalmente chegaram à área da torre. A parede curva e a escada em espiral indicavam onde estavam. Sem parar, Selena iniciou a subida, dando-lhe uma vista adorável enquanto ele a seguia. No topo, ela abriu uma porta e o levou para uma passarela. Quando chegaram na metade do caminho, ela virou-se para encará-lo, as feições tomadas por uma alegria solene.

— Essa sempre foi a minha parte favorita de Sheffield Hall.

Ela indicou a lateral da passarela.

Quando ele olhou para o local indicado, sentiu o coração palpitar com a visão do anjo banhado pelo sol da tarde, dando a impressão de que as asas não estavam abertas como forma de proteger a mansão, mas para declarar: "Contemple o esplendor e a beleza!".

Dentro da carruagem ou de cima do cavalo, Aiden vira o verde, as sebes e as árvores. Ele observara a terra se estendendo diante dele. Havia enxergado pedaços de terra aqui e ali e pensara que poderia reunir tudo aquilo em um todo. Mas, dali de cima, a enorme propriedade se espalhava em toda a sua glória, enquanto o sol a banhava no crepúsculo refrescante.

Talvez fosse porque nenhum servo estava por perto ou porque a altura da parede protegia os olhos curiosos, mas sem desviar o olhar da maravilha à sua frente, ela entrelaçou os dedos nos dele e apertou. *Eu amo isso aqui*, ela poderia muito bem ter anunciado. *Veja o que vejo e ame também. Vou trazer seu filho aqui e compartilhar essa visão com ele.*

E ele a imaginou fazendo exatamente aquilo. Sendo gentil e amorosa e apresentando seu filho a um mundo que eclipsava tudo que ele podia oferecer. Era injusto olhar do alto e ver se desenrolar à sua frente tudo que seu filho possuiria.

Tudo o que era necessário para ele eram algumas noites perdidas de amor louco e apaixonado — nada difícil — e, então, ir embora sem nunca, nunca, nunca olhar para trás, porque ele percebera o que ela ainda não tinha entendido: viver nas sombras era o mesmo que não viver.

Capítulo 19

O JANTAR FOI DECIDIDAMENTE mais formal que o almoço. Eles foram ao que Selena descreveu como "sala de jantar menor", o que significava que a mesa comportava apenas uma dúzia de pessoas. Ela ofereceu emprestado o traje de jantar do duque, mas ele não estava disposto a vestir nada que a lembrasse do falecido marido, embora suspeitasse que estar em Sheffield Hall já provocasse tal efeito.

A conversa foi escassa, como se ambos tivessem assuntos mais urgentes ocupando a mente. De vez em quando, os lábios dela se moviam como se estivesse contemplando a sabedoria de formar a pergunta que Aiden sabia exatamente qual era: *você já decidiu?*

Se ela se atrevesse a perguntar, ele não sabia se diria a resposta em voz alta ou apenas balançaria a cabeça. Porque não sabia qual era a maldita resposta.

Quando a provação do jantar terminou, eles saíram para o corredor, os pés se arrastando como se fossem enlutados em direção ao cemitério. Em uma sala cavernosa onde as escadas levavam aos aposentos, ela parou e o encarou. Os lábios dela se abriram...

— Eu ainda não sei — disse ele.

Com um suspiro que continha paciência e compreensão, Selena assentiu.

— Vou me retirar. Foi um dia longo e cansativo, e partiremos de manhã cedo. Durma bem.

Ele duvidava que fosse pregar o olho, especialmente porque estava vagando pela mansão como um fantasma, com um copo de um uísque excelente na mão. Gillie aprovaria, pois o líquido descia suavemente, enchendo-o de um calor letárgico.

Onde quer que olhasse, via história. O desbotamento das tapeçarias indicava que elas existiam havia séculos, mas Aiden tinha certeza de que não eram uma compra recente. Não, tinham sido repassadas por gerações. Por toda a residência, havia armaduras em exibição. Fosse o traje completo usado por um cavaleiro ou apenas o peitoral, brilhante, mas amassado, uma placa de latão indicava a qual duque pertencia. Algumas placas até identificavam as batalhas nas quais as peças haviam sido testadas. Se desse um filho a Lena, o rapaz se orgulharia daquela herança, acreditaria que lhe pertencia. A criança nunca saberia a verdade a respeito de sua verdadeira origem.

Parecia uma enganação e uma proteção ao mesmo tempo.

O que importava o que alguém acreditava de seu passado? Era o que se fazia com o presente que importava.

Aiden sempre abraçara o que era para seu benefício. Mas havia se sentido ofendido quando Lena lhe oferecera seus bens em troca de seus *serviços*. Ele não queria pagamento. Ele a queria. E poderia tê-la, desde que ninguém soubesse.

Ela havia mostrado o que ele daria ao filho, e Aiden a amaldiçoou por fazê-lo ver a grandeza de tudo. O benefício adicional era saber que estaria enganando a sociedade que o evitava. Mas o que ele ganharia? Satisfação, um pouco de vingança e mais noites aninhado entre as coxas de Lena.

E a única coisa que ele havia jurado nunca fazer: ser responsável por trazer um bastardo para o mundo.

Mesmo que a criança não fosse vista como tal, era contra seu princípio mais importante.

Terminando o uísque, Aiden deixou o copo sobre uma mesa em um corredor, certo de que um criado o encontraria. O lugar luzia tanto que ele imaginou um exército de servos, não que tivesse visto muitos além do mordomo e de alguns lacaios. O restante estava escondido, porque não seria bom que fossem vistos trabalhando pelo senhor e senhora da mansão, que soubessem exatamente o que era necessário para manter o lugar limpo e brilhante.

Ele localizou as escadas que levavam aos quartos. Eram largas o suficiente para acomodar uma carruagem. No topo, o patamar se dividia em dois corredores. Aiden pegou o que estava à esquerda e caminhou para o último quarto. Então, fechou a mão em torno da maçaneta e pressionou a testa na madeira polida.

Pensou em Lena esperando no quarto — esperando por ele e por sua decisão. Lembrou-se da maneira como ela assistira ao pôr do sol, com a propriedade toda diante deles. Fitara a visão com apreço — não com a ganância refletida nos olhos dele. Ela não queria nada daquilo para si mesma. Apenas precisava daquilo para garantir que aqueles que amava tivessem o melhor que a vida tinha a oferecer.

Aiden não era uma das pessoas que ela amava, ou ela não teria lhe feito a proposta. Ela deveria ter aceitado a rejeição dele e ido atrás de outra pessoa. O fato de não ter o feito indicava que, talvez, ela se importava um pouquinho com ele. Ou, ainda, que ele tivera sucesso em seu plano original e a fizera pelo menos desejá-lo, querê-lo em sua cama.

Selena era valente, corajosa, gentil, altruísta. Colocava as necessidades dos outros antes das suas. Mexia com ele de uma maneira que ninguém fazia.

Aiden nunca planejara se casar, ter filhos, se apaixonar. E não estava apaixonado. Estava bastante certo disso. Mas a maldita incitara algo dentro dele que tornava impossível não tentar dar o que ela queria. Maldita seja por conseguir se infiltrar em seu interior, pois, quando chegasse a hora de partir, seria como abrir um buraco em sua própria alma. E ele sabia que, eventualmente, teria que partir para proteger a criança, para proteger Lena.

Seu bom senso e orgulho insistiam para que terminasse tudo.

Mas seu coração, a parte dele que nunca servira a nenhum outro propósito senão bombear sangue pelas veias, o fez girar nos calcanhares, voltar pelo corredor, abrir a porta do quarto dela e entrar.

Aiden foi até ela.

Ele parecia um homem sofrendo os tormentos do inferno, mas foi até ela.

Selena estava de pé, próxima à janela, contando os minutos até a meia-noite, porque havia decidido que, se ele não aparecesse até as doze batidas, ela iria até ele — não para pressionar, não para pedir o que ele não queria ceder, mas simplesmente porque queria outra noite em seus braços.

Ele parou no meio da sala, em cima de um exuberante tapete em estilo oriental. O paletó, o colete e o lenço do pescoço haviam desaparecido, e ela o imaginou vagando pelos corredores apenas de camisa, calça e botas.

Lentamente, ela abriu os botões da camisola, notando a maneira como os olhos dele seguiam o caminho dos dedos. Quando o último botão foi aberto, ela tirou o linho macio do ombro esquerdo, depois do direito, e deu uma pequena sacudida para mandar o tecido ao chão. Não era a primeira vez que ficava nua na frente dele, mas Selena ainda o ouviu ofegar, como se estivesse esperando a vida inteira por aquele momento.

Os passos dela foram silenciosos, os dedos afundando no tecido grosso do tapete enquanto deslizava até ele.

— Estou feliz por ter vindo até mim. Se não tivesse, eu teria ido até você. — Estendendo a mão, ela segurou o queixo áspero, nem um pouco incomodada pelo começo de barba que crescia, já que tinha recusado a antiga lâmina de Lushing mais cedo. — Quero você na minha cama hoje à noite.

— Não tenho nenhuma proteção.

Então ele decidira não derramar sua semente nela. Selena ficou surpresa por não ter sentido uma decepção maior. Mas ela respeitava a maneira como ele havia levado seu tempo para se decidir, como considerara sua obrigação de fazer o que era certo, como não a via apenas como uma mulher a ser tomada. Porque ela passara a vê-lo como mais que um possível pai para seu filho. Ela desejava aquele homem, ansiava por senti-lo entre suas coxas. Admirava tudo o que ele era. Ele, que crescera sem nada, havia superado tudo e alcançado o sucesso. Ele, que fora tratado injustamente, não culpava os outros por suas circunstâncias. Assumia a responsabilidade por si mesmo, por suas ações. E era aquela devoção que o faria não lhe dar o filho que ela precisava.

Mas ela não viu problema na decisão. Em vez disso, a fez amá-lo um pouco mais.

E ela o amava. Não tinha certeza de quando percebeu o sentimento, mas não o sobrecarregaria com a verdade, porque não havia futuro para eles. Ela não tinha a liberdade que lady Aslyn ou lady Lavínia tinham para se casar sem pensar em posição social ou privilégio. As duas mulheres não tinham irmãs dependentes. Ela não podia correr o risco de ser banida da sociedade, pois isso afetaria as possibilidades de bons futuros para as irmãs.

Selena deslizou a mão sobre a camisa e abriu o primeiro botão.

— Você pode sair de dentro de mim antes de derramar sua semente. Você me disse uma vez que eu merecia uma sedução escandalosa e completa. Considere-me completamente seduzida.

O rosnado feroz que saiu de Aiden foi um contraste direto com a gentileza com a qual ele clamou sua boca. Selena ficou em êxtase com o toque, com o fato de cada beijo ser diferente de outro, mas continuou sua tarefa de liberar os botões um a um.

Afastando-se dela, ele deslizou a mão pelo braço fino até poder entrelaçar os dedos nos dela. Então, começou a puxá-la do quarto.

— Aqui não. Não quero tomá-la em uma cama onde outro a teve, onde residem outras lembranças.

Ela forçou os calcanhares no chão.

— Deixe-me pegar meu roupão.

Ele deu um sorriso provocante.

— E quem vai ver?

Quando ele puxou novamente, ela não resistiu, seguindo-o até o corredor com uma risadinha nervosa. Ela cobriu a boca. Nunca andara nua fora de seus aposentos. Era despudorado e excitante ao mesmo tempo. Obsceno. Libertando-se da mão dele, Selena correu em direção ao quarto que os criados haviam preparado para ele. Ouviu o eco de seus passos acelerados quando ele correu atrás dela. Entrando rapidamente no quarto, ela parou de repente e se virou para encará-lo.

Ele a fitou com olhos obstinados enquanto fechava a porta. Então, tirou a camisa antes de se despir das botas e do restante das roupas em movimentos suaves e rápidos que fizeram a boca de Selena secar. Ela já o tinha visto nu antes. Ainda assim, era um prazer ver novamente. E pensou que, se vivesse até os 100 anos, nunca se cansaria da visão — embora uma centelha de realidade a lembrou que aquela noite seria, sem dúvida, a última. No dia seguinte, eles retornariam a Londres apenas para se separar: ele para seus clubes de jogos, e ela para procurar outro cúmplice em seu plano para enganar a Coroa.

Porém, naquele exato momento, ela não queria considerar possíveis candidatos. Queria apenas se concentrar nas horas restantes com o homem que a fizera experimentar emoções novas, que despertara sua paixão com a mesma facilidade que puxava um livro de uma estante, que lhe mostrara que ela era uma criatura com desejos e necessidades carnais. Embora talvez não fosse algo tão geral. Talvez fosse mais específico. Todas as suas necessidades estavam relacionadas a ele, pois certamente ela nunca olhara para outro homem e pensara: *eu morrerei se não o tiver.*

Era o toque *dele* que ela ansiava, o corpo *dele* se fundindo ao seu, as mãos *dele* acariciando seu corpo, a boca *dele* devorando a sua.

Selena se manteve parada quando ele avançou em sua direção, os movimentos sensuais e predatórios, exatamente como tinham sido na primeira noite em que o viu no clube. Quando a alcançou, ela levantou os braços para recebê-lo. Com movimentos leves, entrelaçou os dedos no cabelo castanho e pressionou os seios contra o peito largo, saudando o retorno da boca dele com uma urgência que falava muito sobre o que ele desejava. *Ela.*

Eles não estavam envolvidos em uma simples união entre dois indivíduos, mas em uma união entre Aiden Trewlove e Selena Sheffield. Eram os indivíduos envolvidos que importavam. Era nos olhos castanho-escuros que ela queria se perder. Eram as palmas ásperas das mãos fortes que ela adorava sentir em sua pele. Eram os gemidos dele que soavam como música para seus ouvidos. Era a voz rouca que dizia seu nome de novo e de novo, como uma bênção que fazia seu coração acelerar loucamente, que fazia seu mundo ser dominado por uma alegria que irradiava de seu âmago.

Mesmo que seu mundo naquele momento fosse pequeno, apenas eles, abrigados em um quarto em que ela nunca dormira.

Ah, ele fora muito sábio em insistir que fossem a um cômodo que não guardava lembranças. Nenhum momento do encontro seria invadido por outras recordações. Nos anos seguintes, quando ela pensasse naquela noite, as lembranças não se misturariam com nenhuma outra, permaneceriam para sempre imaculadas e intocadas por tudo o que acontecera antes.

Ela mal percebeu que estava se movendo até as pernas baterem no colchão. Erguendo-a como se ela não pesasse nada, ele a pousou no edredom de veludo e a seguiu, cobrindo o corpo feminino com o dele enquanto mais uma vez saqueava sua boca.

O sabor de Aiden era rico e intenso, de um tom amadeirado. Ele bebera uísque havia pouco tempo, e ela se perguntou se o resto da bebida na língua dele era o responsável pela embriaguez que ela estava sentindo, ou se era apenas sua proximidade que a deixava tonta e sem fôlego. Ele era o melhor dos licores, e ela temia que nunca tivesse o suficiente dele. Que sempre ansiaria por mais um gole, mais uma união.

Ele arrastou a boca depravada sobre cada centímetro dela, como se estivesse memorizando as palavras de um livro, para que, se o tomo não estivesse mais disponível para ser lido em suas mãos, ele ainda pudesse encontrar prazer em recordar todas as frases que compunham a história. Uma lambida aqui, uma mordiscada ali, uma provocação da língua aveludada onde a pele dela era mais sedosa.

Tudo em seu corpo tensionou, tudo queria sentir aquele homem que a despertava para a vida tão facilmente. Ela não sentiu vergonha quando seus gemidos e suspiros ecoaram ao redor deles. Em vez disso, divertiu-se com os sons, em como ele conseguiu fazê-la se sentir confortável o suficiente para liberá-los. Nos braços dele, Selena sentia como se pudesse revelar seu verdadeiro eu: devassa e lasciva.

Depois de abrir bem as pernas delicadas, ele colocou as mãos embaixo de sua bunda, subiu-a levemente e a penetrou com firmeza. Seu grito de prazer explodiu sem ser ouvido. Era tão maravilhoso tê-lo dentro dela mais uma vez. Apenas uma noite se passara sem a união de seus corpos, mas parecia uma eternidade.

Apoiando-se nos cotovelos, Aiden entrelaçou os dedos nos dela e segurou suas mãos nos dois lados do travesseiro. Uma pontada de arrependimento a invadiu quando ela entendeu as razões por trás daquilo. Ele temia que Selena usasse as mãos para mantê-lo dentro dela quando estivesse prestes a deixá-la.

— Eu não vou aceitar o que você não deseja oferecer — sussurrou ela.

Os olhos castanhos estavam escuros e penetrantes. Abaixando a cabeça, ele a beijou antes de se erguer sobre ela, segurando seu olhar e deslizando para fora, apenas para retornar. De novo, devagar, leve. Os dedos dele apertando os dela.

Ele aumentou o ritmo. Selena observou o cabelo castanho bater na testa dele, o suor começar a cobrir seu peito, as narinas dilatadas enquanto a respiração ficava mais ofegante. O corpo dela respondeu da mesma maneira, encontrando o dele a cada estocada, girando enquanto ela o tomava mais fundo, tão fundo que sentiu como se Aiden tivesse perfurado sua alma. O êxtase começou a aumentar, subindo da ponta dos pés ao último fio de cabelo. Ela apertou as coxas contra os quadris dele, esforçando-se para conter o prazer, ainda não preparada para se libertar, para que ele a deixasse.

Eles se moveram em uníssimo, dando e recebendo, provocando a gratificação do outro. Como se soubesse exatamente o que ela precisava, os movimentos de Aiden se tornaram mais frenéticos, mais fortes, mais decididos, até que o êxtase tomou conta e a invadiu. Ela gritou o nome dele, inclinou as costas e pressionou a cabeça mais fundo no travesseiro. Por mais que lutasse contra a sensação, não conseguiu impedir os olhos de fecharem quando a sublime felicidade a tomou. Parecia que cada nervo de seu corpo havia se tornado uma estrela cadente.

Ele continuou a penetrá-la até que ela estivesse completamente lânguida. Abrindo os olhos, ela o encarou. A boca estava cerrada, os músculos tensos e rígidos. O nome dela era um rosnado em seus lábios quando Aiden deu uma última estocada, seu corpo sendo dominado por uma série de espasmos, a cabeça jogada para trás.

Os dedos dele afrouxaram o aperto e ele a abraçou, enterrando o rosto na curva do pescoço de Selena.

Lágrimas arderam em seus olhos quando ela percebeu que ele não a tinha deixado, não havia derramado sua semente em outro lugar. Ela o abraçou e apertou o mais forte que conseguiu.

Enquanto a observava cair no abismo do prazer, Aiden percebeu que nunca poderia negar-lhe o que ela queria. E então, quando deveria ter saído, ele ficou, fazendo o que nunca fizera antes: derramou sua semente em um ventre.

Aiden esperava sentir um certo arrependimento, mas não sentiu. Parecia que nada importava mais que ela, que a felicidade dela. Ele estivera procurando justificativas não dar a Selena a única coisa que ela pedia. Assim como no jogo de bilhar, as probabilidades não estavam a favor dele. E não porque Selena era evasiva ou inteligente ou sabia como manipulá-lo.

Mas porque ela não o tinha pressionado. Dera tempo a ele. Aceitara suas dúvidas e permitira que ele chegasse às próprias conclusões. No fim, as conclusões não eram as que ele esperava.

Ele, que nunca havia amado antes, finalmente amava, e era a coisa mais gratificante e assustadora que já sentira.

Aiden quase pronunciou as palavras "eu te amo" em voz alta, mas sabia que aquilo só tornaria as coisas mais difíceis quando chegasse a hora da separação. Porque eles teriam que se separar. Eventualmente, ela perceberia também.

Ou talvez não tivesse pronunciado as palavras porque temia descobrir que o sentimento não era recíproco. Não que importasse. O que era uma descoberta recente e surpreendente.

Anos antes, quando Finn se apaixonou pela filha de um conde, Aiden o chamou de tolo. Só ali, com Selena, realmente entendeu que o irmão não tivera escolha no assunto. O coração fazia o que queria, amava quem desejava. E parecia ter uma propensão a escolher aquelas que apresentavam os desafios mais difíceis. Mas, se o amor fosse fácil, os poetas não seriam aclamados por colocar em palavras o que se considerava indescritível.

Ele pressionou um beijo no pescoço de porcelana, onde uma mordida de amor estava desaparecendo. Ele quisera marcá-la naquela noite. Que idiota fora ao não perceber o poder que ela tinha de marcá-lo permanentemente. O coração dele era dela. Permaneceria assim. Ele nunca o daria a outra. Disso tinha certeza.

Erguendo a cabeça, capturou o olhar dela e franziu a testa.

— Por que está chorando?

Os olhos dela estavam cintilando de lágrimas. Ele observou uma rolar pela bochecha.

Selena deu um sorriso trêmulo.

— Eu não sei. Tolo, não é?

Aiden afastou os fios úmidos do cabelo dela do rosto.

— Nada em você me pareceu tolo, nem sequer uma vez.

— Suponho que não esperava...

Gentilmente, ele colocou um dedo nos lábios dela. Ele não queria discutir como chegara à sua decisão ou o que aquilo significava para o futuro deles — separados ou juntos.

— Um presente de grego.

Aiden esperava que Selena desse risada. Em vez disso, ela pareceu um pouco confusa e triste. Ainda assim, assentiu.

Ele rolou para o lado, consolando-se no fato de que ela o acompanhou e aninhou a cabeça na curva de seu ombro, a perna apoiada nos quadris, a coxa cutucando o pênis flácido, que imediatamente se animou. Ainda não estava pronto para outra rodada, mas tinha esperanças de estar pronto em breve. Os dedos dela percorreram preguiçosamente o peito dele.

— Do que você mais gosta na propriedade? — perguntou ela.

— De você. — Ele olhou para baixo quando sentiu a cabeça dela inclinar para cima. — Minha parte favorita é que você está aqui.

As bochechas ficaram rosa, do mesmo tom do céu pouco antes de o sol desaparecer no horizonte, cobrindo tudo em um cobertor de escuridão. Enquanto vivesse, nunca esqueceria a visão daquele pôr do sol ou da sensação da mão dela aninhada na dele.

Ela beijou o ombro dele antes de aninhar a cabeça novamente.

— Você me faz desejar que as coisas fossem diferentes, que eu não tivesse responsabilidades, que... — Ela riu. — Eu ia dizer que desejava ser uma lojista, mas nunca teríamos nos conhecido se eu fosse.

— Eu vou a algumas lojas, às vezes.

— Mas quais são as chances de ir justamente na minha?

— Meus negócios são organizados com a premissa de que as chances sempre favorecem a casa, mas isso não significa que a casa sempre vence. Mesmo que as chances sejam de uma em cem, alguém tem que ser essa "uma". Aí que entram os sonhadores, aqueles que acreditam que poderia ser essa "uma chance". Os realistas são mais práticos, sabem que provavelmente não são.

— Eu nunca pensaria que você é tão excêntrico.

— Em geral, não sou. Mas conheço homens que apostaram seu último xelim e saíram com os bolsos cheios de moedas. Então, se você fosse uma lojista, ainda poderíamos ter nos conhecido.

No entanto, ela não precisaria dele e não o procuraria.

— Receio que a morte de meus pais tenha me tornado mais realista. Não gosto de simplesmente achar que as coisas vão dar certo. Eu preciso ter certeza. Nunca poderia começar um negócio, correr o risco de fracassar.

— É isso que torna o sucesso tão bom. Saber que você poderia ter falhado, mas não falhou.

Levantando-se, Selena montou em seu colo, e o pau de Aiden subiu imediatamente.

— Duvido que você já tenha questionado sua capacidade de ter sucesso. Não posso dizer o mesmo de mim. Tenho medo de falhar agora, de ser estéril.

— Você não é um fracasso se não puder ter filhos. Você me disse que queria que as pessoas vissem que você é mais que sua beleza. Lena, você é mais que seu ventre.

Sentando-se, ele reivindicou a boca dela e encaixou seu membro na abertura quente, preenchendo-a e determinado a dar tudo o que ela ansiava. Agora entendia que o amor tornava uma pessoa imprudente. E abraçou o conhecimento como abraçou o corpo de Selena — com tudo o que havia dentro dele.

Capítulo 20

ELES VIAJARAM DE VOLTA para Londres em silêncio, mas um silêncio confortável. Sentado em frente a Selena, Aiden exibia um pequeno sorriso satisfeito que sem dúvida combinava com o que estava no rosto dela.

Ela lutou contra a vontade de colocar as mãos sobre a barriga, de pensar no que poderia estar crescendo em seu ventre. Depois de sete longos anos, as chances estavam contra ela. Tinha consciência disso. No entanto, ainda sentia esperança, uma esperança que ele lhe dera quando falara sobre probabilidades. Mesmo baixa, ainda existia uma chance. Enquanto a realista nela se revoltava, a sonhadora que fora havia muito tempo acordava de um sono comprido e se recusava a recuar.

Estar com ele era como correr descalça sobre a grama com abandono. Era alegre. Ela encontraria uma maneira de mantê-lo em sua vida ao mesmo tempo em que protegia o filho.

— Por que você ficou triste?

A voz dele a tirou de seu devaneio, e Selena se perguntou se mais alguém no mundo a conheceria tão bem quanto Aiden.

— Não estou triste.

— Como são as outras propriedades?

— Menores, mas não menos opulentas. Os duques de Lushing levavam suas responsabilidades muito a sério. Garantir que as propriedades fossem a inveja de todos era considerado um dever, um requisito da posição. — Ela olhou pela janela. — Os plebeus ressentem a nobreza por terem lugar na sociedade, mas isso vem com sacrifício.

— Todas as posições na sociedade necessitam de sacrifício.

Ela voltou a olhar para Aiden.

— Creio que sim. Você já visitou a propriedade de seu pai?

Ele negou com a cabeça.

— Temos o mínimo de interação. Falando nele, ele foi visitá-la novamente desde aquela proposta atroz?

— Não que eu saiba, embora eu não tenha estado tanto em casa. Você está me mantendo bastante ocupada.

— Conte-me se ele aparecer.

A voz dele tinha um tom sombrio e agourento.

— O que você fará se ele fizer?

— Farei outra visita a ele.

Selena arregalou os olhos em alarme.

— Você fez uma visita a ele? Quando? Por quê?

— Algumas noites atrás. Para me certificar de que ele não a incomodaria mais.

Ela estava mais que levemente angustiada.

— Ele sabe sobre nós?

Aiden se mexeu no assento.

— Independentemente do que ele achar que sabe, não vai contar a ninguém. Há pouco que ele teme mais que a ira dos irmãos Trewlove.

— E se ele adivinhar? E se buscar...

Inclinando-se, ele pegou a mão dela, interrompendo suas palavras.

— Lena, posso não me envolver publicamente na sua vida ou na da criança, mas serei como aquela grande estátua no gramado da frente de Sheffield Hall, sempre vigilante. Nada de ruim acontecerá à criança. Ninguém jamais questionará sua paternidade. — Estendendo a mão, ele roçou os dedos ao longo da bochecha delicada. — Eu sou muito bom em me manter às sombras.

Enquanto Selena se consolava imensamente com as palavras dele, não podia deixar de se perguntar quão difícil, quão *doloroso*, seria para ele estar no limite da vida do filho.

— Não será fácil para você.

— É o preço que pago. De bom grado.

O "por você" não foi dito, mas ele poderia muito bem ter gravado as palavras no coração dela, porque ela as sentiu do mesmo jeito.

Selena tivera muita dificuldade para tomar a decisão de viver o resto de sua vida sem honra, e lamentava que suas ações tivessem um efeito tão profundo na vida dele também. Talvez daqui a alguns anos, quando a criança crescesse, fosse independente, Selena retornasse ao Clube Elysium e encontrasse a verdadeira felicidade com o dono. Àquela altura, quem se importaria? Quem suspeitaria? As probabilidades dessa ideia se concretizar eram muito pequenas, e ainda assim lhe dava algo ao qual se segurar.

Aiden se recostou. O sorriso satisfeito havia sumido. Nos olhos castanhos, ela via anseio — não fome nem desejo —, mas um anseio por algo que nunca poderia acontecer: conversas baixas em frente a uma lareira, longas caminhadas no parque. O reconhecimento público de que eles significavam algo um para o outro.

Ela mal notou que haviam chegado a Londres, não até a carruagem parar do lado de fora do clube. Aiden fez um movimento em direção à porta, que ainda não havia sido aberta.

— Encontro você aqui hoje à noite, não é? — perguntou Selena.

Não conseguia suportar o pensamento de uma noite sem ele.

Ele parou e olhou para ela, o sorriso suave, os olhos cheios de satisfação por saber que significava algo para ela.

— Meia-noite. Há menos mulheres nesse horário, menos tarefas que exigem minha atenção.

Então ele se foi, saltando da carruagem, entrando no clube e desaparecendo de sua vista.

Eles haviam saído de Sheffield Hall cedo o suficiente para que ela chegasse em casa pouco antes do meio-dia. Ela notou um cavalo preto preso a um poste na frente da casa e presumiu que Winslow ou Kittridge apareceram para uma visita. Esperava que fosse Kit, pois queria dormir um pouco antes de falar sobre quaisquer preocupações que Winslow pudesse trazer em relação a sua propriedade e falta de dinheiro. Ela realmente precisava encontrar alguém para ajudar o irmão a cumprir seus deveres, porque a morte de Lushing o deixara em um barco sem remo ou leme. Enquanto subia as escadas, ocorreu-lhe que o duque de Thornley poderia ser essa pessoa, pois era um excelente exemplo a seguir. Embora ela o conhecesse bem, não era o suficiente para pedir-lhe algo, mas talvez Aiden pudesse comentar sobre o assunto com Thornley. Seria adorável ter menos um irmão com quem se preocupar.

Ela abriu a porta, atravessou a soleira e parou como se tivesse batido em uma parede de tijolos. Não era Kit nem Winslow.

O mordomo dela abaixou a cabeça levemente.

— Sua Graça, estava explicando ao lorde Elverton que você não se encontrava em sua residência.

— Mas aqui está você — disse Elverton, o sorriso um pouco brilhante demais.

Aiden não herdara o formato da boca do pai.

— Acabei de voltar de Sheffield Hall e estou bastante cansada. Como posso ser útil, milorde?

— Poderia me dar alguns minutos de seu tempo? Talvez um pouco de chá.

Ela se perguntou se a presença do homem indicava que ele não dava crédito a qualquer ameaça que o filho fizera ou se estava desafiando a ordem.

— Se me der um momento para me arrumar, me juntarei a você na sala. Wiggins, peça para que o chá seja servido.

Subindo as escadas, ela estava grata por Elverton a ter visitado depois da viagem, quando usava o vestido de luto, em vez de depois de uma noite no clube, quando estava com o vestido de baile azul. Em seu quarto, tirou o chapéu, lavou o rosto, arrumou o cabelo e se fortificou para a visita que sabia que seria horrível. Ele já havia oferecido suas condolências. O que mais havia para dizer?

Ela voltou para o andar de baixo e encontrou o conde em pé, junto à lareira, olhando para o vazio do braseiro. Nada da posição dele a lembrava do filho. Não era porque Elverton não estava em boa forma, porque os anos haviam deixado seus ombros e barriga mais arredondados. Ele não possuía a mesma presença magnética de seu bastardo. Aiden simplesmente comandava a sala, assumia o controle quando entrava nela. O pai poderia ter poder por sua posição, mas Aiden tinha poder por sua própria existência. Ele não precisava de um título para marcar seu lugar no mundo. Conquistara tudo por mérito próprio. Ele era o que o conde nunca seria: um homem de valor.

Sem seu título, Elverton não seria nada mais que um fio de fumaça sem essência. Aiden era pura essência, carinhoso, leal e *real*. Honesto. Ele não fingia ser o que não era. Selena sempre sabia exatamente onde estava pisando com ele.

Quando Elverton se virou e lhe deu um sorrisinho que fez os pelos do braço dela se arrepiarem, Selena percebeu que não podia dizer o mesmo do conde. Não confiava no sorriso ou no brilho nos olhos dele. Ela se sentou em uma cadeira almofadada perto da bandeja de chá que havia sido servida e começou a derramar a bebida escura na delicada xícara de porcelana decorada com pequenas rosas. O conde se sentou no sofá próximo, o que felizmente colocava uma distância confortável entre eles. Ela terminou de servir o chá, entregou-lhe a xícara, e depois deu um gole da própria bebida. Então, recostou-se.

O silêncio que se estendeu entre eles não era tão confortável ou natural quanto o entre ela e Aiden.

— Tenho certeza de que você não veio aqui para tomar chá.

Pondo de lado a xícara, ele se inclinou para a frente.

— Gostaria de saber se você pensou em nossa conversa anterior.

Selena tomou outro gole de chá e colocou a xícara no pires com cuidado, para não fazer barulho.

— Sim, pensei bastante nas condolências que recebi. Elas me trouxeram muito conforto nestes tempos difíceis.

Algo como impaciência brilhou nos olhos do conde.

— Eu estava me referindo a outro assunto que discutimos.

— Não lembro dessa discussão.

Ele se mexeu no sofá.

— Você é uma mulher jovem e com necessidades. Muitas necessidades, pelo que sei. Ouvi dizer que Lushing deixou uma poupança modesta para você. Não o suficiente para adquirir tudo que merece.

Selena se perguntou onde ele conseguira aquela informação. Certamente não do sr. Beckwith. Duvidava muito que tivesse sido de Kittridge. Era mais provável que uma das irmãs, inocentemente, contara para uma amiga. Ou talvez Winslow tivesse deixado escapar em um dos clubes depois de beber muito.

— Estou contente com o que meu marido deixou para mim.

— Uma mulher tão bonita quanto você merece mais que contentamento. Quero garantir que, como um potencial futuro marido, eu não seja dispensado. — Ele se aproximou da borda do assento. — Gostaria de aproveitar seu período de luto para forjar uma amizade... uma amizade profunda e duradoura... com você.

— Temo, milorde, que eu esteja muito ocupada assegurando que minhas irmãs estejam adequadamente situadas para ter tempo para gastar forjando amizades.

— Posso conseguir bons casamentos para elas.

Selena prendeu a respiração e congelou, a xícara de chá subitamente parecendo pesar tanto quanto um elefante. Antes que a porcelana começasse a chocalhar em sua mão, revelando seu choque com as palavras dele, Selena pousou a xícara na mesinha. Ele não estava fazendo a oferta pela bondade de seu coração. Estava fazendo aquilo em troca *dela*.

— Milorde...

— Não é uma mentira. Tenho influência e prestígio, que colocarei à sua disposição. O período de luto terminará logo após o início da temporada. Verei todas as três casadas com cavalheiros do mais alto calibre. Esta não é uma afirmação que seu irmão possa fazer ou cumprir, pois ele é muito jovem, muito inexperiente. Mas minha palavra carrega peso. Posso começar a plantar as sementes agora e as veremos florescer até o final da temporada.

— Essa é uma oferta bastante generosa, milorde. Estou, no entanto, perplexa por se importar tanto com o bem-estar delas.

— É com você que me importo. Depois que suas irmãs tiverem bem-situadas, que eu tiver provado minha devoção a você e seu período de luto tiver terminado, podemos nos casar.

Embora uma viúva estivesse apenas na metade do período de luto depois de um ano, não era algo inédito que se casasse nessa época. Ainda assim, era provável que sofresse a indignidade de ser considerada promíscua. Não que o conde de Elverton se importasse com aquilo, aparentemente.

— Ainda há a questão da sua atual esposa, milorde.

— Como mencionei, ela não está bem de saúde ultimamente.

Selena sentiu o estômago embrulhar ao saber que ele já estava em busca de uma substituta para a condessa.

— Para ser sincera, lorde Elverton, sua oferta não é apenas terrivelmente vulgar, mas também uma ofensa à sua esposa. — Ela se levantou. — Eu recuso sua oferta. Por favor, vá embora.

Com a cabeça erguida e uma postura ereta, ela se dirigiu para a porta.

— Posso fazer com que suas irmãs não recebam oferta alguma.

A ameaça hostil fez Selena parar em seu caminho.

Lentamente, ela se virou e empalou o maldito homem com o olhar, sentindo gratidão por ele não ter participado da educação de Aiden.

— Receio, milorde, que você tenha subestimado minha influência. Embora eu não tenha mais um duque ao meu lado, ainda sou a duquesa de Lushing. Sou completamente capaz de atender às necessidades de minha família. Alerto, senhor, que não gostaria de provocar minha ira.

Então, saiu da sala.

Do momento em que deixara a presença de Elverton, ela se perguntou se deveria contar a Aiden sobre a visita do pai, mas decidiu, por fim, que não a mencionaria, temendo uma tragédia se ele soubesse que o conde refizera sua proposta. Ela certamente deixara sua posição clara. Não tinha interesse no homem, não queria nem pensar em tê-lo em sua vida de qualquer forma íntima, fosse como amante ou esposa.

Era um desafio associar o comportamento odioso do conde de Elverton à bondade do filho. Se havia um argumento de que crianças nascidas fora do casamento eram herdeiras do comportamento imoral dos pais, Aiden e seu pai serviram como exemplo perfeito para exemplificar a teoria de John Locke de que a mente de um bebê é um quadro em branco em seu nascimento. Além do tom dos olhos, do queixo e da testa, Aiden não se parecia em nada com o pai. Ele era tudo que era bom.

Mesmo que ele fosse dono de um clube de pecados — um estabelecimento que ela adentrava com muita expectativa naquela noite. Depois de entregar o casaco para a jovem na chapelaria do saguão, entrou no salão de jogos e avistou Aiden imediatamente. Apesar de haver outros cavalheiros na sala, ele se destacava como se ocupasse todo o espaço sozinho. Não era sua altura ou largura que lhe dava uma vantagem, mas sua própria presença, que dizia tudo, refletia um homem de confiança e ousadia.

Aiden estava falando com um homem mais jovem, mas, como se a presença dela também tivesse peso, ele levantou o olhar e deu um sorriso de canto de boca. Com um aceno de cabeça, deu um tapinha no ombro do jovem antes de ir até ela sem parar uma única vez, apesar de cumprimentar as damas do salão, até se inclinando para sussurrar algo para uma delas. O ciúme era uma lança afiada, mas Selena desviou antes que pudesse causar algum dano. Sabia que ele sussurraria muito mais em seu ouvido depois, palavras muito mais deliciosas do que as que compartilhava com as clientes.

Então, ele parou diante dela, entrelaçou os dedos aos dela e a levou para longe da porta, de volta ao saguão e pelo corredor escuro e isolado. Nenhuma palavra foi dita. Ele era um homem com a missão de reivindicá-la, e Selena não deixou de imaginar se o sexo daquela noite seria tão superficial quanto o que ela experimentara em seu casamento. Agora que ele já a seduzira por completo, será que não veria mais necessidade de deixá-la louca de desejo?

Subiram as escadas. Quando chegaram ao topo, no entanto, ele a puxou para uma direção que nunca tinham ido anteriormente.

— Para onde estamos indo?

— Quero compartilhar algo com você.

Selena quase brincou dizendo que ele poderia compartilhar o que quisesse com ela bem ali, contra a parede, que ela não reclamaria, mas não queria que os encontros girassem apenas em torno de sexo.

— A sala de relaxamento?

Aiden riu baixo.

— Não esta noite.

Outro corredor, outro conjunto de escadas, depois outro, mais estreito e com mais rangidos. Então, ele abriu uma porta.

— Espere aqui.

Ela passou pela porta enquanto ele entrava na sala com uma janela solitária, e a luz fraca da lua ou dos postes de rua revelava o que parecia ser um sótão bastante atulhado. Ouviu o barulho de um fósforo sendo aceso e viu quando Aiden acendeu uma lamparina. Suas suspeitas sobre o cômodo estar atulhado foram confirmadas, mas a bagunça... Deus... A bagunça era magnífica.

Tomando cuidado, Selena caminhou até um cavalete, onde a tela revelava o perfil de uma mulher — ela, mas não ela — com o cabelo preso, os ombros aparentemente à mostra. Tudo sobre a pintura estava suavizado, abafado pela tristeza, de modo que era impossível ter certeza de que ele a usara como modelo — e, no entanto, não podia haver mais ninguém. Ficou surpresa pelo retrato não ter lágrimas correndo pelo rosto.

— Na noite em que fomos ao cemitério.

— Sim.

Ela olhou para Aiden por cima do ombro, incerta de tê-lo visto tão tenso em outra ocasião. Ele parecia estar no aguardo de seu julgamento, como se o pronunciamento pudesse mandá-lo à forca.

— Você pintou isso?

Um único aceno de cabeça.

O olhar dela circulou a sala.

— Todos esses?

— Sim.

Ela foi até a parede, onde havia uma dúzia de retratos, e um — o mais próximo da porta — chamou sua atenção. O desenho mostrava apenas olhos e um queixo em forma de coração, o restante estava um pouco borrado. Poderia ter representado qualquer pessoa e, embora não tivesse sido revelado, ela imaginou uma máscara escondendo o que não havia sido pintado.

Outro apresentava uma mulher com a aparência de uma guerreira, segurando um taco de bilhar, o retrato começando com a parte superior dos seios.

— Vejo que você não se incomoda com roupas.

— Nunca tive muita sorte nesse quesito. As linhas da forma humana vêm mais naturalmente para mim.

Ela pensou nas pinturas na sala de bilhar, nas paredes de outras salas. Todas sensuais, todas com personagens nuas, mas borradas de uma maneira que nunca realmente revelava a identidade da pessoa.

— Você pinta todo mundo com quem se deita?

— Eu pinto aqueles que me intrigam.

Ela olhou novamente por cima do ombro, encontrando e segurando o olhar dele.

— Você já dormiu com todas essas damas?

— Apenas algumas.

— As outras posaram para você?

— Pinto de memória.

Ao andar mais pelo sótão, ela percebeu que Aiden mentira sobre as roupas serem um desafio para ele, porque havia um retrato de um garoto bem vestido, de cartola e bengala na mão, um sorriso arrogante em seu rosto fofo.

— Este é Robin, o garoto que ajudou na livraria.

— Ele morava com Gillie antes de ir morar com Finn. Ela não admite, mas acho que sente falta dele. Pensei em dar o quadro a ela.

Aiden tinha um bom coração, um coração carinhoso que fazia o dela apertar dolorosamente no peito. Chegaria o momento em que ele criaria retratos de seus próprios filhos.

— Você é muito talentoso.

Ela vagou de volta para ele e pressionou a palma da mão em sua bochecha.

— Você vai me pendurar em um dos salões lá debaixo?

— Não. Esses quadros são apenas para mim. Mas queria que você soubesse da existência deles. Não sei por que, mas parecia importante de alguma forma. Talvez porque nos últimos dias você tenha sido forçada a revelar seus segredos e sua alma para mim. Pareceu-me justo que eu revelasse um pouco da minha para você.

— Tudo isso seria muito mais simples se você não fosse tão complicado.

Levantando-se na ponta dos pés, ela clamou a boca dele como se fosse seu direito fazê-lo — o que, no momento, acreditava prontamente que era. Pela união dos corpos, haviam feito votos e selado seu destino quando se reuniram na noite anterior.

Fora ainda na noite anterior que Selena decidira que o queria independentemente da decisão dele? Que não queria condições nem termos quando se tratava do relacionamento entre eles? Ela não procuraria outro homem. Ela o queria, apenas Aiden, por quanto tempo ele a aceitasse.

Os braços dele se fecharam firmemente ao redor dela, sendo seguidos de um gemido baixo que a deixou mais excitada, e Selena gemeu em resposta.

Ele andou com ela para trás, estendeu a mão e fechou a porta. De repente, ela se viu pressionada contra a madeira, as mãos dele subindo as saias, enquanto os dedos dela se dirigiam aos botões da calça.

Então ele estava dentro dela, penetrando-a com força, gemendo com a intensidade de suas estocadas. Sua mão deslizou ao longo da coxa delicada e levantou a perna dela até que circulasse sua cintura, e Aiden penetrou ainda mais fundo.

— Eu amo sentir você — murmurou ele, arrastando a boca ao longo de seu pescoço. — Tão quente, tão apertada, tão molhada.

— Eu amo sentir você. Tão grande, tão grosso, tão duro.

A risada rouca dele só intensificou as sensações em espiral que cresciam dentro dela, impulsionando-a para o auge da libertação. Quando ela alcançou o clímax e gritou o nome dele, imaginou todas as damas das pinturas ficando coradas — ou talvez vermelhas de inveja. Ele a fazia desmanchar de maneiras que ela nunca imaginara que uma pessoa fosse capaz.

E ela sabia em seu coração que ninguém mais a tocaria como ele, ninguém jamais ocuparia o mesmo espaço.

— Você me estragou.

Embora ele tivesse pronunciado as palavras em voz baixa, quase abafada pela boca pressionada na nuca dela, elas ainda quebraram o silêncio que havia se instalado depois que eles tiveram outra união — desta vez na cama dele.

Aiden não tinha planejado a vez no sótão, como um selvagem incapaz de controlar seus impulsos, mas ela o olhara com fascinação e algo que ele não conseguiu identificar. Era assim que Gillie olhava para Thornley, Aslyn para Mick, Lavínia para Finn. Ele poderia ter rotulado aquilo de amor, mas não era o que ela queria dele, não era o que ele queria dela. O amor seria ruim para os negócios, limitaria sua capacidade de flertar com as damas, de fazer com que cada uma se sentisse especial.

Ele já começara a receber alguns olhares gelados, outros especulativos. As mulheres iam ao clube para se esbanjar em vícios, mas também desfrutavam da atenção provocante dele. Aiden não podia arriscar irritar aquelas que estavam colocando moedas em seus cofres.

— De que maneira? — perguntou ela de forma letárgica, como se a união selvagem a tivesse deixado muito cansada para formar palavras.

Aiden não sabia por que dissera aquilo. Selena o estragara de maneiras que ele não queria admitir. Seus corpos se encaixam como peças perfeitas de um quebra-cabeça. Eles se comunicavam sem palavras, sabendo o que o outro precisava, queria, desejava. Ele nunca havia falado tão honestamente com qualquer outra mulher — exceto sua mãe e irmãs — como falava com ela. Poderia lhe contar tudo, *queria* lhe contar tudo. Por isso compartilhara suas pinturas. Aiden apenas exibia algumas ao público; ninguém, exceto sua família, sabia que eram dele. Algumas eram muito pessoais, vindas das profundezas de sua alma. Compartilhá-las o fazia se sentir vulnerável — mas ele não se sentira vulnerável com Selena. Como isso seria possível se ela já o tivera na posição mais vulnerável de todas: amarrado a uma cama? Ele confiara nela na ocasião, mesmo que não tivesse acabado bem para ele. E ainda confiava nela. Mesmo assim, não podia confessar tudo aquilo, nem permitir que ela soubesse quão importante se tornara para ele. Porque poderia chegar um momento em que ela não faria parte de sua vida, quando se cansaria de fazer tudo sozinha em público e precisaria de um homem que pudesse ser visto ao seu lado.

— Eu me ressentirei de ter que usar proteção quando estiver com outras damas no futuro.

Nos braços dele, de costas para seu peito, ela ficou completamente imóvel. Aiden não tinha certeza se Selena respirava.

— Eu nunca estarei com outro homem.

Ele fechou os olhos com força. A resposta dela não foi a que esperava. Ele a abraçou mais forte, queria encorajá-la a encontrar outra pessoa, outro duque, porque não podia suportar a ideia de ela viver em solidão.

— Você é jovem demais para não se casar novamente.

— Lushing disse a mesma coisa quando ficou mais doente. Ele me incentivou a encontrar outra pessoa, a me casar novamente. Mas se eu me tornar esposa de outra pessoa, não poderei mais procurá-lo.

Aiden não podia imaginá-la feliz em passar o próximo meio século compartilhando apenas momentos escondidos com ele. Eventualmente, o mundo se abriria mais uma vez para Selena depois do luto. Ela seria paquerada e cortejada. As propostas de casamento apareceriam. Quanto tempo antes de alguém chamar sua atenção? Outro homem teria influência sobre seu filho. Ele não queria considerar aquilo... Virando-a, ele lhe ofereceu um sorriso triste.

— Talvez devêssemos evitar especular sobre nosso futuro.

Os olhos dela eram como piscinas límpidas quando ela assentiu.

— Devemos nos concentrar no presente. Aproveitar ao máximo.

Puxando-a até que ela estivesse montando em seu colo, ele pretendia fazer exatamente aquilo — aproveitar ao máximo cada minuto, hora e dia que estavam juntos. Quando ela o recebeu, Aiden lutou para não pensar no futuro, porque o seu seria um abismo solitário sem ela.

Era quase manhã quando Selena se preparou para ir embora. O pouco tempo que passaram em Sheffield Hall a mimara, e ela queria dormir algumas horas nos braços dele, inalando seu aroma masculino, misturado com o cheiro de fazer amor. E ela adorava vê-lo colocando as roupas para começar o dia quase tanto quanto gostava de vê-lo tirá-las.

Aiden não se incomodou em se barbear, talvez por causa do horário, e a barba por fazer sombreava seu queixo.

— Gosto da barba.

Ele esfregou a barba por fazer, e ela ouviu o barulho das cerdas contra as palmas das mãos, lembrou da sensação que elas causaram na pele macia de seu pescoço, de seus seios, quando ele a acordou para fazerem amor.

Agora era esse o termo que Selena usava em sua cabeça, era o que ele fazia com ela. Era como se Aiden desse mais a ela do que apenas sua semente, como se a presenteasse com partes de si mesmo, partes que ela era arrogante o suficiente para acreditar que ele não dera a nenhuma outra. Estar com ele era mais profundo, mais gratificante, mais satisfatório do que ela jamais sonhou que seria. Era mais que o jeito que ele fazia seu corpo vibrar de prazer. Era a maneira com a qual ele fazia sua alma brilhar.

— Talvez eu deixe crescer.

Aiden abriu a gaveta de uma caixinha de madeira que repousava sobre a mesa. Então, estendeu uma chave para ela.

— Para você.

Ela pegou, fechando os dedos em torno de algo que parecia significativo.

— Por quê?

— Para que possamos ser um pouco mais discretos e minhas clientes não saberem que tenho uma amante. Quando você chegar, apenas suba. Mandarei Angie enviar um dos empregados para me avisar que você está aqui, e me juntarei a você quando puder.

Ele já havia lhe dito que nunca levara outra mulher para seus aposentos, então ela sabia que era a primeira a quem ele dera acesso irrestrito ao local. Fechando os dedos com força ao redor do metal, ela relutou em se separar da chave, em colocá-la com segurança em sua bolsa. Queria colocá-la em uma corrente e mantê-la aninhado entre os seios, perto do coração. De repente, desejou ter um presente para ele, algo de igual valor.

— Obrigado por se esforçar para proteger minha reputação.

Um canto da boca dele se levantou.

— É melhor para os negócios se pensarem que não tenho correntes.

— Ah? Eu acorrentei você, então?

Ela falou em uma voz leve e divertida, quando, na verdade, estava profundamente tocada pela dedicação dele.

— Você sabe que sim.

Abraçando-a pela cintura, ele a puxou para perto e cobriu sua boca em um beijo profundo, como se precisasse provar que ela estava igualmente acorrentada.

Só que Selena temia que fosse mais. Que ela e seu coração permaneceriam presos a Aiden até o fim dos tempos.

Capítulo 21

Muitos dias depois, Selena se espreguiçou lentamente em sua cama. Fitando o teto, imaginou quão glorioso seria acordar com a visão de Aiden todas as manhãs, vê-lo com a barba por fazer, despenteado, os fios do cabelo espetados para todos os lados, o sorriso preguiçoso antes de abraçá-la. Duvidava muito que ele seguiria o costume da nobreza de marido e mulher dormirem em quartos separados. Não, ele a abraçaria durante o sono, seu corpo a aquecendo, sua mão segurando um seio, exatamente como fizera em Sheffield Hall.

A noite na mansão parecia ter acontecido anos atrás, porque muitas se seguiram desde então, noites em que ela fora até ele. Selena pensou em pedir que ele fosse até sua casa, mas não seria bom que suas irmãs descobrissem tudo — o que sem dúvida aconteceria, porque ela e Aiden não eram nada quietos quando estavam dominados pela paixão. Tinha receio que os encontros se transformassem em uma rotina chata, mas, sob as mãos dele, ela se tornava uma brasa; sob o corpo dele, ela pegava fogo.

Quando a batida soou, Selena se levantou e se recostou nos travesseiros. No início de seu casamento, ela adquirira o hábito de tomar o café da manhã na cama, porque era assim que uma duquesa de verdade começava seu dia. Embora, no momento, ela fosse qualquer coisa, exceto uma duquesa de verdade. Ainda assim, quando Bailey entrou carregando uma bandeja cheia de comida, Selena lutou para parecer uma.

A criada colocou a bandeja sobre seu colo, afofou os travesseiros, depois caminhou até as janelas e abriu as cortinas com um floreio dramático, pois Selena adorava deixar a luz da manhã entrar pelas janelas.

Ela levantou uma tampa para revelar ovos com manteiga, mas o aroma deixou-a um pouco enjoada. Decidindo que não estava boa para comer os ovos, cobriu-os de volta. Torradas e geleia seriam melhores.

— Informe Wiggins que vou precisar da carruagem às treze e meia. Minhas irmãs e eu vamos sair hoje à tarde para um trabalho de caridade.

A livraria de Fancy abriria naquela noite com uma grande festa. Naturalmente, elas não poderiam comparecer, mas Fancy as convidara para uma festa particular com a família antes do evento principal. Era improvável que fossem vistas por alguém que as conhecessem — além dos membros da família Trewlove, é claro.

Com a testa franzida e as mãos cruzadas, a empregada ficou ao pé da cama.

— Não sei se elas conseguirão, Sua Graça. As meninas estão sofrendo de mal-estar mensal.

Selena ficou paralisada, tanto que se surpreendeu por ainda estar respirando. Por mais incrível que parecesse, ela e as irmãs sempre estavam sincronizadas quando se tratava da "maldição". Eles eram como um relógio bem afinado, e ficavam com uma dor de cabeça cruel antes da chegada das cólicas dolorosas. Sempre passavam o primeiro dia de cama, lamentando o castigo de Deus sobre elas.

— Quando o sangramento começou?

— Ontem à tarde.

— Todas as três?

— Sim, senhora. Como sempre. Preparei alguns panos para você, embora talvez não precise deles?

As três últimas palavras foram ditas em um tom agudo, como se a empregada receasse que até a sugestão de que Selena estivesse carregando um herdeiro impediria que aquilo fosse verdade. Embora a criada soubesse quando sua última menstruação terminara, a mulher inocente tinha esperança de que, apesar da piora do estado de saúde, o duque havia conseguido enfrentar a doença e cumprir seu dever uma última vez. Era aquela crença absurda que Selena planejava explorar se conseguisse engravidar.

A possibilidade agora parecia real, ainda assim...

Ela conseguia pensar em uma centena de razões pelas quais as irmãs estavam sofrendo no momento e ela não. O estresse de se tornar uma viúva, do período de luto, poderia ter bloqueado seu fluxo. Não estava passando tanto tempo com as irmãs, então saíra de sintonia. Estivera tão ocupada, praticamente obcecada, com o tempo que passava com Aiden que, de alguma forma, transmitira ao corpo a mensagem de que ele não deveria fazer nada para impedi-la de vê-lo todas as noites — o que incluía qualquer indício de um sangramento mensal.

Ou ela poderia estar grávida. Com um bebê. De Aiden.

Ela fechou os olhos, lutou contra as lágrimas por tudo o que elas significariam. A alegria de que o bebê dele pudesse estar crescendo dentro de si. Cabelo e olhos castanhos. Um queixo forte. Mãos e pés minúsculos que se tornariam maiores.

Tristeza porque Aiden não estaria com ela quando a criança nascesse. Que os momentos dele com sua descendência seriam curtos e raros.

Quando seu corpo começasse a aumentar, Selena teria que parar de ir ao clube. Não poderia arriscar ser vista lá em sua condição. Se algumas das clientes estavam desconfiando que ele tinha uma amante, não seria nada bom se percebessem que a amante estava grávida. Mesmo que não soubessem que a amante era Selena, se aquilo causasse a menor especulação... Ela não podia arriscar que o relacionamento deles fosse descoberto.

Eles teriam que fazer outros arranjos. O preço do que fizeram de repente pareceu alto demais. Na primeira vez, quando ela partira para cumprir sua missão, não esperava se apaixonar.

Ela chegou na livraria sem as irmãs. Havia considerado enviar uma carta pedindo desculpas por não comparecer, mas, no final, queria ver a loja toda montada, queria ver Aiden em um ambiente que não fosse um quarto de dormir.

Depois de muito pensar, decidiu que não podia ter certeza de que estava grávida. Ela daria mais uma semana, talvez duas, antes de chamar o médico para solicitar sua opinião sobre o assunto. Então, decidiria o que fazer.

Por enquanto, bastava vê-lo esperando por ela do lado de fora da livraria. Vê-lo sempre a deixava alegre, e a alegria só aumentou quando Aiden abriu a porta da carruagem e fechou os dedos em volta dos dela, ajudando-a a descer do veículo. Quantas vezes ele a ajudara daquela mesma forma? Não o suficiente.

— Está tudo bem? Você parece um pouco pálida.

— Estou perfeitamente bem. Minhas irmãs estão passando um pouco mal, no entanto. Elas enviam suas desculpas.

Os olhos castanhos se estreitaram em preocupação.

— É contagioso?

— Elas estarão bem logo mais. Podemos dar um passeio pela loja de sua irmã agora?

— Certamente.

Ele colocou a mão dela em seu braço. A familiaridade do ato depois de tão pouco tempo era surpreendente.

Mas, então, tudo sobre o relacionamento deles parecia ter acontecido a uma velocidade vertiginosa, como se estivessem montados em um cavalo em fuga. Nunca fora atingida por tantas emoções de uma vez só daquela maneira. Uma mistura de alegria e tristeza, uma necessidade de guardar lembranças.

Dentro da loja, Selena se confortou com o aroma de mofo que emanava dos livros alinhados nas estantes lindamente esculpidas.

Fancy correu até ela e fez uma reverência.

— Sua Graça, estou tão feliz por ter conseguido vir. — Ela olhou para Selena, a testa delicada franzindo. — Suas irmãs...

— Estão indispostas. Elas pedem desculpas, mas como o período de luto delas não é tão longo quanto o meu, tenho certeza de que virão visitá-la no momento apropriado.

— Estou ansiosa para recebê-las. O ponche já está pronto, se desejar um pouco. Mick pediu ao chef do hotel que preparasse alguns bolos, mas ainda vai demorar um tempo até que cheguem.

— Eu preferiria passear um pouco pela loja.

Aiden andou com ela enquanto caminhava entre as estantes, tocando um livro aqui e ali, imaginando todos os vários mundos para os quais uma pessoa poderia escapar. Eventualmente, eles subiram as escadas. Flores tinham sido adicionadas às áreas de estar, deixando-as mais aconchegantes. Todas as prateleiras dos dois lados da lareira estavam abarrotadas de livros, mas foi o que estava na parede acima da lareira que chamou sua atenção. Como se hipnotizada, ela andou até o local, cativada. A pintura mostrava uma jovem deitada em um sofá, lendo um livro, uma pilha de volumes espalhada pelo chão ao seu redor. O rosto da pintura estava um pouco borrado, mas a dama era obviamente Fancy.

— Você criou isso, capturando o amor de Fancy pela leitura.

Aiden não respondeu. Não precisava. Ela reconhecia o trabalho dele, o cuidado que dedicara à pintura, o amor que havia entregue a cada pincelada.

— Acho que você poderia fazer fortuna como artista.

— O valor dos quadros vem do prazer que eles me trazem.

E que levava aos outros.

À sua esquerda, perto de uma janela, estava o recanto que Fancy havia projetado como uma área para as crianças lerem. Na parede havia outras pinturas, menores, aparentemente dispostas ao acaso. Ao se aproximar, Selena riu ao ver um gato, um cachorro, um porco-espinho, um arganaz, um unicórnio e uma sereia, todos lendo em seu pequeno mundo, cada um em seu próprio quadro. Aiden dissera que pintava de memória, mas era óbvio que também tinha uma imaginação vívida.

— Você os criou também. Quem pensaria que Aiden Trewlove é um pouco excêntrico?

Virando-se, ela sorriu, tocada ao ver as bochechas dele enrubescendo de constrangimento.

— É por isso que você não os assina? Para que as pessoas não saibam que você possui um coração gentil?

— Não os faço para ser aclamado, então não vejo necessidade de colocar meu nome. É apenas uma diversão.

Mas os quadros eram muito mais que diversão. Assim como ele era.

— As crianças vão adorar.

Ela começou a se perguntar se ele criaria histórias para os próprios filhos, mas se impediu de ir mais longe e contemplar como seria a mãe das crianças. Se eles continuassem se vendo, Selena não poderia mais lhe dar filhos. Eles teriam que voltar a usar proteção. Mas, eventualmente, ele poderia querer uma família de verdade, que não precisasse esconder.

Aiden apenas deu de ombros.

— Paredes não foram feitas para ficar nuas. Pintei algumas coisas para a taverna de Gillie.

— Sereias e unicórnios?

Ele sorriu.

— Claro. Então não pude *não* pintar algo para Fancy. — Ele se aproximou e passou o dedo pelo queixo dela. — Deveria pintar algo para você. O que você gostaria?

Um retrato seu. Uma miniatura. Algo que ela poderia colocar em um medalhão e manter perto do coração.

— Eu não sei. Vou pensar.

— Estou feliz que você veio hoje à tarde. Gosto de vê-la fora do clube.

Fazia com que o fato de estarem juntos parecesse ter um propósito maior.

— Gostaria de poder fazer mais coisas com você — disse ele calmamente.

— Viúvas não podem fazer ou aceitar convites por um ano. Não seria bom sermos vistos andando juntos por aí.

Ele se aproximou, as pernas roçando contra as saias dela, a mão tocando o pescoço delicado, os dedos deslizando ao longo da nuca.

— Tenho tentado pensar em algum lugar que possamos ir.

— Como o teatro? Você já foi a uma peça?

— Uma vez. Quando eu era mais jovem, com cerca de 12 anos, todos economizamos e levamos nossa mãe para uma peça em Drury Lane. Gostei, mas não o suficiente para gastar minhas moedas nisso novamente. Pelo menos não naquela época. Eu poderia levá-la a um teatro clandestino. É improvável que outros nobres apareçam.

— Mas não podemos garantir que algum jovem cavalheiro não apareça, tramando alguma coisa.

— Não. — Ele abaixou os lábios para a parte inferior do queixo dela e, com um suspiro, ela deixou cair a cabeça para trás. — Houve um tempo em que eu poderia ter levado você à taverna de Gillie, mas, agora que ela é casada com um duque, os lordes estão sempre aparecendo.

— Uma pena.

— Não posso levá-lo para passear no parque. Parece que tudo o que posso fazer é levá-la para a cama.

O arrependimento e a tristeza laceavam a voz dele.

Selena não podia oferecer mais a ele, e a realização a fez sentir uma pontada na consciência.

Capítulo 22

Um pouco mais de duas semanas depois, Aiden entrou em seus aposentos e viu Lena olhando pela janela, uma leve empolgação emanando dela. Eles haviam estabelecido uma rotina: ao chegar ao clube, ela ia direto para o quarto, e um lacaio discretamente alertava Aiden sobre sua presença. Logo depois, ele se unia a ela. Às vezes, eles jantavam e compartilhavam histórias do dia a dia. Outras, ele contava sobre as mudanças que estava planejando para o clube, ou Selena compartilhava as fofocas que um visitante ocasional a trazia.

Ele queria expandir o mundo deles para além daqueles cômodos, mas sabia muito bem que, mesmo que o período de luto dela não determinasse sua reclusão, ela seria malfalada por ser vista com uma pessoa como ele.

Aiden tinham três irmãos que haviam conseguido cônjuges nobres, mas nenhum deles tinha famílias que dependiam de sua reputação. Nenhum deles tinha irmãs cujo futuro bem-estar e perspectivas de um bom casamento pudessem ser destruídos por causa de suas escolhas. Nenhum deles havia encarado a possibilidade de perder tanto.

Quando ele se aproximou, Selena se afastou da janela e deu um sorriso trêmulo, com lágrimas brotando em seus olhos.

— Estou grávida.

Tendo estado com ela todas as noites sem um período de interrupção, a revelação não o deixou surpreso. Ainda assim, as palavras o atingiram com a força de um soco no estômago, tornando impossível respirar. Sem pensar, baixou os olhos para a barriga de Selena e tocou o local, como se pudesse sentir movimento, pudesse se conectar com o bebê que crescia dentro dela, que provavelmente já o fazia havia quase um mês. Era difícil acreditar que Selena estava na vida dele por pouco mais que isso, quando todas as noites passadas com ela pareciam diferentes de todas as que haviam acontecido antes.

Ela colocou a mão sobre a dele.

— Suspeitei há algumas semanas, mas tive medo de ter muita esperança. O médico confirmou esta tarde. Eu sempre tive medo de ser estéril. Que era minha culpa que Lushing não tinha herdeiro. — Um soluço escapou e ela pressionou os dedos na boca. — Estou tão feliz.

Ele a puxou para seus braços, abraçou-a e se perguntou se ela podia ouvir as batidas do coração dele enquanto a alegria o inundava. A felicidade era inesperada, mas Aiden descobriu que queria gritar de cima dos telhados que aquela mulher incrível traria seu filho ao mundo. Mas o mundo nunca deveria saber. E, assim, a bolha de alegria estourou quando a realidade exigiu reconhecimento.

— Então por que as lágrimas?

Aiden ficou satisfeito por sua voz sair forte e clara, apesar do nó na garganta que ameaçava engasgá-lo.

A criança garantiria o lugar de Lena entre a aristocracia, garantiria que ela pudesse dar uma vida boa às irmãs. Ela criaria o filho em Sheffield Hall. Aiden nunca poderia dar uma residência tão boa, uma propriedade tão boa, não importava quão cheios seus cofres fossem.

— As mulheres choram quando estão felizes.

— Você contou a alguém?

— Não, ainda não. — Levantando a cabeça, ela segurou o olhar dele. — Eu queria compartilhar a notícia com você primeiro. Mas terei que fazer um anúncio muito em breve para diminuir qualquer dúvida de que esse bebê seja de Lushing.

Aiden entrara naquele esquema sabendo de todos os termos, e, no entanto, era mais difícil do que ele esperava abandonar sua paternidade, ser lembrado de que aquela criança nunca conheceria as verdadeiras circunstâncias de como viera ao mundo. Nunca saberia que tinha sido concebido por amor e sacrifício.

Saindo do abraço, ela voltou para a janela e olhou para fora.

— Essa criança tem muito a ganhar. Vamos continuar com tudo. Minhas irmãs serão beneficiadas. — Ela o encarou. — Nosso lugar na sociedade está garantido. Elas se casarão bem. Mas nunca saberão quanto devem a você. E, disso, eu me arrependo.

— Não fiz isso pela maldita gratidão delas.

— Por que você fez, então?

Porque amo você. Porque você me pediu.

Ele deu de ombros.

— Gosto de uma peça bem pregada. Pelas propriedades que essa criança herdará, e pelos títulos, se for um menino. E certamente não foi difícil tê-la na minha cama. Mas eu cumpri meu propósito. Está na hora da nossa relação terminar.

Selena franziu a testa como se pudesse sentir que ele estava se distanciando, que estava construindo um muro ao redor do coração. Ele próprio não esperava que o muro subisse tão rapidamente.

Mas Aiden por fim entendeu que não podiam continuar como estavam: vivendo escondidos num mundinho só deles. Enquanto ele era acostumado a esse tipo de situação, não era vida para Selena. Ela merecia noites no teatro, dançando em salões brilhantes, passeios pelo parque com um homem ao seu lado que lhe traria orgulho. Não que vivia em meio ao pecado.

Ele finalmente entendeu por que Finn havia arriscado tanto por Lavínia, se atrevera a amar uma garota que não podia lhe trazer nada além de mágoa. Por mais amarga que fosse a dor, havia também uma doçura em saber que ele era capaz de sentir tamanha emoção. No entanto, sabia que nunca sentiria por outra o que sentia por Lena. E, por causa do quanto ela significava para ele, Aiden sabia que tinha que deixá-la ir naquele momento, antes que Selena estivesse grande com o filho que ele nunca poderia reconhecer publicamente. Cada noite que passava ficava mais difícil fazer o que deveria ser feito para o bem de todos: sair da vida dela.

— Não. — Ela segurou seu queixo. — Concordamos em continuar nos vendo.

— Você vai descer as escadas sem usar máscara? Vai passear pelo salão de jogos ao meu lado com seu rosto em exibição para que todos possam ver?

— Bem, não, claro que não. Sou viúva há menos de dois meses. As pessoas não podem saber que vim até você poucos dias após a morte de meu marido. Mas talvez daqui a dois ou três anos...

Sempre haveria desonestidade em seu relacionamento público, uma verdade escondida. Ele sempre precisaria proteger ela e o filho dos fofoqueiros. Segurando a mão dela em seu queixo, ele beijou a palma da mão que o acariciava com tanto amor — e nunca o faria de novo.

— Foi divertido, querida, mas nós dois sabíamos que era apenas por um curto período, o que deixou tudo mais emocionante. Por experiência, sei que o tédio logo vai se abater sobre nós. Você estava se enganando se pensou o contrário.

— Você não quer dizer isso.

Puxando a mão de volta, ela pareceu magoada, e Aiden se perguntou se poderia encontrar alguém para esfolar as costas dele antes do amanhecer, mesmo sabendo que afastá-la sem dó era a coisa mais gentil que podia fazer.

— Vou querer ver a criança, é claro. Em segredo. — Sempre em segredo, porque não podiam arriscar que alguém notasse qualquer semelhança na aparência entre o décimo segundo duque de Lushing e um homem que possuía um clube de jogos e um clube feminino. — Vamos resolver os detalhes mais tarde. Envie uma mensagem quando der à luz.

Ele ficou surpreso por ter conseguido manter o tom de voz frio quando tudo em seu interior estava sendo triturado em pedaços.

O fogo ardia nos olhos dela, mas ele preferia o fogo à tristeza, e sabia que Selena encontraria forças para avançar. Aquela era uma das razões pelas quais ele a amava. Ela não seria intimidada ou impedida.

— Parece que eu o julguei mal, Aiden Trewlove.

— É uma pena. Vou levá-la até sua carruagem.

— Não se preocupe. Posso ir embora sozinha.

Os passos dela estavam cheios de propósito, os braços balançando com raiva justificada.

— Lena?

Ela parou, mas não olhou para ele, e Aiden admirou seu controle, sua fúria.

— Encontre um homem que a ame.

— Pensei que tivesse encontrado.

Ela abriu a porta e deu um grito assustado. O gerente de jogos estava ali, com o punho erguido como se estivesse prestes a bater na madeira.

— O que diabo você quer, Toombs? — rosnou Aiden.

— Há uma mulher que deseja vê-lo, senhor. Eu a escoltei para o seu escritório. Ela está esperando por você lá.

Lena virou-se e olhou para ele como se o homem tivesse acabado de fornecer evidências de sua infidelidade a ela.

— Faça ela voltar de manhã. Irei vê-la, então.

Ele não estava com disposição para uma reunião com uma mulher da alta sociedade que queria que a filha fosse escoltada para fora do clube, caso a jovem aparecesse.

— Ela diz que é sua mãe.

Uma sensação de alarme se espalhou por ele. Sua mãe nunca o visitara antes, não aprovava o lugar. Ele estava correndo pela porta antes de Lena continuar seu caminho.

— Acompanhe a dama até sua carruagem — pediu a Toombs enquanto passava por ele.

— Eu não preciso...

Mas as palavras de Lena desapareceram quando ele avançou pelo corredor. Algo estava errado, terrivelmente errado. A mãe dele não estaria ali por outro motivo. Uma dúzia de cenários passou por sua mente, todos envolvendo seus irmãos e um terrível acidente. Correu para o escritório e só parou quando alcançou a porta.

Não era a mãe dele. Era lady Elverton, sentada em uma cadeira perto da escrivaninha. O rosto dela estava pálido e úmido, e ela parecia estar tremendo. Um cheiro horrível estava no ar, e ele notou que a lixeira que ele normalmente mantinha atrás da mesa estava descansando perto dos pés dela.

— Lady Elverton, você está doente?

— Peço desculpas, mas parece que algo no jantar não me fez bem. Comecei a me sentir mal na jornada para cá, e agora piorou muito.

Ele se aproximou e gentilmente passou a mão em torno de seu braço.

— Permita-me acompanhá-la até sua carruagem. Podemos conversar outra hora.

Ela apertou a mão dele, puxando até ele se abaixar.

— Não posso mais viver com a culpa. Por favor, me perdoe. — Estendendo a mão trêmula, ela tocou sua bochecha. — Você *é* meu filho.

Parecia ser uma noite destinada a lhe dar socos no estômago que ameaçavam derrubá-lo de joelhos. Aiden era um homem hábil em transferir imagens para a tela, atento aos mínimos detalhes. Havia notado semelhanças entre eles antes, mas desconsiderou suas descobertas como as de um homem que desejava saber a verdade sobre seu passado e estava disposto a ver coisas que não existiam.

Mas se ele desenhasse suas feições sobre as dela, o formato dos olhos, o traço das bochechas...

Ainda assim, não conseguia acreditar.

— Na nossa última reunião, você disse que eu não era.

— A vergonha me manteve em silêncio. — Os olhos da mulher se encheram de lágrimas. — Deixei que ele levasse você. Eu... ah, Deus! Tenha piedade!

Com um pequeno gemido, ela segurou a barriga, dobrou-se, agarrou a lixeira e vomitou. Aiden sentiu-se impotente, com pouco a fazer além de dar tapinhas em suas costas até que ela se recuperasse.

Ele entregou-lhe um lenço quando ela murmurou mais desculpas pelas quais ele não tinha paciência.

— Você está doente.

Pegando-a em seus braços, surpreso com quão leve ela era, ele saiu da sala com a mulher no colo, praticamente desmaiada.

— Chame um médico! — berrou ele.

O corredor era aberto para o salão de jogos, e ele não tinha dúvida de que algum de seus funcionários seguiria a ordem.

Ele entrou em seus aposentos — grato por ver Lena andando na frente da lareira, a testa profundamente franzida enquanto esfregava as mãos. Ele odiou o alívio que sentiu, a maneira pela qual a mera presença dela apaziguava seus nervos, o fazia acreditar que tudo ficaria bem.

— É lady Elverton?

— Sim.

Ele foi até o quarto e deitou a condessa suavemente sobre a cama.

— Pensei ter ouvido Toombs dizer que sua mãe estava esperando por você.

— Ela disse ser minha mãe.

Quando olhou para cima, foi para ver o espanto claramente gravado no rosto de Lena enquanto seu olhar chicoteava entre ele e a condessa várias vezes, como se ela estivesse catalogando traços.

— Ela está terrivelmente doente. Chamei o médico. Você pode me ajudar a deixá-la mais confortável?

— Sim, claro.

Enquanto ele tirava os sapatos da condessa, Lena afrouxou os botões do corpete.

— Sinto muito — murmurou a condessa várias vezes. — O salmão devia estar estragado.

— Não se preocupe, minha senhora — disse ele. — O médico estará aqui em breve.

— Eu não queria que ele levasse você de mim.

Depois de levar um cobertor para ela, Aiden se sentou ao lado da mulher e apertou sua mão.

— Você não deve se preocupar com isso.

— Ele me disse que você seria bem cuidado.

— Eu fui. Ettie Trewlove é uma mãe maravilhosa.

— Por favor, não me odeie.

— Eu nunca a odiaria.

Odiar seu pai? Sim. Aquela mulher? Não. Notou Lena derramando água da jarra na tigela no lavatório. Logo depois, ela se aproximou, sentou-se na cama e começou a limpar a testa da mulher.

— Sua Graça, eu não esperava vê-la aqui.

— Talvez você possa ser gentil e não mencionar minha presença a ninguém.

— Eu não sou de fofocar. Estou, no entanto, totalmente envergonhada por lhe incomodar.

— Minha senhora, é meu privilégio cuidar de você. Só sinto muito que você esteja se sentindo tão mal.

Com um pequeno gemido, a condessa rolou para o lado, levantou os joelhos e pressionou a mão na barriga.

— Talvez eu vomite de novo.

Aiden pegou uma lixeira e a trouxe.

— Faça o que precisar. Vou buscar um pouco de leite. Vamos ver se isso ajudará a acalmar seu estômago.

Ele voou até a cozinha para pegar uma jarra de leite e um copo. Quando voltou para o quarto, ficou alarmado ao ver a mulher parecendo mais fraca, mais pálida. Não ajudou em nada que Lena parecesse mais preocupada.

Sentando-se na beira da cama, ele deslizou o braço sob os ombros esbeltos da condessa e a levantou um pouco, segurando o copo contra os lábios.

— Aqui, beba isso.

Com uma careta, ela tomou um gole lentamente.

— Isso. Um pouquinho de cada vez — murmurou ele.

Aiden continuou murmurando encorajamentos, elogiando-a. Depois que ela bebeu um bocado do leite e balançou a cabeça, ele colocou o copo de lado e a levou de volta aos travesseiros. Com o pano, Lena limpou suavemente a boca da condessa.

Gemendo baixinho, lady Elverton fechou os olhos.

— Você me contaria sobre sua infância, sr. Trewlove?

Se ela estava procurando ser absolvida da culpa, duvidava muito que ela quisesse ouvir a verdade, das muitas noites em que ele fora para a cama com a barriga roncando de fome, de quão calosa e áspera eram as solas do pé por falta de sapatos, das quantas vezes que ele temera perder os dentes de tanto tremer de frio, por falta de carvão ou de um casaco bem ajustado e menos desgastado.

— Considerando as circunstâncias, acredito que pode me chamar de Aiden.

A boca dela se curvou em um sorriso fraco.

— Luke. Eu pensava em você como Luke. O primeiro foi Matthew. Então Mark. Luke. John. Johnny. Consegui manter Johnny, o visconde de Wyeth, porque já era a esposa de Elverton. — As palavras vinham lentamente, cortadas pela respiração.

Ele apertou a mão dela.

— Guarde suas forças, minha senhora, e descanse. Conversaremos depois.

— Eu preciso acertar as coisas com você. Não sei quanto tempo tenho.

— O conde me disse que você não estava bem — comentou Selena suavemente. — Você sabe o que a aflige?

— Um marido que deseja se livrar de mim. Ele favorece mulheres jovens e bonitas. Os anos me afetaram e minha beleza desapareceu. — As pálpebras lutavam para se levantar, como se fossem pesadas como ferros. Lentamente, ela virou o olhar para Lena. — Tome cuidado, duquesa. Ele está de olho em você.

Selena nunca sentira tanto frio nos ossos quanto ali, diante da lareira na sala de estar dos aposentos de Aiden, tentando encontrar algum calor nas chamas dançantes enquanto o dr. Graves, que chegara havia pouco tempo, examinava a condessa. Aiden estava sentado em uma cadeira próxima, com os antebraços pressionados nas coxas, a cabeça inclinada.

— Por que você não foi embora? — perguntou ele, sombrio.

Por mais severas que as palavras dele tivessem sido, por mais que tivessem machucado seu coração, ela descobriu que não podia dispensá-lo tão facilmente, não podia simplesmente sair de sua vida como se ele não significasse nada.

Selena suspeitava que no futuro, em raras ocasiões, iria ao clube só para vê-lo. Gostaria de compartilhar o tempo que ele passasse com o filho. Embora nunca tivesse se sentido confortável com o plano que Winslow havia elaborado, ela não havia entendido completamente a extensão das consequências, não tinha previsto o que Aiden viria a significar para ela.

— Do jeito que você saiu daqui, temi que algo ruim tivesse acontecido. Fiquei no caso de você precisar de mim.

Aiden levantou os olhos para encará-la.

— Obrigado por me ajudar com ela.

— Ficarei até o médico terminar de examiná-la, caso haja mais que eu possa fazer.

Ele apenas assentiu.

— Você sabe por que ela veio vê-lo?

— Eu a conheci na noite em que alertei a Elverton que se afastasse de você. Ela mentiu sobre ser minha mãe. Suponho que a verdade começou a pesar. Ela precisava aliviar a culpa.

— Eu posso ver a semelhança... nos seus olhos, no nariz fino. O do conde de Elverton é muito mais largo.

— Eu já havia notado semelhanças antes, mas achei que era só minha imaginação, meu desejo de que ela fosse minha mãe para que eu finalmente soubesse quem havia me trazido ao mundo.

O coração dele se apertou com dor.

— Não sabia que você queria saber quem era a sua mãe.

Ele deu de ombro e pareceu apertar as mãos com mais força.

— Acho que toda criança sem mãe anseia por conhecer a história de suas origens. É mais fácil afirmar que não, fingir que não se importa.

O que tornava ainda mais importante que o bebê que crescia dentro dela nunca duvidasse de suas origens. Talvez Aiden estivesse certo de que eles deveriam se separar. Por quanto tempo ela poderia se abster de deixar o amor que sentia por ele brilhar em seus olhos para todo o mundo ver? Era justo lhe pedir que a esperasse por alguns anos, para depois fingir que eles tinham acabado de se conhecer?

— Como você se sente sabendo que o visconde Wyeth é seu irmão?

— Eu sempre soube que ele era meu irmão por parte de Elverton. — Ele estudou as mãos entrelaçadas. — É estranho saber que temos a mesma mãe também.

A voz dele hesitou na palavra "mãe", e ela se perguntou se teria sido mais fácil descobrir tudo aquilo quando ele era mais jovem — ou se era melhor nunca ter descoberto. O filho de Selena procuraria semelhanças nos retratos de Lushing? Ele a odiaria se soubesse a verdade sobre sua existência?

Vagando até o aparador, ela derramou um pouco de uísque em um copo e o entregou a Aiden.

Ele engoliu quase tudo de uma vez.

— Obrigado.

Ajoelhando-se diante dele, ela o tocou nos pulsos enquanto ele fazia pouco mais que segurar o copo.

— Mesmo que não continuemos a nos ver, quero que você saiba... *preciso* que você saiba... que se precisar de consolo ou de qualquer outra coisa, pode vir até mim. Eu estarei aqui para você.

— Mas apenas nas sombras, escondida. — Os olhos castanhos continham tristeza suficiente para trazer lágrimas aos dela. — Mesmo se combinarmos para que eu passe algum tempo com meu filho, terá que ser de uma maneira que ninguém nos veja. Estou começando a pensar que seria melhor se eu simplesmente observasse de longe.

— Quero que você tenha a oportunidade de conhecer seu filho ou filha.

— E quando ele ficar mais velho, mais sábio, mais consciente do mundo, e começar a se perguntar por que tenho tanto interesse nele...

— Porque você é meu amigo.

Ele meneou a cabeça.

— Eu a desejava tanto que talvez eu tenha ignorado todas as ramificações possíveis de nossas ações.

Ela podia ouvir no tom dele a falsidade das palavras anteriores. Ele não tinha se cansado dela.

— Você passou a significar muito para mim.

— Nunca vou esquecê-la. Mas para que nós dois tenhamos uma vida o mais próximo do normal...

— Acho que ela foi envenenada — anunciou Graves, quando apareceu na sala.

Aiden se levantou e ajudou Selena a fazer o mesmo.

— O que podemos fazer por ela? — perguntou ele.

— Você já ajudou dando leite a ela. Fico feliz por não ter esperado minha chegada.

O médico havia demorado mais de uma hora para aparecer.

— Como o leite ajuda nesse caso? — questionou Aiden.

Graves segurou o cotovelo com uma mão para apoiar o braço enquanto esfregava o queixo.

— Não tenho muita certeza dos detalhes, mas parece que o leite neutraliza o arsênico se o veneno ainda não está completamente digerido e na corrente sanguínea.

— Arsênico? Ela teve algum problema na hora de aplicar cremes ou maquiagem ao rosto?

Selena podia ver a fúria de Aiden ardendo nos olhos castanhos.

— Ela disse que estava se sentindo perfeitamente bem até hoje à noite, e, como tudo aconteceu de repente, suspeito que o veneno tenha sido colocado em sua comida ou bebida durante o jantar — informou Graves.

— Por quem? — exigiu Aiden.

— Essa é a questão, não é?

— O conde de Elverton — disse Selena, baixinho. — Ele veio me ver recentemente, me fazendo a mesma proposta. Garanti a ele que não me tornaria sua amante.

— Por que você não me contou? — perguntou Aiden.

— Porque eu não queria que você o confrontasse, que incitasse sua ira. Ele é um homem poderoso, e pensei que havia acabado com tudo. Mas agora me pergunto se apenas lhe dei motivo para criar um espaço para mim como sua esposa. Para mostrar que ele é capaz.

Aiden encontrou o olhar do médico.

— Existe uma maneira de provar que ele a envenenou?

— Em uma casa como a dele, com tantos criados, mesmo que pudéssemos localizar a comida envenenada, ele apontaria o dedo para outro lugar.

— Então vou lidar com ele.

— Esse tom indica um homem que fará algo tolo e que terminará sua vida na forca. Converse com o inspetor-chefe Swindler na Scotland Yard. Ele pode ter algumas ideias.

— E se pudéssemos fazê-lo confessar? — sugeriu Selena.

Aiden estreitou os olhos.

— E como faríamos isso?

— Se minhas suspeitas estão corretas e ele fez isso como uma maneira de me conquistar, se eu o convidasse para tomar um chá, talvez ele sentisse a necessidade de compartilhar os esforços que teve para me possuir.

— Não. Quero você longe do desgraçado.

— Eu não estaria sozinha. Você e o inspetor-chefe estariam na residência, escondidos em algum lugar, ouvindo. Seria importante um oficial da lei ouvir a confissão.

— Não.

— Aiden...

— Por duas razões, Lena. Primeiro, o risco é muito grande. Ele poderia muito bem enlouquecer quando descobrisse que você o enganou e a machucar. Segundo, se ele for considerado culpado de cometer um crime cuja pena é a forca, e confie em mim, eu não me importaria de vê-lo enforcado, acredito que há uma chance de a Coroa levar seu título e propriedades, o que deixaria o herdeiro dele sem nada.

Os olhos dela se suavizaram.

— E você não fará isso com seu irmão, mesmo que não o conheça.

Aiden assentiu rapidamente.

— Finn e eu vamos lidar com ele, e ele vai se arrepender do dia em que nascemos.

Selena não tinha motivos para ficar, mas não conseguiu partir. Se ela não tivesse se apaixonado por Aiden antes, teria o feito naquela noite enquanto observava a gentileza com a qual cuidava da mãe, limpando sua testa, garantindo que ela bebesse mais leite. Ele contou histórias agradáveis de sua infância, sobre um cachorro que tivera, seu amor por tortas de carne moída, e os livros que gostava de ler.

Selena ouvia tudo de uma cadeira próxima, sabendo que ele pintava uma bela imagem de sua vida para a mulher, para que ela não sentisse culpa por não o ter criado.

— Meus irmãos e eu estávamos sempre aprontando, Gillie geralmente nos seguindo. Mamãe conseguiu manter um teto sobre nossa cabeça, comida na nossa barriga e roupas em nosso corpo. Às vezes, sapatos eram um problema, mas eu nunca me importei em andar descalço. Eu gostava de todas as diferentes texturas que meus pés tocavam, e eu podia correr mais rápido sem o peso.

Os olhos castanhos encontraram os dela, e Selena lembrou quanto ele insistira para que ela removesse seus sapatos naquela primeira noite. Ela se perguntou se, alguma vez, ele brincara descalço num gramado. Desejou que eles tivessem a oportunidade de fazer um piquenique perto de um rio.

— Você amou a mulher que o acolheu — disse a condessa fracamente.

— Ainda amo. Pelo jeito que ela se importa conosco, você não pensaria que ela não nos gerou.

— Eu queria isso para você. Depois que nos casamos, perguntei se ele traria meus filhos de volta para mim, mas ele não conseguia se lembrar aonde havia levado todos vocês. Havia outras amantes, outros bebês. Eu sempre inventava desculpas para isso. Ele era um homem de fortes necessidades e desejos. Ele tinha muita vitalidade. Como uma só mulher poderia satisfazê-lo?

— Você me disse que o amava.

— Eu o amei... quando tinha um coração jovem. Então, ele o quebrou muitas vezes. Agora meu coração nada é senão rachaduras e fissuras preenchidas por arrependimentos.

Selena se perguntou se chegaria um momento em que ela se arrependeria das barganhas que fizera, da mentira que perpetuaria. Já estava sentindo uma pequena rachadura em seu coração porque Aiden não estaria em sua vida.

— Você não vai voltar para ele — afirmou Aiden em voz baixa. — Você vai ficar aqui até estar forte o suficiente, e então vou encontrar acomodações para você em outro lugar.

— Preciso avisar Johnny.

— Cuidarei disso. Não se preocupe. Tente dormir.

— Você é um menino tão bom.

Mas Selena sabia que ele era um homem excepcionalmente bom.

Quando a condessa por fim dormiu, Aiden olhou para Selena e sacudiu a cabeça para o lado. Ela o seguiu até a sala da frente.

— Você precisa ir para casa — disse ele. — Está quase amanhecendo.

— Eu não entendo como Elverton pode ser tão insensível, tão mau. Se sua mãe não tivesse vindo aqui, ela poderia ter morrido. E quem teria descoberto as circunstâncias por trás da morte dela?

— Ela está comigo agora. E vou mantê-la em segurança.

Selena não duvidou das palavras dele ou de sua capacidade de fazer exatamente aquilo.

— Quando você vai enfrentar Elverton?

— Esta noite. Vou manter a condessa aqui até que o assunto seja resolvido.

— Quando tudo isso estiver para trás, talvez possamos discutir nosso futuro.

— Não temos futuro, Lena. Nunca tivemos.

— Não posso simplesmente tirá-lo de minha vida.

— Você é uma mulher muito vibrante para viver sua vida pública sozinha e sem companhia.

— Talvez haja outro caminho.

Aiden negou com a cabeça.

— Você precisa ir.

— Você vai pelo menos me dar um último beijo?

Selena não deveria ter perguntado, mas quando ele uniu a boca à dela, ficou feliz por tê-lo feito. Era agridoce saber que era aquele beijo o último, saber que nunca seria o suficiente.

Quando ele se afastou, ela lhe deu um sorriso suave. Então, deu meia-volta e saiu da vida dele, seguindo para a vida que pensava querer.

Capítulo 23

O CONDE DE ELVERTON serviu-se de uísque, sentou-se em uma cadeira em sua biblioteca e ponderou a situação. Tarde da noite anterior, enquanto ele estava no clube, sua esposa pedira uma carruagem. O veículo e o cocheiro ainda não haviam retornado. Ninguém sabia para onde a condessa tinha ido.

Durante todo o dia, ele considerou seu dilema. Era melhor alertar a todos para que procurassem por ela, ou seria melhor esperar até que alguém viesse informá-lo que ela estava morta? Porque ela iria morrer, provavelmente já tinha batido as botas. Talvez tivesse falecido na carruagem e o cocheiro estivesse aterrorizado demais para trazê-la de volta à residência. Ou ela morrera em outro lugar e ainda não fora encontrada.

Ele ficaria chocado, é claro, horrorizado, desolado.

Ele desejava Polly, queria se perder nela, mas não seria bom ser pego na cama com a amante quando a notícia do desaparecimento da condessa chegasse. Era melhor gastar seu tempo planejando as mentiras, a descrença, a tristeza. Havia uma pequena chance de a esposa ainda estar viva. Se voltasse para a residência... bem, medidas mais diretas seriam necessárias, porque ele estava determinado, de uma maneira ou de outra, a fazer Selena Sheffield, duquesa de Lushing, sua esposa dentro de um ano.

Aiden foi à fazenda de Finn e explicou a situação para ele, sabendo que o irmão não hesitaria em selar um cavalo e acompanhá-lo até a residência de Elverton.

Eles não se deram ao trabalho de bater na porta, simplesmente entraram e exigiram que o mordomo lhes dissesse onde poderiam encontrar o conde. Dispensando o empregado, não desejando que fossem anunciados, marcharam pelo corredor e entraram na biblioteca, onde o sapo que os criara estava sentado em uma cadeira perto da lareira, copo na mão, bebendo um líquido âmbar.

Ele soltou uma bufada impaciente.

— Eu me livrei de vocês, bastardos, para que não me incomodassem. Vocês estão fazendo exatamente isso.

— Sua condessa estava o incomodando? — perguntou Aiden. — Foi por isso que você a envenenou?

O conde ficou tão quieto que era impossível dizer se ele sequer respirava.

— Eu não fiz isso. Ela está morta, então?

Aiden avançou, agarrou os braços da cadeira e prendeu o homem vil que era o pai.

— Ela veio até mim. Cuidei dela durante a noite. Mas o dr. William Graves confirmou que sua esposa ingeriu arsênico, provavelmente durante o jantar.

— Deve ter sido um criado. Vou demitir todos.

Agarrando a lapela do conde, Aiden o puxou da cadeira com tanta força que o copo voou e caiu no chão.

— Eu sei que foi você.

O velho se libertou.

— Você não pode provar isso. Você não pode provar nada.

— Estamos bem cientes disso, mas isso não significa que não podemos fazer justiça.

— Me toque de novo e farei você ser preso. É contra a lei golpear um lorde.

— Acha que nos importamos com suas ameaças? Ela é minha mãe.

— Que me pediu para se livrar de você, para que pudesse continuar vivendo no luxo.

Não fora aquilo que a condessa dissera a Aiden. Ele fora tirado dela. Ele confiava mais nas palavras dela. O homem continuou:

— Aquela maldita Trewlove deveria ter matado vocês dois. Eu deveria pedir meu dinheiro de volta.

O punho de Aiden acertou o meio do rosto do conde com rapidez e força, fazendo o homem recuar e cair com um baque forte no chão.

Finn ajudou o pai a se levantar, mas rapidamente prendeu os braços do conde às costas dele e o segurou.

— Que diabo...

Aiden afundou o punho fechado na barriga rechonchuda. O som de carne batendo em carne e o grunhido do homem eram música para seus ouvidos.

— Sua esposa está sob nossa proteção agora.

Outro soco. Outro *uff*.

— Ela não vai voltar para você.

Aiden a instalaria em um quarto no hotel de Mick até que encontrasse outras acomodações. Tirando o paletó, ele o jogou sobre a mesa e girou os ombros, aquecendo os músculos.

— Você não tem o direito — gritou o conde, o rosto suado e vermelho.

— Protegemos o que é nosso.

Aiden não conteve sua força quando deu outro golpe sólido.

As pernas do conde se dobraram, mas Finn passou um dos braços pelo pescoço do homem e continuou a mantê-lo na posição vertical.

— Farei com que sejam enforcados!

— Vamos matá-lo antes.

Ele não planejava matar o homem, mas o deixaria machucado o suficiente. Ele o socou três vezes, sentindo satisfação no grunhido e nos gemidos. Recuando, acenou para Finn, que imediatamente soltou o canalha. O conde caiu no chão como um saco de batatas. Seu rosto estava vermelho de raiva, os olhos arregalados de ódio, a respiração ofegante como se até o ar tentasse evitá-lo.

Aiden se agachou na frente dele.

— Você ficará longe da duquesa de Lushing. Você ficará longe de sua esposa. Na verdade, acredito que você também ficará longe de todas as suas amantes. Vamos vigiá-lo e não hesitaremos em visitá-lo novamente para reafirmar nosso ponto.

— Seus basta... bas... bas...

A boca do homem ficou frouxa, um lado do rosto pareceu derreter, e ele começou a soltar murmúrios de angústia.

Finn se ajoelhou ao lado de Aiden.

— O que diabo há de errado com ele?

Os golpes poderiam tê-lo imobilizado por um tempo, mas aquela reação era outra coisa. Com o olhar distante e olhos vidrados, o conde não parecia mais estar na mesma dimensão que eles, mas certamente não estava morto.

— Será que é apoplexia? — indagou Aiden.

— É possível, suponho. Nesse caso, não terei pena dele.
— Nem eu. Ele causou um sofrimento muito maior a outros.

Graves chegou e foi ao quarto do conde para examiná-lo. Aiden voltou ao clube para informar a condessa do que havia acontecido, e ela retornou com ele para a mansão. Aiden e Finn estavam sentados com ela no saguão, aguardando o diagnóstico do médico.

O bater da porta da frente ecoou pela residência, e todos se levantaram quando um jovem entrou correndo na sala. Aiden não precisava de uma introdução para saber que era o visconde Wyeth. Ele se viu refletido no cabelo castanho do homem, nos olhos escuros e no queixo forte.

— Mãe. — Ele abraçou a condessa antes que a palavra fosse completamente pronunciada. — Saí do clube assim que recebi sua carta sobre o pai. Como ele está?

Aiden sentiu uma pontada de inveja injustificada ao ver a intimidade do relacionamento dos dois. Ela não era a mãe de Aiden. A mãe dele era Ettie Trewlove. No entanto, ele não deixou de acreditar que teria achado os braços dela tão acolhedores quanto os da mãe.

— Dr. Graves está com ele agora. Esperamos saber mais em breve.

Wyeth se recostou e a estudou.

— Você não parece muito bem.

— Estive um pouco doente, mas estou bem agora.

— Seu pai tentou envená-la — revelou Aiden.

— Meu Deus! — Wyeth pareceu horrorizado e inflamado enquanto estudou a mãe com mais atenção. — Isso é verdade?

— Receio que sim, embora não tenha provas. Fui envenenada, sim. O dr. Graves pode atestar esse fato, mas não posso provar que seu pai é o culpado. Eu estaria morta agora, se não fosse por Aiden.

— Aiden?

— Seu irmão — disse a condessa suavemente, olhando para ele.

O olhar de Wyeth pousou nele com tanto peso que Aiden ficou surpreso por não ouvir um baque. Os olhos do homem foram dos seus pés à cabeça, sua curiosidade óbvia.

— Um dos bastardos do meu pai que ouvi falar sobre?

— E um dos meus, também.

A voz da condessa saiu baixa, mas Aiden não sentiu nenhuma vergonha nela. Ela estava apenas declarando um fato.

O olhar do filho legítimo voltou-se para ela, um canto da boca subindo laconicamente.

— Então esses rumores também são verdadeiros.

Aiden duvidava que o homem o visse como uma ameaça de alguma forma, porque os filhos nascidos fora do casamento não podiam ser herdeiros, mesmo que os pais se casassem. Somente os nascidos *na* união de um casamento tinham direitos, então Wyeth ainda herdaria os títulos e as propriedades do pai.

Ela assentiu.

— Permita-me apresentar o sr. Aiden Trewlove.

— Trewlove. Esse é um nome que parece estar na boca de todo mundo hoje em dia. Não sei se fico encantado ou horrorizado por conhecê-lo.

— Horrorizado é provavelmente o caminho mais seguro — assegurou Finn, chamando a atenção de Wyeth.

— Outro bastardo, presumo, pois também vejo como é parecido ao nosso pai — apontou o jovem. Ele olhou para a mãe. — Também é seu?

Ela negou com a cabeça.

— Finn nasceu cerca de seis semanas depois de mim — explicou Aiden.

— Seu pai sempre teve um apetite forte. — A condessa tinha um pouco de cor nas bochechas, talvez porque estivesse falando de algo tão íntimo. — Era incomum que ele ficasse satisfeito com... só uma... dama.

Sua voz foi ficando fraca enquanto ela empalidecia e oscilava.

Tanto Aiden quanto Wyeth a alcançaram ao mesmo tempo, ajudando-a a se recostar no sofá.

— Me desculpe. Parece que não estou tão recuperada quanto pensei.

— Aqui.

Finn estendeu um copo de água que pegou de uma mesa com várias jarras.

Pegando o copo, Aiden envolveu os dedos de sua mãe em torno do vidro.

— Você precisa beber isso, ingerir líquidos. Ordens do dr. Graves.

— E sua também. Sua mãe criou bem os filhos.

Seguindo o comando dele, a condessa lentamente tomou um gole.

Sentando-se ao lado dela, Wyeth pegou sua mão livre. A preocupação era evidente em seus olhos e na gentileza com que ele a tratava.

— Por que não veio a mim quando percebeu o que meu pai havia feito com você?

— Não percebi, não a princípio. Simplesmente achei que tinha comido algo estragado. Fui ao clube de Aiden para falar com ele, confessar que ele era meu filho… só que piorei, e ele cuidou de mim.

— Bem, você não vai ficar aqui. Você virá para minha residência, onde estará a salvo. — Ele balançou a cabeça, o queixo tenso. — Suponho que ele procurou se livrar de você porque alguém mais jovem e bonita chamou sua atenção. A duquesa de Lushing, talvez. Eu vi quando ele a seguiu até o jardim no dia do enterro do duque. Eu queria lhe dar o benefício da dúvida e pensar que ele fora lhe dar consolo. Mas não ficaria surpreso se descobrisse que fez uma proposta indecente. Eu deveria ter ido atrás dele.

— Ele não é responsabilidade sua, querido. Embora suspeite que você esteja correto sobre a duquesa. Eu também vi quando ele a seguiu até o jardim. E, antes disso, vi a luxúria brilhar nos olhos do conde quando ele a observou.

Aiden teve um forte desejo de ir até o quarto do pai para lhe dar outra surra, só que desta vez ele poderia continuar até que o homem parasse de respirar. Ele sabia que o conde se aproximara de Lena, mas ouvir tudo de novo só serviu para reacender sua raiva.

— Estava esperando ele fazer algo do tipo há algum tempo. — A condessa olhou para Aiden. — Outra razão pela qual não me oponho quando ele traz a amante para cá. Minha afabilidade garantiu que eu vivesse um pouco mais. Faz anos que suspeito que ele se livrou da primeira esposa para abrir lugar para mim.

— Bastardo! — exclamaram os dois filhos ilegítimos, ao mesmo tempo em que o herdeiro proclamava "Patife!".

Wyeth se levantou e começou a andar de um lado para o outro, claramente agitado, os punhos cerrados.

— Teremos que encontrar uma maneira de lidar com ele. Não conseguirei matá-lo. — Com um aceno de cabeça, ele parou e os encarou. — Mas posso garantir que ele vá para um asilo. Está claro que ele não está bem e é um perigo. Não permitirei que minha mãe seja posta em risco novamente.

— Se o que Finn e eu testemunhamos sobre seu ataque apoplético é alguma indicação — disse Aiden —, não acho que ele será capaz de criar muita confusão no futuro.

— Aliás, por que vocês dois estão aqui? — questionou Wyeth, voltando para o lado da mãe.

Depois de se sentar em uma cadeira, Aiden explicou toda a história, incluindo a surra que dera no velho.

— Gostaria de ter estado aqui com você para dar alguns golpes também. Vivi minha vida inteira com vergonha de ser o filho dele. Ele ostenta as amantes, gasta uma fortuna mantendo-as em residências e dando-lhes roupas e joias. Desfaz-se das crianças que elas trazem ao mundo.

— "Desfaz" é um termo bastante cruel — falou a condessa. — Ele encontra lares amorosos para elas. Aiden e Finn são a prova disso.

Wyeth olhou para Aiden, e ele viu a batalha que o jovem estava travando internamente. Ele esconderia a verdade da mulher que amava?

— Não, mãe. Receio que eles sejam a exceção. Quando fica bêbado, o conde fala alto, gosta de ouvir o som da própria voz, quer que os outros também o escutem. Vez ou outra, ouvi-o aconselhar outras pessoas sobre como se livrar de bastardos, para que as crianças nunca mais fossem um incômodo.

— Mas ele me prometeu...

— Talvez ele tenha feito uma exceção para você.

Mas Aiden percebeu, pelo tom de Wyeth, que o visconde não achava que existissem exceções. Que ele e Finn tiveram sorte de terem sido entregues a Ettie Trewlove.

— Sempre imaginei que o herdeiro dele tivesse tido uma vida boa — comentou Finn.

Wyeth bufou.

— Quando ele me dava atenção, o que era raro, era geralmente para encontrar falhas ou reiterar como eu estava aquém das expectativas dele. Ele era o melhor jogador de críquete, o melhor iatista, o cavaleiro mais habilidoso. O melhor atirador. Era como se estivéssemos em uma competição eterna. E, quando eu o superava, ele ficava bravo e, de alguma forma, encontrava falhas em minha conquista. Chegou ao ponto em que eu não me importava mais se o agradava ou não.

Passos soaram, aumentando de volume enquanto alguém descia as escadas. Com um ar fúnebre, Graves entrou na sala. Os homens ficaram de pé, enquanto lady Elverton permaneceu sentada. Aiden não sabia que tipo de sinal Graves comunicara a Wyeth, mas o jovem se afastou, e o médico se juntou à condessa no sofá, pegando sua mão.

— Como temíamos, lorde Elverton sofreu uma apoplexia. Muito severa. Uma boa parte de seu corpo ficou dormente. Ele parece ter perdido a capacidade de falar. Temo, minha senhora, que ele precisará ficar de cama, e não tenho muita esperança de que a situação mude.

Sem revelar muita emoção em seu rosto, a condessa assentiu sabiamente, como se esperasse as terríveis palavras.

— Por quanto tempo? Por quanto tempo ele vai sofrer?

— É difícil dizer. Pode demorar algumas horas ou vários anos.

Por mais cruel que fosse, Aiden esperava que fossem anos. Ele queria que o homem não tivesse mais nada a fazer além de refletir sobre suas ações e viver com a infelicidade que causara aos outros.

— Não existe tratamento? — perguntou Wyeth.

Graves voltou a atenção para o visconde.

— Temo que não, milorde. Você pode contratar uma enfermeira particular para cuidar dele, mover seus membros para que os músculos não atrofiem, apesar da baixíssima chance de ele readquirir a capacidade de usá-los novamente.

— Não — falou a condessa. — Não precisaremos contratar uma enfermeira. Ele é meu marido, e eu cuidarei dele. Seu criado pessoal pode lidar com tarefas mais difíceis, como lavá-lo e mantê-lo arrumado. Aumentarei seu salário.

— É necessária extrema paciência para atender às necessidades de uma pessoa nesse estado — alertou o médico gentilmente.

— Atender a qualquer uma das necessidades do meu marido sempre exigiu uma grande paciência.

— Lady Elverton...

Ela deu um tapinha na mão do médico.

— Não se preocupe, doutor. Não vou colocar arsênico na comida dele. Não farei nada para apressar a morte dele.

Ele assentiu.

— Como está se sentindo, minha senhora?

O sorriso dela era doce e gentil. Aiden imaginou que ela poderia ter lhe dado o mesmo sorriso em sua infância, quando se metesse em uma briga — se ele não tivesse sido tirado de sua vida.

— Cansada. Mas tenho meus filhos para cuidar de mim. Perseveraremos diante dessa tragédia.

Duas coisas atingiram Aiden. Ela não via a virada de eventos como uma tragédia. E ela se referira a ele como filho.

Graves devia ter concluído a quem ela estava se referindo, ou talvez ela tivesse lhe confessado quando ele aparecera para cuidar dela, pois ele passou o olhar de Wyeth a Aiden antes de se levantar.

— Então, deixo-a sob os cuidados deles. Não hesitem em me chamar caso necessário.

Ela se levantou graciosamente.

— Obrigada, doutor. Johnny, poderia ser gentil e acompanhá-lo até a porta?

— Posso ir sozinho. Obrigado, minha senhora. — Ele deu um aceno rápido de cabeça. — Cavalheiros.

Então, ele saiu da sala. Ninguém se mexeu até que a porta da frente fez um ruído abafado quando foi fechada, sem dúvida como resultado do esforço do médico para não os perturbar ainda mais.

Sem dizer uma palavra, lorde Wyeth foi até as jarras e serviu um xerez à mãe. Então, ofereceu a Aiden e Finn um copo de uísque.

— Fiquem confortáveis, senhores.

Eles sentaram-se enquanto Wyeth pegava um copo de uísque antes de cair em uma cadeira com um suspiro alto.

— Bem, é isso, então.

— Você precisará assumir todos os deveres de seu pai — informou a condessa.

Wyeth levantou um ombro esbelto.

— Isso não é problema. Tenho assumido mais responsabilidades nos últimos tempos, de qualquer maneira. — Ele estudou Aiden. — Você é o bastardo que estava pagando a meu pai uma quantia principesca todo mês?

A maioria das pessoas cuspia o termo "bastardo" como se ele deixasse um gosto amargo na boca, mas Wyeth usou um tom de respeito, como se a palavra refletisse um distintivo de honra.

— Até Finn visitá-lo alguns meses atrás e acabar com isso.

Ele balançou a cabeça com o que parecia ser admiração por Finn.

— Então você é o bastardo que quebrou o braço do conde?

— Sou.

— Ele gritou?

— Como um bebê.

O visconde sorriu.

— Imagino que sim. — Ele voltou a atenção para Aiden. — Como ele conseguiu extorquir você?

— Finn foi preso injustamente acusado de roubar um cavalo e seria deportado para a Austrália. Eu sabia que o conde tinha influência. Então, pedi sua ajuda, acreditando erroneamente que ele se importaria com alguém de seu próprio sangue sendo enviado para o outro lado do mundo. Ele só concordou em fazer algo se eu lhe desse parte dos ganhos do meu clube de apostas.

— Então Finn ficou livre por uma taxa.

— Não — informou Finn, seco. — Não fui deportado, mas cumpri cinco anos de prisão.

Wyeth soltou um riso irônico.

— Naturalmente. Nosso pai não é conhecido por fazer nada além do mínimo...

— Ele não é *nosso pai* — afirmou Aiden.

O olhar do visconde foi longo e avaliador, mas Aiden não desviou os olhos. Em vez disso, ele o encarou de frente com uma avaliação própria. Viu pouca coisa nos maneirismos do jovem que o lembrou do conde, e achou sua preocupação, lealdade e devoção pela mãe qualidades redentoras.

— Não, suponho que não seja. — Wyeth terminou o uísque. — Seja grato por isso. Seu registro sobre quanto você deu a ele é provavelmente muito mais preciso do que o dele sobre quanto ele tirou de você. Envie-me os números e me certificarei de devolver cada centavo.

Aiden trocou um olhar surpreso com Finn antes de olhar para... a mãe. Ele supôs que poderia se referir a ela daquela maneira sem se sentir culpado por não reservar o vocativo para sua mãe adotiva. A condessa parecia bastante relaxada, com um pequeno sorriso brincando em seus lábios, como se estivesse gostando de assistir à conversa.

— Fiquei com a impressão de que a situação financeira do conde está... difícil.

O irmão — irmão por parte de pai e de mãe — sorriu.

— A dele, é. A minha, não. Sempre que ele e eu brigávamos sobre os cofres quase vazios, ele me dava parte do seu pagamento em um esforço para me fazer ceder, para que eu aprendesse como era difícil gerenciar dinheiro. Além disso, para punir meu comportamento, colocou a propriedade em minhas mãos para que eu visse até onde as moedas *não* iriam. Ele, no entanto, tinha pouco interesse nos negócios, então permaneceu ignorante sobre o fato de que eu e alguns amigos gostamos de investir. E somos muito bons nisso.

A última frase foi dita de maneira muito simples. Um simples fato. Não uma vanglória. E Aiden percebeu que ele poderia gostar bastante do sujeito.

Lorde Wyeth inclinou-se, ansioso, em sua direção.

— Você não deveria ter sido obrigado a pagá-lo para que cumprisse seu dever de *pai*. Vivi minha vida com os rumores de que ele tem mais de uma dúzia de bastardos. Que os espalhou por Londres como se fossem árvores sendo plantadas. Ele não é um homem que exige respeito de outros nobres, o que me deixa ainda mais determinado a ser o contrário. Eu pago minhas dívidas, e não estaria vivendo tão confortavelmente se não fosse pelo que você pagou a ele. Para ser honesto, eu deveria ter procurado você há algum tempo, mas não tinha certeza de que você receberia bem o filho que ele manteve.

— Você não teve escolha nisso. Nenhum de nós teve escolha. Mas eu diria que todos tiramos o melhor proveito de nossas circunstâncias. — Aiden se levantou. — Agora que sabemos que você estará a salvo, condessa, Finn e eu vamos embora.

— Estou feliz que vocês finalmente tenham se conhecido — disse ela. — Espero que algo duradouro possa se desenvolver entre vocês.

Aiden sorriu para o visconde.

— Nossa irmã Gillie é dona de uma taverna, A Sereia e o Unicórnio. Precisa nos acompanhar em uma cerveja algum dia desses.

— Eu gostaria muito.

Aiden voltou a atenção para a condessa, sua mãe.

— Se precisar de alguma coisa, é só me chamar.

— Talvez você possa vir jantar.

— Não me afastarei. Prometo. Virei amanhã para ver como você está.

— Continuo torcendo para encontrar uma lista informando para onde Elverton levou todas as crianças, mas temo que ele tenha esquecido depois de entregá-las. Porém, sei por experiência que elas nunca foram esquecidas pela mãe.

— Gostei do nosso irmão — disse Finn.

Eles estavam sentados em uma mesa dos fundos da taverna A Sereia e o Unicórnio, bebendo como se a cerveja fosse ser proibida na Grã-Bretanha no dia seguinte. Eles visitaram o quarto de Elverton antes de partir. Aiden havia esperado sentir algum tipo de satisfação ao ver o conde tão desamparado, o rosto murcho. Em vez disso, sentiu apenas tristeza pela existência de um ser humano tão vil.

— Não sei como ele conseguiu criar um filho decente. Sei que estou feliz que o idiota não ficou comigo.

Finn sorriu.

— O patife.

Aiden riu. Deus, era bom rir.

— Certo. O patife.

— Parece que nosso irmão precisa ser um pouco corrompido.

— E você, como o homem irritantemente feliz e casado que é, é a pessoa certa a fazê-lo.

— Bom ponto. Esses dias ficaram para trás.

Os dois beberam em silêncio por um tempo.

— Seus socos não foram a causa da apoplexia — afirmou Finn por fim.

— Não, mas nossa presença, sim. O rosto dele estava vermelho de fúria e ódio. Ele nos desprezava.

— Nós somos um lembrete de seus pecados.

— Eu não acho que ele se importava com o pecado. Acho que simplesmente não queria ser incomodado. Somos um inconveniente.

— Fico feliz que ele nos entregou e nunca nos reconheceu publicamente. Ele é desprezível. Eu não gostaria de estar associado a ele. — Finn tomou um gole de cerveja. — Sua mãe, no entanto, parecia decente o suficiente.

— Cometeu erros na juventude, no entanto.

— E nós, não?

— Sinto muito que a condessa não saiba quem pode ser sua mãe.

— Eu nunca me importei com minhas origens tanto quanto você e Mick. — Ele terminou a caneca e bateu-a na mesa. — Vou pedir outra. Quer?

Aiden olhou em volta.

— Não, preciso fazer uma coisa.

— Diga olá a ela por mim.

Ele estreitou os olhos.

— Você é irritante, sabia disso?

Finn teve a audácia de sorrir.

— É para isso que servem os irmãos.

Lady Elverton sentou-se na beirada da cama e passou os dedos ternamente pela bochecha do marido, lembrando-se de como o amara o suficiente para desobedecer ao pai e desonrar a família. Como ela havia permitido que ele tomasse seus três primeiros filhos? Ele nunca tivera muita paciência com crianças, e ela suspeitava que, se ele não precisasse de um herdeiro, poderia ter se contentado com a primeira esposa, por mais estéril que ela fosse.

— Pisque uma vez para dizer "sim".

Ele piscou.

— Duas vezes para dizer "não".

Piscada. Piscada.

— Você sabe quem eu sou?

Piscada.

Ela embalou com a mão o queixo que um dia ela chovera com beijos — quando era mais jovem, mais esbelta, quando ele a achava atraente. Antes de começar a levar outras mulheres, outras amantes, para o quarto dele, sabendo que ela podia ouvi-las através da parede, gritando seu nome. Ele merecia aquele reconhecimento. Era o nome *dele* que as mulheres diziam no momento de sua libertação. Ela lhe concedera o mesmo favor mil vezes, mesmo quando não conseguira chegar àquele prazer final.

— Os três bastardos que coloquei em seus braços, os que você não me deixou ficar, eram do seu sangue. Você sabe disso, não é?

Piscada.

Inclinando-se, ela deu um beijo na testa dele, um na têmpora, o último perto da orelha dele.

— O herdeiro que lhe dei... não é.

Era mentira, é claro, mas aquilo atormentaria o conde, ocuparia seus pensamentos enquanto ele estivesse deitado com uma mente ativa, mas um corpo inválido. Com um sorriso satisfeito, ela se levantou da cama e olhou para ele.

Piscada. Piscada. Piscada.

Um som sufocante e borbulhante saiu da garganta do homem.

— Cuidado, querido — alertou ela calmamente. — Você não quer ter outro ataque apoplético, não é?

Carinhosamente, ela levantou as cobertas e o cobriu.

— Agora, se puder desculpar minha grosseria, devo deixá-lo, pois meu amante me espera.

Então, ignorando os barulhos de angústia, ela saiu da sala, a cabeça erguida, sentindo sua força retornando por completo. No quarto, pegou *Razão e sensibilidade* da mesa de cabeceira, acomodou-se em uma poltrona e abriu o livro na página marcada com uma fita azul. Ao longo dos anos, ela tivera dezenas de amantes, todos encontrados nas páginas de romances. Seu favorito era o coronel Brandon, e era ele quem lhe faria companhia naquela noite.

Mas, no futuro, quem poderia saber? Talvez ela tivesse um amante de verdade. Ali, dentro daquele quarto, onde o marido podia ouvi-la gritar de prazer. Ah, sim, ela iria atormentá-lo como ele fizera.

Ela até visitaria o clube de Aiden, desfrutaria de todos os vícios que ele oferecia. Não viveria mais com medo de desagradar ao marido, de desagradar a qualquer homem. Procuraria e encontraria a felicidade e a alegria que a haviam escapado por boa parte de sua vida.

Selena não se surpreendeu quando a porta de seu quarto abriu silenciosamente um pouco depois da meia-noite e Aiden entrou, fechando e trancando-a atrás dele. Deixando de lado o livro que estava lendo, ficou agradecida por ele ter ido até ela, havia esperado que ele o fizesse.

Confrontar o pai — seu genitor — deveria ter criado um redemoinho emocional em seu interior.

Jogando as cobertas para o lado, ela saiu da cama e o encontrou no meio do caminho, fechando os braços em volta dele enquanto Aiden a abraçava, a apertava. O suspiro dele foi longo, prolongado, e Selena sentiu a tensão o deixando.

— Eu tenho uísque — sussurrou ela.

Havia levado uma garrafa e um copo para o quarto, apenas no caso de ele a procurar.

— Tudo de que preciso é você.

As palavras dele a emocionaram, seu coração tão apertado quanto seus olhos. Erguendo a boca, ela esperou pelo toque celestial dos lábios dele. Sem fogo, sem paixão, apenas desejo e uma necessidade intensa. Ela poderia confortá-lo, como quisera fazer desde o momento em que lady Elverton revelara quem era. Embora Aiden tivesse terminado tudo com ela, Selena não tinha como afastá-lo. A discussão deles na noite anterior havia escalado para além de seu controle, mas, apesar das cruéis palavras proferidas, Selena sabia que ele ainda a procuraria. E que ela ainda estaria disposta a recebê-lo.

Sem soltá-lo, ela os guiou para trás até encontrar o colchão. Afastando-se um pouco, embalou o rosto amado entre as mãos, vendo os três parentes em seu semblante. O conde e a condessa de Elverton eram responsáveis pelos traços, o queixo forte, o nariz fino, os lábios mais grossos e o tom dos olhos. Mas Ettie Trewlove havia moldado a alma que os olhos refletiam, o sorriso que aparecia com tanta facilidade, a risada que encantara a alma dela. As características físicas não eram nada sem a luz que brilhava dentro de Aiden. Sim, havia uma escuridão ali, mas não era poderosa o suficiente para apagar a chama, apenas para remodelá-la e torná-la mais complicada e facetada.

Abaixando as mãos, ela as deslizou por baixo do paletó e empurrou-o sobre os ombros largos, pelos braços fortes, até que a peça caísse ao chão. O lenço foi o próximo, seguido pelo colete. Aiden não se mexeu, apenas a ajudou a despi-lo. Ela se perguntou se ele estava em choque com o que havia acontecido com o pai ou se não tinha certeza sobre como Selena o receberia.

Quando ele ficou nu à sua frente, ela desabotoou a camisola e tirou a roupa antes de pegar a mão dele, subir na cama e incitar que ele a seguisse.

Apenas uma noite se passara desde sua última relação, e já começara a parecer uma eternidade. Quando o corpo dele cobriu o dela, Selena soltou um gemido agradecido, satisfeito. Senti-lo era tudo de que precisava.

Aiden a venerou de uma maneira lenta e sensual, os beijos e toques pousando em cada centímetro da pele de porcelana como se ele estivesse memorizando cada curva. Como se ele soubesse bem que aquela seria a última vez e desejasse que não fosse apressada, quisesse marcá-la em sua alma para sempre, para carregá-la como um retrato em miniatura. Para se lembrar e desfrutar.

E Selena retornou o favor, tocando tudo o que alcançava, pressionando a boca no pescoço, nos ombros, arranhando as costas, roçando os pés pelas panturrilhas definidas.

Quando ele a penetrou fundo, ela estava mais que pronta. Levantando-se, pairando sobre ela e sustentando seu olhar, ele se moveu lentamente para dentro e para fora, como se tivessem a noite inteira, como se ele não precisasse sair antes que os criados acordassem.

Tanta coisa precisava ser dita. Tanta coisa precisava ser contida.

Erguendo-se, ela lambeu a cavidade de seu pescoço, onde o suor se acumulava, e teve satisfação ao ouvir seu rosnado baixo. Então, abaixou-se para a cama, colocou os braços e as pernas em volta dele e o pressionou contra ela, movendo os quadris no ritmo das estocadas dele, enquanto o êxtase aumentava e tudo dentro dela clamava por ele.

Selena pensou que poderia conter o fogo que se formava dentro dela, mas, quando a chama se libertou e a envolveu, Aiden cobriu a boca dela com a sua, capturando o grito de prazer enquanto ela absorvia seu gemido, os corpos tremendo em uníssono enquanto o clímax os dominava.

Saciado e esgotado, Aiden estava deitado de costas, com Selena aninhada em seu ombro, o dedo dela desenhando círculos preguiçosos em seu peito. Ele não deveria ter ido até ela, mas não conseguira ficar longe.

Ele precisava dela como a terra precisava do sol e o céu noturno precisava das estrelas.

Lembrou-se da época quando compartilhar uma cerveja com Finn era o suficiente para fazê-lo ficar bem, mas, naquela noite, ele precisara de mais. Precisara dela.

Gentilmente, Selena pegou a mão dele, que repousava em seu abdômen, e a levou aos lábios.

— Seus punhos estão machucados. Você bateu em Elverton.

— Várias vezes.

— Ele vai deixar sua mãe em paz?

— Ele não tem escolha. Teve um ataque apoplético. Finn diz que não foi minha culpa. Que foi a raiva dele, não meu punho, que causou o ataque...

Erguendo-se sobre um cotovelo, ela afastou o cabelo da testa dele.

— Foi muito grave?

— Ele não consegue se mover ou falar. Quase disse a ele que você está carregando meu filho, que meu filho será duque. Mas percebi que não me importava mais com o que ele pensava. Eu sempre esperei que, se eu tivesse sucesso o suficiente, talvez ele me reconhecesse publicamente. Mas não há valor em ser reconhecido por ele.

Ela relaxou até que a coxa estivesse aninhada entre as pernas dele e metade de seu corpo cobrisse o dele.

— Você não é como ele. Você sabe disso. Você é um homem muito melhor. Mais honesto, mais real, mais carinhoso.

Mas ele não tinha título, prestígio. Estar associado a um Trewlove não elevava o status de alguém na sociedade. Até Gillie, que se casara com um duque, ainda não era aceita pelos nobres. Se Lena queria que as irmãs se casassem com alguém da nobreza, Aiden não era a solução.

Abaixando-se, ele achatou a palma da mão sobre a barriga dela.

— Você o sentiu?

Ela colocou a mão sobre a dele.

— É muito cedo.

Aiden ficou desapontado por não ter a oportunidade de sentir o filho se mexendo, e a decepção o surpreendeu. Nunca pensara em ter um filho, porque havia tomado muito cuidado para não ter um. Mas gostava da ideia de seu filho estar crescendo dentro dela.

— Aiden, não precisamos parar de nos ver imediatamente.

— É melhor, Lena, se terminarmos tudo agora. Não deveria ter vindo aqui hoje.

Desvencilhando-se dela, ele se sentou e deixou os pés tocarem o chão.

Ela espalhou os dedos pelas costas dele.

— Estou feliz que veio.

Ele queria se virar e fazer amor mais uma vez, e exatamente por isso precisava partir. Porque sempre ansiaria por mais uma vez. Sempre ansiaria por mais uma conversa. Sempre ansiaria por mais um abraço. Sempre ansiaria por outro beijo.

Pegando as roupas, ele começou a se vestir.

— Você vai me avisar quando ele nascer?

— Você não acha que nossos caminhos se cruzarão antes disso?

Mantendo-se de costas para ela, ele não precisava vê-la para saber que a tristeza enchia os olhos azuis, porque ouviu o sentimento em seu tom de voz.

— Não vejo como.

— Eu poderia abrir uma loja…

— Não, Lena. — Ele a fitou, então. A mulher incrível que havia roubado seu coração. — As coisas só ficarão mais difíceis se continuarmos nos vendo.

— Já está difícil, Aiden. Quando concordei com esse plano estúpido que Winslow inventou, sempre achei que poderia simplesmente ir embora. Não era para eu me apaixonar por você.

Ele fechou os olhos com força quando aquelas palavras — *me apaixonar por você* —, palavras que nenhuma outra mulher jamais lhe dissera, caíram sobre ele, atravessaram seu corpo, o envolveram. Quão poderosas elas eram. Quão comoventes, quão deslumbrantes...

Se ele as devolvesse, se dissesse quanto ela significava para ele, eles estariam perdidos. Irrevogavelmente. Perdidos. Para sempre.

Ele era o segredo dela. Aquilo facilitava o amor de Selena. Quão mais difícil seria com a censura da sociedade?

Aiden abriu os olhos.

— Palavras fáceis de pronunciar dentro dos limites seguros de um quarto. Meus negócios são bem-sucedidos porque sei que as pessoas querem ter segredos. Uma duquesa pode ter uma aventura com um plebeu. Um bastardo pode ter uma duquesa. O que pode parecer maravilhoso no escuro pode trazer consequências terríveis à luz do dia. Você merece mais que uma vida escondida, mesmo daqueles com quem você se importa.

Como as irmãs dela.

Quando terminou de se vestir, ele estendeu a mão e segurou o queixo dela, pressionando o polegar nos lábios macios. Ela não se incomodou em se cobrir, apenas ficou sentada na cama como uma ninfa que provocava até os deuses, e Aiden precisou de toda a sua força interior para não deslizar a mão sobre a pele sedosa.

— Adeus, querida.

Então, enquanto todo o seu corpo gritava para ficar, ele saiu do quarto sem deixar nada para trás, exceto seu coração.

Capítulo 24

Selena estava sentada em um banco de ferro no jardim, vendo Connie e Flo jogarem croquete, os gritos e risadas flutuando pelo ar. Ao lado dela, Alice lia *Através do espelho*.

Uma semana se passara desde que vira Aiden pela última vez, uma semana em que a solidão era uma companhia constante, apesar da presença das irmãs. Ela dormiu abraçada a um travesseiro que emanava o perfume dele, mas a fragrância estava desaparecendo a cada vez que ela inalava. Chegaria um momento em que a única coisa dele que permaneceria em sua vida era a criança que crescia em sua barriga. Selena seria eternamente grata por aquele presente. Ainda assim, sentia falta de Aiden com uma dor que machucava seu peito.

Ela olhou para Alice.

— Pensei que já tivesse terminado de ler esse livro.

Com um sorriso igual ao do gato de Cheshire, Alice levantou a cabeça e olhou para ela.

— Ah, eu terminei. Estou lendo novamente. Gostaria de pegar emprestado?

Selena já havia vivido a aventura da personagem Alice, de entrar em um mundo tão diferente do seu. Devagar, negou com a cabeça.

— Não, obrigada.

A testa de Alice franziu um pouco.

— É estranho, mas você parece mais triste ultimamente. Mais triste do que quando Lushing faleceu.

— Suponho que seja apenas a percepção da realidade das coisas.

— A realidade de que você não está grávida?

Ela ainda tinha que contar para as irmãs, contar a alguém, sobre sua condição. Uma vez que contasse, uma vez que dissesse que a criança era de Lushing...

Por que era tão difícil seguir em frente, continuar com o plano? Ela desejava poder conversar com Lushing, embora ele fosse, sem dúvida, sugerir que ouvissem a opinião de Kit sobre o assunto. Talvez ela devesse falar com o visconde. Certamente, ele saberia se Lushing a odiaria pela mentira.

— Ainda não tenho certeza do meu estado.

Alice fechou o livro.

— Você já sangrou desde que Lushing faleceu?

— Pode ser apenas a tristeza impedindo o fluxo.

Não era.

— Talvez você deva visitar um médico.

A voz de sua irmã estava cheia de preocupação verdadeira. Selena deveria pôr um fim à preocupação dela, a todas as suas preocupações, contando que um bebê estava a caminho. Mas as palavras estavam simplesmente entaladas em sua garganta, não saíam. Quando Winslow a visitara noites atrás e perguntara se estava grávida, no entanto, Selena não negou, apenas pediu que ele segurasse a língua por mais algum tempo.

— Por quê? Quanto mais cedo a história se espalhar, maior a probabilidade de as pessoas acreditarem que o bebê é de Lushing — dissera o irmão.

Ela não podia ter certeza de que ele já não estava sussurrando fofocas sobre sua condição pela cidade. Sem dúvida, a melhor maneira de se espalhar uma história: fofocas sussurradas. Nenhuma mulher seria indelicada o suficiente para deixar escapar que estava grávida.

— Vou consultar um médico na próxima semana — disse à irmã. — Depois disso, talvez voltemos a Sheffield Hall.

Não havia sentido ficar em Londres, onde as irmãs saberiam de todos os eventos sociais que estavam perdendo.

Alice escorregou para a beirada do banco.

— Precisamos fazer algo para alegrar o seu dia. Vamos até a livraria da Fancy. Estou morrendo de vontade de vê-la agora que foi inaugurada.

— Docinho, ainda estou de luto.

— Todas estamos. É por isso que estamos vestidas como corvos, mas duvido que encontraremos alguém que conhecemos lá, e podemos fazer uma excursão com um tema sombrio. Ver livros que lidam com morte, guerra ou assassinato.

O entusiasmo de Alice a fez sorrir, embora Selena não desejasse ler livros sobre assassinato, pois quase testemunhara um em primeira mão. Embora não estivesse tão envolvida na cena social, de vez em quando recebia visitas. Aparentemente, não havia rumores sobre a tentativa do conde de Elverton de envenenar a esposa. Suas visitas mencionavam a infeliz reviravolta na saúde do homem e a dedicação da condessa em cuidar dele. Uma senhora admitiu vê-la valsando no Elysium. Selena estava feliz pela condessa, esperava que os cavalheiros do clube a mimassem de tanta atenção.

— Suponho que um passeio tranquilo não seja ruim.

Alice pulou do banco.

— Vou contar para as outras!

Enquanto ela corria para contar sobre o passeio a Connie e Flo, Selena subiu as escadas para pegar seu chapéu velado. Sim, sair de casa faria bem a ela.

Depois de prender o chapéu no lugar, pegou a bolsa, surpresa com o peso. Então, se lembrou que a chave dos aposentos de Aiden ainda estava em sua posse. Ficou dividida entre devolvê-la e colocá-la em sua caixa de joias para admirá-la ocasionalmente — um lembrete de um momento em sua vida durante o qual fora incrivelmente feliz.

Mas a chave não era dela. Embora pudesse embrulhá-la e enviá-la para Aiden, decidiu que queria entregá-la pessoalmente, com um pequeno presente. Depois de mentir para as irmãs mais uma vez, dizendo que fora tomada por uma enxaqueca repentina, e tê-las mandado para a livraria sem ela, Selena foi às compras.

Naquela noite, quando as meninas já estavam na cama, ela vestiu o vestido azul e a máscara, encontrando conforto na familiaridade do ato. Foi dominada por uma paz que não sentia havia um bom tempo enquanto a carruagem a levava para o Clube Elysium. Ela estivera muito nervosa naquela primeira noite, até encontrar os olhos de Aiden, e então parecera que seu coração havia voltado para casa.

Um pensamento bobo, mas, com ele, Selena sempre se sentia verdadeira e compreendida — mesmo quando mantivera segredos dele. E, mesmo quando tais segredos foram descobertos, ele não a afastou. Ela não estava certa de que outra pessoa a teria aceitado como ele, defeitos e tudo.

Quando a carruagem parou em frente ao clube e o cocheiro a ajudou a descer, ela o instruiu a esperar onde estava, porque não demoraria muito.

Então, entrou no saguão, esforçando-se para não reconhecer como seu coração sempre dava um pequeno pulo de expectativa diante da perspectiva de vê-lo, toda vez que entrava no clube. Ela parou no balcão, onde normalmente entregava o casaco para Angie.

— Não avise que estou aqui.

Angie piscou com confusão, a testa franzida.

— Como quiser.

Selena caminhou até as escadas, subindo-as pelo que seria a última vez. Seu corpo não parecia saber o mesmo que sua mente, porque começou a esquentar como se aquecido por um rubor sensual. Um anseio tomou conta dela. O desejo pelo qual ela sempre ansiara se tornara um fardo, mas não se arrependia de um único toque, de um único momento no qual Aiden havia a ensinado sobre o verdadeiro fogo que poderia queimar entre um homem e uma mulher.

No topo da escada, contornou a beira do corredor até chegar aos aposentos dele. Removendo a chave de sua bolsa, destrancou a porta e entrou no cômodo, inalando profundamente a fragrância de Aiden, permitindo que ela enchesse seus pulmões, penetrasse em seu sangue, a habitasse mais uma vez.

Um abajur solitário sobre a mesa perto da janela, a mesa que antes estivera coberta com uma toalha branca e ostentara morangos, iluminava o suficiente para que ela pudesse andar pelo quarto. A cama estava arrumada e ela teve um forte desejo de bagunçar tudo, de vê-la desarrumada, como estivera tantas vezes no passado.

Cuidadosamente, colocou o pacote contendo as finas luvas de couro que havia comprado naquela tarde em cima de um travesseiro. Também colocou a chave em cima do pacote. Os presentes saudariam Aiden quando ele estivesse pronto para se deitar, o que sem dúvida não aconteceria em muitas horas.

Com a tarefa concluída, Selena não tinha motivos para ficar. Ainda assim, ela se demorou, olhando em volta e memorizando o que já sabia de cor: o armário de onde ela pegara os lenços para prendê-lo, a gaveta da mesa de cabeceira onde ele guardava as proteções que protegiam uma mulher da gravidez indesejada, a cadeira onde ela se sentara e o vira cuidar da mãe. Tudo na vida dele servia a um propósito. Sem excesso, sem decorações. Nada que o fizesse se lembrar dela, exceto pelas pinturas que guardava no sótão.

Ela debateu se deveria levar as luvas, mas, no final, as deixou onde estavam.

Saindo do quarto, indo para a porta, ela olhou para a lareira e parou. Não tinha notado quando entrou, sua mente focada em entregar o presente e a chave.

Com o coração disparado, foi até a mesa, pegou a lamparina e a ergueu o mais alto que pôde, lançando a luz sobre a pintura emoldurada em dourado e pendurada sobre a lareira. Lentamente, ela se aproximou, o peito comprimindo a cada passo.

No fundo distante, o leve borrão dando uma sensação mística, estava Sheffield Hall. No caminho que levava à casa, o foco principal do quadro, havia uma mulher e um homem, cada um segurando a mão de uma criança caminhando entre eles. Os traços do homem eram mais fracos do que dos outros dois, como se ele não estivesse lá, como se não pertencesse à pintura.

Mesmo que apenas as costas e um perfil estreito de cada um dos rostos olhando para o garoto estivessem visíveis, ela reconheceu Aiden e a si mesma. Em um mundo que nunca existiria para eles. Lágrimas encherem seus olhos.

Ele lhe dissera que pintava de memória. Na livraria, Selena havia descoberto que, além disso, ele também pintava usando sua imaginação vívida. Com aquele quadro, ela entendera que ele também pintava seus sonhos.

E o sonho dele era o mesmo que o dela.

Sentiu o ar mudar como se fosse necessário mais espaço para a chegada de uma presença formidável. Ouviu todos os presentes prenderem a respiração ao mesmo tempo.

Mas não foi nenhuma dessas coisas que denunciou a presença dela a Aiden. Embora estivesse de costas para a porta, ajudando uma condessa a calcular a soma de suas cartas, ele sabia quem havia entrado na sala. Ele a sentiu como se ela tivesse estendido a mão e deslizado o dedo ao longo de sua coluna.

Endireitando-se, virando o corpo, viu que estava certo, e cada célula de seu corpo vibrou de alegria ao vê-la. Tão linda, tão deslumbrante, tão...

Desmascarada.

Levou um momento para perceber que Selena havia entrado em seu domínio sem proteger o rosto, e agora caminhava por ele.

Não, não apenas *por*, mas *em direção a*. Em direção a Aiden.

Os olhos azuis estavam queimando com determinação. A adorável boca formava o menor dos sorrisos. Os passos eram medidos, graciosos, trazendo-a cada vez mais perto.

E, quando o alcançou, sem qualquer hesitação, ela se levantou na ponta dos pés, passou os braços em volta do pescoço dele e reivindicou sua boca como se pertencesse somente a ela.

E que Deus o ajudasse caso contrário.

Sem pensar nas consequências, ele a abraçou e a pressionou contra o corpo, envolvendo-a em um abraço que fez o mundo parecer certo novamente. Por uma semana, ele passara noites em claro, rolando de um lado para o outro da cama. Sentira muito a falta dela. Foi necessário cada pingo de decência em seu corpo para não ir vê-la, para não dizer como ele estava morrendo lentamente por não a ter em sua vida.

Olhando para cima, Selena o fitou — e o que ele viu nos olhos azuis quase o deixou de joelhos.

— Eu te amo — afirmou ela com convicção.

Ele fechou os olhos com força enquanto emoções se digladiavam dentro dele.

— Não vou seguir meu plano original. Não vou dizer que essa criança é de Lushing. Quero que nosso filho ou filha seja criado por você, que saiba o homem maravilhoso que você é.

Mesmo sabendo que as pessoas estavam assistindo e ouvindo, mesmo sabendo que deveria levá-la para outro lugar para falar sobre aquilo, Aiden parecia incapaz de fazer pouco mais do que encará-la estupefato. Gentilmente, ele embalou sua bochecha.

— Lena, não posso lhe dar...

— Não dou a mínima para o que você não pode me dar. Eu sei o que você pode me dar, e é mais que suficiente, mais do que mereço, mais do que eu esperava. E será suficiente para nossos filhos. — O sorriso dela era beatífico e radiante. — Eu sei que você me ama. Eu vi a pintura nos seus aposentos. Mude o cenário para uma pequena cabana e me faça a mulher mais feliz do mundo.

Caindo de joelhos, ele deu um beijo na barriga dela, onde o filho deles crescia.

— Eu te amo com todo o meu ser. — Ele encontrou os olhos azuis. — Quer se casar comigo?

Inúmeros suspiros ecoaram pelo salão enquanto o sorriso dela aumentava e os olhos dela se aqueciam.

— Ah, sim, estou ansiosa para apresentá-lo aos prazeres do casamento.

Rindo, ele se levantou, pegou-a nos braços e começou a carregá-la para fora do salão em meio a aplausos, gritinhos de comemoração e sorrisos adoráveis.

— Não há razão para que esses prazeres não possam começar agora.

— Não mesmo — concordou ela.

— Bem, essa é uma surpresa agradável — disse Connie ao entrar na pequena sala de jantar, Flo e Alice logo atrás. — Você não costuma se juntar a nós no café da manhã.

— Tenho algumas notícias para compartilhar com vocês, meninas.

E ela queria fazer aquilo antes que as irmãs tivessem a oportunidade de ler ou ouvir qualquer tipo de fofoca.

— Parece ser importante.

Flo mexeu as sobrancelhas sugestivamente antes de se sentar ao lado da irmã mais velha. Connie sentou-se ao lado de Flo, enquanto Alice ficou com o outro lado de Selena.

— Significa que haverá algumas mudanças — informou ela.

— Diga — ordenou Connie, divertida, enquanto um criado colocava pratos de linguiça e ovos diante delas.

O estômago de Selena revirou. Ela realmente precisava dizer à cozinheira que dispensaria pratos com ovo por um tempo.

— Eu mal sei por onde começar.

— Pelo começo costuma ser melhor — apontou Flo.

— Sim. Certo. Bem...

— Estão dizendo por toda a Londres que você beijou aquele bastardo do Trewlove! — As palavras gritadas acompanharam Winslow quando ele entrou, parou ao pé da mesa e olhou incrédulo para ela.

— É mesmo? Bem, é o que uma mulher faz com o homem com quem vai se casar: ela o beija.

— Eu sabia! — comemorou Alice.

Selena assistiu, ao mesmo tempo fascinada e confusa, às gêmeas tirarem uma nota de libra do bolso cada uma e as colocarem na mão estendida de Alice.

— O que é isso?

Connie revirou os olhos.

— Depois de nossa tarde na livraria, Alice apostou conosco que o sr. Trewlove tinha mais que um interesse casual em você e que haveria um casamento dentro de um ano.

Selena mal podia acreditar no que estava ouvindo enquanto olhava para sua irmãzinha.

Alice apenas deu de ombros.

— Elas não seriam tolas de aceitar minha aposta se lessem meus livros de romance. A maneira como ele olha para você é a mesma de qualquer herói que se apaixonou loucamente pela heroína. Percebi logo de cara, quando chegamos na livraria.

— Você com certeza fez um excelente trabalho em não revelar seus pensamentos para mim.

— Em qualquer boa história de amor, a heroína deve compreender tudo sozinha.

— Deixando de lado o conto de fadas — retrucou Winslow, impaciente, quando puxou uma cadeira e se sentou —, foi uma péssima ideia revelar seu gosto pelo homem tão cedo na gravidez. A Coroa pode duvidar de que o bebê que você carrega é de Lushing.

— Você realmente está grávida? — perguntou Connie.

Ela não impediu que um sorriso suave se formasse ou que sua mão pousasse de maneira protetora sobre a barriga.

— Estou. No entanto, o bebê é de Aiden Trewlove, não de Lushing.

Winslow fez uma expressão de dor, como se Selena tivesse espetado por uma lança do comprimento da mesa em seu peito.

— Você não deveria ter confessado *isso* a elas. Quanto menos pessoas souberem...

— Enviei uma carta ao advogado do duque, o sr. Beckwith, nesta manhã, alertando-o sobre este fato e pedindo-lhe que notifique a Coroa de que não há nenhuma possibilidade de eu estar carregando o herdeiro de Lushing.

— Você ficou maluca?

— Não vou passar o resto da minha vida vivendo uma mentira. Não quero que meu filho cresça acreditando que outra pessoa seja o pai dele. — Ela olhou para as irmãs. — E é por isso que estou aqui hoje. Amo muito todas vocês. Aiden e eu faremos o que estiver ao nosso alcance para que vocês façam bons casamentos, mas devo ser honesta. Todas vocês serão um bom partido para qualquer homem que for inteligente o suficiente para reconhecer o que têm a oferecer. Acredito que vocês são capazes de conseguir bons casamentos sozinhas.

— Você sabe que nunca a teríamos perdoado se sacrificasse sua felicidade por nós — afirmou Alice.

Estendendo a mão, Selena apertou a da irmã.

— Obrigada, querida. Eu me sinto um pouco culpada por colocar meus próprios desejos em primeiro lugar. É uma sensação estranha, algo que nunca fiz antes, mas acho que realmente me tornará uma irmã melhor.

— Você merece ter um homem que olhe para você como o sr. Trewlove. Eu amava Lushing, mas ele nunca olhou para você como se fosse morrer se não pudesse tê-la em seus braços. O único outro homem que chegou perto de olhar para você dessa maneira foi o visconde Kittridge.

— Kittridge? Acho que você está enganada.

— Não, não estou. Foi no Natal. Você e Lushing estavam tocando um dueto no piano. Kittridge estava fitando você com tanto desejo que estou surpresa por você não ter notado.

— Hmm. — Ela não conseguia imaginar a cena, mas outros momentos surgirem em sua mente. Afastando esses pensamentos, disse a si mesma que analisaria tudo depois. — Seja como for, não quero que vocês, meninas, se preocupem com o futuro. Minha propriedade de viúva em Hertfordshire, naturalmente, se tornará de Aiden como a lei determina, mas concordamos que vocês morarão lá. Quando estiverem em Londres, talvez prefiram ficar com Winslow, pois a residência dele é bastante espaçosa. Embora vocês sempre serão bem-vindas para ficar conosco. Vamos fazer uma poupança para cada uma de vocês, e o que eu receber da minha poupança criada por Lushing será dividida igualmente entre vocês, para seu dote.

— Você parece ter pensado em tudo — apontou Winslow. — Sem me consultar.

— Eu ia falar com você nesta tarde. Se você for sábio, aceitará minha escolha de marido e aceitará Aiden na família. Você pode até pedir conselhos para ele sobre como melhorar sua vida financeira.

Ele suspirou profundamente.

— Acho que você não entende do que está abrindo mão.

— Ah, Winslow, acho que você não entende tudo que estou ganhando.

— Você causou um baita de um escândalo — comentou Kit.

Era uma tarde adorável, a primavera estava em seu auge. Selena enviara uma carta ao visconde pedindo uma audiência, e ele sugeriu um passeio pelo Hyde Park durante o horário mais cheio. Ela sabia que o visconde escolhera aquele horário para mostrar a Londres que Selena tinha o apoio dele. Algumas pessoas por quem passavam faziam uma careta de desaprovação. Outras apenas desviavam o olhar. Embora ela ainda usasse roupas de viúva, suas ações recentes confirmavam que ela não se incomodara em seguir o período de luto à risca.

— Sim, eu sei, mas gosto de pensar que Lushing me aplaudiria por me rebelar um pouco contra a sociedade.

Ele colocou a mão sobre a dela, onde repousava na dobra de seu cotovelo.

— Suspeito que ele o faria.

— Mas isso me deixa em um dilema, e gostaria de saber se você pode me ajudar.

— Sempre que precisar, Selena.

— É sobre nossa sepultura compartilhada no cemitério, sabe? Eu amo Aiden com todo o meu coração e quero estar com ele pela eternidade. Quero me deitar ao lado dele quando durmo à noite e quando adormecer no meu sono eterno. Sei que você pode se casar...

— Eu nunca vou me casar.

A voz dele emanava confiança.

— Você precisa de um herdeiro.

— Ao contrário de Lushing, que não tinha mais nenhum parente, tenho um irmão que é o próximo na fila para herdar o título e as propriedades. Ele cuidará bem de tudo, já se casou e teve um filho. Então, se ele partir antes de mim, a linhagem estará segura.

Com as palavras do visconde, ela estava mais certa do que nunca de sua dedução.

— Nesse caso, talvez você queira comprar o lote ao lado de Lushing em Abingdon Park, o que ele escolheu para mim. Antes de morrer, ele me disse que eu não era obrigada a usá-lo, mas não gostaria de deixá-lo lá, sozinho, e como vocês dois eram amigos tão próximos...

— Quanto?

— Eu estava pensando em um xelim.

Ele parou de andar e a encarou, os olhos cheios de carinho.

— Selena, Lushing pagou muito mais pelo espaço.

— Eu sei. E talvez eu tenha entendido errado, mas sempre achei que ele ficava mais feliz quando você estava por perto. Na verdade, uma vez me ocorreu que, se a lei permitisse, ele teria preferido se casar com você em vez de comigo.

De repente, Kit baixou o olhar e estudou as botas polidas. Finalmente, levantou os olhos para fitá-la.

— Ele era o amor da minha vida.

— Estou feliz, Kit, estou feliz por ele ter tido você, por ele saber o que era ser tão amado. Eu gostava dele, até o amei, mas não estava apaixonada.

— Poucos na aristocracia se casam por amor. Ele sentia uma obrigação em relação à primogenitura de fornecer um herdeiro. Tendo sido criado em uma atmosfera onde o dever é tudo, eu não poderia culpá-lo por sua decisão, até o respeitei mais por ela. Embora ele se preocupasse por ter feito um desserviço a você.

— Nós dois decidimos nos casar por nossas responsabilidades. Acho que fizemos o nosso melhor.

— Como eu disse antes, depois que você se casou, ele nunca foi infiel a você. Nosso relacionamento tornou-se uma profunda amizade, mas nada mais. Sempre fui muito grato a você por permitir a minha intromissão na vida de vocês, que eu fizesse parte de suas aventuras.

— Você nunca foi um intruso, Kit. Não consigo imaginar quão difícil deve ter sido para vocês dois não deixarem o mundo ver o que significavam um para o outro. Por um tempo, mantive Aiden e meu amor por ele em segredo e nunca senti tanto desespero. Sei que a sociedade nunca vai nos aceitar plenamente e que muitos desafios nos esperam, mas enfrentaremos tudo juntos. Sinto muito por você e Lushing não terem tido a mesma oportunidade.

— Pelo menos não enforcam mais homens que se amam, embora a prisão continue sendo uma possibilidade. Nenhum de nós queria isso.

Mas eles ainda estavam presos em uma sociedade que nunca lhes permitia ser verdadeiramente livres.

— O segredo do seu amor permanecerá seguro comigo. Se alguém perguntar, e não é da conta de ninguém, você estava me ajudando ao comprar um lote que, de outra forma, não seria utilizado.

— Ele realmente te amou.

— Mas ele não me desejou.

O visconde negou com a cabeça.

— Ele tentou, pelo bem de um herdeiro.

— Eu sinto falta dele. Ele era provavelmente o homem mais gentil que eu já conheci. — Ela passou o braço pelo dele, e eles seguiram em frente. — Você vai ao casamento, não é?

— Eu não ousaria perder algo que vai causar tanto alvoroço.

A cerimônia foi pequena e discreta, apenas para família e amigos. Afinal, ela ainda estava de luto e não desrespeitaria Lushing publicamente mais do que já fizera com o beijo no Elysium. Aquilo tinha sido necessário para expressar seu ponto: ela não tinha vergonha de ser vista com Aiden Trewlove.

O que era bom, já que ela também era uma Trewlove agora.

— Venha aqui, sra. Trewlove.

Vestindo apenas a calça e uma camisa desabotoada, Aiden estava ao lado da enorme cama de dossel em um quarto incrivelmente bem arrumado que fazia parte de uma grande suíte no Hotel Trewlove. Ele não queria que a primeira noite deles como marido e mulher fosse no clube. Queria que ela tivesse uma lembrança especial, mas Selena acreditava que todas as noites com ele seriam especiais.

Quando ela se aproximou, ele a abraçou, enterrou o rosto na curva do pescoço delicado e começou a mordiscar. Ela gemeu baixinho.

— Seu irmão parece ter me aceitado de má vontade.

Ele arrastou a boca para o outro lado, criando sensações deliciosas em seu caminho.

— Isso provavelmente tem a ver com você e seus irmãos revisando seus livros-caixa e sugerindo maneiras de ele aumentar sua renda. Também acho que você o aterroriza, e ele decidiu que seria mais sensato ser seu amigo do que inimigo.

Aiden riu baixo, a respiração fazendo cócegas na orelha dela.

— Suas irmãs vão fazer bons casamentos, Lena. — Ele se endireitou. — Eu juro.

— Tudo o que eu realmente queria era que elas tivessem escolhas, escolhas que eu não tive. Acho que suas irmãs lhes mostraram que elas podem ser independentes, viver como desejam. Talvez cada uma encontre alguém para apreciá-las. Mas encontrarão a felicidade, disso não tenho dúvida. Agora, eu apenas quero me concentrar em fazer você feliz.

— Então tire a roupa, mulher. Porque sei que vou encontrar a felicidade com você na minha cama.

Epílogo

Oito anos depois

AIDEN SE APOIOU NO parapeito e observou o filho — que teria sido um duque se Lena tivesse insistido em seu plano — e suas duas filhas, que haviam nascido nos anos seguintes ao nascimento do menino, brincarem ao redor da estátua de anjo enquanto o sol começava a se despedir do dia. As propriedades do duque de Lushing haviam sido colocadas à venda. Com o dinheiro que Wyeth lhe devolvera e o crescente sucesso de seus negócios e investimentos, ele conseguira o suficiente para comprar Sheffield Hall. Gostava de pensar que o duque ficaria satisfeito com a forma como Aiden cuidava da residência.

Ele ajudara o conde de Camberley a fazer sua propriedade voltar a ser lucrativa, retornando-a à antiga glória.

Unindo a fortuna de Camberley e a dele à poupança de Selena, eles conseguiram garantir dotes excelentes para as gêmeas — e ambas haviam encontrado o amor. Alice preferia seus livros e morava na casa de Selena em Hertfordshire, onde escrevia histórias românticas que faziam bastante sucesso. Parecia que o mundo estava precisando de finais felizes.

O conde de Elverton faleceu três anos depois de sofrer apoplexia. A condessa se devotou a cuidar do marido durante o tempo em que ele esteve acamado, o que cativou a sociedade e aumentou sua estima. Ela visitava o Elysium, e recentemente passara a ter um caso com um homem vários anos mais novo.

O novo conde de Elverton era um cavalheiro muito melhor que seu antecessor. De vez em quando, Johnny se encontrava com Aiden e Finn na taverna A Sereia e o Unicórnio para beber cerveja. Às vezes, eles falavam do passado, mas preferiam se concentrar no futuro, aconselhando-se sobre oportunidades de investimento e empreendimentos comerciais.

Aiden ouviu a porta se abrir, olhou para trás e sorriu para a esposa.

— Achei que ia encontrá-lo aqui — disse ela enquanto caminhava sensualmente em sua direção. Ou tentava. O quarto bebê da família deveria chegar a qualquer momento, e o tamanho de Selena a deixava mais instável do que ela gostaria.

Quando ela chegou perto o suficiente, ele a puxou para perto e a abraçou por trás, colocando as mãos sobre a enorme barriga e sentindo o chute de seu filho.

— É a minha visão favorita. — Ele lhe deu um beijo na testa. — Além de você.

Ela riu de leve.

— Depois de todos esses anos, você ainda é um paquerador.

— Mas sou e serei um paquerador somente para você.

Virando-se, ela passou os braços em volta do pescoço do marido, e ele abaixou a cabeça para que as bocas se unissem. Ele nunca se cansaria de beijá-la.

A risada das crianças se espalhou pelo ar, deixando Aiden ainda mais feliz.

Ele sempre temera ser igual ao pai. Mas, diferente do conde, o coração de Aiden tinha apenas uma dona — e ele era o homem mais sortudo do mundo por também ser o dono do coração dela.

Agradecimentos

O SISTEMA BRITÂNICO DE pariato e vinculações é um estudo fascinante sobre primogenitura e, às vezes, pode ser bastante complicado. Gostaria de agradecer ao sr. Grant Bavister, secretário do Colégio de Armas, em Londres, por explicar pacientemente os meandros de como o sistema funciona quando não há herdeiros do sexo masculino e um título é extinto. Além disso, ele compartilhou informações sobre a distribuição de propriedades associadas na ausência de um herdeiro masculino. Toda a informação que forneceu foi inestimável. Quaisquer erros de entendimento ou interpretação são meus ou resultado de uma licença literária.

Este livro foi impresso pela Cruzado, em 2022, para a Harlequin. A fonte do miolo é ITC Berkeley Oldstyle Std. O papel do miolo é pólen soft 80g/m², e o da capa é cartão 250g/m².